महाकविदण्डिविरचितम्

दशकुमारचरितम्

अर्थप्रकाशिकोपेतम्

[पूर्वपीठिकामात्रम्]

टीकाकारः

विश्वनाथ झा

व्याकरणाचार्यः

सरस्वतीभवनम्, वा० स० वि० वि०, वाराणसी

मोतीलाल बनारसीदास

दिल्ली, मुम्बई, चेन्नई, कोलकाता, बंगलौर,

वाराणसी, पुणे, पटना

द्वितीय संस्करण : वाराणसी, १९७२
पुनर्मुद्रण: १९७५, १९८८, १९९१, २०१०

ISBN: 978-81-208-2504-8 (अजिल्द)

मोतीलाल बनारसीदास
४१ यू०ए० बंगलो रोड, जवाहर नगर, दिल्ली ११० ००७
८ महालक्ष्मी चैम्बर, २२ भुलाभाई देसाई रोड, मुम्बई ४०० ०२६
२३६ नाइंथ मेन III ब्लाक, जयनगर, बंगलौर ५६० ०११
सनाज प्लाजा, १३०२ बाजीराव रोड, पुणे ४११ ००२
२०३ रायपेट्टा हाई रोड, मैलापुर, चेन्नई ६०० ००४
८ केमेक स्ट्रीट, कोलकाता ७०० ०१७
अशोक राजपथ, पटना ८०० ००४
चौक, वाराणसी २२१ ००१

नरेन्द्रप्रकाश जैन, मोतीलाल बनारसीदास, बंगलो रोड, दिल्ली ११० ००७
द्वारा प्रकाशित तथा जैनेन्द्रप्रकाश जैन, श्री जैनेन्द्र प्रेस,
ए-४५ नारायणा, फेज-१, नई दिल्ली ११० ०२८ द्वारा मुद्रित

भूमिका

दशकुमार चरित के रचयिता-महाकवि दण्डी संस्कृत गद्यसाहित्यमाला के मध्यमणि माने जाते हैं। 'अवन्तिसुन्दरी कथा' के साक्ष्य पर इनका संक्षिप्त परिचय इस प्रकार है—

महाकवि भारवि के मध्यम पुत्र 'मनोरथ' के चार पुत्र थे, जिनमें सबसे छोटे 'वीरदत्त' एक सुयोग्य विद्वान् थे। वीरदत्त की स्त्री का नाम 'गौरी' था। गौरी के गर्भ से ही महाकवि दण्डी का जन्म हुआ था। बाल्यकाल में ही माता-पिता के दिवंगत हो जाने के कारण दण्डी आश्रयहीन हो गये थे। हिन्दुओं की पवित्र नगरी 'काञ्ची' इनकी जन्मभूमि थी। इनका जन्म शिक्षित ब्राह्मण परिवार में हुआ था और काञ्ची के पल्लव नरेशों की छत्रच्छाया में इनके सुखमय दिन बीते थे। दण्डी का समय छठीं शताब्दी का उत्तरार्ध तथा सातवीं शताब्दी का पूर्वार्ध माना जाता है, क्योंकि कीथ और कुछ अन्य विद्वान् दण्डी को बाण से पूर्ववर्ती मानते हैं। वस्तुतः अन्तर्बाह्य प्रमाणों के आधार पर सुबन्धु प्रथम, दण्डी द्वितीय और बाण तृतीय, गद्यकाव्य रचयिता हैं, जिनका समय छठीं शताब्दी के प्रारम्भ से लेकर सातवी शताब्दी के उत्तरार्ध तक माना जाता है।

महाकवि दण्डी द्वारा प्रणीत तीन ग्रन्थों की उपलब्धि आज की प्रामाणिक गवेषणा का फल है। 'दशकुमारचरित' और 'काव्यादर्श' तो इनकी निर्विवाद रचनायें हैं। 'अवन्तिसुन्दरीकथा' विवादास्पद होते हुये भी इन्हीं की रचना मानी जाती है। राजशेखर ने कहा है—

त्रयोऽग्नयस्त्रयो देवास्त्रयो वेदास्त्रयो गुणाः।
त्रयो दण्डिप्रबन्धाश्च त्रिषु लोकेषु विश्रुताः॥

दण्डी का पदलालित्य

संस्कृत काव्य जगत् में शब्दों की कलात्मक-वाटिका सजाने में दण्डी को अभूतपूर्व सफलता मिली है। दण्डी शब्द-राज्य के समर्थ राजा थे। पदसमूह वंशपद अनुचर की भाँति उनका अनुगमन करते थे। उनके काव्य दशकुमारचरित में आनुप्रासिक पदविन्यास की छटा देखने ही योग्य है।

ललितपदों की शृंखलाबद्ध-संस्थापना की विलक्षण-कला चातुरी से समस्त दशकुमारचरित ओत-प्रोत है।

अतएव संस्कृत संसार में 'दण्डिनः पदलालित्यम्' अत्यन्त प्रसिद्ध उक्ति मानी जाती है। दशकुमारचरित के अध्ययन से यह सिद्ध होता है कि दण्डी व्यावहारिक संस्कृत गद्य के

सिद्ध-हस्त लेखक थे। इनके गद्य की शैली सरल एवं प्रसाद-मयी है। भाषा में स्वाभाविक प्रवाह और यथास्थान मुहावरों का सन्निवेश है। इनमें दीर्घ पदविन्यास के अभाव के कारण पाठकों का मनोरञ्जन होता रहता है। गद्य में न तो सुबन्धु की श्लिष्टता और न बाण की क्लिष्टता ही मिलती है। इनका गद्य तो शिष्ट संयत और सुप्रयुक्त है। अनुप्रासमय पद विन्यास ही इनके पदलालित्य का प्रधान कारण है। आनुप्रासिक चमत्कार के साथ ही 'यमक' का समावेश अतीव मनोहर हो गया है, यथा—तत्र "विरचितारातिसंतापेन·········रमणी बभूव"।

उपर्युक्त गद्यखण्ड में अनुप्रास के साथ ही 'वसुमती-सुमती शेखरमणी रमणी' इन अंशों में यमक का विन्यास सराहनीय है। इसके अतिरिक्त "तत्र वीरभटपटलोत्तरंग········ भूपो बभूव" इत्यादि गद्यखण्ड में उनके शब्द शिल्प का सौष्ठव दृष्टिगोचर होता है। यद्यपि अनुप्रास और यमक के अनवरत निर्वाह में उन्हें कहीं कहीं दूरान्वयी अर्थ का सहारा लेना पड़ा है, फिर भी 'एको हि दोषो गुणसन्निपाते' के अनुसार यह दोष भी 'दण्डिनः पदलालित्यम्' इस उक्ति में बाधक न होकर साधक ही बनता है। अतः 'दण्डिनः पदलालित्यम्' यह उक्ति दण्डी की काव्य-कला का मापदण्ड माना जाता है।

ऐसी उपयोगी कृति का, जो कि सर्वत्र संस्कृत की परीक्षाओं में पाठ्य रूप से निर्धारित है, सरता तथा छात्रों को सरल एवं सुबोध प्रणाली से समझाने वाली संस्कृत और हिन्दी की व्याख्याओं के साथ प्रकाशित न होने का अभाव हमारे इस संस्करण से दूर हो गया है। अत एव इसका पहला संस्करण शीघ्र ही समाप्त हुआ और इसका दूसरा संस्करण नई टाइप में प्रकाशित हो कर आपके सामने प्रस्तुत है।

व्याख्याकार

———

॥ श्रीगणेशाय नमः ॥

दशकुमारचरितम्

पूर्वपीठिका

प्रथमोच्छ्वासः

ब्रह्माण्डच्छत्रदण्डः शतधृतिभवनाम्भोरुहो नालदण्डः
क्षोणीनौकूपदण्डः क्षरदमरसरित्पट्टिकाकेतुदण्डः ।

नत्वा विश्वेश्वरं साम्बं सानुजं जनकं तथा ।
व्याख्या दशकुमारस्य क्रियतेऽर्थप्रकाशिका ॥

'निर्विघ्नपरिसमाप्तिकामो मंगलमाचरेत्' इति शिष्टानुशासनमनुसरन् तत्रभवान् कविकुलचूडामणिर्दण्डी प्रारिप्सितस्य दशकुमारचरिताख्यगद्यकाव्यस्य विघ्नव्रातविधूननाय वामनावतारधारिणो हरेश्चरणकमलं स्तौति ब्रह्माण्डेत्यादिना ।

ब्रह्माण्डेति--ब्रह्माण्डम् – विश्वम् तदेव छत्रमातपत्रम् तस्य दण्डः = आधारस्तम्भः । शतधृतिः = ब्रह्मा तस्य भवनस्य = उत्पत्तिगृहस्य अम्भोरुहः = पद्मस्य नालदण्डः = वृन्तभूता यष्टिः । क्षोणी = पृथ्वी 'क्षोणिर्ज्या काश्यपी क्षितिः' इति कोशः एव नौः = तरणिः तस्याः कूपदण्डः = गुणवृक्षः ('मस्तूल' इति भाषायाम्) क्षरन्ती = प्रवहन्ती या अमरसरित् = आकाश-

---

मंगलाचरण की अवतरणिका

पौराणिक कथा है कि शुक्राचार्य की सञ्जीवनी विद्या के बल से मृत दैत्यराज बलि जी उठा और यज्ञद्वारा प्राप्त विशिष्ट शक्ति से पुनः देवताओं को परास्त कर स्वर्गाधिपति बन बैठा । देवता लोग घबराये । देवमाता अदिति ने कश्यपजी से प्रार्थना की कि हमारे पुत्र देवतागण दुःखी हैं । आप इनके दुःख निवारण का उपाय करें । कश्यपजी भगवान् विष्णु की शरण गये । अदिति ने व्रत-उपवास किया । विष्णु प्रसन्न हो उसके पुत्ररूप में अवतीर्ण हुए, जो वामनावतार कहे जाते हैं । ब्रह्मचारी वेष में वामन भगवान् राजा बलि के पास गये । शुक्राचार्य अश्वमेधयज्ञ करा रहे थे । यज्ञ में दीक्षित दैत्यराजने ब्रह्मचारी का स्वागत किया और अभी-

ज्योतिश्चक्राक्षदण्डस्त्रिभुवनविजयस्तम्भदण्डोऽङ्घ्रिदण्डः
श्रेयस्त्रैविक्रमस्ते वितरतु विबुधद्वेषिणां कालदण्डः ॥

पाटिलपुत्रवर्णनम्

(१) अस्ति समस्तनगरीनिकषायमाणा (२) शश्वदगण्य-पण्यविस्तारित-

गंगा सैव पट्टिका = पताका तस्याः केतुदण्डः = ध्वजयष्टिः। ज्योतिः = ग्रहमण्डली एव चक्रम् = रथाङ्गम् तस्य अक्षदण्डः = नाभिरूपकाष्ठदण्डविशेषः। त्रिभुवनेति। त्रयाणां भुवनानां समाहारः त्रिभुवनम् तस्य विजयस्य = व्यापनरूपस्य स्तम्भदण्डः। तथा बिबुधद्वेषिणाम् = दैत्यानाम् कालदण्डः = यमदण्डस्वरूपः। विविक्रमस्य विष्णोरयमित्यण् त्रैविक्रमो विष्णुसम्बन्धी अङ्घ्रिः = चरणः दण्ड इवेति अङ्घ्रिदण्डः = चरणदण्डः। ते = तुभ्यं तव वा श्रेयः = कल्याणं वितरतु = ददातु। पद्येऽस्मिन् रूपकालङ्कारः। दण्डशब्दस्यैकार्थत्वादनवीकृतत्वं दोष इव। स्रग्धरा वृत्तम्। "म्रभ्नैर्यानां त्रयेण त्रिमुनियतियुता स्रग्धरा कीर्तितेयम्" इति लक्षणात्।

अस्ति पुष्पपुरी नाम नगरीति सम्बन्धः। (१) समस्तेति। समस्तानाम् = सकलानाम् नगरीणां निकषः = आदर्शः, गुणपरीक्षास्थानम् वा तदिवाचरतीति निकषायमाणा (निकष-शब्दादाचारार्थे क्यङ् तदन्तात् शानच्) सर्वश्रेष्ठभूता। (२) शश्वदिति। शश्वत् = निरन्तरम् अगण्यैः = असङ्ख्यैः पण्यैः = विक्रेयैः विस्तारितैः = विक्रयार्थं प्रसारितैः मणिगणादिवस्तुजातैः = मणीनां गणः, आदिः येषां वस्तूनां तेषां जातैः समूहैः रत्ननिचयादिद्रव्यसमूहैः व्याख्यातं =

प्सित वस्तु मांगने को कहा। फलतः वामन भगवान् ने उससे तीन पग पृथ्वी की याचना की। शुक्राचार्य के रोकने पर भी उसने उनकी याचना स्वीकार कर ली। निदान उन्होंने एक पग में पृथ्वी, एक पग में स्वर्गादिलोक तथा शरीर से समस्त आकाश व्याप्त कर लिया। उनका वामपाद ब्रह्मलोक से भी ऊपर तक चला गया। भगवान् ने जब तीसरे पग के लिए स्थान पूछा तो बलि ने उसे अपने मस्तक पर रखने को कहा और उसने अपना मस्तक झुका दिया। प्रभु ने वहाँ अपना चरण रखा। बलि गरुड द्वारा बाँध लिया गया। अन्त में भगवान् प्रसन्न हुए और बलि को सुतल लोक में सानन्द निवास करने का स्थान दिया। उन्हीं तीनों पगों की स्तुति कविने यहाँ की है।

अर्थ—भगवान् त्रिविक्रम (वामन) का वह चरण-दण्ड—जो ब्रह्माण्ड रूपी छाते के दण्ड के समान है, ब्रह्मा के उत्पत्तिस्थान कमल के नाल दण्ड के समान है, पृथ्वीरूपी नौका के कूपदण्ड (मस्तूल या गुनरखा) के समान है, आकाश गङ्गारूपी पताका के ध्वजदण्ड के समान है, ग्रह नक्षत्र मण्डलरूप रथचक्रों (पहियों) की धूरी के समान है, तीनों लोकों के जीतने के चिह्न स्वरूप स्तम्भ (खूँटा) के समान है, अथवा जो राक्षसों के लिए यमदण्ड-स्वरूप है—आपका कल्याण करे।

(१) संसार की सारी नगरियों को जांचने की कसौटी (में सर्वश्रेष्ठ) (२) निरन्तर असंख्य दूकानों में फैलाकर रखे हुए मणियों आदि के द्वारा रत्नाकर (समुद्र) के रत्नों के

मणि-गणादि-वस्तु-जात-व्याख्यात-रत्नाकर-माहात्म्या (३) मगधदेश-शेखरीभूता पुष्पपुरी नाम नगरी ।

मगधराजराजहंसवर्णनम्

(४) तत्र वीरभटपटलोत्तरङ्गतुरङ्गकुञ्जरमकरभीषणसकलरिपुगणकटकजलनिधिमथनमन्दरायमाणसमुद्दण्डभुजदण्डमण्डलः, (१) पुरन्दरपुराङ्गणवनविहरणपरायणतरुणगणिकागणजेगीयमानयाऽतिमानया (२) शरदिन्दुकुन्दघनसारनीहा-

---

प्रकटीकृतम् रत्नाकरस्य रत्नानाम्=मणीनाम् आकरस्य=समुद्रस्य इव माहात्म्यं=महिमा यस्याः तथाभूता=विविधानेकरत्नपूरितापणा । (३) मगधदेशशेखरीभूता—मगधदेशस्य शेखरीभूता=शिरोभूषणस्वरूपा । पुष्पपुरी=साम्प्रतिकं नाम पाटलिपुत्रम् ('पटना' इति भाषायाम्) नाम=इत्यव्ययं प्रसिद्धार्थकम् । नगरी अस्ति=वर्तते ।

(४) तत्र वीरेति । तत्र=कुसुमपुरे (पुष्पपुर्याम्) । वीराणाम्=शूराणाम्, भटानां=योधानाम् पटलेन=समूहेन उत्तरङ्गाः=उद्गतवीचयः उन्नताः तुरङ्गाः=अश्वाः कुञ्जराः=हस्तिनश्च ते मकराः=नक्राः (जलजन्तुविशेषाः) तैः भीषणम्=भयङ्करम् सकलानाम्=समस्तानाम् रिपुगणानाम्=शत्रुसमूहानाम् कटकम्=सैन्यं जलनिधिः=समुद्र इव तस्य मथने=विलोडने मन्दरायमाणम्=मन्दराद्रिरिवाचरत् (मन्थनदण्डस्वरूपम्) समुद्दण्डं=समुन्नतम् भुजदण्डमण्डलम्=बाहुदण्डयुगलम् यस्य सः । भुजदण्डः, इति पाठे भुजो दण्ड इव यस्य स इत्यर्थः ।

(१) पुरन्दरेति । पुरन्दरस्य=इन्द्रस्य पुरम्=नगरम् तस्य अमरावत्याः इत्यर्थः अङ्गणवने=अङ्गणस्य=चत्वरस्य यद् वनम् तस्मिन् नन्दनवने इति यावत् विहरणपरायणानाम्—विहरणे=विहारे परायणानाम्=तत्पराणाम् तरुणीनाम्=युवतीनां गणिकानाम्=अप्सरसाम् गणैः=समूहैः जेगीयमानया=वारं वारं कीर्त्यमानया । अतिमानया=अति=अधिकं मानं=परिमाणं यस्याः तयां महत्येत्यर्थः ।

(२) शरदिति । शरदिन्दुः=शरत्कालीनश्चन्द्रश्च कुन्दम्=माघमासि भवं कुसुमञ्च घनसारः=चन्दनरसः (कर्पूरश्च) नीहारः=हिमश्च हारः मौक्तिकमाला च मृणालम्=

माहात्म्यको प्रकाशित करने वाली और (३) मगधदेश की शिरोमुकुट (राजधानी) पुष्पपुरी नाम की नगरी थी ।

(४) उसमें राजहंस नामक एक राजा रहते थे । उनके विशाल भुजदण्ड, योद्धाओं के समूहरूप उत्ताल तरंगों वाले, घोड़े और हाथीरूप मगरों से भयङ्कर, समस्त शत्रुमंडल के सैन्यरूप समुद्र को मथने के लिए मन्दराचल पर्वत की भाँति थे । (१) उनकी कीर्ति से दिशाएँ व्याप्त थीं, जो (कीर्ति) अमरावती के उद्यान (नन्दनवन) में विहार करने वाली युवती वेश्याओं द्वारा बारम्बार गायी गयी थी, तथा अधिक परिमाणों वाली थी एवं (२) शरत्कालीन चन्द्रमा, कुन्द (माघी)-पुष्प, कपूर, हिम, मोती-माला मृणाल (कमल की नाल) हंस,

रहारमृणालमरालसुरगजनीरक्षीरगिरिशाट्टहासकलासकाशनीकाशमूर्त्या (३)रचितदिगन्तरालपूर्त्या कीर्त्याऽभितः सुरभितः (१) स्वर्लोकशिखरोरुरुचिररत्नरत्नाकरवेलामेखलायितधरणीरमणीसौभाग्यभोगभाग्यवान् (२) अनवरतयागदक्षिणारक्षितशिष्टविशिष्टविद्यासम्भारभासुरभूसुरनिकरः,(३)विरचितारातिसंतापेन प्रतापेन सतततुलितवियन्मध्यहंसः, राजहंसो नाम (१) घनदर्पकन्दर्पसौन्दर्यसोदर्यहृद्य-

---

विसञ्च 'मृणालं विसमब्जादि कदम्बे षण्डमस्त्रियामि' त्यमरः। मरालः = राजहंसश्च सुरगजः = ऐरावतश्च नीरम् = जलञ्च क्षीरम् = दुग्धञ्च गिरिशस्य = महादेवस्य अट्टहासः = हास्यविशेषश्च कैलासः = रजतगिरिश्च काशः = काशकुसुमञ्च तैः, नीकाशा = सदृशी तुल्येति यावत् मूर्तिः = स्वरूपं यस्याः तया अतिस्वच्छयेति भावः। (३) रचितेति। रचिता = कृता दिगन्तरालानां = दिशामन्तरालानाम् = अवकाशानाम् पूर्तिः = पूरणम् आच्छादनमिति यावत् यया तया सर्वदिग्व्यापिन्या इत्यर्थः कीर्त्या = यशसा अभितः = समन्तात् सुरभितः = आमोदितः (मनोज्ञः, प्रसिद्धश्च) (१) स्वर्लोकेति। स्वः = स्वर्गः लोकः = आश्रयः येषां ते = देवाः तेषाम्, स्वर्गवासिनां देवानामित्यर्थः शिखरेषु = चूडासु उरूणि = महान्ति महार्घाणीत्यर्थः रुचिराणि = मनोहराणि रत्नानि यस्य तादृशस्य रत्नाकरस्य = समुद्रस्य वेला = तटम् 'वेला स्यात्तीरनीरयोः' इत्यमरः सा एव मेखला = काञ्ची सेवाचरिता या धरणी = पृथ्वी एव रमणी = कामिनी तस्याः सौभाग्यस्य यो भोगः तस्मिन् = उपभोगे इत्यर्थः भाग्यवान् = भाग्यं विद्यते अस्ति अस्य तथाभूतः। प्रियतमायाः इव ससागराया धरित्र्या भोगे संलग्न इति भावः। (२) अनवरतेति। अनवरतं = निरन्तरम् यो यागः = यज्ञानुष्ठानम् तस्य दक्षिणाभिः प्रदत्तपुरस्कारद्रव्यविशेषैः रक्षितः = पालितः शिष्टानां = सदाचारपरायणानां शान्तप्रकृतीनामित्यर्थः विशिष्टानाम् = महताम् विद्यासम्भारेण = विद्याविस्तरेण शास्त्रज्ञानातिरेकेण इति यावत्। भासुराणाम् = दीप्तिमताम् = प्रदीप्तानामित्यर्थः लब्धप्रतिष्ठानामिति यावत्, भूसुराणाम् = ब्राह्मणानाम् निकरः = समूहः येन तथाभूतः। (३) विरचितेति। विरचितः = कृतः अरातीनां = शत्रूणाम् सन्तापः = दुःखम् येन तादृशेन प्रतापेन = तेजोविशेषेण 'स प्रतापः प्रभावश्च यत्तेजः कोशदण्डजम्' इत्यमरः सततम् = अनारतम् प्रतिदिनमित्यर्थः तुलितः = समीकृतः वियन्मध्यहंसः वियतः = आकाशस्य मध्ये यो हंसः = सूर्यः सः, मध्याह्नसूर्यः येन तादृशः तेजसा सूर्यसदृश इति भावः। राजहंसो नाम = राजहंस इति प्रसिद्धः (१) घनः = निविडः सान्द्र इति यावत्

ऐरावत हाथी, जल, दुग्ध, शिव का अट्टहास, कैलास पर्वत, काश आदि श्वेत वस्तुओं की भाँति धवल मूर्ति वाली थी और (३) दसों दिशाओं के मध्य भागको पूर्ण करने वाली थी जिससे उनकी ख्याति थी। (१) वे (राजहंस) देवताओं के मुकुट के मनोहर और बहुमूल्य मणियों वाले समुद्र की वेला (तटभूमि) रूप करधनी से घिरी पृथ्वीरूप कामिनी के सौन्दर्य व ऐश्वर्य का उपभोग करते हुए (२) निरन्तर किये जाने वाले यज्ञों की दक्षिणा द्वारा आचारवान् और विशेष शास्त्रज्ञान से तेजस्वी ब्राह्मणों की रक्षा करने में तत्पर रहा करते थे। (३) साथ ही जो अपने प्रखर प्रताप से शत्रुदल को सन्त्रस्त करने कारण मध्याह्न कालिक सूर्य की (प्रताप से सूर्य सदृश) थे और (१) सौन्दर्य में महाभिमानी कामदेव के सदृश मनोहर

निरवद्यरूपो भूपो बभूव ।

राज्ञीवसुमतीवर्णनम्

(२) तस्य वसुमती नाम सुमतिः लीलावतीकुलशेखरमणी रमणी बभूव ।

(३) रोषरूक्षेण निटिलाक्षेण भस्मीकृतचेतने मकरकेतने तदा भयेनानवद्या वनितेति मत्वा तस्य रोलम्बावली केशजालम्, (१) प्रेमाकरो रजनीकरो विजि-

---

दर्पः=अहंकारः (रूपजनितः) यस्य सः रूपेणातुल्यः अप्रतिम इत्यर्थः यः कन्दपः=कामः तस्य यत्सौन्दर्यं=रूपं तस्य सोदर्यं=सहोदरम् (समम्) हृदयम्=मनोज्ञम् निरवद्यम्=अनिन्द्यम् निर्दोषमिति यावत् रूपम्=स्वरूपम् यस्य तादृशो भूपः=राजा बभूव=आसीत् ।

(२) तस्य=राज्ञः वसुमती नाम रमणी बभूवेति सम्बन्धः । सुमतिः सु=शोभना मतिः=बुद्धिः यस्याः सा तथोक्ता=सुबुद्धिः । लीलावतीनाम्=रमणीनाम् कुलस्य=वंशस्य शेखरं=शिरोभूषणम् तस्य मणिः=रत्नरूपा रमणी=पत्नी बभूव=आसीत् ।

(३) रोषेति । रोषरूक्षेण रोषेण=कोपेन (तपोभङ्गकरणजनितेन) रूक्षः=निष्ठुरः तेन कोपनिष्ठुरेणेत्यर्थः निटिलाक्षेण-निटिले=भाले अक्षि=चक्षुर्यस्य तेन ललाटस्थितनेत्रेण शङ्करेण भस्मीकृतचेतने-भस्मीकृता=नाशिता चेतना=चैतन्यं यस्य तस्मिन्=दग्धे, मकरकेतने=कामदेवे तदा=तस्मिन्काले भस्मीकरणसमये । भयेन सहसा कामदेवभस्मजनितेन सम्भ्रमेणेत्यर्थः अनवद्या—न विद्यते अवद्यम्=दोषः यस्याः सा अनवद्या=निर्दोषा, सर्वाङ्गसुन्दरीति यावत् । वनिता=स्त्री । मत्वा=निश्चित्य तस्य=मदनस्य । रोलम्बावली=रोलम्बानाम् भ्रमराणाम् आवली=श्रेणी (पंक्तिः) अनङ्गस्य सहचरी मौर्वीरूपेत्यर्थः (तस्याः वसुमत्याः) केशजालम्=केशकलापः कार्ष्ण्येन समत्वमभूदिव वचनविपरिणामेन सर्वत्रान्वयः ।

(१) प्रेमाकरः=प्रेम्णः आकरः=निधिः परमप्रेमपात्रम् । रजनीकरः—करोतीति करः रजन्याः करः=चन्द्रः । विजितारविन्दम्—विजितम्=कान्त्या तिरस्कृतम् अरविन्दम्=पद्मम्

स्वरूप वाले थे ।

(२) उनकी पत्नी का नाम वसुमती था, जो अत्यन्त बुद्धिमती होने के साथ-साथ कामिनी कुल की मुकुटमणि (स्त्रीरत्न) थी । (वसुमती पृथ्वी का भी नाम है इसलिए राजा राजहंस दोनों वसुमतियों का उपभोग करते थे) ।

(३) कवि की उत्प्रेक्षा है कि—भगवान् शंकर के तीसरे नेत्रके खुलने से जब कामदेव भस्म हुआ, तो उसके सभी साधन भयभीत होकर कामिनी (रानी वसुमती) निर्दोष है (इसे महादेव भी भस्म नहीं करेंगे अतः उसीका आश्रयण करना चाहिये) ऐसा समझकर मानो अपने-अपने स्वरूप के अनुसार रानी वसुमती के प्रत्येक अंगों में छिप गये । जैसे मौर्वी (धनुष की डोरी) रूप भौंरे उसके बालों में, (१) प्रेम-निधि (प्रेम का खजाना) चन्द्रमा कमल को

तारविन्दं वदनम्, (२) जयध्वजायमानो मीनो जायायुतोऽक्षियुगलम्, (३) सकलसैनिकाङ्गवीरो मलयसमीरो निःश्वासः, (१) पथिकहृद्दलनकरवालः प्रवालश्चाधरबिम्बम्, (२) जयशङ्खो बन्धुरा लावण्यधरा कन्धरा, (३) पूर्णकुम्भौ चक्रवाकानुकारौ पयोधरौ, (४) ज्यायमाने मार्दवासमाने बिसलते च बाहू,

---

येन तथाभूतम् (तस्याः वसुमत्याः) वदनम् = मुखम् समभूदिव । (कामस्य) (२) जयध्वजायमानः = जयध्वज इवाचरतीति = विजयपताकाध्वजदण्डसदृशः 'केतनं ध्वजमस्त्रियामि'त्यमरः । जायायुतः = जायया स्वपत्न्या युतः । मीनः = झषः (तस्याः वसुमत्याः) अक्षियुगलम् = नेत्रे (समभूदिव) ।

(३) सकलेति । सकलसैनिकाङ्गवीरः—सकलेषु = समस्तेषु सैनिकेषु = कामदेवसैन्येषु मध्ये अङ्गवीरः = प्रधानभटः । मलयसमीरः = दक्षिणानिलः । तस्याः (वसुमत्याः) निश्वासः = प्राणवायुः (समभूदिव) ।

(१) पथिकेति । पथिकानाम् = पान्थानाम् "अध्वनीनोऽध्वगोध्वन्यः पान्थः पथिक इत्यपि" इत्यमरः हृद्दलने—हृत् = हृदयं तस्य दलने = भेदने करवालः = असिस्वरूपः कृपाणरूप इति यावत् । प्रवालः = नवपल्लवः (तस्याः) अधरबिम्बम् = बिम्बतुल्योष्ठौ । 'ओष्ठाधरौ तु रदने'त्यमरः (समभूताम्) (२) कामस्य जयशङ्खः—जयस्य = विजयस्य (ध्वनिकारकः) शङ्खः = कम्बुः । बन्धुरा = उन्नतावनता 'बन्धुरन्तून्नतानतम्' इत्यमरः । लावण्यधरा—धरतीति धरा, लावण्यस्य धरा = सौन्दर्य्यशालिनी, लावण्यपूर्णेत्यर्थः । (तस्याः) कन्धरा = ग्रीवा 'शिरोधिः कन्धरेत्यपि' इत्यमरः । (समभूदिव) ।

(३) पूर्णकुम्भौ = पूर्णकलशौ (कामस्य विजययात्रायामपेक्षितौ) चक्रवाकानुकारौ = चक्रवाकम् = पक्षिविशेषम् अनुकुरुतः इति, चक्रवाकसदृशौ । (तस्याः) पयोधरौ = स्तनौ (समभूताम्) । (४) ज्यायमाने—ज्या = धनुर्गुणः सा इवाचरतः क्यङ्, मौर्वीसदृश्यौ, मार्दवे = सौकुमार्य्ये कोमलतायामित्यर्थः । असमाने = अतुल्ये । बिसलते = मृणालतन्तू मृणाल-

---

तिरस्कृत करने वाले उसके मुख में, (२) विजय चिह्नस्वरूप सपत्नीक मत्स्य उसकी आँखों में (कामदेव की मत्स्य चिह्नित ध्वजा प्रख्यात है), (३) कामदेव के समस्त सैनिकों में प्रधान सेनानायक मलयानिल उसके मुखवायु के (दक्षिणानिल की कामोद्दीपकता प्रसिद्ध ही है) (१) पथिकों (प्रोषितों) के हृदय को विदीर्ण करने में तलवार की भाँति कार्य करने वाले लाल-लाल नव पल्लव (प्रवाल) उसके होठों में (वृक्षों के लाल-लाल नवीन-पत्र को देखने से विदेशस्थ सहृदय पुरुष के हृदय में एक प्रकार की गुद-गुदी सी पैदा होती है) । (२) विजयध्वनि करने वाले कामदेव के शङ्ख उसके ऊँचे-नीचे और सौंदर्य शाली कण्ठ में (ऊँचा-नीचा होने के कारण शंख और गला का उपमानोपमेय भाव प्रख्यात है) । (३) कामदेव की विजययात्रा में अपेक्षित जलपूर्ण कलश चक्रवाक-पक्षिविशेष के सदृश उसके (वसुमती के) स्तनों में, (४) कामदेव के धनुष की डोरी, जो कोमलता में मृणालसूत्र

(१) ईषदुत्फुल्ललीलावतंसकह्लारकोरको गङ्गावर्तसनाभिर्नाभिः, (२) दूरीकृतयोगिमनोरथो जैत्ररथोऽतिघनं जघनम् (३) जयस्तम्भभूते सौन्दर्यभूते विघ्नितयतिजनारम्भे रम्भे चोरुयुगम् , (४) आतपत्रसहस्रपत्रं पादद्वयम् , (५) अस्त्रभूतानि प्रसूनानि तानीतराण्यङ्गानि च समभूवन्निव ।

(१) विजितामरपुरे पुष्पपुरे निवसता सानन्तभोगलालिता वसुमती वसुम-

---

द्वयमिति यावत् । (तस्याः वसुमत्याः) बाहू = भुजौ । (समभूताम्) ।

(१) ईषदिति । ईषत् = अल्पम् उत्फुल्लः = विकसितः लीलावतंसः—लीलायाः = क्रीडायाः अवतंसः = भूषणम् विलासभूषणमिति यावत् (कामस्येति शेषः) कह्लारकोरकः = रक्तकमलकुड्मलः सौगन्धिककलिकेति यावत् 'कलिका कोरकः पुमानि'त्यमरः । गङ्गेति—गङ्गायाः आवर्तः = जलभ्रमः 'स्यादावर्त्तोऽम्भसां भ्रमः' इत्यमरः तस्य सनाभिः = सदृशः सोदर इत्यर्थः (तस्याः वसुमत्याः) नाभिः (समभूदिव) ।

(२) दूरीकृतेति । दूरीकृतः = निराकृतः योगिनां मनोरथः = योगाभिलाषो येन तथाभूतः तपश्चारिणां तपोभ्रंशकारकः । जैत्ररथः = जयनशीलरथः (कामस्य) । अतिघनम् = अतिनिविडम् विशालमित्यर्थः । (तस्याः) जघनम् = कटिपुरोभागः "स्त्रीकट्यां जघनं पुरः" इत्यमरः । (३) जयस्तम्भभूते = विजयस्तम्भस्वरूपे । (मदनस्येति शेषः) सौन्दर्यभूते = प्राप्तमनोज्ञत्वे विघ्नितः = विहतः विघ्नयुक्तः कृत इति भावः यतिजनानां = योगाभ्यासिनाम् आरम्भः = योगाभ्यासोद्योगः याभ्याम् ते रम्भे = कदल्यौ । (तस्याः) ऊरुयुगम् = सक्थियुगलम् (समभूतामिव) (४) आतपत्रं = छत्रं तत्सदृशम् (कामस्य) सहस्रपत्रम् = कमलम् (तस्याः) पादद्वयम् = चरणयुगलम् । (५) अस्त्रभूतानि = बाणस्वरूपाणि (कामस्येति शेषः) तानि = प्रसिद्धानि प्रसूनानि = पुष्पाणि । इतराणि = अन्यानि (तस्याः) अङ्गानि = उदरादीनि समभूवन्निव = जातानीव । कामदेवं गतायुषमवलोक्य तस्य सुहृदः भ्रमरपङ्क्त्यादयः क्रमेण वसुमतीं = कामपत्नीं रतिं मन्यमानाः वसुमत्याः सर्वाङ्गरूपेण परिणमन्ति स्म इवेति सारांशः ।

(१) विजितेति । विजितम् = सम्पत्त्या तिरस्कृतम् अमरपुरम् = स्वर्गो येन तस्मिन् पुष्पपुरे = पाटलिपुत्रे पटनानगरे इति यावत् । निवसता = वासं कुर्वता अनन्तभोगलालिता = नास्ति

सदृश थी—वसुमती को दोनों भुजाओं में, (१) कामदेव के विलास भूषणरूप अधखिले लाल-कमल कोरक गंगावर्त के सदृश (भंवरदार) उसकी नाभि में । (२) योगियों के ध्यानाभिलाष को दूर करनेवाले कामदेवके जैत्र (जय करनेवाला) रथ अत्यन्त घन (सटे हुए) उसके जघनस्थल (कटि अग्रभाग) में । (३) कामदेव के विजयस्तम्भस्वरूप और मनोज्ञ एवं योगाभ्यासियों के उद्योगों में विघ्न पैदा करने वाले दोनों कदलीस्तम्भ उसके दोनों जांघों में । (४) कामदेव के छत्र सदृश कमल उसके दोनों पैरों में तथा (५) कामदेव के अस्त्ररूप अन्यान्य पुष्प वसुमती के शेष अंगों में जा छिपे ।

(१) अपनी सम्पत्ति से अमरावती को जीतने (तिरस्कृत करने) वाल। पुष्पपुरी में निवास करते हुए महाराज राजहंस शेषनाग के फणों से धारण की हुई पृथ्वी की भाँति अनेक

तीव मगधराजेन यथासुखमन्वभावि ।

अमात्यवर्णनम्

(२) **तस्य राज्ञः परमविधेया धर्मपालपद्मोद्भवसितवर्मनामधेया (३) धीरधिषणावधीरितविबुधाचार्यविचार्यकार्यसाहित्याः कुलामात्यास्त्रयोऽभूवन् । (४) तेषां सितवर्मणः सुमतिसत्यवर्माणौ, धर्मपालस्य सुमन्त्रसुमित्रकामपालाः, पद्मोद्भवस्य सुश्रुतरत्नोद्भवाविति तनयाः समभूवन् । (१) तेषु धर्मशीलः सत्यवर्मा संसारासारतां बुद्ध्वा तीर्थयात्राभिलाषी देशान्तरमगमत् । (२) विटनटवारनारीपरायणो**

अन्तो यस्य तथाभूतस्तेन भोगेन = सुखेन लालिता = वर्धिता वसुमतीव = पृथ्वीव सा वसुमती = राजमहिषी मगधराजेन = राजहंसेन यथासुखम् = सुखमनतिक्रम्य, क्रियाविशेषणम् । अन्वभावि = समुपभुक्ता । पृथ्वीपक्षे—अनन्तस्य = तन्नामकसर्पराजस्य भोगेन = फणेन शिरसेति यावत् । 'भोगः सुखे स्त्र्यादिभृतावहेश्च फणकाययोरि'त्यमरः लालिता = धृता ।

(२) तस्येति । तस्य = राजहंसस्य राज्ञः । परमविधेयाः परमाश्च ते विधेयाश्चेति = अतिवशंवदाः अतिविनीता इत्यर्थः । धर्मपाल–पद्मोद्भव–सितवर्म–नामधेयाः धर्मपालश्च पद्मोद्भवश्च सितवर्मा च इति नामधेयं येषां ते, धर्मपालपद्मोद्भवसितवर्मनामानः (३) धीरेति । धीराभिः = गम्भीराभिः धिषणाभिः = बुद्धिभिः अवधीरितानि = तिरस्कृतानि विबुधाचार्यस्य = देवगुरोः बृहस्पतेः विचार्य्याणां = विचारितुं योग्यानाम् कार्याणाम् साहित्यानि = समुदायाः यैः ते = बृहस्पतेरपि प्रज्ञायां श्रेष्ठाः । कुलामात्याः = कुलक्रमागतमन्त्रिणः वंशपरम्परागताः इत्यर्थः त्रयोऽभूवन् । (४) तेषाम् = वंशपरम्परागतमन्त्रिणाम् मध्ये सितवर्मणः = तन्नामकस्य मन्त्रिणः सुमतिसत्यवर्माणौ द्वौ तनयौ समभूताम् । धर्मपालस्य = तन्नाम्नः मन्त्रिणः सुमन्त्र-सुमित्र-कामपाला इति त्रयः पुत्राः समभूवन्, पद्मोद्भवस्य = तन्नाम्नो मन्त्रिणः सुश्रुत-रत्नोद्भवनामानौ द्वौ तनयौ समभूताम् । (१) तेषु = अमात्यपुत्रेषु । धर्मशीलः = धर्मात्मा सत्यवर्मा संसारासारताम्—संसारस्य = जगतः असारताम् = तत्त्वशून्यताम् बुद्ध्वा = मत्वा तीर्थयात्राभिलाषी = तीर्थस्य = पुण्यभूमेः यात्रा तस्या अभिलाषोऽस्यास्तीति । देशान्तरम् = अन्यो देशः । अगमत् = अगच्छत् । (२) विटेति । विटः = धूर्त्तः नटः = शैलूषः वारनारी (वेश्या) तासु परायणः =

सुख सामग्रियों से पालित रानी वसुमती के साथ आनन्द का उपभोग करते थे । (२) महाराज राजहंस के अतिविनीत और अपनी (३) गम्भीर बुद्धि से देवगुरु बृहस्पति को भी विचार कर किये जाने वाले कार्यों में तिरस्कृत करने वाले (बृहस्पति को भी कुछ नहीं समझनेवाले) कुलपरम्परागत धर्मपाल, पद्मोद्भव और सितवर्मा नाम के तीन मन्त्री थे । (४) उनमें सितवर्मा के सुश्रुत और सत्यवर्मा, धर्मपाल के सुमन्त्र, सुमित्र और कामपाल, तथा पद्मोद्भव के सुश्रुत और रत्नोद्भव नामक पुत्र उत्पन्न हुए । (१) इन पुत्रों में धर्मकार्य में लगा सत्यवर्मा संसार की असारता देखकर तीर्थयात्रा करने देशान्तर चला गया । (२) ामपाल धूर्तों. नटों और वेश्याओं के सम्पर्क में आकर उद्दण्ड की भाँति भाइयों तथा पिता की

दुर्विनीतः कामपालो जनकाग्रजन्मनोः शासनमतिक्रम्य भुवं बभ्राम । (३) रत्नोद्भवोऽपि वाणिज्यनिपुणतया पारावारतरणमकरोत् । (४) इतरे मन्त्रिसूनवः पुरन्दरपुरातिथिषु पितृषु यथापूर्वमन्वतिष्ठन् ।

राजहंसस्य युद्धवर्णनम्

(१) ततः कदाचिन्नानाविधमहायुधनैपुण्यरचितागण्यजन्यराजन्यमौलिपालिनिहितनिशितसायको मगधनायको मालवेश्वरं प्रत्यग्रसङ्ग्रामघस्मरं समु-

---

आसक्तः दुर्विनीतः=अशिष्टः । कामपालः=धर्मपालतृतीयपुत्रः । जनकाग्रजन्मनोः=जनकः=पिता च अग्रजन्मा=ज्येष्ठसोदरभ्राता च तौ, तयोः=पितुः ज्येष्ठसोदरभ्रातुश्च शासनम्=आदेशम् । अतिक्रम्य=उल्लङ्घ्य । भुवम्=पृथिवीम् बभ्राम=आट, संचचारेत्यर्थः ।

(३) रत्नोद्भवः अपि=पद्मोद्भवस्य द्वितीयः पुत्रः । वाणिज्यनिपुणतया—वाणिज्ये=व्यापारे या निपुणता=क्षमता तया । पारावारतरणम्—पारावारस्य=समुद्रस्य तरणम्=पारगमनम् । सिन्धुलङ्घनेन देशान्तरगमनञ्चकारेत्यर्थः । (४) इतरे=अन्ये चत्वारो मन्त्रिसूनवः=अमात्यतनयाः । पुरन्दरपुरातिथिषु—पुरन्दरपुरस्य=स्वर्गस्य अतिथिषु=मृतेषु स्वर्गस्थेषु सत्सु पितृषु=पितृपितृव्येषु यथापूर्वम्-पूर्वमनतिक्रम्येति यथापूर्वम् । पूर्वजानुक्रमेण अन्वतिष्ठन्=मन्त्रित्वमकुर्वन् । (१) ततः=तदनन्तरम् । कदाचिदेकदा । नानाविधेति । नानाविधानाम्=विचित्राणाम् अनेकप्रकाराणामित्यर्थः महताम्=विशालानाम् आयुधानाम्=अस्त्राणाम् नैपुण्येन=शिक्षाकौशलेन विविधप्रकारेण प्रयागकौशलेनेत्यर्थः रचितानि=कृतानि अगण्यानि असंख्यानि जन्यानि=युद्धानि यैस्तादृशानां राजन्यानाम्=क्षत्रियाणाम् मौलिपालिषु=किरीटप्रान्तभागेषु मस्तकनिचयेष्विति भावः 'मौलिः किरीटे धामल्ले चूडायामि'त्यभिधानम् । 'पालिः कर्णलतायां स्यात्प्रदेशे पंक्तिचिह्नयोरि'त्यमरः । निहितः=निक्षिप्तः प्रवेशित इति यावत् निशितः=तीक्ष्णः सायकः=वाणः येन सः क्षत्रियविजेता महावीरः । मगधनायकः=राजहंसः । मालवेश्वरम्=मालवाधिपतिम् । प्रत्यग्रसंग्रामघस्मरम्—प्रत्यग्रः=नवीनः यः संग्रामः=युद्धम् तस्य घस्मरः=भक्षणशीलः तम्, नवीने रणे जयशालिनम् । अत एव समुत्कटः=अतिशयितः समुन्नतः इति यावत् मानः=बलगर्वः एव सारः अभिमानातिशयो यस्य तादृशम् । मानसारम्=तन्नामकम् नृपम् । प्रति=लक्ष्यीकृत्य सहेलम्=सावज्ञम् ।

बात न सुनता हुआ इधर-उधर घूमने लगा । (३) रत्नोद्भव व्यापार करने समुद्र पारकर द्वीपान्तर चला गया । (४) शेष मन्त्रिपुत्र अपने अपने पिता की मृत्यु के पश्चात् पूर्व की भाँति अपने-अपने पिता के पदों पर कार्य करने लगे ।

(१) पश्चात्-एक समय नाना प्रकार के बड़े बड़े शस्त्रास्त्रों के प्रयोग में कुशल तथा अनेक बार किये गये युद्धों में क्षत्रिय राजाओं के मुकुटों में तीक्ष्ण बाणों का निशान मारनेवाले महाराज राजहंस कुछ दिनों पूर्व संग्राम में विजय प्राप्त करने के कारण अत्यभिमानी

त्कटमानसारं मानसारं प्रति सहेलं (२) न्यक्कृतजलधिनिर्घोषाहङ्कारेण भेरीझाङ्कारेण (१) हठिकाकर्णनाक्रान्तभयचण्डिमानं (२) दिग्दन्तावलवलयं विघूर्णयन् (३) निजभरनमन्मेदिनीभरेण (४) आयस्तभुजगराजमस्तकबलेव चतुरङ्गबलेन संयुतः सङ्ग्रामाभिलाषेण रोषेण महताविष्टो निर्ययौ। (५) मालवनाथोऽप्यनेकानेकपयूथसनाथो विग्रहः सविग्रह इव साग्रहोऽभिमुखीभूय भूयो निर्जगाम। (१) तयोरथ रथतुरगखुरक्षुण्णक्षोणीसमुद्भूते (२) करिघटाकटस्रवन्मदधाराधौ-

---

(२) न्यक्कृतेति। न्यक्कृतः तिरस्कृतः जलधेः = समुद्रस्य निर्घोषाहंकारः = निर्घोषस्य = शब्दस्य अहंकारः गर्व कलरवजनिताहंकारः येन तादृशेन भेरीझाङ्कारेण—भेर्याः = दुन्दुभेः झाङ्कारः = शब्दः तेन दुन्दुभिनादेन (१) हठिकाकर्णनात्—हठिकस्य = सहसागतस्य शब्दस्य आकर्णनात् = श्रवणात् आक्रान्तः = प्राप्तः भयस्य चण्डिमा = उग्रत्वम् यस्य तथाभूतम्। (२) दिशाम् ये दन्तावलाः = गजाः तेषां वलयम् = मण्डलम् विघूर्णयन् = कम्पयन्। (३) निजभरनमन्मेदिनीभरेण—निजस्य = स्वस्य भरेण = भारेण नमन्त्याः = अधोगच्छन्त्याः मेदिन्याः = पृथिव्याः भरेण = भारेण (४) आयस्तम् = आयासेन क्लेशितम् भुजगराजस्य = शेषस्य मस्तकानां = सहस्रशिरसाम् बलम् = सामर्थ्यम् येन तथोक्तेन चतुरङ्गबलेन = चत्वारि अङ्गानि यस्य तथाभूतं यत् बलम् = सैन्यम् तेन हस्त्यश्वरथपदातिमयेन चतुर्विधसैन्येन "हस्त्यश्वरथपादातं सेनाङ्गं स्याच्चतुर्विधम्" इत्यमरः। संयुतः = सहितः। संग्रामाभिलाषेण—संग्रामस्य = युद्धस्य अभिलाषः = मनोरथः तेन महता रोषेण = क्रोधेन आविष्टः = युक्तः समाक्रान्तः निर्ययौ = निर्जगाम। (५) मालवनाथेति। मालवनाथः = मानसारः मालवेश्वर इति यावत्। अनेकानेकपयूथसनाथः—अनेकेषाम् = बहूनाम् अनेकपानाम् = हस्तिनाम् "द्विरदोऽनेकपो द्विपः" इत्यमरः, यूथेन = समूहेन सनाथः = युक्तः, विग्रहः = संग्रामः, सविग्रह इव मूर्तिमान् इव साग्रहः = साभिलाषः युद्धायात्यादरवान् इत्यर्थः। भूयः = पुनरपि अभिमुखीभूय = सम्मुखो भूत्वा। निर्जगाम = निर्ययौ।

(१) अथ = अनन्तरम् निर्गमनानन्तरमित्यर्थः तयोः = राजहंसमानसारयोः रथतुरगेति। रथाश्च = रथचक्राणि च तुरगाश्च = अश्वाश्च तेषां खुरैः = शफैः क्षुण्णा = दलिता या क्षोणी = मही तस्याः समुद्भूते = समुत्थिते उत्पन्ने इत्यर्थः धूलीपटले इत्यनेन सम्बन्धः। (२) करिघटानां =

मालवेश्वर मानसार के ऊपर क्रुद्ध होकर, बिना प्रयास के (अवज्ञा पूर्वक) (२) समुद्र के गम्भीर गर्जनों को दबानेवाले नगाड़े के शब्दों को (१) सहसा सुनकर भयत्रस्त (२) दिग्गजों को कँपाने वाले, (३) अपने भार से दबी हुई पृथ्वी के भार से (४) शेषनाग के के मस्तक-बल को पीडित करनेवाले चतुरङ्गिणी (हाथी, घोड़े, पैदल और शस्त्रों से सजी) सेना लेकर युद्ध की इच्छा से चल पड़े।

(५) शरीरधारी समर की भाँति मालवाधिपति मानसार भी अनेक हाथियों की सेना से सज्जित हो आग्रह के साथ अपने नगर से पुनः निकल पड़ा। (१) पश्चात् उन दोनों में भयंकर युद्ध प्रारम्भ हो गया। रथ की पहियों और घोड़ों की टापों से पिसी एवं पृथ्वी से उड़ी

तमूले (३) नव्यवल्लभवरणागतदिव्यकन्याजनजवनिकापटमण्डप इव वियत्तल-व्याकुले धूलीपटले (४) दिविषदध्वनि धिक्कृतान्यध्वनिपटहध्वानबधिरिताशेष-दिगन्तराल (५) शस्त्राशस्त्रि हस्ताहस्ति परस्पराभिहतसैन्यं जन्यमजनि । (१) तत्र मगधराजः प्रक्षीणसकलसैन्यमण्डलं मालवराजं जीवग्राहमभिगृह्य कृपालुतया पुनरपि स्वराज्ये प्रतिष्ठापयामास । (२) ततः स रत्नाकरमेखलामिला-

---

गजसमूहानाम् कटेभ्यः = गण्डस्थलेभ्यः स्रवन्त्यः = क्षरन्त्यः याः मदधाराः ताभिः = मदजल-प्रवाहैः धौतम् = प्रक्षालितम् मूलम् यस्य तथाभूते । (३) नव्यवल्लभानां—नव्याः = नवाः ये वल्लभाः = प्रियाः रमणाः रणनिहताः भटाः इति यावत् संग्राममृताः सद्य एव स्वर्गमायान्तीति 'रणे चाभिमुखो हतः' इति स्मरणादिति भावः । तेषां वरणाय आगतानां दिव्यकन्याजना-नाम् = दिव्याश्च ते कन्याजनाः तेषाम् = अप्सरसाम् जवनिका = तिरस्करिणी तया युक्तः पटमण्डपः—पटस्य = वसनस्य यः मण्डपः = पटस्यावासः तस्मिन्निव वियत्तलव्याकुले—वियत्तले = आकाशे व्याकुले = आच्छादिते विस्तारिते इत्यर्थः धूलीपटले—धूलीनाम् = पांशूनाम् पटले = समूहे । (४) दिविषदध्वनि—दिवि = स्वर्गे सीदन्तीति दिविषदः = देवाः तेषां अध्वनि = मार्गे । धिक्कृतेति । धिक्कृतः = दूरीकृतः तिरस्कृत इत्यर्थः अन्येषाम् ध्वनिः = शब्दः यैः तथोक्तैः पटहध्वानैः—पटहानाम् = वाद्यविशेषाणाम् ध्वानैः = शब्दैः ढक्कानिनादैरित्यर्थः बधिरितम् = बधिरीकृतम् स्थगितम् इत्यर्थः अशेषम् = सम्पूर्णम् दिशाम् अन्तरालम् = मध्यम् येन तत् (५) शस्त्राशस्त्रि = शस्त्रैः शस्त्रैश्च प्रहृत्य प्रवृत्तं यद् युद्धम् तत् , परस्पराभिहतसैन्यम् = परस्परेण अन्योन्येन अभिहतम् = समाक्रान्तम् सैन्यम् यस्मिन् तत् । जन्यम् = युद्धम् 'युद्धमायो-धनं जन्यम्' इत्यमरः । अजनि = आरब्धम् । (१) तत्र = युद्धे । मगधराजः = राजहंसः । प्रक्षीणसकलसैन्यमण्डलम्—प्रक्षीणम् = निःशेषितम् सकलम् = समस्तम् सैन्यमण्डलम् = सेना-समूहः यस्य तम् , मालवराजम् = मालवेन्द्रम् मानसारम् । जीवग्राहमभिगृह्य—जीवस्य = जीवनस्य ग्राहः = ग्रहणम् यस्मिन् तद् यथा स्यात्तथा अभिगृह्य = धृत्वा जीवन्तमेव धृत्वेत्यर्थः । कृपालुतया = दयालुतया पुनरपि = भूयोऽपि स्वराज्ये प्रतिष्ठापयामास = प्रतिष्ठितमकरोत् स्थापया-मासेत्यर्थः । (२) ततः = तदनन्तरम् सः = राजहंसः । रत्नाकरमेखलाम्—रत्नाकरः = समुद्रः मेखला = काञ्ची रशनेत्यर्थः यस्याः ताम् , इलाम् = पृथ्वीम् 'गौरिला कुम्भिनी क्षमे'त्यमरः

हुयी धूलि (२) हाथियों की झरती मदधारा से सनकर (३) नूतन पतियों को वरण करने के निमित्त आई अप्सराओं के लिए परदायुक्त तम्बू की भाँति—आकाश में व्याप्त हो गयीं । (४) अन्य सभी शब्दों को दबानेवाले नगाड़े के शब्दों को आकाश में गूँज उठने पर सभी दिशायें बहिरी सी हो गईं । (५) उस युद्ध में शस्त्र से शस्त्र और हाथों से हाथ टकराकर योद्धागण आपस में मारकाट करने लगे । (१) उस भयंकर संग्राम में महाराज राजहंस ने मानसार की सारी सेना नष्टकर उसको जिन्दा ही पकड़ लिया और दयाबश फिर उसे उसके राज्य पर बैठा दिया । (२) मगध लौटकर राजा राजहंस सम्पूर्ण पृथ्वी का शासन करते हुए

मनन्यशासनां शासदनपत्यतया नारायणं सकललोकैककारणं निरन्तरमर्चयामास।

राज्ञ्या गर्भधारणवर्णनम्

(३) अथ कदाचित्तदग्रमहिषी 'देवि देवेन कल्पवल्लीफलमाप्नुहि' इति प्रभातसमये सुस्वप्नमवलोकितवती। (१) सा तदा दयितमनोरथपुष्पभूतं गर्भमधत्त। (२) राजापि सम्पन्न्यक्कृताखण्डलः सुहृन्नृपमण्डलं समाहूय (३) निजसम्पन्मनोरथानुरूपं देव्याः सीमन्तोत्सवं व्यधत्त।

(४) एकदा हितैः सुहृन्मन्त्रिपुरोहितैः सभायां सिंहासनासीनो गुणैरहीनो

अनन्यशासनाम्—नास्ति अन्यस्य = नृपस्य शासनम् = शास्तिः यस्या ताम्। शासत् = पालयन्, जक्षित्यादित्वान्नुमभावः सकललोकैककारणम्—सकलानाम् = समस्तानाम् लोकानाम् चराचराणामित्यर्थः एककारणम् = आदिभूतम् निरन्तरम् = अहर्निशम् अर्चयामास = पूजयामास।

(३) अथ = अनन्तरम्। कदाचित् = एकदा। तदग्रमहिषी तस्य = मगधाधिपस्य अग्रमहिषी = पट्टराज्ञी वसुमती 'देवि = भद्रे, देवेन = राज्ञा राजहंसेन। सह, कल्पवल्लीफलम् = कल्पतरुफलम्। अवाप्नुहि = लभस्व' इति प्रभातसमये = उषःकाले सुस्वप्नम् अवलोकितवती = अपश्यत्। (१) सा वसुमती तदा = तस्मिन् समये दयितस्य = प्रियस्य यः मनोरथः अभिलाषः (पुत्रप्राप्तिरूपः) तदेव फलम् तस्य पुष्पभूतम् गर्भम्। अधत्त = दधार। (२) राजापि = राजहंसोऽपि सम्पदा = समृद्धया न्यक्कृतः = तिरस्कृतः आखण्डलः = देवराजः येन तथोक्तः सम्पदा इन्द्रादपि विशेषः। राजापीत्यनेन सम्बन्धः। सुहृन्नृपमण्डलम्—सुहृदाम् = मित्राणाम् नृपाणाम् = राज्ञाम् मण्डलम् = समूहम् समाहूय = आकार्य (३) निजेति। निजस्य सम्पदः = लक्ष्म्याः मनोरथस्य = अभिलाषस्य च अनुरूपम् = तुल्यम् सीमन्तोत्सवं = केशान्तर—संस्काररूपानन्दकर्मसंस्कारविशेषम् इति यावत् व्यधत्त = चकार। (४) एकदेति। एकदा = कदाचित् हितैः = हिताकाङ्क्षिभिर्जनैः, सुहृदश्च मन्त्रिणश्च पुरोहिताश्च तैः (सह) सभायाम् = गोष्ठ्याम् सिंहासनासीने—सिंहासने = भद्रासने 'भद्रासनं तु तदि'त्यमरः आसीनः = उपविष्टः, गुणैः = राजगुणैः, शौर्यादिभिः। अहीनः = न हीनः, अन्यूनः। (राजा)

निःसन्तान होने के कारण सम्पूर्ण लोक के आदि कारण भगवान् नारायण की निरन्तर आराधना करने लगे।

(३) कुछ दिन बीतने पर एक दिन प्रातःकाल के समय रानी वसुमती ने एक सुस्वप्न देखा कि कोई व्यक्ति उससे कह रहा है—"देवि, राजा से कल्पवृक्ष का फल प्राप्त करो।"

(१) तब उसने पति के मनोरथ (फल) की प्राप्ति के लिए पुष्परूप गर्भ को धारण किया। (२) सम्पत्ति (वैभव) से इन्द्र को लजाने वाले राजा राजहंस ने मित्र राजाओं को बुलाकर (३) अपनी सम्पत्ति तथा मनोरथ के अनुसार रानी का सीमन्तोन्नयन संस्कार किया।

(४) एक दिन जब सर्व गुण सम्पन्न महाराज राजहंस अपने शुभेच्छु मित्रों, मन्त्रियों और पुरोहितों के साथ सभा में सिंहासनासीन थे, तब द्वारपाल ने आकर प्रणाम करके निवे-

(१) ललाटतटन्यस्ताञ्जलिना द्वारपालेन व्यज्ञापि-'देव! (२) देवसन्दर्शनलालसमानसः कोऽपि देवेन विरच्यार्चनार्हो यतिर्द्वारदेशमध्यास्ते' इति (३) तदनुज्ञातेन तेन स संयमी नृपसमीपमनायि। (४) भूपतिरायान्तं तं विलोक्य सम्यग्ज्ञाततदीयगूढचारभावो निखिलमनुचरनिकरं विसृज्य मन्त्रिजनसमेतः प्रणतमेनं (१) मन्दहासमभाषत-'ननु तापस! देशं सापदेश भ्रमन् भवांस्तत्र भवद्-

---

(१) ललाटतटन्यस्ताञ्जलिना—ललाटतटे=भालदेशे न्यस्तः=बद्धः अञ्जलिः=प्रसृतिः 'पाणिर्निकुब्जः प्रसृतिस्तौ युतावञ्जलिः पुमान्' इत्यमरः, येन तथोक्तेन=शिरोबद्धाञ्जलिना। द्वारपालेन—द्वारम्=प्रतीहारम् 'स्त्री द्वार्द्वारं प्रतीहारः' इत्यमरः पालयति=रक्षति तेन=प्रतीहारेण, द्वारस्थेन वा। 'प्रतीहारो द्वारपालद्वास्थद्वाःस्थितदर्शकाः' इत्यमरः। व्यज्ञापि=न्यवेदि। देव=राजन्, सम्बोधनपदम्। (२) देवसन्दर्शनलालसमानसः—देवस्य=भवतः राज्ञस्तवेत्यर्थः सन्दर्शने=सम्यक्तया अवलोकने लालसा यस्य तादृशं मानसं यस्येति बहुव्रीहिगर्भबहुव्रीहिः तथोक्तः 'कामोऽभिलाषस्तर्षश्च सोऽत्यर्थं लालसा द्वयोः' इत्यमरः। देवेन=श्रीमता। विरच्यार्चनार्हः—विरच्या=करणीया या अर्चना=पूजा ताम् अर्हतीति तादृशः=पूज्यः इत्यर्थः। कोऽपि=एकः। यतिः=संन्यासी। द्वारदेशम्=प्रतीहारम्। अध्यास्ते=अलंकरोति। अधि-शीङ्स्थासामिति आधारस्य कर्मत्वम्। इति। (३) तदनुज्ञातेन तेन=राज्ञा राजहंसेन अनुज्ञातेन=आज्ञप्तेन, अनुमतेनेत्यर्थः। तेन=द्वारपालेन। संयमी संन्यासी। नृपसमीपम्—नृपस्य=राज्ञः समीपम्=निकटम्। अनायि=प्रापितः। नीधातोः द्विकर्मकत्वात् प्रधानकर्मणः संयमिनः कर्मत्वम्। (४) भूपतिः=राजा। आयान्तम्=आगच्छन्तम्। तम्=संयमिनम्। विलोक्य=दृष्ट्वा। सम्यग्ज्ञाततदीयगूढचारभावः—सम्यक् सुष्ठु ज्ञातः=अवगतः तदीयः=तत्सम्बन्धी गूढः=गुप्तः प्रच्छन्नः इति यावत् चारभावः=स्पशभावः, 'चरः स्पशः' इत्यमरः चारत्वम् येन सः। निखिलम्=समग्रम् अनुचरनिकरम्—अनुचरस्य=भृत्यस्य निकरम्=समूहम्। विसृज्य=मुक्त्वा। मन्त्रिजनेन=सचिवजनेन समेतः=युक्तः। (भूपतिः) प्रणतम्=कृ नमस्कारम् विनम्रमित्यर्थः। एनम्=यतिम्। (१) मन्दहासम्=मन्दः हासः यस्मिन्कर्मणि तत् यथा स्यात्तथा अभाषत=उवाच। ननु इति प्रश्ने। 'प्रश्नावधारणानुज्ञानुनयामन्त्रणे ननु' इत्यमरः तापस, इति सम्बोधने। देशम्=देशान्। सापदेशम्—अपदेशेन=छलेन 'व्याजोऽपदेशो लक्ष्यं च' इत्यमरः सह इति सापदेशम्=सव्याजम् यतिवेषं कृत्वेत्यर्थः। भ्रमन्=पर्यटन्। तत्र तत्र=तेषु तेषु स्थानेषु। भवदभिज्ञातम्—भवता अभिज्ञातम्=अवगतम्

दन किया—राजन्, आपके दर्शनार्थ एक पूज्य संन्यासी द्वारपर उपस्थित हैं। राजा की आज्ञा पाकर द्वारपाल उस संन्यासी को राजा के समीप ले आया। उसके गुप्तचर भाव को भली भांति जानने वाले महाराज राजहंस ने उसे आते देखकर सभी नौकरों को वहाँ से हटा दिया और मन्त्रियों के साथ (१) कुछ हँसते हुए उस नम्र संन्यासी से बोले—हे तापस, इस कपट वेष में देशों का भ्रमण करते हुए उन-उन देशों में आपने कोई नई बात देखी हो या सुनी हो

भिज्ञातं कथयतु' इति ।

संन्यासिनः सन्देशकथनम्

तेनाभाषि (२) भूभ्रमणबलिना प्राञ्जलिना–'देव ! शिरसि देवस्याज्ञामादायैनं निर्दोषं वेषं स्वीकृत्य मालवेन्द्रनगरं प्रविश्य तत्र गूढतरं वर्तमानस्तस्य राज्ञः समस्तमुदन्तजातं विदित्वा प्रत्यागमम् ।

(१) मानी मानसारः स्वसैनिकायुष्यान्तराये संपराये भवतः पराजयमनुभूय वैलक्ष्यलक्ष्यहृदयो वीतदयो महाकालनिवासिनं कालीविलासिनमनश्वरं महेश्वरं

कथयतु = वर्णयतु इति ।

(२) भूभ्रमणबलिना—भुवः = पृथिव्याः भ्रमणे = पर्यटने यद् बलं = सामर्थ्यम् तदस्यास्तीति तेन । प्राञ्जलिना = बद्धाञ्जलिना । तेन = संयमिना । अभाषि = उक्तम् । देव = स्वामिन् । देवस्य = भवतः आज्ञाम् = आदेशम् । शिरसि आदाय = गृहीत्वा एनं निर्दोषम् = दोषरहितम् । वेषम् = रूपम् नेपथ्यम् वा, यतिस्वरूपमित्यर्थः । स्वीकृत्य = अङ्गीकृत्य । मालवेन्द्रनगरम् = मानसारपुरम् । प्रविश्य = गत्वा । तत्र = मालवेन्द्रनगरे । गूढतरम् = प्रच्छन्नतरम् यथा स्यात्तथा वर्तमानः = तिष्ठन् । तस्य राज्ञः = मानसारस्य समस्तम् = सम्पूर्णम् । उदन्तजातम् = प्रवृत्तिसमूहम् 'वार्ता प्रवृत्तिर्वृत्तान्त उदन्तः' इत्यमरः । विदित्वा = ज्ञात्वा । प्रत्यागमम् = प्रतिनिवृत्तः ।

(१) मानी = अभिमानी मानसारः = मालवेन्द्रः । स्वसैनिकेति–स्वस्य = निजस्य ये सैनिकाः = भटाः तेषाम् = निजयोधानाम् आयुष्यस्य = जीवनस्य अन्तराये = विघ्नरूपे । संपराये = संग्रामे । भवतः = त्वत्तः पराजयम् = पराभवम् । अनुभूय । वैलक्ष्यस्य = लज्जाया लक्ष्यम् = विषयीभूतम् हृदयम् यस्य तादृशः; लज्जया दुःखित इत्यर्थः । वीतदयः—वीता = अपगता दया = कृपा यस्मात् सः = निर्दयः इत्यर्थः । महाकालनिवासिनम् = महाकालः दक्षिणदेशस्थिततीर्थविशेषः उज्जयिनीतिविख्यातः तत्र निवासोऽस्यास्तीति तम् । कालीविलासिनम् = गौरीप्रियम् अनश्वरम् = विनाशरहितम् नित्यमित्यर्थः । महेश्वरम् = महांश्चासौ ईश्वरः तम्

तो उसे बताने का कष्ट करें ।

(२) पृथ्वी भर घूमनेवाला उस संन्यासी ने हाथ जोड़कर कहा—देव, आपकी आज्ञा को शिरोधार्य कर और इस निर्दोष वेष को धारण कर मैं मालवराज मानसार के नगर में गया था । वहाँ अत्यन्त छिपकर निवास करते हुए उस राजा का सारा समाचार जानकर वापस लौटा हूँ ।

(१) मानी मानसार अपने सैनिकों की आयु को नाश करनेवाले युद्ध में आपसे पराजय की ग्लानि से खिन्न एवं निर्दय होकर महाकाल निवासी पार्वतीपति अनश्वर भगवान् शंकर

समाराध्य (२) तपःप्रभावसन्तुष्टादस्मादेकवीरारातिघ्नीं भयदां गदां लब्ध्वाऽऽत्मानमप्रतिभटं मन्यमानो महाभिमानो भवन्तमभियोक्तुमुद्युङ्क्ते । ततः परं देव एव प्रमाणम्' इति ।

अमात्यकृतनिश्चयः

(१) तदालोच्य निश्चिततत्कृत्यैरमात्यै राजा विज्ञापितोऽभूत्—'देव, निरुपायेन देवसहायेन योद्धुमरातिरायाति । तस्मादस्माकं युद्धं सांप्रतमसांप्रतम् । सहसा दुर्गसंश्रयः कार्यः' इति ।

शिवम् । समाराध्य = संसेव्य । (२) तपःप्रभावसंतुष्टात्—तपसः प्रभावेण सन्तुष्टात् = सम्यक् तुष्टात् = प्रीतात् । अस्मात् = शंकरात् । एकवीरारातिघ्नीम्—एकम् वीरं अरातिं = शत्रुम् हन्तीति ताम् । भयदाम् = भयप्रदाम् । गदाम् = अस्त्रविशेषम् । लब्ध्वा = प्राप्य । आत्मानम् = स्वं अप्रतिभटं—नास्ति प्रतिभटः = प्रतिद्वन्द्वी यस्य सः तम् । मन्यमानः—मन्यते इति मन्यमानः = जानन् । महाभिमानः—महान् = विपुलः अभिमानः = अहंकारः यस्य सः । भवन्तम् = देवम् । अभियोक्तुम् = आक्रमितुम् । उद्युङ्क्ते = उद्यतो भवति चेष्टते इत्यर्थः । ततः परं देवः = भवानेव । प्रमाणम् = कर्त्तव्यतानिश्चायकः ।

(१) तदालोच्य—तत् = चरोक्तम् आलोच्य = विचार्य । निश्चितेति । निश्चितम् = निर्णीतम् तत्र = शत्रुविषये यत् कृत्यम् = करणीयम् यैः तै अमात्यैः = मन्त्रिभिः । राजा = राजहंसः । विज्ञापितः = निवेदितः । अभूत् = जातः । देव = स्वामिन् । निरुपायेन—निः = नास्ति उपायः = प्रतिविधानम् यस्य तथोक्तेन = प्रतिविधातुमशक्येन । देवसहायेन—देवः = ईश्वरः एव सहायः = सहकारी तेन सह । अरातिः = शत्रुः । योद्धुम् = प्रहर्तुम् । आयाति = आगच्छति । तस्मात् = 'देवसहायेनायातीति' कारणात् । अस्माकम् = मगधदेशरक्षकाणाम् । युद्धम् = संग्रामः । साम्प्रतम् = अधुना । असाम्प्रतम् = अयुक्तम् । 'युक्ते द्वे साम्प्रतं स्थाने' इत्यमरः । सहसा = शीघ्रम् । दुर्गसंश्रयः = दुर्गस्य संश्रयः = अवलम्बनम् । कार्यः = कर्तव्यः ।

की आराधना करने लगा । (२) उसकी आराधना से प्रसन्न होकर भगवान् शंकर ने उसे एक वीर शत्रु को मारनेवाली भयंकर गदा दी है जिससे वह अपने को अद्वितीय योद्धा समझकर अभिमानपूर्वक आपके ऊपर चढ़ाई करने की तैयारी कर रहा है । इसके बाद आप स्वयं ही अपने कर्तव्य का निश्चय करें । आगे आप सोच लें ।

(१) संन्यासी के कथनानुसार शत्रु के विषय में कर्तव्य का निश्चय करनेवाले मन्त्रियों ने विचार करके एकमत होकर राजा से निवेदन किया—स्वामिन्, शत्रु ने निरुपाय होकर देवता की शरण ली है और युद्ध करने आ रहा है, इसलिए हमारा युद्ध करना इस समय ठीक नहीं होगा । ऐसे समय किला के भीतर छिपकर रहना ही श्रेयस्कर होगा ।

राजहंसस्य पुनराहवे प्रवृत्तिः

(२) तैर्बहुधा विज्ञापितोऽप्यखर्वेण गर्वेण विराजमानो राजा तद्वाक्यमकृत्यमित्यनादृत्य प्रतियोद्धुमना बभूव।

(१) शितिकण्ठदत्तशक्तिसारो मानसारो योद्धुमनसामग्रीभूय सामग्रीसमेतोऽक्लेशं मगधदेशं प्रविवेश। (२) तदा तदाकर्ण्य मन्त्रिणो भूमहेन्द्रं मगधेन्द्रं कथञ्चिदनुनीय रिपुभिरसाध्ये विन्ध्याटवीमध्येऽवरोधान्मूलबलरक्षितान्निवेशयामासुः। (३) राजहंसस्तु प्रशस्तवीतदैन्यसैन्यसमेतस्तीव्रगत्या निर्गत्याधिकरुषं

---

(२) तैः = मन्त्रिभिः। बहुधा = बहुप्रकारेण। विज्ञापितोऽपि = निवेदितोऽपि। अखर्वेण = महता। गर्वेण = अभिमानेन। विराजमानः = विराजते इति, शोभमानः युक्त इत्यर्थः। राजा = राजहंसः। तद् = तेषाम्। वाक्यम् = वचनम्। अकृत्यम् = अननुष्ठेयम्। इति अनादृत्य = तिरस्कृत्य अस्वीकृत्येत्यर्थः। प्रतियोद्धुमनाः प्रतियोद्धुं मनो यस्य सः = प्रहरणाभिलाषी, प्रहर्त्तुमना इति यावत्। तुंकाममनसोरपीति मलोपः। बभूव।

(१) शितीति। शितिकण्ठेन = शिवेन 'शितिकण्ठः कपालभृत्' इत्यमरः दत्ता = अर्पिता शक्तिः = अस्त्रविशेषः पराक्रमो वा 'शक्तिः पराक्रमः प्राणः' इत्यमरः एव सारः = बलम् यस्य सः। मानसारः = मालवेश्वरः। योद्धुमनसाम् = युद्धार्थिनाम्। अग्रीभूय = अग्रसरो भूत्वा। सामग्रीसमेतः—सामग्र्या = साधनेन समेतः = अन्वितः, युक्तः। युद्धोपकरणेन युक्त इत्यर्थः। अक्लेशम् = अनायासम् यथा स्यात्तथा मगधदेशम् प्रविवेश = प्रविष्टः। (२) तदा = मानसारागमनानन्तरम्। तत् = आगमनवृत्तान्तम्। आकर्ण्य = श्रुत्वा। मन्त्रिणः = अमात्याः। भूमहेन्द्रम्—भुवि = पृथिव्याम् महांश्चासौ इन्द्रः तम्। मगधेन्द्रम् = मगधाऽधिपम् राजहंसम्। कथंचित् = यत्नपूर्वकम्। अनुनीय = मानयित्वा। रिपुभिः = शत्रुभिः। असाध्ये = दुष्प्रवेश्ये। विन्ध्याटवीमध्ये = विन्ध्यस्य अटवी = अरण्यम् 'अटव्यरण्यं विपिनम्' इत्यमरः तस्याः मध्ये। अवरोधान् = शुद्धान्तान् 'शुद्धान्तश्चावरोधश्च' इत्यमरः अन्तःपुरिकावर्गान्, राजस्त्रियः इति यावत्। मूलबलरक्षितान्—मूलबलैः = प्रधानसैन्यैः कुलक्रमागतैः विश्वस्तैरिति यावत् रक्षितान् (विधाय) निवेशयामासुः = स्थापयामासुः। (३) राजहंसः = मगधाधिपः। प्रशस्तेति। प्रशस्तैः = उत्कटैः वीतदैन्यैः—वीतम् = अपगतम् दैन्यम् = कातरभावः येषां तैः = अकातरैः सैन्यैः समेतः = युक्तः। तीव्रगत्या = तीव्रया गत्या = महता वेगेन। निर्गत्य = निःसृत्य। अधिक-

---

(२) मन्त्रियों के बार-बार समझाने पर भी अहंकार से फूला हुआ राजा उनके वाक्यों को नहीं माना और लड़ने को तैयार हो गया।

(१) भगवान् शंकर द्वारा प्राप्त गदा से युक्त मानसार भी युद्धोपयोगी सामग्रियों से सज्जित तथा युद्धाभिलाषियों में अग्रसर होकर सहज ही मगध में घुस आया। (२) उसके आने की खबर सुनकर मगधराज के मन्त्रियों ने राजा राजहंस को किसी प्रकार समझा-बुझाकर रानियों को मुख्य सेनाओं की संरक्षकता में शत्रुओं से अगम्य विन्ध्यवन में भिजवा दिया। (३) अत्यन्त बलशाली तथा भय रहित सेनाओं से युक्त हो राजा राजहंस ने भी शीघ्रता से

द्विषं रुरोध। (१) परस्परबद्धवैरयोरेतयोः शूरयोस्तदा (२) तदालोकनकुतूहलागतगगनचराश्चर्यकारणे रणे वर्तमाने जयाकाङ्क्षी मालवदेशरक्षी (३) विविधायुधस्थैर्यचर्याञ्चितसमरतुलितामरेश्वरस्य मगधेश्वरस्य तस्योपरि पुरा पुराराति-दत्तां गदां प्राहिणोत्।

(१) निशितशरनिकरशकलीकृतापि सा पशुपतिशासनस्यावन्ध्यतया सूतं निहत्य रथस्थं राजान मूर्च्छितमकार्षीत्।

रुषम् = अधिका रुट् यस्य तम् 'रुट् क्रुधौ स्त्रियौ' इत्यमरः अतिक्रुद्धम्। द्विषम् = शत्रुम्। रुरोध = न्यवारयत्। (१) परस्परेति। परस्परेण = अन्योन्येन बद्धम् = धृतम् वैरम् = अप्रीतिः याभ्यां तयोः। एतयोः = राजहंसमानसारयोः। शूरयोः = वीरयोः। (२) तदालोकनेति। तस्य = युद्धस्य आलोकने = दर्शने यत् कुतूहलम् = औत्सुक्यम् तेन आगतानाम् गगनचराणाम् आश्चर्यकारणे = विस्मयजनके। वर्तमाने = उपस्थिते रणे। जयाकाङ्क्षी—जयमाकाङ्क्षते इति = विजयाभिलाषी मालवदेशरक्षी = मालवदेशस्य (रक्षी-रक्षितुम् शीलमस्येति) रक्षिता मानसार इति यावत्। (३) विविधेति। विविधेति। विविधानाम् = अनेकप्रकाराणाम् आयुधानाम् = अस्त्राणाम स्थैर्यचर्यया—स्थैर्येण = स्थिरतया या चर्या = प्रहरणपरम्परा तया अञ्चितः = पूजितः, युक्तः इति या(व)त्। सः समरः = संग्रामः तेन तुलितः = समीकृतः अमरेश्वरः = इन्द्रः येन तादृशस्य। मगधेश्वरस्य उपरि। पुरा = प्रथमम्। पुरारातिदत्ताम्—पुरारातिना = शङ्करेण दत्ता ताम्। गदाम् = अस्त्रविशेषम्। प्राहिणोत् = प्राहरत्। 'प्राहिणोत्' मालवदेशरक्षीति सम्बन्धः।

(१) निशितेति। निशितेन = तीक्ष्णेन शरनिकरेण = बाणसमूहेन शकलीकृताऽपि = अशकला शकला कृता इति शकलीकृता = खण्डिताऽपि। सा = गदा। पशुपतिशासनस्य = पशुपतेः = शिवस्य शासनस्य = आज्ञायाः अवन्ध्यतया अप्रतिहततया। अव्यर्थतयेत्यर्थः। सूतम् = सारथिम् 'सूतः क्षत्ता च सारथिः' इत्यमरः। निहत्य = विनाश्य। रथस्थम् = रथे तिष्ठतीति तम्। राजानम् = राजहंसम्। मूर्च्छितम्—मूर्च्छा संजाताऽस्येति तम् = विसंज्ञम्। अकार्षीत् = चकार।

निकलकर क्रुद्ध मानसार को घेर लिया। (१) परस्पर शत्रुता वाले इन दोनों वीरों के मध्य ऐसा भयंकर युद्ध हुआ कि उस विकराल युद्ध को (२) उत्कण्ठावश देखने के लिए आये हुए आकाशचारी देवता लोग भी देखकर चकित रह गये। अन्त में विजय की इच्छा वाले मालवाधीश ने (३) अनेक प्रकार के शस्त्रों का स्थिरतापूर्वक प्रयोग होने से प्रशंसनीय युद्ध में इन्द्र की बराबरी करने वाले मगधेश्वर राजहंस के ऊपर भगवान् शंकर की दी हुई गदा चला दी।

(१) यद्यपि राजहंस के तीखे बाण समूहों ने उस गदा को टुकड़े-टुकड़े कर डाले, फिर भी भगवान् शंकर की अवन्ध्य आज्ञा से उस गदा ने सारथी को मारकर रथ पर बैठे हुए राजा को मूर्च्छित कर दिया।

राजहंसस्य पराजयो वनवासश्च

(२) ततो वीतप्रग्रहा अक्षतविग्रहा वाहा रथमादाय दैवगत्याऽन्तःपुरशरण्यं महारण्यं प्राविशन्। (३) मालवनाथो जयलक्ष्मीसनाथो मगधराज्यं प्राज्यं समाक्रम्य पुष्पपुरमध्यतिष्ठत्।

(१) तत्र हेतिततिहतिश्रान्ता अमात्या दैवगत्याऽनुत्क्रान्तजीविता (२) निशान्तवातलब्धसंज्ञाः कथचिदाश्वास्य राजानं समन्तादन्वीक्ष्यानवलोकितवन्तो दैन्यवन्तो देवीमवापुः।

(३) वसुमती तु तेभ्यो निखिलसैन्यक्षतिं राज्ञोऽदृश्यत्वं चाकर्ण्योद्विग्ना

---

(२) ततः = तदनन्तरम्। वीतप्रग्रहाः—वीतः = अपगतः प्रग्रहः = रश्मिः येषां ते। अक्षतविग्रहाः—अक्षतः = न क्षतः, अक्षतः विग्रहः = शरीरम् येषां ते। वाहाः = अश्वाः 'वाजिवाहार्वगन्धर्वहयसैन्धवसप्तयः' इत्यमरः। रथमादाय = रथं नीत्वा। दैवगत्या = दैवयोगेन। अन्तःपुरशरण्यम्—शरणे साधु तत्, अन्तःपुरस्य राजस्त्रीवर्गस्य शरण्यम् = आश्रयभूतम् अवरोधरक्षणस्थानम् इत्यर्थः। महारण्यम् = विन्ध्याटवीम्। प्राविशन् = प्रविष्टाः। (३) मालवनाथः = मानसारः। जयलक्ष्मीः = विजयलक्ष्मीः तया सनाथः = युक्तः। मगधराज्यम् प्राज्यम् = प्रचुरम् विशालमित्यर्थः 'प्रभूतं प्रचुरं प्राज्यम्' इत्यमरः। समाक्रम्य = सम्यक् क्रान्त्वा पुष्पपुरम् = पाटलिपुत्रम्। अध्यतिष्ठत् = न्यवसत् (अधिशीङ्स्थासेति कर्मत्वम्)।

(१) तत्र = विन्ध्याटवीमध्ये। हेतीनाम् = अस्त्राणाम् 'रवेरर्चिश्च शस्त्रञ्च वह्निज्वाला च हेतयः' इत्यमरः ततिभिः = सङ्घातैः हत्या = प्रहारेण श्रान्ताः = क्लान्ताः। अमात्याः = मन्त्रिणः। दैवगत्या = संयोगेन अनुत्क्रान्तजीविताः—न उत्क्रान्तम् अनुत्क्रान्तम् = न निःसृतम् जीवितम् = प्राणाः येषाम् ते, अत्यक्तप्राणा इत्यर्थः। (२) निशान्तेति। निशान्ते = रात्र्यन्ते यो वातः = वायुः तेन लब्धाः = प्राप्ताः संज्ञाः = चेतनाः यैस्ते, प्रातःकालिकवातेन प्राप्तचेतना इत्यर्थः। कथंचिदाश्वास्य = आश्वस्ता भूत्वा। राजानम् = राजहंसम्। समन्तात् = चतुर्दिक्षु। अन्वीक्ष्य = अन्विष्य। अनवलोकितवन्तः = अदृष्टवन्तः। दैन्यवन्तः = अतिदुःखिताः। देवीम् = वसुमतीम्। अवापुः = प्रापुः।

(३) वसुमती = राजहंसमहिषी। तेभ्यः = मन्त्रिभ्यः। निखिलसैन्यक्षतिम्—निखिलानाम् = समस्तानाम् सैन्यानाम् क्षतिं = विनाशम्। राज्ञः = राजहंसस्य। अदृश्यत्वम् = लुप्त-

---

(२) सारथी के मरते ही अक्षत शरीर वाले बेलगाम घोड़े रथ को ले भागे और दैवयोग से उसी वन में जा पहुँचे जहाँ रानियाँ थीं।

(३) विजय लक्ष्मी को प्राप्त कर मालवाधीश मानसार भी विशाल मगध राज्य को जीतकर पुष्पपुर (पटना) में राजा बन बैठा।

(१) अस्त्रों के प्रहार से मूर्च्छित एवं भाग्यवश जीवित रहने वाले मन्त्रियों की मूर्च्छा जब (२) प्रातःकालिक वायु की थपेड़ों से दूर हुई तथा आँखे खुलीं तो वे चारो ओर राजा को खोजने लगे। किन्तु राजा को न पाकर अत्यन्त दुःखी हो बिलखते हुए रानी के समीप पहुँचे। (३) रानी ने जब उन लोगों से सारी सेना का विनाश तथा राजा का अदृश्य हो

शोकसागरमग्ना रमणानुगमने मतिं व्यधत्त।

(१) 'कल्याणि, भूरमणमरणमनिश्चितम् । किञ्च दैवज्ञकथितो मथितोद्धताऽरातिः सार्वभौमोऽभिरामो भविता सुकुमारः कुमारस्त्वदुदरे वसति । तस्मादद्य तव मरणमनुचितम्' इति भूषितभाषितैरमात्यपुरोहितैरनुनीयमानया तया क्षणं क्षणहीनया तूष्णीमस्थायि ।

(२) अथार्धरात्रे निद्रानिलीननेत्रे परिजने विजने शोकपारावारमपार-

---

त्वम् । च आकर्ण्य = श्रुत्वा उद्विग्ना = आकुला । शोकसागरमग्ना—शोकस्य सागरः = समुद्रः तस्मिन् = महाशोके मग्ना = ब्रुडिता । रमणानुगमने—रमणस्य = स्वामिनो राजहंसस्य अनुगमने = अनुसरणे । मतिम् = बुद्धिम् । व्यधत्त = चकार ।

(१) कल्याणि = देवि ! (अधुना) भूरमणमरणम्—भुवः = पृथिव्याः रमणस्य = वल्लभस्य मरणम् = मृत्युः इति । अनिश्चितम् = अनिर्णीतम् । अस्माकं राजा जीवति न वेति सन्देहः । किञ्च दैवज्ञकथितः—दैवज्ञैः = ज्यौतिषिकैः कथितः = उक्तः (यत्) मथितोद्धताराातिः—मथितः = उन्मूलितः उद्धतः = दृप्तः अरातिः शत्रुः येन तादृशः । सार्वभौमः = सर्वस्याः भूमेरीश्वरः सार्वभौमः = चक्रवर्त्ती । अभिरामः = मनोहरः । भविता = भावी । सुकुमारः = सुकोमलः । कुमारः = राजपुत्रः । त्वदुदरे = तव गर्भे । वसति = वर्तते । तस्मात् कारणात् । अद्य तव = भवत्याः । मरणम् अनुचितम् = अशोभनम् । इति भूषितभाषितैः—भूषितम् - मधुरम् भाषितम् = कथनम् येषाम् तादृशैः । अमात्य-पुरोहितैः = मन्त्रि पुरोहितैः । अनुनीयमानया = अनुनीयते इति अनुनीयमाना तया । तया = वसुमत्या । क्षणम् = मुहूर्तम् । क्षणहीनया—क्षणेन = उत्सवेन हीना = रहिता तया उत्सवरहितया निरुत्सवयेत्यर्थः 'क्षण उद्धव उत्सवः' इत्यमरः । तूष्णीम् = मौनम् 'मौने तु तूष्णीं तूष्णीकाम्' इत्यमरः । अस्थायि = स्थितम् ।

(२) अथ = अनन्तरम् । अर्धरात्रे = निशीथे । 'अर्धरात्रनिशीथौ द्वौ द्वौ यामप्रहरौ समौ' इत्यमरः । निद्रानिलीननेत्रे निद्रया निलीने = लीढे नेत्रे = लोचने 'लोचनं नयनं नेत्रम्' इत्यमरः यस्य तस्मिन् । परिजने = परिचारकवर्गे । विजने = विगताः जनाः यस्मिन् तस्मिन् जनशून्ये अरण्ये । अपारम्—न पारः यस्य सः तम् - तर्तुमशक्यं दुस्तरमित्यर्थः । शोकपारावारम् - शोकसमुद्रम् । उत्तर्तुम् = उल्लङ्घयितुम् । अशक्नुवती = सामर्थ्यशून्या । (१)

जाने का समाचार सुना तो उद्विग्न होकर शोकसागर में निमग्न हो गयी और प्राणत्याग करने का निश्चय कर बैठी ।

प्राणत्याग करने को उद्यत रानी को देखकर सुन्दर वचनों से मन्त्रियों ने समझाया—'देवि, राजा का मरना अभी निश्चित नहीं है और ज्यौतिषियों ने बताया है कि तुम्हारी कोख से शत्रुको दमन करने वाला चक्रवर्ती, मनोहर और कोमल कुमार जन्म लेगा, जो अभी तुम्हारे उदर में वास कर रहा है। इसलिए आज तुम्हारा मरना उचित नहीं है ।' इस प्रकार मन्त्रियों के वचनों को सुनकर रानी कुछ देर के लिए शान्त होकर बैठ गयी ।

(२) पश्चात् आधी रात को नौकरों के सो जाने पर एकान्त में अपार शोक सागर पार

मुत्तर्तुमशक्नुवती (१) सेनानिवेशदेशं निःशब्दलेशं शनैरतिक्रम्य यस्मिन् रथस्य संसक्ततया (२) तदानयनपलायनश्रान्ता गन्तुमक्षमाः क्षमापतिरथ्याः पथ्याकुलाः पूर्वमतिष्ठंस्तस्य निकटवटतरोः शाखायां (३) मृतिरेखायामिव क्वचिदुत्तरीयार्धेन बन्धनं मृतिसाधनं विरच्य मर्तुकामाभिरामा वाङ्माधुरी-विरसीकृत कलकण्ठ-कण्ठा (१) साश्रुकण्ठा व्यलपत् । 'लावण्योपमितपुष्पसायक, भूनायक, भवानेव भाविन्यपि जन्मनि वल्लभो भवतु' इति ।

सेनानिवेशदेशम्—सेनायाः निवेशस्य = शिविरस्य 'निवेशः शिविरं षण्ढे' इत्यमरः देशम् = स्थानम् । निःशब्दलेशम् = निर्गतः शब्दानां लेशः = लवः 'लवलेशकणाणवः' इत्यमरः यस्मिन् तद् यथा स्यात्तथा शनैः = मन्दम् । अतिक्रम्य = निर्गत्य । यस्मिन् वटतरौ (सान्द्रे) रथस्य संसक्ततया—सक्तस्य भावः सक्तता, सम्यक् सक्तता संसक्तता, तया = संलग्नतया (२) तदानयनेति । तस्य = राजहंसस्य राज्ञः आनयने पलायने च श्रान्ताः = खिन्नाः, परिश्रान्ताः इत्यर्थः । अत एव गन्तुम् अक्षमाः = असमर्थाः । क्षमापतिरथ्याः—क्षमायाः = पृथिव्याः पतिः = स्वामी तस्य क्षमापतेः = राज्ञः । रथ्याः = रथवाहकाः वाहाः । पथ्याकुलाः—पथि = मार्गे आकुलाः = क्लान्ताः सन्तः । पूर्वम् अतिष्ठन् तस्य निकटवटतरोः—निकटस्य = समीपस्थितस्य वटवृक्षस्य शाखायाम् = शिफायाम् 'शाखाशाले शिफाजटे' इत्यमरः । (३) मृतिरेखायाम् इव—मृतेः = मरणस्य रेखायामिव = चिह्नरूपायामिव । क्वचित् = कुत्रचित् उत्तरीयार्धेन = अञ्चलेन । बन्धनम् (फाँसी इति भाषायाम्) मृतिसाधनम् = मृत्युसाधकम् । विरच्य = निर्माय विधायेत्यर्थः । मर्तुकामा = मर्तुम् कामो अभिलाषो यस्याः सा 'लुम्पेदवश्यमः कृत्ये तुंकाममनसोरपि' इति मलोपः, मरणाभिलाषिणी । अभिरामा = परमसुन्दरी । वाङ्माधुरीति । वाचां = गिराम् माधुर्या विरसीकृतः = दूरीकृतः तिरस्कृत इति यावत् कलकण्ठस्य = कोकिलस्य कण्ठो यया तथोक्ता । (१) साश्रुकण्ठा—अश्रुभिः सह वर्तत इति साश्रुः, तादृशः कण्ठो यस्याः सा = वाष्पपूर्णकण्ठा । व्यलपत् = विलपितवती रुरोदेत्यर्थः । लावण्येति । लावण्येन = सौन्दर्येण उपमितः = तुलितः पुष्पसायकः = कामदेवः येन सः, तत्सम्बुद्धौ, भूनायक—भुवः = पृथिव्याः नायकः = पतिः तत्सम्बोधने, भवान् एव भाविनि = भविष्यति अपि जन्मनि । वल्लभः = पतिः । भवतु = अस्तु इति ।

करने में असमर्थ रानी (१) पद-चाप को दबाती हुई धीरे से शिविर पार कर गयी (२) और वहाँ पहुँची जहाँ राजा राजहंस के रथ के घोड़े पहिए फंस जाने से राजहंस को लाने में भागने से थककर रुके हुए व्याकुल खड़े थे । मनोहर रूप वाली रानी ने उसी के समीप एक वटवृक्ष की शाखा में (३) मृत्यु की रेखा जैसी लगने वाली अपने आँचल की फांसी बाँध कर मरने का यत्न किया और (४) कोयल के स्वर को तिरस्कृत करने वाले अपने कोमल, मधुर कण्ठ से (१) गद्गद होकर विलाप करने लगी । 'अपने सौन्दर्य से कामदेव को तुलना करने वाले हे भूनायक, आप ही आगे जन्म में भी मेरे स्वामी बनें' ।

(२) तदाकर्ण्य नीहारकरकिरणनिकरसंपर्कलब्धावबोधो मागधो (३) अगाधरुधिरविक्षरणनष्टचेष्टो देवीवाक्यमेव निश्चिन्वानस्तन्वानः प्रियवचनानि शनैस्तामाह्वयत् ।

सा (१) ससंभ्रममागत्यामन्दहृदयानन्दसंफुल्लवदनारविन्दा तमुपोषिताभ्यामिवानिमिषिताभ्यां लोचनाभ्यां पिबन्ती विकस्वरेण स्वरेण पुरोहितामात्यजनमुच्चैराहूय तेभ्यस्तमदर्शयत् ।

राजा (२) निटिलतटचुम्बितनिजचरणाम्बुजैः प्रशंसितदैवमाहात्म्यैर-

---

(२) तद् = विलपनम् आकर्ण्य = श्रुत्वा नीहारेति । नीहारकरस्य—नीहाराः = शीतलाः कराः = किरणाः यस्य तस्य हिमांशोः, किरणानाम् यः निकरः = समूहः तस्य किरणनिकरस्य यः सम्पर्कः = सम्बन्धः तेन सम्पर्केण लब्धः = प्राप्तः अवबोधः चैतन्यम् येन तादृशः । मागधः = मगधस्याऽयम् मगधदेशाधिपः । (३) अगाधेति । अगाधस्य = अत्यधिकस्य रुधिरस्य = शोणितस्य विक्षरणम्—विशेषेण क्षरणम् = निःसरणम् तेन नष्टा = अपगता चेष्टा = चैतन्यम् यस्य सः = अङ्गचालनेऽसमर्थः । देवीवाक्यम्—देव्याः = वसुमत्याः वाक्यम् = वचनमेव । (विलापोऽयं देव्या एव) (इति) निश्चिन्वानः = निश्चयं कुर्वन् प्रियवचनानि = मधुरालापान् तन्वानः = विस्तारयन् शनैः = मन्दम् । ताम् = देवीम् । आह्वयत् = आकारयत् ।

(१) ससम्भ्रमम् = सत्वरम् । आगत्य = निकटवर्तिनी भूत्वा । अमन्देति । अमन्देन = अधिकेन हृदयानन्देन = हृदयस्य आनन्दः तेन सम्फुल्लं = विकसितम् वदनारविन्दम् = मुखकमलम् यस्याः सा । तम् = राजहंसम् उपोषिताभ्याम् = उत्कण्ठिताभ्याम् दर्शनार्थमिति शेषः । अनिमिषिताभ्याम् = निर्निमेषाभ्याम् । लोचनाभ्याम् = नयनाभ्याम् । पिबन्ती = सबहुमानम् अवलोकयन्ती । विकस्वरेण = विकासशीलेन 'विकासी तु विकस्वरः' इत्यमरः । स्वरेण = कण्ठेन । पुरोहितामात्यजनम् । उच्चैः आहूय = आकार्य । तेभ्यः = मन्त्रिपुरोहितेभ्यः ('तस्मै' इति शोभनः पाठः) तम् = राजानम् अदर्शयत् ।

राजा = राजहंसः (२) निटिलेति । निटिलतटेन = भालस्थलेन चुम्बितम् = स्पृष्टम् निजचरणाम्बुजम् = स्वचरणकमलम् यैः तैः । प्रशंसितदैवमाहात्म्यैः = प्रशंसितम् दैवस्य भाग्यस्य

---

(२) अधिक रक्त निकल जाने के कारण बेहोश किन्तु चन्द्रमा की शीतल किरणों के स्पर्श से चैतन्यता को प्राप्त हुए राजा राजहस ने रानी के विलाप को सुनकर (३) निश्चय किया कि यह स्वर मेरी वल्लभा रानी वसुमती का ही है और उसने धीरे से मीठी आवाज में उसे पुकारा ।

(१) अत्यन्त-आनन्द से विकसित मुखकमल वाली रानी घबराई-सी दौड़ी और देर तक आँखें भरकर राजा को देखने लगी । फिर स्पष्ट स्वर से पुरोहित एवं मंत्रियों को बुलाकर राजा का दर्शन कराया । (२) मन्त्रियों ने झुककर राजा का अभिवादन किया और भाग्य

मात्यैरभाणि—'देव, रथ्यचयः सारथ्यपगमे रथं रभसादरण्यमनयत्' इति।

'तत्र (१) निहतसैनिकग्रामे मालवपतिनाऽऽराधितपुरारातिना प्रहितया गदया दयाहीनेन ताडितो मूर्छामागत्यात्र वने निशान्तपवनेन बोधितोऽभवम्' इति महीपतिरकथयत्। (२) ततो विरचितमहेन मन्त्रिनिवहेन विरचितदैवानुकूल्येन कालेन शिबिरमानीयापनीताशेषशल्यो विकसितनिजाननारविन्दो राजा सहसा विरोपितव्रणोऽकारि।

माहात्म्यम् यैः तैः। अमात्यैः = मन्त्रिभिः। अभाणि = अवादि। यत्-देव = स्वामिन्, रथ्यचयः = रथ्यानाम् = अश्वानाम् चयः = समूहः। सारथ्यपगमे—सारथेः = सूतस्य अपगमे = विनाशे। रथम्। रभसात् = हठात् वेगादित्यर्थः। अरण्यम् = वनम्। अनयत् = नीतवान्।

तत्र = संग्रामे। (१) निहतेति। निहतः = विनाशितः सैनिकग्रामे—सैनिकानाम् = योद्धृणाम् 'भटा योधाश्च योद्धारः सेनारक्षास्तु सैनिकाः' इत्यमरः ग्रामः = समूहः यस्मिन्, तस्मिन् संग्रामे आराधितपुरारातिना—आराधितः पुरारातिः = शिवः येन तथाभूतेन। दयाहीनेन = दयया हीनः, तेन = निष्ठुरेण। मालवपतिना। प्रहितया = प्रक्षिप्तया। गदया ताडितः (अहम्)। मूर्च्छाम् = मोहम् 'मूर्च्छा तु कश्मलं मोहः' इत्यमरः। आगत्य = प्राप्य। अत्र = अस्मिन् वने। निशान्तपवनेन = निशायाः अन्तः, तस्य पवनेन प्रातःकालिकसमीरेण। बोधितः = जागरितः अभवम् इति। 'निहतेत्यारभ्य बोधितोऽभवम्' इत्यन्तम् महीपतिः = राजहंसः अकथयत्। (२) ततः = तदनन्तरम् विरचितमहेन — विरचितः = कृतः महः = उत्सवः न तथाभूतेन = उत्सवमनुतिष्ठतेत्यर्थः। मन्त्रिनिवहेन = मन्त्रिणाम् निवहः = समूहः तेन = मन्त्रिसङ्घेन। विरचितदैवानुकूल्येन — विरचितम् = सम्पादितम् दैवस्य = भाग्यस्य आनुकूल्यम् = साहाय्यम् येन तादृशेन। कालेन = समयेन। शिबिरम् = सेनानिवासदेशम्। आनीय। अपनीताशेषशल्यः—अपनीतम् = दूरीकृतम् गात्रादपसारितमित्यर्थः- अशेषम् = समग्रम् शल्यम् = शङ्कुः 'वा पुंसि शल्यं शङ्कुर्ना' इत्यमरः यस्य सः। विकसितनिजाननारविन्दः—विकसितम् = प्रसन्नम् निजस्य = स्वस्य आननम् = मुखम् एव अरविन्दम् = कमलम् यस्य सः। सहसा = झटिति (शीघ्रम्) विरोपितव्रणः—विरोपितः = शोषितः व्रणः क्षतदेशः यस्य सः। अकारि =

की प्रशंसा करते हुए निवेदन किया—देव, सारथी की मृत्यु होने पर लगता है घोड़ों ने रथ को बड़ी तेजी से इस सघन वन में लाकर रख दिया।

(१) राजा ने कहा—संग्राम में सारी सेना के विनष्ट होने पर शंकर की आराधना करने वाले मालवाधीश मानसारने निर्दय होकर भगवान् शंकर की उस अमोघ गदा को मेरे ऊपर फेंका था, जिसके आघात से मैं मूच्छित हो गया और यहाँ प्रातःकालीन पवन के लगने पर ही मेरी आँखे खुली हैं। (२) पश्चात् मन्त्रियों ने उत्सव मनाकर शुभ मुहूर्त में राजा को शिविर में लाकर उनके शरीर से समस्त बाण के नोकों को निकाला और मरहम पट्टी की.

(१) विरोधिदैवधिक्कृतपुरुषकारो दैन्यव्याप्ताकारो मगधाधिपतिरधिकाधिरमात्यसमत्या मृदुभाषितया तया वसुमत्या मत्या कलितया च समबोधि ।

(२) 'देव, सकलस्य भूपालकुलस्य मध्ये तेजोवरिष्ठो गरिष्ठो भवानद्य विन्ध्यवनमध्यं निवसतीति जलबुद्बुदसमाना विराजमाना संपत्तडिल्लतेव सहसैवोदेति नश्यति च । तन्निखिलं दैवायत्तमेवावधार्य कार्यम् । (१) किञ्च, पुरा हरिश्चन्द्ररामचन्द्रमुख्या असंख्या महीन्द्रा ऐश्वर्योपमितमहेन्द्रा दैवतन्त्रं

कृतः । (१) विरोधिदैवेति । विरोधिना दैवेन = प्रतिकूलविधिना 'दैवं दिष्टं भागधेयं भाग्यं स्त्री नियतिर्विधिः' इत्यमरः । धिक्कृतः = तिरस्कृतः पुरुषकारः = पराक्रमः यस्य सः तिरस्कृतविक्रम इत्यर्थः । दैन्येन = पराभवदुःखेन व्याप्तः = आक्रान्तः आकारः = स्वरूपम् यस्य तादृशः । मगधाधिपतिः = राजहंसः । अधिकाधिः = अधिकः आधिः = मानसी व्यथा यस्य सः 'पुंस्याधिर्मानसी व्यथा' इत्यमरः अत्यन्तं खिन्नमना इत्यर्थः । अमात्यसंमत्या—अमात्यानाम् = मन्त्रिणाम् संमत्या = विचारेण । मृदुभाषितया—मृदु = कोमलम् भाषितम् = वाणी यस्याः तथाभूतया । मत्या = बुद्ध्या । कलितया = प्रेरितया युक्तयेत्यर्थः । तया वसुमत्या = पत्न्या । समबोधि = विज्ञापितः । सम् पूर्वकात् बुध अवगमने धातोः कर्मणि लुङ् ।

(२) देवेति । देव = राजन् । सकलस्य = समग्रस्य भूपालकुलस्य—भूपालानाम् = राज्ञां कुलस्य = वंशस्य मध्ये । तेजोवरिष्ठः—तेजसा = प्रतापेन वरिष्ठः = श्रेष्ठः । गरिष्ठः = अतिशयेन गुरुः । भवान् अद्य विन्ध्यवनमध्यम् = विन्ध्याटवीमध्यम् । निवसति = वासं करोति (राज्यच्युतः सन्) इति । जलबुद्बुदसमाना = जलस्य बुद्बुदेन = जलस्फोटेन समाना = तुल्या । विराजमाना = शोभमाना सम्पत् = राज्यलक्ष्मीः । तडिल्लतेव—तडिल्लता = विद्युत् 'तडित्सौदामिनी विद्युत्' इत्यमरः । सा इव । सहसा = अतर्किता 'अतर्किते तु सहसा' इत्यमरः । उदेति = आविर्भवति । नश्यति = अदृश्यतां याति । तत् = तस्मात् । निखिलम् = सम्पूर्णम् । दैवायत्तमेव = दैवाधीनम् एव । अवधार्य = निश्चित्य । कार्यम् = करणीयम् ।

किञ्चेति । (१) पुरा = पूर्वस्मिन् काले । हरिश्चन्द्ररामचन्द्रमुख्याः—हरिश्चन्द्रः रामचन्द्रश्चेति तौ, मुख्यौ येषां ते । असंख्याः = नास्ति संख्या येषां ते । महीन्द्राः = पृथिवीन्द्राः राजानः । ऐश्वर्योपमितमहेन्द्राः—ऐश्वर्येण = सम्पत्त्या उपमितः = तुलितः महेन्द्रो यैः ते ।

जिससे राजा के सभी गात्र अच्छे हो गये एवं राजा का मुखकमल सहसा खिल उठा । (१) किन्तु प्रतिकूल भाग्य ने पुरुषार्थ को असफल कर दिया था । जिससे मानसिक पीड़ा बढ़ गयी थी और वह सर्वदा खिन्न रहा करते थे । मन्त्रियों की राय से बुद्धिमती तथा कोमल वचन वाली रानी वसुमती ने राजा को समझाया (२) उसने कहा—स्वामिन्, आप संसार के राजाओं में प्रतापी और सर्वश्रेष्ठ होकर भी आज इस विन्ध्यवन में निवास कर रहे हैं । इससे ज्ञात होता है कि लक्ष्मी पानी के बुद्बुदों की तरह है, जो बिजली की भाँति चमक कर सहसा आती है और चली जाती है । इस लिए सब कुछ भाग्याधीन ही समझना चाहिये । (१) प्राचीनकाल में हरिश्चन्द्र, रामचन्द्र आदि असंख्य राजा जो अपने ऐश्वर्य से इन्द्र की

दुःखयन्त्रं सम्यगनुभूय पश्चादनेककालं निजराज्यमकुर्वन्। तद्वदेव भवान्भविष्यति। कंचन कालं विरचितदैवसमाधिर्गलिताधिस्तिष्ठतु तावत्' इति।

वामदेवस्य साक्षात्कारः

ततः (१) सकलसैन्यसमन्वितो राजहंसस्तपोविभ्राजमानं वामदेवनामानं तपोधनं (२) निजाभिलाषावाप्तिसाधनं जगाम।

(३) तं प्रणम्य तेन कृतातिथ्यस्तस्मै कथितकथ्यस्तदाश्रमे दूरीकृतश्रमे

दैवतन्त्रम्=भाग्याधीनम् दैवेन कृतम् भाग्यजनितम् इति यावत्। दुःखयन्त्रम्=दुःखसमूहम्। सम्यक् अनुभूय। पश्चात्=अनन्तरम्। अनेककालम्=बहुकालम्। निजराज्यम्=स्वं राज्यम्। अकुर्वन्=कृतवन्तः। तद्वदेव यथा रामचन्द्रादयः पूर्वं महत् दुःखमनुभूय पश्चादनेककालं यावत स्वस्वराज्यसुखं प्राप्तवन्तस्तथा भवानपि निजं राज्यं प्राप्स्यतीति भावः। कञ्चन कालम् विरचितदैवसमाधिः—विरचितः=अनुष्ठितः कृत इत्यर्थः दैवः=देवोद्देश्यकः समाधिः=ध्यानम् येन सः। गलिताधिः—गलितः=विनष्टः आधिः=मनोदुःखम् यस्य सः। तिष्ठतु=प्रतीक्षताम्। तावदिति अवधौ। 'यावत् तावच्च साकल्येऽवधौ' इत्यमरः।

ततः=तदनन्तरम्। (१) सकलसैन्यसमन्वितः—सकलैः=समग्रैः सैन्यैः=भटैः समन्वितः=युक्तः। राजहंसः=मगधाधिपतिः। तपोविभ्राजमानम्=तपसा विशेषेण भ्राजमानम्=दीप्यमानम्। तपोधनम्=तप एव धनं यस्य तम् वामदेवनामानं वामदेव इति नाम यस्य तम वामदेवऋषिम्। (२) निजेति। निजस्य अभिलाषस्य=वैरसाधनरूपमनोरथस्य अवाप्तेः=सिद्धेः साधनम्=उपायस्वरूपम्। जगाम=अगमत्।

(३) तम्=वामदेवनामानं ऋषिं प्रणम्य=नमस्कृत्य। तेन=ऋषिणा। कृतातिथ्यः=कृतम् आतिथ्यम्=अतिथिसत्कारः यस्य तथाभूतः राजहंसः तस्मै=ऋषये वामदेवाय। कथितकथ्यः=कथितम् उक्तम् कथ्यम्=वक्तव्यम् येन सः (राजहंसः) तदाश्रमे—तस्य=वामदेवस्य आश्रमे=कुटयाम्। दूरीकृतश्रमे=दूरीकृतः श्रमो यत्र तस्मिन्। कञ्चन कालम्=

बराबरी कर रहे थे, वे भी अनेक दैवी यातनायें सह कर पश्चात् बहुत दिनों तक अपने राज्यसुख को भोगे थे। उन्हीं की तरह आप भी दुःखों को भोगकर भविष्य में राज्यसुख प्राप्त करेंगे। इसलिए दुःखों से घबराएँ नहीं, कुछ दिन धैर्य धारण कर शान्तिपूर्वक देवता की आराधना कर समय विताइए और भाग्योदय की प्रतीक्षा कीजिये (१) रानी का उक्त कथन सुनकर महाराज राजहंस अपनी सारी सेना साथ लेकर (२) मनोरथ पूर्णकर्ता तपोबल से देदीप्यमान और तपोधन वामदेव ऋषि के पास गये।

(३) चन्द्रवंशी राजा राजहस ने मुनि को प्रणाम कर उनसे किये गये सत्कार को स्वीकार किया और उन्हें सारी घटना कह सुनायी। उस सुन्दर तपोवन में कुछ दिनों तक

कंचन कालमुषित्वा निजराज्याभिलाषी मितभाषी सोमकुलावतंसो राजहंसो मुनिमभाषत—

(१) 'भगवन्, मानसारः प्रबलेन दैवबलेन मां निर्जित्य मद्भोग्यं राज्यमनुभवति। (२) तद्वदहमप्युग्रं तपो विरच्य तमरातिमुन्मूलयिष्यामि। (३) लोकशरण्येन भवत्कारुण्येनेति नियमवन्तं भवन्तं प्राप्नवम्' इति।

(४) ततस्त्रिकालज्ञस्तपोधनो राजानमवोचत्—'सखे! शरीरकार्श्यकारिणा तपसालम्। वसुमतीगर्भस्थः सकलरिपुकुलमर्दनो राजनन्दनो नूनं संभविष्यति,

---

समयम्।। उषित्वा = अतिवाह्य। निजराज्याभिलाषी—निजस्य = स्वस्य राज्यस्य अभिलाषः अस्यास्तीति। मितभाषी—मितम् = अल्पम् भाषितुं = वक्तुम् शीलमस्यास्तीति। सोमकुलावतंसः—सोमकुलस्य = चन्द्रवंशस्य अवतंसः = शिरोभूषणम् राजहंसः। मुनिम् = वामदेवम्। अभाषत = उक्तवान्।

(१) भगवन्, मानसारः = मालवेश्वरः। प्रबलेन = उत्कृष्टेन। दैवबलेन = विधिसाहाय्येन। माम् = राजहंसम्। निर्जित्य = पराभूय। मम = राजहंसस्य भोग्यम् = भोक्तुं योग्यं राज्यम्। अनुभवति = भुनक्ति।

(२) तद्वत् = तेन मानसारेण तुल्यम्। यथा—मानसारः शङ्करं समाराध्य प्राप्तवरप्रभावेण मां राज्यादपभ्रंश्य मद्भोग्यं राज्यं भुनक्ति तद्वत् अहमपि उग्रम् = तीव्रम्। तपः = आराधनम्। विरच्य = कृत्वा। तम् = मालवेन्द्रम्। अरातिम् = शत्रुम्। उन्मूलयिष्यामि = उच्छेत्स्यामि।

(३) लोकशरण्येन—लोकानाम् शरणे साधुः तेन = जनरक्षणतत्परेण। भवत्कारुण्येन—भवतः कारुण्यं तेन तव कृपयेत्यर्थः। इति = हेतोः। नियमवन्तम् = तपस्विनम्। भवन्तम्। प्राप्नवम् = उपागच्छम्।

(४) ततः = तदनन्तरम्। त्रिकालज्ञः = त्रिकालवित्। तपोधनः = तप एव धनं यस्य सः वामदेवः। राजानम् = राजहंसम्। अवोचत् = उक्तवान्। सखे, शरीरकार्श्यकारिणा—कृशस्य भावः कार्श्यं शरीरस्य कार्श्यं करोति तच्छीलं तेन। तपसा = समाधिना। अलम् = व्यर्थम्। वसुमतीगर्भस्थः = गर्भे तिष्ठतीति गर्भस्थः वसुमत्याः गर्भस्थः। राजनन्दनः—नन्दयतीति नन्दनः

निवास कर परिश्रमादि क्लेश (थकावट) को दूर किया। पश्चात् राज्याभिलाषी तथा मितभाषी राजा ने मुनि से कहा—

(१) भगवन्, मालवाधिपति मानसार भगवान् शंकर की दी हुई अमोघ शक्ति से मुझे जीतकर मेरे भोगने योग्य मेरे राज्य को भोग रहा है।

(२) उसी के समान (जैसे उसने शिवको प्रसन्न कर उनसे वरस्वरूप गदा प्राप्त की, उसी प्रकार मैं भी उग्र तपस्या कर) उस शत्रु को उखाड़ फेंकूँ इसीलिए (३) लोकरक्षणशील आपकी कृपा से नियमपूर्वक रहने वाले आप जैसे संयमी के पास आया हूँ। (४) यह (राजा राजहंस की उपर्युक्त बातें) सुनकर त्रिकालदर्शी वामदेव ने कहा—मित्र, शरीर को सुखाने वाली तपस्या व्यर्थ है, क्योंकि वसुमती के गर्भ में स्थित राजपुत्र निश्चय ही समस्त

कञ्चन कालं तूष्णीमास्स्व' इति।

(१) गगनचारिण्यापि वाण्या 'सत्यमेतत्' इति तदेवावाचि। राजापि मुनिवाक्यमङ्गीकृत्यातिष्ठत्।

राजवाहनस्य जन्म

(२) ततः सम्पूर्णगर्भदिवसा वसुमती सुमुहूर्ते सकललक्षणलक्षितं सुतमसूत। ब्रह्मवर्चसेन तुलितवेधसं पुरोधसं पुरस्कृत्य कृत्यविन्महीपतिः कुमारं सुकुमारं जातसंस्कारेण बालालंकारेण च विराजमानं राजवाहननामानं व्यधत्त।

राजपुत्रः। सकलरिपुकुलमर्दनः—सकलम्=समग्रम् रिपोः कुलम्—रिपुकुलम्=शत्रुवंशम् मर्दयति=नाशयति इति तथाभूतः। नूनम्=निश्चितम् सम्भविष्यति=उत्पत्स्यते। कञ्चन कालम्। तूष्णीम्=मौनम्। आस्स्व=तिष्ठ। युद्धादेर्विरतो भवेत्यर्थः। इति अवोचदित्यनेन सम्बन्धः।

(१) गगनचारिण्या—गगने=आकाशे चरितुं=भ्रमितुं शीलं यस्याः सा तया। वाण्या=भारत्या। 'सत्यमेतत्'=एतत्=वामदेवोक्तं सत्यम्=तथ्यम्। इति=तत्। वामदेवोक्तम् एव अवाचि=उक्तम्। राजाऽपि=राजहंसोऽपि। मुनिवाक्यम्—मुनेः=वामदेवस्य वाक्यम्=वचनम्। अङ्गीकृत्य=स्वीकृत्य। अतिष्ठत्=तस्थौ।

(२) ततः=तदनन्तरम्। सम्पूर्णगर्भदिवसा—सम्पूर्णाः=परिपूर्णा गर्भस्य दिवसाः यस्याः सा वसुमती=राज्ञी। सुमुहूर्ते=शुभसमये शुभलग्ने इति यावत्। सकललक्षणलक्षितम्—सकलैः=सम्पूर्णैः लक्षणैः=शुभचिह्नैः लक्षितम्=शोभितम्। सुतम्=पुत्रम्। असूत=उत्पादितवती। ब्रह्मवर्चसेन—(अच् प्रत्ययान्तः) ब्रह्मणः=वेधसः वर्चः=तेजः तेन 'तेजः-पुरीषयोर्वर्चः' इत्यमरः। तुलितवेधसम्—तुलितः=समीकृतः वेधाः=परमेष्ठी ब्रह्मेति यावत् येन तम्। पुरोधसम्=पुरोहितम्। पुरस्कृत्य=पुरः अग्रे कृत्वा। कृत्यवित्—कृत्यम्=समये करणीयम् वेत्ति=जानातीति समयोचितकार्यज्ञः। महीपतिः=मह्याः पतिः, राजहंसः। सुकुमारम्=शोभनदर्शनम् सुन्दरमित्यर्थः। कुमारम्=पुत्रम्। जातसंस्कारेण=जातकर्मसंस्कारेण। बालालंकारेण=बालकयोग्याभूषणेन। विराजमानम्=शोभमानम् 'राजवाहन' नामानम्—राजवाहनः इति नाम=आख्या 'आख्याह्वे अभिधानं च नामधेयं च नाम च' इत्यमरः यस्य तम्। व्यधत्त=कृतवान्।

शत्रुकुल को नाश करने वाला होगा। अतः कुछ दिनों तक शान्तिपूर्वक धैर्य रखो।

(१) उसी क्षण आकाशवाणी हुई कि 'यह सत्य है।' तब राजा भी मुनि की बात मानकर वहीं रहने लगे। (२) पश्चात् गर्भ के दिन (९ मास ९ दिन) पूरे होने पर रानी वसुमती ने शुभ मुहूर्त में सकल शुभ लक्षणों से युक्त पुत्र उत्पन्न किया। तब अपने ब्रह्मतेज से ब्रह्मा की तुलना करने वाले (परम तेजस्वी) पुरोहित की आज्ञानुसार कृत्यवित् राजा राजहंस ने उस नवजात शिशु का जातकर्म संस्कार तथा बालोपयोगी आभूषणों से अलंकृत

मन्त्रिपुत्राणामुत्पत्तिः

(१) तस्मिन्नेव काले सुमतिसुमित्रसुमन्त्रसुश्रुतानां मन्त्रिणां प्रमतिमित्रगुप्तमन्त्रगुप्तविश्रुताख्या महाभिख्याः सूनवो नवोद्यदिन्दुरुचश्चिरायुषः समजायन्त। राजवाहनो मन्त्रिपुत्रैरात्ममित्रैः सह बालकेलीरनुभवन्नवर्धत ।

उपहारवर्मोत्पत्तिकथा

(१) अथ कदाचिदेकेन तापसेन रसेन राजलक्षणविराजितं कञ्चिन्नयनानन्दकरं सुकुमारं कुमारं राज्ञे समर्प्यावोचि—भूवल्लभ, कुशसमिदानयनाय वनं गतेन मया काचिदशरण्या व्यक्तकार्पण्याश्रु मुञ्चन्ती वनिता विलोकिता ।

---

(१) तस्मिन्नेव काले = राजवाहनजन्मसमये । सुमति सुमित्र-सुमन्त्र सुश्रुतानाम् = सुमतिश्च सुमित्रश्च सुमन्त्रश्च सुश्रुतश्चेतीतरयोगद्वन्द्वे, तेषाम् । मन्त्रिणाम् = अमात्यानाम् । प्रमति-मित्रगुप्त-मन्त्रगुप्त-विश्रुताख्याः = एतन्नामानः । महाभिख्याः = महती अभिख्या = शोभा येषां ते 'अभिख्या नामशोभयोः' इत्यमरः । सूनवः = पुत्राः । नवोद्यन्—नवः = नूतनः उद्यन् = उदयं गच्छन् यः इन्दुः = चन्द्रः तस्य रुक् = कान्तिः इव रुक् = कान्तिः येषां ते । चिरायुषः—चिरम् = बहुकालं यावत् आयुः येषां ते, दीर्घजीविनः । समजायन्त = उत्पन्नाः अभूवन् । राजवाहनः = राजहंससूनुः । मन्त्रिपुत्रैः = मन्त्रिणः पुत्राः, तैः । आत्ममित्रैः—आत्मनः = स्वस्य मित्राणि तैः । सह बालकेलीः = बालक्रीडाः । अनुभवन् । अवर्धत = वृद्धिं प्राप्तः ।

(१) अथ = अनन्तरम् । कदाचित् = एकदा । एकेन = केनचित् तापसेन = तपोधनेन रसेन = अनुग्रहेण (राजानं प्रतीति शेषः) राजलक्षणविराजितम् = राज्ञः लक्षणेन = चिह्नेन विराजितम् = शोभमानम् । कञ्चित् = एकम् । नयनानन्दकरम्—नयनयोः = नेत्रयोः आनन्दकरम् = प्रीत्युत्पादकम् । सुकुमारम् = कोमलम् शोभनमित्यर्थः । कुमारम् = बालकम् । राज्ञे = राजहंसाय । समर्प्य । अवोचि = उक्तः । भूवल्लभ—भुवः = पृथिव्याः वल्लभः = स्वामी तत्सम्बुद्धौ । कुशसमिदानयनाय = कुशश्च समिच्च इति कुशसमिधौ तयोः आनयनम् तस्मै । वनम् = अरण्यम् । गतेन = गतवता । मया = तापसेन । काचित् अशरण्या = नास्ति शरण्यम् यस्याः सा = निराश्रया । व्यक्तकार्पण्या—व्यक्तम् कार्पण्यं यया सा = प्रकटितदीनभावा । अश्रु = नेत्राम्बु 'दृग्दृष्टी चास्त्रु नेत्राम्बु रोदनं चास्रमश्रु च' इत्यमरः । मुञ्चन्ती = त्यजन्ती । वनिता = स्त्री (काचित्) विलोकिता = दृष्टा ।

कर 'राजवाहन' नाम रखा । (१) उसी समय सुमति, सुमित्र, सुमन्त्र और सुश्रुत इन चारों मन्त्रियों को भी नवोदित चन्द्रमा जैसे सुन्दर, दीर्घायु और महान् शोभाशाली क्रमशः प्रमति, मित्रगुप्त, मन्त्रगुप्त और विश्रुत नाम वाले पुत्र उत्पन्न हुए । अपने मित्र इन मन्त्रिपुत्रों के साथ बालक्रीड़ा करता हुआ राजकुमार राजवाहन बढ़ने लगा ।

(१) कुछ समय बाद एक तपस्वी ने प्रेम पूर्वक राजलक्षणों से युक्त एक मनोहर, सुकुमार कुमार को लाकर उसे राजा को समर्पित करते हुए अनुनय पूर्वक कहा—हे पृथ्वीबल्लभ, मैं वन में कुश और समिधा लेने गया था । वहाँ मैंने दैन्य प्रकट करने वाली असहाय और

(१) 'निर्जने वने किंनिमित्तं रुद्यते त्वया' इति पृष्टा सा करसरोरुहैरश्रु प्रमृज्य सगद्गदं मामवोचत्—

(२) 'मुने, लावण्यजितपुष्पसायके मिथिलानायके कीर्तिव्याप्तसुधर्मणि निजसुहृदो मगधराजस्य । (३) सीमन्तिनीसीमन्तमहोत्सवाय पुत्रदारसमन्विते पुष्पपुरमुपेत्य कञ्चन कालमधिवसति समाराधितगिरीशो मालवाधीशो मगधराजं योद्धुमभ्यगात् ।

(१) तत्र प्रख्यातयोरेतयोरसंख्ये संख्ये वर्तमाने सुहृत्साहाय्यकं कर्त्तुणो

---

(१) निर्जने = निर्गता जनाः यस्मात् तत्, तस्मिन् = जनशून्ये । वने = अटव्याम् । किंनिमित्तम् = कथम् । रुद्यते = अश्रूणि मुच्यते । त्वया = भवत्या । इति पृष्टा = प्रश्नविषयिणीभूता । सा = वनिता । करसरोरुहैः = करकमलैः । अश्रु = वाष्पम् नेत्रजलम् । प्रमृज्य = प्रोञ्छ्य दूरीकृत्येत्यर्थः । सगद्गदं यथा स्यात्तथा क्रियाविशेषणम् = वाष्पच्छुरितेन कण्ठेनेत्यर्थः । माम् = मुनिम् अवोचत् = उक्तवती ।

(२) मुने = ऋषे ! लावण्यजितपुष्पसायके—लावण्येन = सौन्दर्येण जितः पुष्पसायकः = कामदेवो येन तस्मिन् = कान्त्या पराजितानङ्गे । मिथिलानायके = मिथिलाराजे । कीर्तिव्याप्तसुधर्मणि—कीर्त्या = यशसा व्याप्ता = पूरिता सुधर्मा = तदाख्या देवसभा येन तस्मिन् = कीर्तिपरिपूरितदेवसभे । 'स्यात् सुधर्मा देवसभा' इत्यमरः । निजसुहृदः = निजस्य स्वस्य सुहृदः = मित्रस्य मगधराजस्य = राजहंसस्य ।

(३) सीमन्तिनी-सीमन्तमहोत्सवाय—सीमन्तिन्याः = वध्वाः पट्टमहिष्याः इत्यर्थः '⋯योषा नारी सीमन्तिनी वधूः' इत्यमरः सीमन्तमहोत्सवाय = सीमन्तश्चासौ महोत्सवश्च तस्मै = गर्भसंस्काराख्यरूपं विशेषोत्सवं द्रष्टुम् । पुत्रदारसमन्विते = पुत्राश्च दाराश्चेति पुत्रदाराः तैः समन्विते = युक्ते । पुष्पपुरम् = पाटलिपुत्रम् । उपेत्य = प्राप्य । कञ्चन कालम् = समयम् । अधिवसति = वासं कुर्वति सति । समाराधितगिरीशः—समाराधितः = सम्यक्प्रकारेण आराधितः = सेवितः गिरीशः = शिवः येन तथाविधः । मालवाधीशः = मानसारः । मगधराजम् = राजहंसम् । योद्धुम् = युद्धं कर्त्तुम् । अभ्यगात् = समागतः ।

(१) तत्र = संख्ये इत्यन्वयः । प्रख्यातयोः = प्रसिद्धयोः । एतयोः = राजहंसमानसारयोः ।

रोती हुई एक स्त्री को देखा । मैंने पूछा—तुम एस निर्जन वन में (१) क्यों रोती हो ? तब वह अपने करकमलों से आँसुओं को पोंछ कर गद्गद स्वर में मुझसे कहने लगी (२) हे तपस्विन्, अपने सौन्दर्य से कामदेव के रूप को तिरस्कृत करने वाले तथा अपनी कीर्ति से देवसभा को पूर्ण करने वाले मिथिला के राजा अपने सारे परिवार के साथ अपने मित्र मगधराज की पत्नी के (३) सीमन्तोन्नयन (गर्भसंस्कार) नामक उत्सव में सम्मिलित होने पुष्पपुर आये थे और वहाँ कुछ दिन रुक गये । उसी बीच भगवान् शंकर की आराधना से शक्ति प्राप्त करने वाला मालवाधीश मानसार मगधराज राजहंस से युद्ध करने के लिए आया ।

(१) उस समय विख्यात उन दोनों वीरों में भयंकर युद्ध छिड़ जाने पर अपने मित्र

निजबले सति विदेहे विदेहेश्वरः प्रहारवर्मा जयवता रिपुणाभिगृह्य कारुण्येन पुण्येन विसृष्टो हतावशेषेण शून्येन सैन्येन सह स्वपुरगमनमकरोत् ।

(१) ततो वनमार्गेण दुर्गेण गच्छन्नधिकबलेन शबरबलेन रभसादभिहन्यमानो मूलबलाभिरक्षितावरोधः स महानिरोधः पलायिष्ट । (२) तदीयार्भकयोर्यमजयोर्धात्रीभावेन परिकल्पिताह मद्दुहितापि तीव्रगतिं भूपतिमनुगन्तुमक्षमे अभूव ।

असंख्ये = संख्यातुमशक्ये । संख्ये = युद्धे । 'संख्यं समीकं सांपरायिकम्' इत्यमरः । वर्तमाने = प्रचलिते । सुहृत्साहाय्यकम्—सुहृदः = मित्रस्य साहाय्यकम् = साहाय्यं । स्वार्थे कः । कुर्वाणः = विदधानः निजबले = स्वसैन्ये । विदेहे = मृते । सति । प्रहारवर्मा = विदेहेश्वरः = तन्नामा मिथिलाधिपतिः । जयवता = विजयिना । रिपुणा = शत्रुणा मानसारेण । अभिगृह्य = आक्रम्य धृत्वेत्यर्थः । कारुण्येन = दयया । पुण्येन = शुभादृष्टयोगेन । विसृष्टः = मुक्तः मानसारेणेति शेषः । हतावशेषेण—हतस्य अवशेषः तेन = जीवितेन । शून्येन = शस्त्रादिना रहितेन पराभवदुःखात् नष्टप्रायेणेति यावत् । सैन्येन = सैनिकेन 'सेनायां समवेता ये सैन्यास्ते सैनिकाश्च ते' इत्यमरः । सह = सार्द्धम् । स्वपुरगमनम् = स्वस्य पुरम् = नगरम् तत्र गमनम् । अकरोत् = चकार ।

(१) ततः = तदनन्तरम् । दुर्गेण = दुर्गमेन । वनमार्गेण = वनस्य मार्गः = पन्थाः तेन । गच्छन् । अधिकबलेन = अधिकम् बलम् = सामर्थ्यं सैन्यबलमिति यावत् यस्य तेन । शबरबलेन—शबराणाम् = किरातानाम् बलम् = सैन्यम् तेन किरातसैन्येन । 'किरातशबरपुलिन्दाः' इत्यमरः । रभसात् = वेगात् । अभिहन्यमानः = ताड्यमानः । मूलबलाभिरक्षितावरोधः = मूलबलेन = कुलक्रमागतेन सैन्येन पूर्णविश्वस्तेनेति भावः । अभिरक्षितः = सर्वतो भावेन सुरक्षितः । अवरोधः = शुद्धान्तः 'शुद्धान्तश्चावरोधश्च' इत्यमरः अन्तःपुरनिवासिनीवर्ग इत्यर्थः यस्य तथाभूतः । सः = प्रहारवर्मा मिथिलाधिपतिः । महानिरोधः = महान् निरोधः रक्षणम् यस्य सः । पलायिष्ट = दुद्राव ।

(२) तदीयार्भकयोः—तस्य = प्रहारवर्मणः अर्भकयोः = पुत्रयोः । यमजयोः = युग्मजातयोः । धात्रीभावेन = उपमातृरूपेण 'धात्री स्यादुपमाताऽपि' इत्यमरः । परिकल्पिता = नियुक्ता, अहम् । तथा च 'मद्दुहिताऽपि' परिकल्पिता इति सम्बन्धः, (आवाम्) तीव्रगतिम् = तीव्रा गतिः यस्य तम् सत्वरगतिम् । भूपतिम् = प्रहारवर्माणम् । अनुगन्तुम्—अनु = पश्चात्

मगधराज की सहायता करने वाले मिथिलेश्वर प्रहारवर्मा सेना के नष्ट हो जाने से विजयी शत्रु द्वारा पकड़ लिये गये । किन्तु दया तथा पुण्यबल से छूट कर बची-खुची सेना के साथ अपने नगर की ओर चल दिये । (१) पश्चात् दुर्गम वनमार्ग से जाते हुए शबरों की प्रचण्ड सेना द्वारा सहसा तितर-बितर किये जाने पर मूलबल (प्रधान सेना) द्वारा अन्तःपुर की स्त्रियों को तथा अपने को सुरक्षित रखकर वहाँ से भाग निकले । (२) उनके (राजा प्रहारवर्मा के) जुड़वाँ लड़कों की धायें (उपमातायें) में तथा मेरी कन्या तीव्रगति वाले उस राजा

(३) तत्र विवृतवदनः कोऽपि रूपी कोप इव व्याघ्रः शीघ्रं मामाघ्रातुमागतवान् । भीताहमुदग्रग्राव्णि स्खलन्ती पर्यपतम् । (१) मदीयपाणिभ्रष्टो बालकः कस्यापि कपिलाशवस्य क्रोडमभ्यलीयत ।

(२) तच्छवाकर्षिणोऽमर्षिणो व्याघ्रस्य प्राणान्बाणो बाणासनयन्त्रमुक्तोऽपाहरत् । लोलालको बालकोऽपि शबरैरादाय कुत्रचिदुपानीयत । कुमारमपरमुद्वहन्ती मद्दुहिता कुत्र गता न जाने ।

गन्तुम् = उपसर्तुम् । अक्षमे = न क्षमे, असमर्थे सामर्थ्यहीने इत्यर्थः । अभूव । (३) तत्र = वने विवृतवदनः—विवृतम् = व्यात्तम् विस्तारितमित्यर्थः वदनम् = मुखम् येन सः = विस्तारितमुखः । कोऽपि = कश्चिदपि । रूपी = रूपमस्यास्तीति, मूर्तिमान् । कोप इव = क्रोध इव । व्याघ्रः = विशेषेण आजिघ्रतीति । शीघ्रम् = त्वरितम् । माम् = अबलाम् । आघ्रातुम् = आक्रमितुम् आहन्तुमित्यर्थः । आगतवान् = उपस्थितोऽभूत् । भीता = त्रस्ता भयेन विचलिता इत्यर्थः । अहम् । उदग्रग्राव्णि—उदग्र = कठिने प्रोन्नते इति यावत् ग्राव्णि = प्रस्तरे । स्खलन्ती = रिङ्गन्ती 'रिङ्गणं स्खलनं समे' इत्यमरः । पर्यपतम् (परि + पत् + लङ् उत्तमैकवचने) = अस्खलम् ।

(१) मदीयपाणिभ्रष्टः मदीयो यः पाणिः तस्मात् भ्रष्टः = च्युतः मम हस्तात् च्युतः । बालकः । कस्याऽपि कपिलाशवस्य—कपिलायाः = गोः शवस्य = मृतशरीरस्य । क्रोडम् = अङ्कम् । अभ्यलीयत = (अभि + अलीयत लीङ् श्लेषणे धातोर्लङ्) अन्तः प्राविशत् ।

(२) तच्छवाकर्षिणः—तस्य शवस्य = मृतगोदेहस्य आकर्षिणः = आकर्षितुं शीलं यस्य तस्य । अमर्षिणः—अमर्षः = क्रोधः 'कोपक्रोधामर्षरोषे'त्यमरः अस्यास्तीति, तस्य क्रुद्धस्य । व्याघ्रस्य । प्राणान् = असून् । बाणासनयन्त्रमुक्तः = धनुर्मुक्तः । बाणः = शरः । अपाहरत् = हृतवान् । लोलालकः—लोलाः = चपलाः अलकाः = चूर्णकुन्तलाः क्षुद्रकेशाः 'अलकाश्चूर्णकुन्तलाः' इत्यमरः यस्य सः । बालकः = शिशुः । शबरैः = किरातैः 'भेदाः किरातशबरपुलिन्दाः' इत्यमरः । आदाय = गृहीत्वा । कुत्रचित् = अनिश्चिते स्थाने । उपानीयत = (उप + आ + नी कर्मणि लङ्) प्रापितः । अपरम् = यमजयोर्मध्ये अन्यमेकम् । कुमारम् = शिशुम् मद्दुहितुरङ्कस्थमित्यर्थः । उद्वहन्ती = क्रोडे कृत्वा भ्रमन्ती । मद्दुहिता = मम पुत्री । कुत्र = अज्ञाते स्थाने । गता । न जाने ।

के साथ पीछे) नहीं जा सकी । (३) तभी उस वन में मुँह फैलाया हुआ मूर्तिमान क्रोध की तरह एक विकराल व्याघ्र मुझे खाने आ गया । उस व्याघ्र से डरी हुई मैं भागने लगी । किन्तु ऊबड़-खाबड़ जमीन (पत्थर) पर लड़-खड़ाती हुई ठोकर खाकर गिर गयी और (१) मेरे हाथ से फिसलकर उन जुड़वाँ बच्चों में से एक बच्चा मरी हुई किसी कपिला गाय की गोद में जा छिपा । (२) उस मरी गाय के शरीर को क्रुद्ध व्याघ्र झपटना (खींचना) ही चाहता था कि किसी व्याध द्वारा धनुष से छोड़े गये वाणों ने उसके प्राण ले लिए । उस चंचल कुन्तल (केश) वाले बालक को व्याध उठाकर न जाने कहाँ ले गये । दूसरे बालक को गोद

(१) साहं मोहं गता केनापि कृपालुना वृष्णिपालेन स्वकुटीरमावेश्य विरोपितव्रणाऽभवम् ।

(२) ततः स्वस्थीभूय भूयः क्ष्माभर्तुरन्तिकमुपतिष्ठासुरसहायतया दुहितुरनभिज्ञाततया च व्याकुलीभवामि' (३) इत्यभिदधाना 'एकाकिन्यपि स्वामिनं गमिष्यामि' इति सा तदैव निरगात् ।

(१) अहमपि भवन्मित्रस्य विदेहनाथस्य विपन्निमित्तं विषादमनुभवंस्तदन्वयाङ्कुरं कुमारमन्विष्यंस्तदैकं चण्डिकामन्दिरं सुन्दरं प्रागाम् ।

---

(१) सा = अबला । अहम् । मोहम् = मूर्च्छाम् 'मूर्च्छा तु कश्मलं मोहः' इत्यमरः । गता = प्राप्ता । केनापि = अपरिचितेन । कृपालुना = दयावता । वृष्णिपालेन—वृष्णीन् = मेषान् पालयतीति तेन = मेषपालेन । 'मेढ्रोरभ्रोरणोर्णायुमेषवृष्णय एडके' इत्यमरः । स्वकुटीरम् = स्वस्य = निजस्य कुटीरम् = ह्रस्वा कुटी कुटीरः तम् । आवेश्य = प्रवेश्य । विरोपितव्रणा-विरोपितः = चिकित्सितः व्रणः = क्षतम् यस्याः सा । अहम् अभवम् । (२) ततः स्वस्थीभूय = (अस्वस्था स्वस्था भूत्वा इति च्विः) नीरुजा भूत्वा । भूयः = पुनरपि । क्ष्माभर्तुः = स्वामिनः मिथिलेश्वरस्य । अन्तिकम् = समीपम् । उपतिष्ठासुः = उपस्थातुमिच्छुः । असहायतया = सहायशून्यतया । दुहितुः = कन्यायाः । अनभिज्ञाततया = न अभिज्ञाता अनभिज्ञाता तस्या भावः तया । च व्याकुलीभवामि = अव्याकुला व्याकुला भवामि इति च्विः । इति अभिदधाना = (अभिधत्ते इति शानच्) कथयन्ती । एकाकिनी = असहाया । अपि । स्वामिनम् = पालकम् । 'गमिष्यामि' अभिदधानेत्यनेन सम्बन्धः । सा तदैव = तस्मिन्नेव समये निरगात् = अगच्छत् ।

(१) अहमपि = तापसोऽपि । भवन्मित्रस्य—भवतः मित्रस्य = सुहृदः । विदेहनाथस्य = मिथिलाधिपस्य । विपन्निमित्तम् – विपद् = आपत् निमित्तम् = कारणम् यस्य तम् 'विपत्त्यां विपदापदौ' इत्यमरः । विषादम् = दुःखम् । अनुभवन् । तदन्वयाङ्कुरम्—तस्य मिथिलाधिपतेः अन्वयस्य = वंशस्य 'कुलान्यभिजनान्वयौ' इत्यमरः अङ्कुरम् = तद्वंशप्ररोहभूतम् । कुमारम् = बालकम् । अन्विष्यन् । तदा = तस्मिन् समये । एकम् सुन्दरम् । चण्डिकामन्दिरम् = दुर्गामन्दिरम् । प्रागाम् = अगच्छम् ।

मे लेकर मेरी कन्या कहाँ चली गई यह भी मैं नहीं जानती (१) क्योंकि मैं मूर्छित पड़ी थी । बाद में एक गोपाल (चरवाहा) उधर से निकला जिसे मेरी स्थिति देखकर दया आई । वह मुझे अपने घर ले गया और वहाँ उसने मेरी मरहम पट्टी की जिसमे मेरे घाव छूट गये । (२) मैं अब स्वस्थ हूँ । अपने राजा के पास जाना चाहती हूँ किन्तु लड़की के खो जाने से अकेली होने के कारण दुःखी हो रही हूँ । (३) अस्तु । जो कुछ भी हो 'अकेली मैं राजा के पास जाऊँगी' यह कहती हुई वह तो उसी समय चली गयी । (१) किन्तु मैं आपके मित्र मिथिलाधीश की विपत्ति से दुःखी होकर उसी समय उनके वंश के इस नवजात अंकुर

(२) तत्र संततमेवंविधविजयसिद्धये कुमारं देवतोपहारं करिष्यन्तः किराताः (३) 'महीरुहशाखावलम्बितमेनमसिलतया वा, (१) सैकततले खननिक्षिप्तचरण लक्ष्यीकृत्य शितशरनिकरेण वा, अनेकचरणैः पलायमानं कुक्कुरबालकैर्वा दंशयित्वा संहनिष्यामः' इति भाषमाणा मया समभ्यभाष्यन्त—

(२) 'ननु किरातोत्तमाः, घोरप्रचारे कान्तारे स्खलितपथः स्थविरभूसुरोऽहं मम पुत्रकं क्वचिच्छायायां निक्षिप्य मार्गान्वेषणाय किञ्चिदन्तरमगच्छम् ।

---

(२) तत्र = देवीमन्दिरे । सन्ततम् = अनारतम् । एवंविधविजयसिद्धये = एवं विधा यस्य तादृशस्य विजयस्य सिद्धये = प्राप्तये । 'विधा विधौ प्रकारे च' इत्यमरः । कुमारम् = बालकम् । देवतोपहारम्—देवतायाः = चण्डिकायाः उपहारम् = उपायनम् बलिमित्यर्थः 'उपायनमुपग्राह्यमुपहारस्तथोपदा' इत्यमरः । करिष्यन्तः = विधास्यन्तः । किराताः = शवराः (३) महीरुहशाखावलम्बितम् । महीरुहस्य = वृक्षस्य शाखायां अवलम्बितम् = बद्धम् । एनम् = बालकम् । असिलतया = खड्गेन ।

(१) सैकततले = वालुकामयप्रदेशे । खननिक्षिप्तचरणम्—खनने = गर्ते निक्षिप्तौ = निहितौ चरणौ यस्य सः तम् । लक्ष्यीकृत्य = अलक्ष्यं लक्ष्यं कृत्वा इति लक्ष्यीकृत्य = उद्दिश्य । शितशरनिकरेण—शितेन = तीक्ष्णेन शरनिकरेण = बाणसमूहेन । अनेकचरणैः = बहुभिः पदन्यासैः शीघ्रगमनैरिति यावत् । कुक्कुरबालकैः । पलायमानमेनं कुमारम् । दंशयित्वा = दंशं कारयित्वा । संहनिष्यामः = मारयिष्यामः । इति = इत्थम् । भाषमाणाः = कथयन्तः (किराताः) मया = तापसेन । समभ्यभाष्यन्त = (कर्मणि लृङ्) उक्ताः ।

(२) नन्वित्यामन्त्रणे 'अनुनयामन्त्रणे ननु' इत्यमरः । किरातोत्तमाः—किरातेषु = शवरेषु उत्तमाः = श्रेष्ठाः सम्बोधनमिदम् । घोरप्रचारे = घोरः भयङ्करः प्रचारः = सञ्चारः यत्र तादृशे कान्तारे = दुर्गमे पथि स्खलितपथः—स्खलितः = च्युतः, भ्रष्टः पन्था यस्य एवंभूतः = मार्गच्युतः । स्थविरभूसुरः = स्थविरश्चासौ भूसुरश्चेति = वृद्धब्राह्मणः । अहम् । मम पुत्रकम् = आत्मनो बालकम् । क्वचित् = कुत्रचित् छायायाम् । निक्षिप्य = संस्थाप्य । मार्गान्वेषणाय =

को खोजता हुआ दुर्गा के एक सुन्दर मन्दिर में पहुँचा । (२) वहाँ 'हमेशा इस प्रकार की विजय (जिस प्रकार अभी हम लोगों ने मिथिलाधीश प्रहारवर्मा को परास्त कर दिया है उसी प्रकार भविष्य में भी हमेशा हम लोगों की विजय हुआ करे) प्राप्ति हो' इस निमित्त एक कुमार की बलि देने के लिए प्रस्तुत कुछ किरातों को देखा जो आपस में कह रहे थे— 'इसे वृक्ष की शाखा में लटकाकर तलवार से काटकर मारा जाय । या (१) बालू में गढ़ा खोद उसमें इसके दोनों पैरों को गाड़ कर पैने बाणों से निशाना साधकर मारा जाय या तेजी से दौड़ते हुए को कुत्तों के पिल्लों से नोचवा कर मारा जाय' जिसे सुनकर मैंने कहा—

(२) हे किरात श्रेष्ठों, इस भयंकर दुर्गम मार्ग में मैं बूढ़ा ब्राह्मण रास्ता भूल गया हूँ । अपने छोटे बालक को एक वृक्ष की छाया में सुलाकर स्वयं रास्ता खोजने कुछ दूर निकल गया था । वापस आने पर वह मुझे वहाँ नहीं मिला ।

(१) स कुत्र गतः केन वा गृहीतः, परीक्ष्यापि न वीक्ष्यते । तन्मुखावलोकनेन विनानेकान्यहान्यतीतानि किं करोमि, क्व यामि, भवद्भिर्न किमदर्शि' इति ।

(२) 'द्विजोत्तम, कश्चिदत्र तिष्ठति । किमेष तव नन्दनः सत्यमेव । तदेनं गृहाण' इत्युक्त्वा दैवानुकूल्येन मह्य तं व्यतरन् ।

(३) तेभ्यो दत्ताशीरहं बालकमङ्गीकृत्य शिशिरोदकादिनोपचारेणाश्वास्य निःशङ्कं भवदङ्कं समानीतवानस्मि । एनमायुष्मन्तं पितृरूपो भवानभिरक्षतात् इति ।

पन्थानं द्रष्टुम् । किञ्चिदन्तरम् = समीपम् । अगच्छम् ।

(१) सः = मन्नयनानन्दकरः । कुत्र गतः । केन = जीवविशेषण । गृहीतः = नीतः । इति परीक्ष्यापि = अन्विष्यापि । न वीक्ष्यते = नावलोक्यते । तन्मुखावलोकनेन—तस्य मुखस्य अवलोकनेन = दर्शनेन । विना = अन्तरा । अनेकानि = बहूनि । अहानि = दिनानि । अतीतानि = गतानि । किं करोमि । क्व = कुत्र । यामि = गच्छामि । भवद्भिः = श्रीमद्भिः । किम् न अदर्शि = दृष्टः ।

(२) द्विजोत्तम = द्विजेषु ब्राह्मणेषु उत्तमः श्रेष्ठः तत्सम्बुद्धौ । कश्चित् बालकः । अत्र तिष्ठति = वर्तते । किम् एव । तव = भवतः । नन्दनः = नयनानन्दकरः पुत्रः । यदि सत्यम् । तद् = तर्हि । एनं = बालकम् । गृहाण = स्वीकुरु । इति उक्त्वा । दैवानुकूल्येन = दैवसाहाय्येन । मह्यम् । तं बालकम् । व्यतरन् = दत्तवन्तः ।

(३) तेभ्यः = शबरेभ्यः । दत्ताशीः = दत्ताः आशिषः येन तथाविधः । अहम् = तापसः । बालकम् । अङ्गीकृत्य = स्वीकृत्य । शिशिरोदकादिना = शीतोदकादिना । उपचारेण = सेवया । आश्वास्य = सुस्थं कृत्वा । भवदङ्कम् = भवदुत्सङ्गम् समीपमित्यर्थः । समानीतवान् = उपस्थापितवान् अस्मि । आयुष्मन्तम् = चिरजीविनम् । एनम् । पितृरूपः = पितृसमः । भवान् = राजहंसः । अभिरक्षतात् = पालयतु । इति ।

---

(१) पता नहीं कि वह कहाँ गया या कौन उसे उठा ले गया । ढूँढने पर भी उसे नहीं पा रहा हूँ । उसका मुँह देखे अनेक दिन बीत गये । क्या करूँ ? किधर जाऊँ ? क्या आप लोगों ने उसे नहीं देखा ?

(२) मेरी बातों को सुनकर भीलों ने कहा—'हे विप्रवर, एक बालक यहाँ है । क्या वह आपका पुत्र है ? यदि वह आपका पुत्र हो, तो उसे आप ले लें' । ऐसा कह कर भगवान् की कृपा से उन्होंने बालक को मुझे दे दिया ।

(३) मैंने बालक को लेकर उन्हें आशीर्वाद दिया और ठंढे पानी के छींटे आदि देकर बालक को होश में लाकर आपके पास निर्भय ले आया हूँ । इस आयुष्मान् बालक के आप पिता तुल्य हैं । अतः आप ही इसकी रक्षा करें ।

(१) राजा सुहृदापन्निमित्तं शोकं तन्नन्दनविलोकनसुखेन किञ्चिदधरीकृत्य तमुपहारवर्मनाम्नाहूय राजवाहनमिव पुपोष।

अपहारवर्मोत्पत्तिकथा

(२) जनपतिरेकस्मिन्पुण्यदिवसे तीर्थस्नानाय पक्वणनिकटमार्गेण गच्छन्नबलया कयाचिदुपलालितमनुपमशरीरं कुमारं कञ्चिदवलोक्य कुतूहलाकुलस्तामपृच्छत्। (३)'भामिनि! रुचिरमूर्तिः सराजगुणसंपूर्तिरसावर्भको भवदन्वयसंभवो न भवति। कस्य नयनानन्दनः, निमित्तेन केन भवदधीनो जातः, कथ्यतां याथा-

---

(१) राजा = राजहंसः। सुहृदापन्निमित्तम्—सुहृदः = सख्युः 'अथ मित्रं सखा सुहृत्' इत्यमरः मिथिलाधिपतेः = प्रहारवर्मणः आपत् = विपत् निमित्तम् = कारणम् यस्य तम्। शोकम्। तन्नन्दनविलोकनसुखेन—तस्य = सुहृदः नन्दनस्य = पुत्रस्य विलोकनात् = दर्शनात् यत् सुखम् = आनन्दः तेन। किञ्चित् अधरीकृत्य = न्यूनीकृत्य। तम् = बालकम्। उपहारवर्मनाम्ना। आहूय = आकार्य। राजवाहनमिव = स्वपुत्रवत्। पुपोष = पालितवान्।

(२) जनपतिः = राजा राजहंसः। एकस्मिन् = एकदा। पुण्यदिवसे = पुण्याहे। तीर्थस्नानाय = तीर्थे स्नातुम्। पक्वणनिकटमार्गेण—पक्वणस्य = शवरालयस्य 'पक्वणः शबरालयः' इत्यमरः निकटेन = समीपेन मार्गेण = पथा गच्छन् = व्रजन्। कयाचित् अबलया = स्त्रिया। उपलालितम् = स्नेहेन पालितम्। अनुपमशरीरम्—अनुपमम् = अप्रतिमम् महासुन्दरम् शरीरम् = देहः यस्य तथाविधम्। कञ्चित् = एकम्। कुमारम् = बालकम्। अवलोक्य = दृष्ट्वा। कुतूहलाकुलः—कुतूहलेन = औत्सुक्येन आकुलः = व्याप्तः। ताम् = स्त्रियम्। अपृच्छत् = पृष्टवान्।

(३) भामिनि! = सुन्दरि। रुचिरमूर्तिः—रुचिरा = मनोहरा मूर्तिः शरीरं यस्य तथोक्तः। सराजगुणसम्पूर्तिः—राज्ञः गुणानां सम्पूर्त्या = सम्यक् पूरणेन सह वर्तमानः = सम्पूर्णराजगुणसम्पन्नः। असौ = पुरो दृश्यमानः। अर्भकः = शिशुः। 'पोतः पाकोऽर्भको डिम्भः पृथुकः शावकः शिशुः' इत्यमरः। भवदन्वयसम्भवः—भवत्याः = तव अन्वये = वंशे सम्भवः = उत्पत्तिः यस्य तथाविधः। न भवति = तवान्वये एतादृशस्य कुमारस्योत्पत्तेरसम्भव इति भावः। (तर्हि अयम्) कस्य = पुरुषविशेषस्य। नयनानन्दनः—नयनयोः = नेत्रयोः आनन्दनः = प्रीतिकरः। केन निमित्तेन = कारणेन। भवदधीनः = त्वदधीनः तवायत्त इति यावत्। जातः = अभूत्। इति त्वया = भवत्या। याथातथ्येन = साङ्गोपाङ्गतया, यथार्थतः इति यावत्। कथ्यताम् =

---

(१) उस तपस्वी के उपर्युक्त कथन को सुनकर राजा राजहंस ने मित्र की विपत्ति की दारुणव्यथा को उसके बालक का मुख देखकर भूल गये तथा बालक का नाम उपहारवर्मा रखकर उसे भी राजवाहन की भाँति पालने लगे।

(२) किसी पर्व के दिन राजा राजहंस तीर्थ स्नान के लिए शबरालय के निकट-मार्ग से जा रहे थे। रास्ते में उन्होंने एक स्त्री के द्वारा लालित एक अनुपम सुन्दर बालक को देखकर कौतुहल वश उससे पूछा।

(३) हे भामिनि, सकल राजगुण सम्पन्न मनोहर कान्ति वाला यह बालक तुम्हारे कुल का नहीं हो सकता है। सच-सच कहो कि यह किसके नेत्रों का तारा है और तुम्हारे पास

तथ्येन त्वया' इति ।

(१) प्रणतया तया शबर्या सलीलमलापि—'राजन् ! आत्मपल्लीसमीपे पदव्यां वर्तमानस्य शक्रसमानस्य मिथिलेश्वरस्य सर्वस्वमपहरति शबरसैन्ये मद्दयितेनापहृत्य कुमार एष मह्यमर्पितो व्यवर्धत' इति ।

(२) तदवधार्य कार्यज्ञो राजा मुनिकथितं द्वितीयं राजकुमारमेव निश्चित्य सामदानाभ्यां तामनुनीयापहारवर्मेत्याख्याय देव्यै 'वर्धय' इति समर्पितवान् ।

पुष्पोद्भवोत्पत्तिकथा

(३) कदाचिद्वामदेवशिष्यः सोमदेवशर्मा नाम कंचिदेकं बालकं राज्ञः पुरो

भण्यताम् ।

(१) प्रणतया = कृतप्रणामया । तया शबर्या = किरातपत्न्या । सलीलम्—लीलया = हेलया सहितम् । अलापि = अभाषि । राजन् = सम्बोधनम् । आत्मपल्लीसमीपे—आत्मनः = स्वस्य पल्ली = ग्रामः तस्याः समीपे = सविधे । पदव्याम् = पथि । वर्तमानस्य = तिष्ठतो गच्छतो वा । शक्रसमानस्य = इन्द्रोपमस्य । मिथिलेश्वरस्य = मिथिलाधिपस्य । सर्वस्वम्—सर्वम् = सम्पूर्णम् स्वम् = धनम् । अपहरति = आत्मसात्कुर्वति । शबरसैन्ये = किरातसमूहे । मद्दयितेन = मम स्वामिना । अपहृत्य = समानीय । एषः = पुरो दृश्यमानः । कुमारः = बालः । मह्यम् = शबर्यै । अर्पितः = दत्तः (सोऽयमधुना) व्यवर्द्धत = वृद्धिं गतः ।

(२) तत् = शबर्युक्तम् । अवधार्य = श्रुत्वा । कार्यज्ञः = कार्यं जानातीति कृत्यवित् । राजा = राजहंसः मुनिकथितम्—मुनिना = तापसेन । कथितम् = उदितम् । द्वितीयम् = अपरम् । राजकुमारम्—राज्ञः = मिथिलेश्वरस्य कुमारम् = बालकम् एव । निश्चित्य = निर्णीय । सामदानाभ्याम्—साम्ना = सान्त्ववादेन दानेन इत्येताभ्याम् । ताम् = शबरपत्नीम् । अनुनीय = सन्तोष्य । अपहारवर्मेत्याख्याय = अपहारवर्मा इति नाम कृत्वा । देव्यै = वसुमत्यै । वर्धय = पालयेति च कथयित्वा । समर्पितवान् = दत्तवान् ।

(३) कदाचित् = एकदा । वामदेवशिष्यः = वामदेवनामकऋषेः शिष्यः । सोमदेवशर्मा । कंचित् = एकम् बालकम् = शिशुम् । राज्ञः = राजहंसस्य । पुरः = अग्रे । निक्षिप्य = निधाय ।

कहाँ से आया ।

(१) उस शबरी ने प्रणाम करके लज्जापूर्वक कहा—राजन्, अपने गाँव के समीप मार्ग से जाते हुए इन्द्र जैसे मिथिलेश्वर का जब शबरों ने सर्वस्व लूट लिया था उसी समय मेरे पति ने इसे लाकर मुझे दिया था और तभी से मैंने इसे पाल-पोसकर बड़ा किया है ।

(२) शबरी की बातें सुनकर कार्यज्ञ राजा ने समझ लिया कि मुनि ने जिस दूसरे राजकुमार का जिक्र किया था, वह यही है, ऐसा निश्चय कर सान्त्वना पूर्ण वचनों से तथा कुछ दे-लेकर उस भीलनी को प्रसन्न किया और बालक को ले लिया । बाद उस बालक का नाम अपहार वर्मा रखकर रानी को सहेज कर कह दिया कि इसका लालन पालन करो ।

(३) एक दिन वामदेव ऋषि का शिष्य, जिसका नाम सोमदेव शर्मा था, एक बालक

निक्षिप्याभाषत—'देव ! रामतीर्थे स्नात्वा प्रत्यागच्छता मया काननावनौ वनितया कयापि धार्यमाणमेनमुज्ज्वलाकारं कुमारं विलोक्य सादरमभाणि—'स्थविरे ! का त्वम् ? एतस्मिन्नटवीमध्ये बालकमुद्वहन्ती किमर्थमायासेन भ्रमसि' इति।

(१) वृद्धयाप्यभाषि–'मुनिवर ! कालयवननाम्नि द्वीपे कालगुप्तो नाम धनाढ्यो वैश्यवरः कश्चिदस्ति। तन्नन्दिनीं नयनानन्दकारिणीं सुवृत्तां नामैतस्माद् द्वीपादागतो मगधनाथमन्त्रिसंभवो रत्नोद्भवो नाम रमणीयगुणालयो भ्रान्तभूवलयो मनोहारी व्यवहार्युपयम्य सुवस्तुसम्पदा श्वशुरेण संमानितोऽभूत्। काल-

---

अभाषत=उक्तवान्। देव=राजन्। सम्बाधनमेतत्। रामतीर्थे=रामघट्टे। स्नात्वा। प्रत्यागच्छता=परावर्तमानेन। मया=सोमदेवेन। काननावनौ—काननस्य=वनस्य अवनौ=भूमौ वनप्रदेशे इत्यर्थः। कयापि=एकया वनितया=स्त्रिया। धार्यमाणम्=ऊह्यमानम्। उज्ज्वलाकारम्—उज्ज्वलः=देदीप्यमानः आकारः=स्वरूपं यस्य तम्। कुमारम्=बालकम्। विलोक्य=दृष्ट्वा। सादरं (यथा स्यात्तथा क्रियाविशेषणमेतत्) अभाणि=अभाषि। स्थविरे=वृद्धे, सम्बोधनम्। का त्वम् ? एतस्मिन् अटवीमध्ये=वनप्रदेशे। बालकम् उद्वहन्ती=उत्=ऊर्ध्वम् वहन्ती=धारयन्ती। किमर्थम् ? आयासेन=दुःखेन। भ्रमसि=संचरसि।

(१) वृद्धयाऽपि अभाषि=अभाणि। मुनिवर=मुनिषु वरः=श्रेष्ठः सम्बोधनपदमेतत्। कालयवननाम्नि=कालयवनाख्ये। द्वीपे=अन्तरीपे 'द्वीपोऽस्त्रियामन्तरीपं यदन्तर्वारिणस्तटम्' इत्यमरः। कालगुप्तो नाम=कालगुप्त इति ख्यातः धनाढ्यः=धनेन आढ्यः=समृद्धः। वैश्यवरः=वैश्येषु वरः=श्रेष्ठः कश्चित्=एकः। अस्ति=वर्तते। तन्नन्दिनीम्=तस्य नन्दिनी=दुहिता ताम्। नयनानन्दकारिणीम्=नयनयोः नेत्रयोः आनन्दं करोतीति ताम्, सुवृत्ताम् नाम्=सुवृत्ताख्याम्। एतस्मात् द्वीपात्=अन्तरीपात्। जम्बूद्वीपादित्यर्थः। आगतः=प्राप्तः। मगधनाथमन्त्रिसम्भवः—मगधानां नाथः=स्वामी तस्य मन्त्री इति, तस्मात् सम्भवः=उत्पत्तिः यस्य सः, राजहंसमन्त्रिपुत्रः। रत्नोद्भवो नाम=रत्नोद्भवाख्यः। रमणीयगुणालयः—रमणीयानाम्=श्रेष्ठानां गुणानाम् आलयः=निलयः 'निकाय्यनिलयालयाः' इत्यमरः। भ्रान्तभूवलयः—भ्रान्तम्=पर्यटितम् भुवः=पृथिव्याः वलयम्=मण्डलम् येन, पर्यटितपृथिवीमण्डलः। मनोहारी=मनांसि हर्तुं=आक्रष्टुं शीलं यस्यासौ। व्यवहारी=

को राजा के समीप रखकर बोला—राजन्, मैं रामतीर्थ में स्नान कर लौट रहा था तो वन में एक स्त्री की गोद में इस देदीप्यमान कुमार को देखकर सादर उससे पूछा—हे वृद्धे, तुम कौन हो और क्लेश पूर्वक बालक को गोद में लिए इस वन में क्यों घूम रही हो ? (१) वृद्धा ने कहा—हे मुनिवर, कालयवन द्वीप में कालगुप्त नामक एक धनिक वैश्य रहता है। उसकी नयनाभिराम सुवृत्ता नाम की लड़की से इस द्वीप से जाकर मगधराज राजहंस का मन्त्रिपुत्र रत्नोद्भव ने विवाह किया। वह बड़ा गुणवान्, भ्रमणशील, देखने में अति सुन्दर और व्यापार में कुशल था। जो श्वशुर से अच्छी सम्पत्ति प्राप्तकर सम्मानित हुआ था, कुछ

क्रमेण नताङ्गी गर्भिणी जाता ।

(१) तत. सोदरविलोकनकौतुकहलेन रत्नोद्भवः कथञ्चिच्छ्वशुरमनुनीय चपललोचनया सह प्रवहणमारुह्य पुष्पपुरमभिप्रतस्थे । कल्लोलमालिकाभिहतः पोतः समुद्राम्भस्यमज्जत् ।

(२) गर्भभरालसां तां ललनां धात्रीभावेन कल्पिताहं कराभ्यामुद्वहन्ती फलकमधिरुह्य दैवगत्या तीरभूमिमगमम् । सुहृज्जनपरिवृतो रत्नोद्भवस्तत्र निमग्नो वा

वाणिज्यकर्मपरः, व्यापारकर्त्तेति यावत् । उपयम्य = विवाह्य । सुवस्तुसम्पदा = शोभनयौतुकद्रव्यसमृद्ध्या । श्वशुरेण कालगुप्तेन । सम्मानितोऽभूत् = सत्कृतो जातः । कालक्रमेण = प्राप्तसमयेन । नतांगी = नतं अङ्गं यस्याः सा सुवृत्ता । गर्भिणी जाता = गर्भं धृतवती ।

(१) ततः = तदनन्तरम् । सोदरविलोकनकौतूहलेन--सोदराणाम् = सहोदरभ्रातॄणाम् विलोकने = अवलोकने यत् कौतूहलम् तेन । रत्नोद्भवः कथञ्चित् = कथंकथमपि । श्वशुरम् अनुनीय प्रसन्नं कृत्वा । चपललोचनया—चपले = चञ्चले लोचने = अक्षिणी यस्याः तथाभूतया सुवृत्तया सह । प्रवहणम् = डयनम् नौकामिति यावत् 'कर्णीरथः प्रवहणं डयनञ्च समं त्रयम्' इत्यमरः । आरुह्य पुष्पपुराभिमुखम् = पाटलीपुत्राभिमुखम् । अभिप्रतस्थे = चचाल । कल्लोलमालिकाभिहतः--कल्लोलानाम् = महातरंगाणाम् 'महत्सूल्लोलकल्लोलौ' इत्यमरः मालिकाभिः = समूहैः अभिहतः = ताडितः । पोतः नौका 'यानपात्रे शिशौ पोतः' इत्यमरः । समुद्राम्भसि = समुद्रजले । अमज्जत् = निमग्नः ।

(२) गर्भभरालसाम् = गर्भस्य भरः = भारः तेन अलसाम् = जडीकृतकलेवराम् जाड्यमापन्नामित्यर्थः । ललनाम् = स्त्रियम् । ताम् = सुवृत्ताम् । धात्रीभावेन—धात्री = उपमाता तस्याः = भावेन = रूपेण । कल्पिता = नियुक्ता अहम् = वृद्धा । कराभ्याम् = हस्ताभ्याम् । उद्वहन्ती = धारयन्ती (तां...उद्वहन्तीत्यन्वयः) फलकम् = (यद्यपि 'फलकोऽस्त्री फलं चर्म संग्राहो मुष्टिरस्य यः' इत्यमरकोशात् फलकशब्देन खड्गादेः फलं गृह्यते, तथापि सम्प्रदायानुसारिभिस्तु फलकशब्दस्य 'काष्ठखण्डम्' इत्येव व्याख्यानं कृतम्, तदेवास्माभिरप्यनुसृतम्) काष्ठखण्डम् । अधिरुह्य = आरुह्य । दैवगत्या = संयोगात् तीरभूमिम् = तटप्रदेशम् । अगमम् = प्राप्तवती । सुहृज्जनपरिवृतः = सुष्ठु हृत् यस्य सः, सुहृत् चासौ जनश्च तेन परिवृतः = वेष्टितः रत्नोद्भवः ।

दिन बीतने पर वह नताङ्गी सुवृत्ता गर्भिणी हुई ।

(१) बाद रत्नोद्भव ने अपने भाइयों को देखने की लालसा से प्रेरित हो श्वशुर को किसी तरह राजी कर बिदाई ली और इस चंचल नेत्रों वाली पत्नी को साथ लेकर नौका पर सवार होकर पटना को ओर प्रस्थान किया । किन्तु दुर्भाग्य से लहरों की चोट से नाव समुद्र के पानी में डूब गई । (२) गर्भ भार से अलसायी हुई सुवृत्ता को धाय के रूप में नियुक्त मैंने अपने दोनों हाथों सम्भाला और लकड़ी के एक तख्ते पर बैठकर किसी तरह तीर पर आ गयी । मित्रों के साथ रत्नोद्भव उस समुद्र में डूब गया या किसी प्रकार तीर पर जा

केनोपायेन तीरमगमद्वा न जानामि । (१) क्लेशस्य परां काष्ठामधिगता सुवृत्ता-स्मिन्नटवीमध्येऽद्य सुतमसूत । (२) प्रसववेदनया विचेतना सा प्रच्छायशीतले तरुतले निवसति । विजने वने स्थातुमशक्यतया जनपदगामिनं मार्गमन्वेष्टुमुद्युक्तया मया विवशायास्तस्याः समीपे बालकं निक्षिप्य गन्तुमनुचितमिति कुमारोऽप्यनायि' इति ।

(३) तस्मिन्नेव क्षणे वन्यो वारणः कश्चिददृश्यत । तं विलोक्य भीता सा बालकं निपात्य प्राद्रवत् । अहं समीपलतागुल्मके परीक्षमाणोऽतिष्ठम्, निपतितं

तत्र = समुद्राम्भसि । निमग्नः = अमज्जत् । वा = अथवा । केनोपायेन = केनचन उपायेन = उद्योगेन । तीरम् = तटम् । अगमत् = गतः । न जानामि = नावगच्छामि ।

(१) क्लेशस्य = दुःखस्य वेदनायाः इत्यर्थः । पराम् = उत्कटाम् । काष्ठाम् = दिशम् अतिशयमित्यर्थः । अधिगता = प्राप्ता । सुवृत्ता = रत्नोद्भवपत्नी । अस्मिन् । अटवीमध्ये = वनैक-देशे । अद्य = अस्मिन् अहनि । सुतम् = पुत्रम् । असूत = प्रासोष्ट, उत्पादितवतीत्यर्थः ।

(२) प्रसववेदनया = प्रसवस्य या वेदना = पीडा तया । विचेतना—विगता = विनष्टा चेतना = चैतन्यम् यस्याः सा संज्ञाशून्येत्यर्थः । सा = सुवृत्ता । प्रच्छायशीतले = प्रकृष्टा छाया प्रच्छायम् तेन शीतले । तरुतले = वृक्षतले । निवसति = तिष्ठति । विजने = विगतः जनः यस्मिन् तस्मिन् । वने = कानने । स्थातुम् = प्रतीक्षितुम् । अशक्यतया = न शक्यः अशक्यः तस्य भावः तया । जनपदगामिनम्—जनपदं = ग्रामं तत्र गन्तुं शीलम् अस्ति अस्य इति तम्, ग्रामप्रापक-मित्यर्थः । मार्गम् = पन्थानम् । अन्वेष्टुम् = मार्गितुम् । उद्युक्तया = प्रवृत्तया । मया = स्थ-विरया । 'अनायि' इत्यनेन सम्बन्धः । विवशायाः = अचेतनायाः । तस्याः = सुवृत्तायाः । समीपे = निकटे । बालकम् = शिशुम् । निक्षिप्य = संस्थाप्य । गन्तुम् = व्रजितुम् । अनुचितम् = अयोग्यम् (इति विचार्य) कुमारः = शिशुरपि । अनायि = नीतः ।

(३) तस्मिन्नेव क्षणे = उपर्युक्तकथाकाले एव । वन्यः = वने भवः । वारणः = हस्ती 'कुञ्जरो वारणः करी' इत्यमरः । कश्चित् = एकः । अदृश्यत = दृष्टः । तम् = वारणम् । विलोक्य = दृष्ट्वा । भीता = भयत्रस्ता । सा = वृद्धा । बालकम् = शिशुम् । निपात्य = प्रक्षिप्य । प्राद्रवत् = दधाव (द्रु गतौ लङ्) पलायत इत्यर्थः । अहम् = सोमदेवशर्मा । समीपलतागुल्मके—समीपे = निकटे या लता तस्याः गुल्मके = ह्रस्वः गुल्मः = स्तम्बः गुल्मकः, तस्मिन् = कुञ्जे । प्रविश्य =

लगा; कुछ पता नहीं चला । (१) प्रसव की घोर पीड़ा से पीड़ित सुवृत्ताने इसी वन में पुत्र को जन्म दिया है । (२) प्रसव पीड़ा से अचेत सी वह सघनच्छाया से शीतल एक वृक्ष के नीचे पड़ी है । निर्जन वन में रहना कठिन जानकर मैं नगर का मार्ग खोजने निकली हूँ । किन्तु उस बेवस के पास बालक को छोड़कर जाना अनुचित समझ कर कुमार को भी साथ ले आयी हूँ ।

(३) उसी समय एक जंगली हाथी दिखाई पड़ा । उसे देख कर वह वृद्धा डर गयी और बालक को छोड़ कर भाग गयी । मैं पास के लता कुञ्ज में छिपकर देखने लगा । उस

बालकं पल्लवकवलमिवाददति गजपतौ कण्ठीरवो भीमरवो महाग्रहेण न्यपतत् । (२) भयाकुलेन दन्तावलेन झटिति वियति समुत्पात्यमानो बालको न्यपतत् । चिरायुष्मत्तया स चोन्नततरुशाखासमासीनेन वानरेण केनचित्पक्वफलबुद्ध्या परिगृह्य फलेतरतया विततस्कन्धमूले निक्षिप्तोऽभूत् । सोऽपि मर्कटः क्वचिद्गात् ।

(१) बालकेन सत्त्वसंपन्नतया सकलक्लेशसहेनाभावि । केसरिणा करिणं निहत्य कुत्रचिदगामि । लतागृहान्निर्गतोऽहमपि तेजःपुञ्जं बालकं शनैरवनीरुहाद्-

---

प्रवेशं कृत्वा । परीक्षमाणः—परितः = चतुर्दिक्षु ईक्षमाणः = पश्यन्, विलोकयन् इत्यर्थः । अतिष्ठम् = स्थितः । निपतितम् । बालकम् । पल्लवकवलम्—पल्लवस्य = किसलयस्य कवलम् = ग्रासमिव । आददति = गृह्णति सति । गजपतौ = आरण्यके वारणे । भीमरवः—भीमः = भयानकः रवः = गर्जितम् यस्य सः । कण्ठीरवः = सिंहः । महाग्रहेण—महता = अधिकेन आग्रहेण = यत्नेन । न्यपतत् = पतितः ।

(२) भयाकुलेन = भयेन आकुलः ग्रस्तः तेन । दन्तावलेन = हस्तिना । झटिति = शीघ्रम् । वियति = आकाशे । समुत्पात्यमानः = सम्यक् उत् = ऊर्ध्वं पात्यमानः = क्षिप्यमाणः । बालकः = अर्भकः न्यपतत् = पतितः । चिरायुष्मत्तया—आयुष्मतो भावः आयुष्मत्ता चिरम् बहुकालम् आयुष्मत्ता, तया = दीर्घजीविततया । सः = शिशुः । उन्नततरुशाखासमासीनेन = उन्नतस्य तरोः शाखायां समासीनः = समुपविष्टः तेन । केनचित् वानरेण । पक्वफलबुद्ध्या = पक्वञ्च तत् फलञ्चेति तस्य बुद्ध्या = भ्रान्त्या । परिगृह्य = समादाय गृहीत्वेत्यर्थः । फलेतरतया = फलात् इतरत् = अन्यत् तस्य भावः तया । विततस्कन्धमूले—विततस्य = विस्तृतस्य स्कन्धस्य = काण्डस्य मूले = तलप्रदेशे । निक्षिप्तः = स्थापितः । अभूत् । सोऽपि मर्कटः = वानरः । क्वचित् = कुत्रचित् । अगात् = ययौ ।

(१) बालकेन = शिशुना । सत्त्वसम्पन्नतया—सत्त्वेन = बलेन सम्पन्नः युक्तः तस्य भावः तया = अधिकबलयुक्ततया महाबलेनेत्यर्थः । सकलक्लेशसहेन = सकलश्चासौ क्लेशश्च तम् सहते इति तेन = सहनशीलेन । अभावि = जातम् । केसरिणा = सिंहेन । करिणम् = हस्तिनम् निहत्य = व्यापाद्य । कुत्रचित् = इतस्ततः । अगामि = गतम् । लतागृहात् = लतायाः गृहम्

गजराज ने गिरे हुए बालक को ज्यों ही पल्लव-ग्रास के समान उठाना चाहा कि भयंकर गर्जन करता हुआ एक सिंह उस पर वेग से आ झपटा । (२) उस सिंह के डर से डर कर हाथी ने बच्चे को ऊपर की ओर उछाल कर फेंक दिया । किन्तु दीर्घायु होने के कारण बच्चे को एक बन्दर ने जो ऊँचे वृक्ष की शाखा पर बैठा था उसे धरती पर गिरने के पहले ही पका फल समझ कर रोक लिया और फल न देख कर एक मोटी डाल की कन्ध पर रख दिया । इस कारण उसके प्राण बचे और वह बन्दर भी कहीं चला गया ।

(१) बालक शक्तिशाली होने के कारण सभी क्लेशों को सह लिया और सिंह भी हाथी को मार कर कहीं चला गया । मैं भी लताकुञ्ज से निकला और उसी तेजस्वी बालक को

वतार्य वनान्तरे वनितामन्विष्याविलोक्यैनमानीय गुरवे निवेद्य तन्निदेशेन भवन्निकटमानीतवानस्मि, इति।

(२) सर्वेषां सुहृदामेकदैवानुकूलदैवाभावेन महदाश्चर्यं बिभ्राणो राजा रत्नोद्भवः 'कथमभवत्' इति चिंतयंस्तन्नन्दनं पुष्पोद्भवनामधेयं विधाय तदुदन्तं व्याख्याय सुश्रुताय विषादसंतोषावनुभवंस्तदनुजतनयं समर्पितवान्।

अर्थपालोत्पत्तिकथा

(१) अन्येद्युः कंचन बालकमुरसि दधती वसुमती वल्लभमभिगता। तेन

तस्मात् निकुञ्जात्। निर्गतः = निःसृतः। अहमपि = सोमशर्माऽपि। तेजःपुञ्जम् = तेजसां पुञ्जम् = राशिम् तेजस्विनमिति यावत्। बालकम् = अर्भकम्। शनैः = मन्दम्। अवनीरुहात् = अवन्यां रोहतीति = वृक्षः तस्मात्। अवतार्य = अधः कृत्वा। वनान्तरे = वनमध्ये। वनिताम् = स्त्रियम् (वृद्धाम्) अन्विष्य = अन्वेषणं कृत्वा। अविलोक्य = अप्राप्य। एनं = बालकम्। आनीय = आदाय। गुरवे = वामदेवाय। निवेद्य = याथातथ्येन सर्वं वृत्तान्तं श्रावयित्वा। तन्निदेशेन—तस्य = गुरोः निदेशेन = अनुज्ञया। भवन्निकटम् = भवतः निकटम् = समीपम्। आनीतवान् = प्रापितवान् अस्मि। अहमिति शेषः।

(२) सर्वेषां सुहृदाम् = मित्राणाम्। एकदैव = युगपदेव। अनुकूलदैवाभावेन = प्रतिकूलदैवेन। महदाश्चर्यम् = अतिविस्मयम्। बिभ्राणः = धारयन्। राजा = राजहंसः। रत्नोद्भवः = सुश्रुतानुजः। कथमभवत् = तस्य का गतिर्जाता। इति चिन्तयन् = भावयन्। तन्नन्दनम्—तस्य = रत्नोद्भवस्य नन्दनम् = पुत्रम्। पुष्पोद्भवनामधेयम् = पुष्पोद्भवाख्यम्। विधाय = कृत्वा। तदुदन्तम्—तस्य = रत्नोद्भवस्य उदन्तः = वृत्तान्तः तम्। सुश्रुताय = रत्नोद्भवज्येष्ठभ्रात्रे। व्याख्याय = संश्राव्य। विषादसन्तोषौ = खेदहर्षौ। अनुभवन् = आवहन्। तदनुजतनयम्—तस्य = सुश्रुतस्य अनुजतनयम् अनुजस्य = कनिष्ठभ्रातुः तनयम् = पुत्रम्। (तस्मै) समर्पितवान् = दत्तवान्।

(१) अन्येद्युः = अन्यस्मिन्दिने। कञ्चन बालकम् = एकं शिशुम्। उरसि = वक्षसि, क्रोडे इत्यर्थः। दधती = धारयन्ती। वसुमती = राज्ञी। वल्लभम् = भर्तारम्। अभिगता = प्राप्ता।

वृक्ष से धीरे नीचे उतारा तथा वन में उस वृद्धा को खोजा। किन्तु ढूँढने पर भी जब वह नहीं मिली तब बालक को लाकर गुरुजी को समर्पित कर दिया। अब उन्हीं की आज्ञा से इसे आपके पास लाया हूँ। (२) राजा ने आश्चर्य के साथ सोचा कि प्रतिकूल भाग्य के दोष से मेरे सभी मित्रों पर एक साथ ही विपत्ति आ पड़ी। 'रत्नोद्भव की दशा न जाने क्या हुई होगी' इस तरह सोचते हुए रत्नोद्भव के पुत्र का नाम पुष्पोद्भव रखकर सुश्रुतको सारी कथा कह सुनायी और उसको उसके छोटे भाई का पुत्र सौंप दिया।

(१) कुछ दिनों के बीतने पर एक बालक को छाती से लगाई हुई रानी वसुमती राजा

'कुतोऽसावि'ति पृष्टा समभाषत (२) 'राजन् ! अतीतायां रात्रौ काचन दिव्यवनिता मत्पुरतः कुमारमेनं संस्थाप्य निद्रामुद्रितां मां विबोध्य विनीताब्रवीत्—'देवि ! त्वन्मन्त्रिणो धर्मपालनन्दनस्य कामपालस्य वल्लभा यक्षकन्याह तारावली नाम, नन्दिनी मणिभद्रस्य ।

(१) यक्षेश्वरानुमत्या मदात्मजमेतं भवत्तनूजस्याम्भोनिधिवलयवेष्टितक्षोणीमण्डलेश्वरस्य भाविनो विशुद्धयशोनिधे राजवाहनस्य परिचर्याकरणायानीतवत्यस्मि । (२) त्वमेनं मनोजसन्निभमभिवर्धय' इति विस्मयविकसित-

---

तेन=वल्लभेन । असौ=अयं बालकः । कुतः=कस्मात् (प्राप्तः) इति=एवम् । पृष्टा । समभाषत—सम्यक् प्रकारेण अभाषत=अवोचत् । (२) राजन्=देव, अतीतायाम्=गतायाम् । रात्रौ । काचन=एका । दिव्यवनिता=दिव्याङ्गना । मत्पुरतः=ममाग्रे । एनम्=इमम् । कुमारम्=अर्भकम् । संस्थाप्य=निधाय । निद्रामुद्रिताम् निद्रया—मुद्रिता=निमीलिता या तथोक्तां माम्=वसुमतीम् । विबोध्य । विनीता=विनम्रा (सा) अब्रवीत्=उवाच । देवि, त्वन्मन्त्रिणः=तवामात्यस्य । धर्मपालनन्दनस्य=धर्मपालपुत्रस्य । कामपालस्य=कामपालाख्यस्य । वल्लभा=प्रिया (पत्नी) अहम् । यक्षकन्या=यक्षस्य गुह्यकस्य कन्या=दुहिता । मणिभद्रस्य=मणिभद्राख्यस्य यक्षस्य । नन्दिनी=पुत्री । तारावली नाम ।

(१) यक्षेश्वरानुमत्या यक्षेश्वरस्य=कुबेरस्य अनुमतया=आज्ञया । एतम्=अमुम् । मदात्मजम्=मदीयं पुत्रम् । अम्भोनिधिवलयवेष्टितक्षोणीमण्डलेश्वरस्य—अम्भोनिधिः=अब्धिः एव वलयम्=कटकम् 'कटको वलयोऽस्त्रियाम्' इत्यमरः तेन वेष्टिता या क्षोणी=पृथ्वी तस्याः मण्डलम् तस्य ईश्वरः तस्य=समुद्रान्तपृथ्वीपतेः । भाविनः=भविष्यतः । विशुद्धयशोनिधेः—विशुद्धस्य निर्मलस्य यशसः=कीर्तेः निधिः=आकरः तस्य । भवत्तनूजस्य—भवत्याः=वसुमत्याः तनूजस्य=पुत्रस्य राजवाहनस्य । परिचर्याकरणाय=सेवाकरणाय । आनीतवती=उपहृतवती अस्मि ।

(२) त्वम्=भवती वसुमती । मनोजसन्निभम्—मनोजस्य=कामस्य सन्निभम्=तुल्यम् । एनम् । अभिवर्धय=पालय । इति समभाषतेत्यन्वयः । विस्मयविकसितनयनया=

के समीप आयी । राजा ने पूछा यह बालक कहाँ से आया ? रानी ने कहा—(२) राजन् गतरात एक देववनिता (देव लोक की स्त्री) इस बालक को मेरे सामने रखकर और मुझे सोते से जगाकर नम्र भाव से बोली—देवि, तुम्हारे मन्त्री धर्मपाल के पुत्र कामपाल की स्त्री तथा मणिभद्र यक्ष की मैं कन्या हूं । मेरा नाम तारावली है । (१) यक्षेश्वर की आज्ञा से अपने इस पुत्र को; समुद्रों से घिरी पृथ्वी के भावी शासक और विशुद्ध यश वाले आपके पुत्र राजवाहन की सेवा करने के लिये लाई हूँ । (२) इस लिये आप इस कामदेव जैसे सुन्दर बालक का पालन-पोषण करें । इस प्रकार उसके कहने पर आश्चर्य से मेरी आँखें खुली रह गयीं । मैंने

नयनया मया सविनयं सत्कृता स्वक्षी यक्षी साप्यदृश्यतामयासीत्' इति ।

(१) कामपालस्य यक्षकन्यासंगमे विस्मयमानमानसो राजहंसः रञ्जितमित्रं सुमित्रं मन्त्रिणमाहूय तदीयभ्रातृपुत्रमर्थपालं विधाय तस्मै सर्वं वार्तादिकं व्याख्यायादात् ।

सोमदत्तोत्पत्तिकथा

(२) ततः परस्मिन्दिवसे वामदेवान्तेवासी तदाश्रमवासी समाराधितदेवकीर्तिं निर्भर्त्सितमारमूर्तिं कुसुमसुकुमारं कुमारमेकमवगमय्य नरपतिमवादीत्

विस्मयेन विकसिते नयने यस्याः तथाभूतया मया = वसुमत्या । सविनयं यथा स्यात्तथा सत्कृता = संमानिता । स्वक्षी—सुष्ठु = शोभने अक्षिणी = नयने यस्याः तथाभूता । षचि, षित्त्वात् ङीष् साऽपि यक्षी = यक्षकन्या । केकयीतिवत् पुंयोगादिति ङीष् । पुंयोगपदेन जन्यजनकभावोऽपीति मनोरमाकारः । अदृश्यताम् = परोक्षताम् । अयासीत् = गता ।

(१) कामपालस्य = सुमित्रानुजस्य । यक्षकन्यासंगमे = यक्षस्य कन्या, तस्याः संगमे = परिणये विवाहे इत्यर्थः । विस्मयमानमानसः—विस्मयमानम् = आश्चर्यमावहत् मानसम् = चित्तम् यस्य तथाभूतः । राजहंसः । रञ्जितमित्रम्—रञ्जितानि = मनोविनोदेन तोषितानि मित्राणि येन तम् । मित्रशब्दस्य अजहल्लिंगत्वम् । सुमित्रम् = स्वमन्त्रिणम् । आहूय = आकार्य । तदीयभ्रातृपुत्रम् = तस्यानुजतनूजम् । अर्थपालम् = अर्थपालनामानम् । विधाय = कृत्वा । तस्मै = सुमित्राय । सर्वं वार्तादिकम् = समस्तवृत्तान्तम् । व्याख्याय = कथयित्वा । अदात् = समर्पितवान् ।

(२) ततः = तस्मात् । परस्मिन् = अन्यस्मिन् । दिने = दिवसे । वामदेवान्तेवासी = वामदेवस्य = तन्नामकऋषेः । अन्तेवासी = छात्रः 'छात्रान्तेवासिनौ शिष्ये' इत्यमरः । तदाश्रमवासी—तस्य = वामदेवस्य आश्रमवासी—आश्रमे = निवासस्थाने वस्तुं शीलं यस्य सः । समाराधितदेवकीर्तिम्—समाराधिता = सम्यक् प्रकारेण आराधिता = सेविता संसेवितेत्यर्थः । देवानाम् = अमराणाम् कीर्तिः = यशः येन सः, तम्, देवतुल्यकीर्तिम् । निर्भर्त्सितमारमूर्तिम्—निर्भर्त्सिता निःशेषेण भर्त्सिता = तर्जिता तिरस्कृता सौन्दर्येणेति शेषः मारस्य = कामस्य मूर्तिः = आकृतिः येन सः तम् = तिरस्कृतकामम् । सुकुमारम् = कोमलम् । एकम् । कुमारम् = बालम् । अवगमय्य = प्रापय्य राज्ञः अग्रे उपस्थाप्येत्यर्थः । नरपतिम् = राजानम् । अवादीत् = अब्रवीत् ।

विनयपूर्वक उस सुन्दर नेत्रों वाली यक्षी का सत्कार किया । मेरे सत्कार को स्वीकार कर वह अदृश्य हो गयी । (१) कामपाल ने यक्षकन्या से विवाह कर लिया इस बात को सुन कर आश्चर्यित हो राजहंस ने मित्रों को प्रसन्न करने वाले सुमन्त्र नामक मंत्री को बुलाकर उसके भ्रातृपुत्र का नाम अर्थपाल रखा और उसे सारी कथा सुनाकर बालक उसे सौंप दिया ।

(२) ऋषि वामदेव के आश्रम में रहने वाला उन्हीं का छात्र एक दिन देवकीर्ति की आराधना करने वाला अनुपम सुन्दर सुकुमार कुमार को लाकर राजा राजहंस से बोला—

(१) 'देव! तीर्थयात्राभिलाषेण कावेरीतीरमागतोऽहं तत्र विलोलालक बालकं निजोत्सङ्गतले निधाय रुदतीं स्थविरामेकां विलोक्यावोचम्—'स्थविरे! का त्वम् अयमर्भकः कस्य नयनानन्दकरः, कान्तारं किमर्थमागता, शोककारणं किम् ?' इति।

(२) सा करयुगेन बाष्पजलमुन्मृज्य निजशोकशङ्कूत्पाटनक्षममिव मामवलोक्य शोकहेतुमवोचत् (३) 'द्विजात्मज! राजहंसमन्त्रिणः सितवर्मणः कनीयानात्मजः सत्यवर्मा तीर्थयात्रामिषेण देशमेनमागच्छत्। स कस्मिंश्चिद-

---

(१) देव, तीर्थयात्राभिलाषेण = तीर्थयात्रायाः अभिलाषेण = मनोरथेन। अहम् = वामदेवच्छात्रः। कावेरीतीरम्—कावेर्याः = नद्याः तीरम् = तटम्। आगतः प्राप्तः। तत्र = तटे। विलोलालकम्—विलोलाः = चञ्चला अलकाः = चूर्णकुन्तलाः यस्य तम्। बालकम् = कुमारम्। निजोत्सङ्गतले—निजस्य = स्वस्य उत्सङ्गतले = अङ्के। निधाय = संस्थाप्य। रुदतीम् = अश्रुमोचन्तीम्। स्थविराम् = वृद्धाम्। एकाम् = कांचित्। विलोक्य = दृष्ट्वा। अवोचम् = अब्रवम्। स्थविरे = वृद्धे। का त्वम्। कस्य = पुंसः। नयनानन्दकरः = नेत्रानन्दजनकः। अयम् = असौ। अर्भकः = शिशुः। कान्तारम् = अरण्यमार्गम्। किमर्थम् = केन प्रयोजनेन। आगता = आयाता। शोककारणम्—शोकस्य = दुःखस्य कारणम् किम् = को हेतुः। इति याथातथ्येन ब्रूहीति भावः।

(२) सा = वृद्धा। करयुगेन = हस्तयुगलेन। बाष्पजलम् = ऊष्माश्रु। उन्मृज्य = प्रोञ्छ्य। निजशोकशङ्कूत्पाटनक्षमम्—निजस्य = स्वकीयस्य शोकः = दुःखमेव शङ्कुः = कीलः 'शङ्कावपि द्वयोः कीलः' इत्यमरः तस्य उत्पाटने = निष्कासने क्षमः = समर्थः यः तम् इव माम् = वामदेवशिष्यम् अवलोक्य = दृष्ट्वा। शोकहेतुम् = दुःखकारणम्। अवोचत् = अवादीत्।

(३) द्विजात्मज, राजहंसमन्त्रिणः = राजहंसाख्यनृपस्य मन्त्रिणः = अमात्यस्य। सितवर्मणः = सितवर्माख्यस्य। कनीयान् = कनिष्ठः। आत्मजः = पुत्रः। सत्यवर्मा = सत्यवर्माभिधः। तीर्थयात्रामिषेण = तीर्थस्य यात्रा, तस्याः मिषेण = व्याजेन। एनम् = अमुम्। देशम्। आगच्छत्। सः = सत्यवर्मा। कस्मिंश्चित् = एकस्मिन्। अग्रहारे = (राज्ञः सकाशात् प्रतिग्रहे

---

(१) देव! मैं तीर्थयात्रा करते हुए कावेरी नदी के तट पर गया था। वहाँ चञ्चल केश कलाप वाले इस बालक को गोद में लेकर रोती हुई एक वृद्धा को देखा और उससे पूछा—वृद्धे, तुम कौन हो? यह बालक किसका है? इस दुर्गम मार्ग में क्या आयी हो? तुम्हारे रोने का क्या कारण है?

(२) मेरे वाक्यों को सुनकर वृद्धा ने अपने हाथों से आँसुओं को पोंछकर मुझे अपने शोक (रूपी खूँटी को) निवारण करने में (उखाड़ने में) समर्थ (की तरह) जान कर बोली (३) विप्र, महाराज राजहंस के मन्त्री सितवर्मा का छोटा भाई सत्यवर्मा तीर्थाटन के व्याज से इस देश में आया था, वह किसी अग्रहार (दान में मिले ग्राम को अग्रहरा कहते

ग्रहारे कालीं नाम कस्यचिद् भूसुरस्य नन्दिनीं विवाह्य तस्या अनपत्यतया गौरीं नाम तद्भगिनीं काञ्चनकान्तिं परिणीय तस्यामेकं तनयमलभत। (१) काली सासूयमेकदा धात्र्या मया सह बालमेनमेकेन मिषेणानीय तटिन्यामेतस्यामक्षिपत्। (२) करेणैकेन बालमुद्धृत्यापरेण प्लवमाना नदीवेगागतस्य कस्यचित्तरोः शाखामवलम्ब्य नदीवेगेनोह्यमाना केनचित्तरुलग्नेन कालभोगिनाहमदंशि। मदवलम्बीभूतो भूरुहोऽयमस्मिन्देशे तीरमगमत्। (३) गरलस्योद्दीपनतया मयि मृतायामरण्ये कश्चन शरण्यो नास्तीति मया शोच्यते' इति।

लब्धे) स्थानविशेषे। कस्यचित् = एकस्य। भूसुरस्य = ब्राह्मणस्य नन्दिनीम् = पुत्रीम्। कालीम् = कालीनामधेयाम्। विवाह्य = परिणीय। तस्याः = काल्याः। अनपत्यतया = निःसन्तानतया। काञ्चनकान्तिम्—काञ्चनस्य = सुवर्णस्य कान्तिरिव कान्तिः यस्याः सा ताम्। तद्भगिनीम्—तस्याः = काल्याः भगिनीम् = सहोदरीम्। गौरीम् = गौरीनामधेयाम्। परिणीय = विवाह्य। तस्याम् = गौर्याम्। एकम्। तनयम् = पुत्रम्। अलभत = प्रापत्।

(१) सासूयम्—असूया = गुणेषु दोषारोपः तया सहितम् = द्वेषेणेत्यर्थः। एकदा = एकस्मिन्दिवसे। काली = तन्नाम्नी प्रथमा पत्नी। धात्र्या = उपमात्रा। मया = वृद्धया सह। एनम् = अमुम्। बालम्। एकेन = केनचित्। मिषेण = कपटेन। एतस्याम् = अस्याम्। तटिन्याम् = नद्याम्। आनीय। अक्षिपत्। (२) एकेन करेण = हस्तेन। बालम् = शिशुम्। उद्धृत्य उपरि धारयित्वा। अपरेण = अन्येन हस्तेन। प्लवमाना = तरन्ती। नदीवेगागतस्य = नद्याः तटिन्याः वेगेन = प्रवाहेण आगतस्य = प्राप्तस्य। कस्यचित् = एकस्य। तरोः = वृक्षस्य। शाखाम् = काष्ठम्। अवलम्ब्य = धृत्वा। नदीवेगेनोह्यमाना = नदीप्रवाहेण नीयमाना (अहम्) केनचित् = एकेन। तरुलग्नेन = वृक्षोपरि स्थितेन। कालभोगिना = सर्पेण। अहम् = वृद्धा। अदंशि = दष्टा। मदवलम्बीभूतः = मदाश्रयीभूतः। भूरुहः—भुवि रोहतीति = वृक्षः अयम्। अस्मिन्देशे। तीरम् = तटम्। अगमत् = आगच्छत् प्रापत् इति यावत्। (३) गरलस्य = विषस्य। उद्दीपनतया = प्रवृद्धया। मृतायाम् = पञ्चत्वं प्राप्तायाम्। मयि = वृद्धायाम्। कश्चन = कोऽपि। शरण्यः = रक्षकः। नास्ति। इति हेतोः। मया = वृद्धया शोच्यते।

है) में काली नामक किसी ब्राह्मण की कन्या से विवाह किया। परन्तु उससे सन्तान न होने पर उसकी छोटी बहन गौरी जो सोने जैसी थी उससे उसने पुनः विवाह किया और उससे एक पुत्र उत्पन्न हुआ। (१) काली ईर्ष्या से जल उठी। एक दिन उसने मुझ धाय के साथ किसी बहाने इस बालक को ले आयी और इस नदी में ढकेल कर चली गई। (२) मैंने एक हाथ से बालक को पकड़ा और दूसरे हाथ से तैरती रही। इतने में प्रवाह में बहता हुआ एक वृक्ष आया जिसकी शाखा पकड़कर बालकको उसपर बैठा दिया और उसके सहारे धारा में बहती रही। उस वृक्ष पर एक सर्प लिपटा था, जिसने मुझे डस लिया। पानी में बहता हुआ वह वृक्ष यहीं आकर किनारे लगा। (३) विष की विषम गर्मी से मेरे मर जाने पर इस बालक का कोई दूसरा रक्षक नहीं, यही सोचकर रो रही हूँ।

(१) ततो विषमविषोल्बणज्वालावलीढावयवा सा धरणीतले न्यपतत् । दयाविष्टहृदयोऽह मन्त्रबलेन विषव्यथामपनेतुमक्षमः समीपकुञ्जेष्वौषधि वशेष मन्विष्य प्रत्यागतो व्युत्क्रान्तजीवितां तां व्यलोकयम् ।

(२) तदनु तस्याः पावकसंस्कारं विरच्य शोकाकुलचेता बालमेनमगतिमादाय सत्यवर्मवृत्तान्तश्रवणवेलायां तन्निवासाग्रहारनामधेयस्याश्रुततया तदन्वेषणमशक्यमित्यालोच्य भवदमात्यतनयस्य भवानेवाभिरक्षितेति भवन्तमेन-

---

(१) ततः = तदनन्तरम् । विषमविषोल्वणज्वालावलीढावयवा—विषमया = सोढुमसह्यया विषस्य उल्बणज्वालया —उल्बणा = प्रव्यक्ता 'स्फुटं प्रव्यक्तमुल्बणम्' इत्यमरः ज्वाला = अर्चिः तया अवलीढाः = व्याप्ता अवयवाः = अङ्गानि यस्याः तथाभूता । सा = वृद्धा । धरणीतले = पृथ्वीतले । न्यपतत् = पतिता । दयाविष्टहृदयः—दयया = करुणया आविष्टम् = आक्रान्तम् हृदयम् = चेतः यस्य सः । अहम् = वामदेवान्तेवासी मन्त्रबलेन = मन्त्रशक्त्या । विषव्यथाम् = विषविकारम् । अपनेतुम् = दूरीकर्तुम् । अक्षमः = न क्षमः, असमर्थः । समीपकुञ्जेषु = समोपस्थितेषु कुञ्जेषु = लताद्याच्छादितस्थलेषु 'निकुञ्जकुञ्जौ वा क्लीवे लतादिपिहितोदरे' इत्यमरः । औषधिविशेषम् = सर्पविषनाशकौषधम् (जड़ी इति भाषायाम्) अन्विष्य = गवेषणं कृत्वा । प्रत्यागतः = प्राप्तः । व्युत्क्रान्तजीविताम्—विशेषेण उत्क्रान्तम् = निर्गतम् जीवितम् = प्राणाः यस्याः ताम् मृतामित्यर्थः । ताम् = वृद्धाम् । व्यलोकयम् = अपश्यम् ।

(२) तदनु = पश्चात् । तस्याः = वृद्धायाः । पावकसंस्कारम्—पावकेन = वह्निना संस्कारम् = दाहम् दाहकर्मेति यावत् । विरच्य विशेषेण (यत्नेन) रचयित्वा कृत्वेत्यर्थः । शोकाकुलचेताः = शोकेन आकुलं = व्याप्तम् चेतः = हृदयम् यस्य सः अगतिम् = नास्ति गतिः अन्योऽवलम्बः यस्य तम् । एनम् = अमुम् । बालम् = शिशुम् । आदाय = गृहीत्वा । सत्यवर्मवृत्तान्तश्रवणवेलायाम्—सत्यवर्मणः = सुमत्यनुजस्य वृत्तान्तः = उदन्तः तस्य श्रवणे या वेला तस्याम् । तन्निवासाग्रहारनामधेयस्य—तस्य = सत्यवर्मणः निवासस्य अग्रहारस्य प्रतिग्रहलब्धग्रामस्य यत् नामधेयं = नाम तस्य अश्रुततया = अनाकर्णिततया । तदन्वेषणम्—तस्य = सत्यवर्मणः अन्वेषणम् = मार्गणम् । अशक्यम् = असाध्यम् इति आलोच्य = विचार्य । भवदमात्यतनयस्य—भवतः अमात्यतनयस्य = मन्त्रिपुत्रस्य । भवान् एव । अभिरक्षिता = सर्वतो

---

(१) मुश्किल से इतनी बातें कह पायी थी कि विष की प्रकट होने वाली भयंकर पीड़ा उसके सभी अंगों को व्याप्त कर गयी जिससे वह अचानक पृथ्वी पर गिर पड़ी । उसकी वह दशा देख कर मुझे दया आयी, मैं मन्त्र नहीं जानता था अतः मन्त्रबल से उसकी पीड़ा मिटाने में सर्वथा असमर्थ रहा । किन्तु विष नाशक बूटी समीप के लताकुञ्ज से जब खोजकर लाया तो देखा कि वह मर चुकी है । (२) पश्चात् शोकाकुल हो मैंने उसकी दाह क्रिया की और बालक को अपने साथ ले आया । परन्तु सत्यवर्मा के समाचार सुनने तक उसके निवासस्थान अग्रहार नामक ग्राम का जिसका नाम भी नहीं सुना गया था, खोज करना असम्भव जानकर मैं इस बालक को, आपके समीप यह सोचकर लाया हूँ कि आपके ही मन्त्री

मनयम्' इति ।

(१) तन्निशम्य सत्यवर्मस्थितेः सम्यगनिश्चिततया खिन्नमानसो नरपतिः सुमतये मन्त्रिणे सोमदत्तं नाम तदनुजतनयमर्पितवान् । सोऽपि सोदरमागतमिव मन्यमानो विशेषेण पुपोष ।

(२) एवं मिलितेन कुमारमण्डलेन सह बालकेलीरनुभवन्नधिरूढानेकवाहनो राजवाहनोऽनुक्रमेण चौलोपनयनादिसंस्कारजातमलभत ।

(३) ततः सकललिपिज्ञानं निखिलदेशीयभाषापाण्डित्यं षडङ्गसहितवेद-

भावेन पालकः । इति हेतोः । भवन्तम् = भवत्समीपम् । अनयम् = प्रापितवान् ।

(१) तत् = वामदेवशिष्योक्तम् । निशम्य = श्रुत्वा । सत्यवर्मस्थितेः—सत्यवर्मणः स्थितेः = अवस्थानस्य । सम्यक् = याथार्थ्येन । अनिश्चिततया = अनिर्णीततया खिन्नमानसः—खिन्नम् = पीडितम् मानसम् यस्य सः । नरपतिः = राजा । सुमतये = सुमतिनाम्ने । मन्त्रिणे = अमात्याय । सोमदत्तं नाम = सोमदत्ताख्यम् । तदनुजतनयम्—तस्य = सुमतेः अनुजस्य = कनिष्ठस्य सत्यवर्मणः तनयम् = पुत्रम् । समर्पितवान् = दत्तवान् । सोऽपि = सुमतिरपि । आगतम् = प्राप्तम् । सोदरम् = अनुजमिव । मन्यमानः = अनुभवन् । विशेषेण = अतिशयेन । पुपोष = पालयामास ।

(२) एवम् = अनेन प्रकारेण । मिलितेन = एकत्र भूतेन । कुमारमण्डलेन = कुमारसमूहेन । सह = सार्धम् । बालकेलीः = बाललीलाः 'द्रवकेलिपरीहासाः क्रीडा लीला च नर्म च' इत्यमरः अनुभवन् = कुर्वन् । अधिरूढानेकवाहनः—अधिरूढानि = आरूढानि अनेकानि वाहनानि = अश्वादीनि येन सः । राजवाहनः = राजहंसनन्दनः । अनुक्रमेण = यथाक्रमम् । चौलोपनयनादिसंस्कारजातम् = चौलञ्च उपनयनञ्च इति, चौलोपनयने आदिनी येषां संस्काराणाम् तेषां जातम् = समूहम्, चूडाकरणोपनयनवेदारम्भसमावर्तनादिसंस्कारान् । अलभत = अविन्दत ।

(३) ततः = तदनन्तरम् । सकललिपिज्ञानम्—सकलानाम् लिपीनाम् = अक्षराणाम् ज्ञानम् = परिचयः । ('लब्ध्वा' इति अग्रिमेण सम्बन्धः) निखिलदेशीयभाषापाण्डित्यम्—

का पुत्र है अतः आपही इसकी रक्षा करेंगे ।

(१) उपर्युक्त कथा सुनकर सत्यवर्मा की निश्चित स्थिति का पता नहीं लगा, इससे राजा राजहंस दुःखी हुआ और उस बालक का नाम सोमदत्त रख कर उसे उसके ताऊ सुमति मन्त्री के हाथ सौंप दिया । वह भी आये हुए सहोदर के समान समझता हुआ बहुत प्रसन्न होकर उसका पालन करने लगा ।

(२) इस प्रकार दशो कुमार इकट्ठे हो गये । उनके साथ बालक्रीड़ा करता हुआ राजवाहन अनेक वाहनों पर चढ़ने की कला में निपुण हो गया और उसके क्रमशः चूड़ाकरण, उपनयन, वेदारम्भ और समावर्तन संस्कार हुए । (३) तब उसने सारी लिपियाँ सीखीं, सब देश की भाषाओं की जानकारी के साथ-साथ षडङ्ग सहित चारों वेदों में पाण्डित्य हासिल

समुदायकोविदत्वं (४) काव्यनाटकाख्यानकाख्यायिकेतिहासचित्रकथासहित-पुराणगणनैपुण्यं (१) धर्मशब्दज्योतिस्तर्कमीमांसादिसमस्तशास्त्रनिकरचातुर्यं (२) कौटिल्यकामन्दकीयादिनीतिपटलकौशल (३) वीणाद्यशेषवाद्यदाक्ष्यं संगीतसाहित्यहारित्वं (४) मणिमन्त्रौषधादिमायाप्रपञ्चचुञ्चुत्व ५) मातङ्ग-तुरङ्गादि-वाहनारोहणपाटवं विविधायुधप्रयोगचणत्वं (१) चौर्यदुरोदरादि-

---

निखिलासु = समस्तासु देशीयभाषासु पण्डित्यम् = वैदग्ध्यम् । षडङ्गसहितवेदसमुदायकोविदत्वम्—षड्भिरङ्गैः = शिक्षा-कल्प-व्याकरणच्छन्दोनिरुक्त-ज्यौतिषरूपैः वेदाङ्गैः सहितः यः वेदानां समुदायः तस्मिन् कोविदत्वम् = पाण्डित्यम् 'कोविदो बुधः......पण्डितः कविः' इत्यमरः । (४) काव्येत्यादि—काव्यम् = रामायणादि नाटकम् = रूपकादि आख्यानकम् = कथानकम् आख्यायिका = श्रोत्रपरम्परागतः उदन्तः इतिहासः = पुरावृत्तम् चित्रकथा एताभिः सहितः यः पुराणगणः अष्टादशपुराणानि तस्मिन् नैपुण्यम् = पाटवम् ।

(१) धर्मेति—(धर्मादिशब्दः तत्तत्शास्त्रपरः) धर्मश्च शब्दश्च ज्योतिश्च तर्कश्च मीमांसा चेति द्वन्द्वः, ताः आदयो येषाम् ते (आदिपदेन उपपुराणधनुर्वेदादीनां संग्रहः) समस्तशास्त्रनिकराः तेषु चातुर्यम् (चतुरस्य भावः) = नैपुण्यम् ।

(२) कौटिल्यकामन्दकीयादिनीतिपटलकौशलम्—कौटिल्येन = चाणक्येन निर्मितम् कौटिल्यम् च कामन्दकेन विरचितम् कामन्दकीयम् च, ते आदिनी येषां नीतिपटलानाम् = नीतिशास्त्रसमुदायानाम् तेषु कौशलम् = चातुर्यम् (आदिपदेन भर्तृहरिशुक्रनीत्यादीनां परिग्रहः) (३) वीणाद्यशेषवाद्यदाक्ष्यम्—वीणादिषु = वल्लकीप्रभृतिषु अशेषवाद्येषु = सम्पूर्णवाद्येषु दाक्ष्यम् = प्रवीणताम् । संगीतसाहित्यहारित्वम्—संगीतम् = नृत्यगीतादिकम् च साहित्यम् च इति संगीतसाहित्ये तयोः हारित्वम् = मनोहारित्वम् ।

(४) मणिमन्त्रौषधादिमायाप्रपञ्चचुञ्चुत्वम्—मणिश्च मन्त्रश्च औषधञ्च इति, मणिमंत्रौषधानि आदीनि यस्य मायाप्रपञ्चस्य तत्र चुञ्चुत्वम् = प्रख्याततत्वम्, मणिमंत्रौषधादिप्रयोगरूपेषु सांसारिकमायाविस्तारेषु विख्याततत्त्वमित्यर्थः (वित्तार्थे चुञ्चुप् प्रत्ययः) (५) मातङ्गतुरङ्गादिवाहनारोहणपाटवम्—मातङ्गेषु = गजेषु तुरङ्गादिवाहनेषु = अश्वप्रभृतियानेषु च । (आदिपदेन रथादीनां संग्रहः) आरोहणपटुताम् ।

विविधायुधप्रयोगचणत्वम्—विविधानाम् = बहुप्रकाराणाम् आयुधानाम् = अस्त्राणाम्

किया (४) काव्य-नाटक (रूपक) आख्यानक (चूर्णक) आख्यायिका (कादम्बरी आदि) इतिहास (महाभारत आदि) चित्रकथा (रमणीय कथा) सहित पुराणों की निपुणता, (१) धर्मशास्त्र, व्याकरण, ज्योतिष, मीमांसा, तर्क (न्यायशास्त्र) आदि शास्त्रों की चतुरता, (२) कौटिल्य, कामन्दकीयादि नीतिशास्त्रों का कौशल (३) वीणा आदि सभी वाद्य यन्त्रों को जानने की दक्षता, संगीत साहित्य (नृत्य, गीतादि शिल्प कलाओं) में मनोहरता । (४) मणि, मन्त्र और औषध आदि लौकिक माया प्रपञ्च में कुशलता (५) हाथी घोड़े आदि वाहनों पर चढ़ने की पटुता, भिन्न-भिन्न प्रकार के अस्त्रों के चलाने की पटुता, (१) चोरी और जूआ आदि छल

कपटकलाप्रौढत्वं च तत्तदाचार्येभ्यः सम्यग्लब्ध्वा (२) यौवनेन विलसन्तं कृत्येषु अनलसं त कुमारनिकरं निरीक्ष्य महीवल्लभः सः 'अहं शत्रुजनदुर्लभः' इति परमानन्दममन्दमविन्दत।

इति श्रीदण्डिनः कृतौ दशकुमारचरिते कुमारोत्पत्तिर्नाम प्रथमोच्छ्वासः।

द्वितीयोच्छ्वासः

वामदेवस्य सम्मतिः

(१) अथैकदा वामदेवः सकलकलाकुशलेन कुसुमसायकसंशयितसौन्द-

प्रयोगेण = चालनेन चणः तस्य भावः तत्त्वं = प्रख्यातत्वम्। (१) चौर्यदुरोदरादिकपटकलाप्रौढत्वम्—चौर्यं च दुरोदरश्च इति, तौ आदी यस्याः कपटकलायाः तस्यां प्रौढत्वम् = स्तेयद्यूतादिच्छलकलासु कुशलत्वम्। तत्तदाचार्येभ्यः = तत्तत्शास्त्रकुशलेभ्यः। सम्यक् प्रकारेण। लब्ध्वा = प्राप्य।

(२) यौवनेन = तारुण्येन। विलसन्तम् = शोभमानम्। कृत्येषु = कर्तव्यकार्येषु। अनलसम् = आलस्यरहितम्। तं कुमारनिकरम् = बालसमूहम्। निरीक्ष्य = अवलोक्य। महीवल्लभः = पृथ्वीपतिः। सः = राजहंसः अहम् शत्रुजनैः = रिपुभिः दुर्लभः = दुर्धर्षः। इति अमन्दम् = अतिशयम्। परमानन्दम् = परमश्चासौ आनन्दश्चेति तथोक्तम्। अविन्दत = अलभत।

इति अकौरवास्तव्यकविमूर्धन्यवाणीशझाशर्मतनुजनुर्झोपाख्य-
श्रीविश्वनाथझाविरचितायां दशकुमारचरितव्याख्याया-
मर्थप्रकाशिकायां प्रथमोच्छ्वासः।

---

(१) अथ = अनन्तरम्। एकदा = एकस्मिन्दिवसे। वामदेवः = तन्नामकमहर्षिः। सकल-

---

विद्याओं की प्रौढ़ता, उन-उन आचार्यों से उसने अच्छी तरह प्राप्त की। (२) इस प्रकार के सर्वगुण सम्पन्न, युवावस्था से सुशोभित एवं कर्तव्यकार्यों में आलस्य रहित कुमारों को देखकर राजा राजहंस खिल उठे और उन्होंने सोचा कि 'अब मैं शत्रुओं से अजेय हो गया।' इस तरह उन्हें परम आनन्द होने लगा।

इस प्रकार श्रीविश्वनाथझा द्वारा की गयी दशकुमारचरित प्रथम उच्छ्वास
की अर्थप्रकाशिका हिन्दी टीका समाप्त हुई।

दूसरा उच्छ्वास

(वामदेव की राय, कुमारों की दिग्विजय यात्रा, मातङ्ग का मिलना, कुमारों का परस्पर बिछुड़ना और पुनः मिलन का आरम्भ)

(१) एक दिन वामदेव ऋषि—सभी कलाओं में प्रवीण, सौन्दर्य से कामदेव का संशय

र्येण कल्पितसोदर्येण साहसापहसितकुमारेण सुकुमारेण जयध्वजातपत्रारणकुलिशाङ्कितकरेण कुमारनिकरेण परिवेष्टितं राजाऽऽनमानतशिरसं समभिगम्य तेन तां कृतां परिचर्यामङ्गीकृत्य (२) निजचरणकमलयुगलमिलन्मधुकरायमाणकाकपक्षं विदलिष्यमाणविपक्ष कुमारचयं गाढमालिङ्ग्य मितसत्यवाक्येन विहिताशीरभ्यभाषत—

(१) 'भूवल्लभ, भवदीयमनोरथफलमिव समृद्धलावण्यं तारुण्यं नुतमित्रो

कलाकुशलेन —सकलासु = समस्तासु कलासु शिल्पविद्यासु कुशलेन = निष्णातेन (कुमारनिकरेणेति सम्बन्धः) कुसुमसायकसंशयितसौन्दर्येण—कुसुमसायकेन = कामेन संशयितम् = संदिग्धं सौन्दर्यम् यस्य तेन। मनोज्ञत्वेन लोकानां हृदि कामोऽयं नवेति संशयोत्पादनेनेति भावः। कल्पितसोदर्येण—कल्पितम् = विरचितम् सोदर्यम् = परस्परबन्धुत्वम् येन तादृशेन। साहसापहसितकुमारेण—साहसेन = वीरत्वोत्पादकेन व्यापारेण अपहसितः = अवहेलितः कुमारः = कार्तिकेयः येन तथाभूतेन कार्तिकेयादपि बलवत्तरेणेत्यर्थः। सुकुमारेण = कोमलेन। जयध्वजातपत्रारणकुलिशाङ्कितकरेण—जयध्वजः = पताका, आतपवारणं = छत्रम्, कुलिशम् = वज्रम् तैः अङ्कितौ = भूषितौ करौ = हस्तौ यस्य तथोक्तेन। कुमारनिकरेण = कुमारसङ्घेन। परिवेष्टितम् = परितः व्याप्तम्। आनतशिरसम्—आनतम् = प्रणतम् शिरः = मस्तकम् यस्य तम् कृतनमस्कारमित्यर्थः। राजानम् = राजहंसम्। समभिगम्य = उपसृत्य। तेन = राज्ञा। कृताम् = विहिताम् ताम् परिचर्याम् = सेवाम्। अङ्गीकृत्य = स्वीकृत्य।

(२) निजचरणकमलयुगल-मिलन्मधुकरायमाण-काकपक्षम्—निजम् = स्वकीयम् यत् चरणकमलयुगलम् = पादपद्मद्वयम् तस्मिन् मिलन्तः = संगच्छमानाः मधुकरायमाणाः—मधुकराः = षट्पदाः इव आचरन्तः काकपक्षाः = शिखण्डकाः 'बालानान्तु शिखा प्रोक्ता काकपक्षः शिखण्डकः' इत्यमरः यस्य तम्। विदलिष्यमाणविपक्षम् = विशेषेण दलिष्यमाणाः (दलिष्यन्ते इति कर्मणि शानच्) विपक्षाः = शत्रवः येन तम्। कुमारचयम् = कुमाराणाम् चयम् = संघम्। गाढम् = दृढम् 'गाढ-बाढदृढानि च' इत्यमरः आलिङ्ग्य = आश्लिष्य। मितसत्यवाक्येन—मितम् = अल्पम् सत्यम् = तथ्यम् यत् वाक्यम् = वचनम् तेन। विहिताशीः = दत्ताशीर्वादः। अभ्यभाषत = अवादीत्।

(१) भूवल्लभ—भुवः = पृथिव्याः, वल्लभ = प्रिय। सम्बोधनपदमेतत्। भवदीयमनोरथ-

---

पैदा करने वाले, शौर्य से कार्तिकेय का उपहास करने वाले, जयध्वज, छत्र, कुलिश (वज्र) के निशानों से चिह्नित हाथों वाले सुकुमार कुमारों से घिरे—महाराज राजहंस के समीप उनसे मिलने गये। राजा ने उन्हें झुककर प्रणाम किया। वामदेव ने राजद्वारा की गयी सेवा स्वीकार कर (२) अपने चरण कमलों पर गिरते हुए भौंरों जैसे काले-काले लम्बे बालों वाले और भविष्य में शत्रुओं का दमन करने की इच्छा रखने वाले कुमारों को स्नेह से आलिङ्गन कर परिमित और सत्य वचनों से आशीर्वाद देकर कहने लगे—

(१) राजन्, प्रशंसित मित्रों वाला आपका पुत्र राजवाहन, आपके मनचाहे फल की

भवत्पुत्रोऽनुभवति। (२) सहचरसमेतस्य नूनमेतस्य दिग्विजयारम्भसमय एषः। तदस्य सकलक्लेशसहस्य राजवाहनस्य दिग्विजयप्रयाण क्रियताम्' इति।

कुमाराणां दिग्विजययात्रा

(१) कुमारा माराभिरामा रामाद्यपौरुषा रुषा भस्मीकृतारयो रयोपहसितसमीरणा रणाभियानेन यानेनाभ्युदयाशसं राजानमकार्षुः। (२) तत्साचिव्यमितरेषां विधाय समुचितां बुद्धिमुपदिश्य शुभे मुहूर्ते सपरिवारं कुमारं विजयाय

फलमिव = भवदीयस्य मनोरथस्य = अभिलाषस्य फलमिव। समृद्धलावण्यम् सम्यक् प्रकारेण ऋद्धम् = समेधितम् लावण्यम् = सौन्दर्यम् यस्मिन् तत्। तारुण्यम् = यौवनम्। नुतमित्रः = नुतानि = स्तुतानि मित्राणि = सुहृदः यस्य सः। भवत्पुत्रः = भवदीयसुतः। अनुभवति = उपभुंक्ते। (२) सहचरसमेतस्य – सहचरैः = सुहृद्भिः समेतस्य = युतस्य। एतस्य = भवत्पुत्रस्य राजवाहनस्य। नूनम् = निश्चयेन 'नूनं तर्के च निश्चये' इत्यमरः। एषः = अयम्। दिग्विजयारम्भसमयः—दिशाम् = काष्ठानाम् विजयः = जयः 'विजयो जयः' इत्यमरः, तस्य आरम्भः = उद्घातः 'स्यादभ्यादानमुद्घात आरम्भः' इत्यमरः उपक्रमः इति यावत् तस्य समयः = कालः। तत् = तस्मात् कारणात् अस्य सकलक्लेशसहस्य = समस्तान् क्लेशान् सोढुं समर्थस्य राजवाहनस्य दिग्विजयप्रयाणम् = दिशां विजयाय प्रयाणं = यात्रा। क्रियताम् = विधीयताम् त्वयेति शेषः।

(१) कुमाराः = सर्वे बालकाः। माराभिरामाः—मारः = कामदेवः तद्वत् अभिरामाः = मनोज्ञाः। रामाद्यपौरुषाः—रामः = दशरथनन्दनः आद्यः = प्रथमः येषाम् तेषाम् पौरुषम् = सामर्थ्यम् इव पौरुषम् पराक्रमो येषाम् ते। रुषा = क्रोधेन। भस्मीकृतारयः = न भस्म अभस्म, भस्म सम्पद्यमानाः कृता इति भस्मीकृताः = नाशिताः अरयः = शत्रवः यैस्ते। रयोपहसितसमीरणाः—रयेण = वेगेन उपहसितः = अपमानितः समीरणः = पवनः यैः ते = वेगतिरस्कृतपवनाः। रणाभियानेन—रणे = युद्धे यद् अभियानम् = गमनम् तादृशेन, यानेन = यात्रया। अभ्युदयाशंसम्—अभ्युदये = विजये, उन्नतौ आशंसा = आशा यस्य तादृशम्। राजानम् = राजहंसम्। अकार्षुः = कृतवन्तः। (२) तत्साचिव्यम्—तस्य राजवाहनस्य साचिव्यम् = साहाय्यम्। इतरेषाम् = अन्येषाम् कुमाराणाम्। विधाय = कृत्वा। इतरान् कुमारान् राजवाहनस्य सहायताकार्ये नियुज्येत्यर्थः। समुचिताम्—सम्यक् उचिताम् = योग्याम् रणोपयोगिनी-

---

तरह बढ़े हुए सौन्दर्य-युक्त युवावस्था को अब भोग रहा है। (२) मित्रों के साथ इसका यह समय दिग्विजय यात्रा प्रारम्भ करने का है। इसलिये सभी क्लेशों को सहन करने में समर्थ राजवाहन को दिग्विजय करने भेज दें।

(१) कामदेव के समान सुन्दर, रामादि जैसे पराक्रमी, क्रोध से शत्रुओं को भस्म करने वाले, अपने वेग से वायु के वेग का उपहास करने वाले कुमार समूह ने अपनी रणाभिमुखयात्रा से राजा राजहंस को उन्नति की कामनावान् बनाया। (२) राजहंस ने राजवाहन की सहायता (सेवा) में अन्य कुमारों को लगाकर तथा उचित उपदेश देकर शुभ मुहूर्त में

विससर्ज ।

मातङ्गस्य साक्षात्कारः

(१) राजवाहनो मङ्गलसूचकं शुभशकुनं विलोकयन्देशं कंचिदतिक्रम्य विन्ध्याटवीमध्यमविशत् । तत्र हेतिहतिकिणाङ्कं कालायसकर्कशकायं यज्ञोपवीतेनानुमेयविप्रभावं व्यक्तकिरातप्रभावं लोचनपरुषं कमपि पुरुषं ददर्श ।

मातङ्गं प्रति राजवाहनस्य प्रश्नः

(२) तेन विहितपूजनो राजवाहनोऽभाषत—'ननु मानव, जनसङ्गरहिते मृगहिते घोरप्रचारे कान्तारे विन्ध्याटवीमध्ये भवानेकाकी किमिति निवसति ।

मित्यर्थः । बुद्धिम् = ज्ञानम् । उपदिश्य । शुभे मुहूर्ते = क्षणे सपरिवारम् = परिवारेण सहितम् = सपरिकरम् । कुमारम् विजयाय = विजेतुम् । विससर्ज = प्रेषयामास ।

(१) राजवाहनः । मङ्गलसूचकम् = कल्याणबोधकम् । शुभशकुनम् = लक्षणम् । विलोकयन् = पश्यन् । कञ्चित् देशम् = भूभागम् । अतिक्रम्य = उल्लंघ्य । विन्ध्याटवीमध्यम् = विन्ध्यवनान्तरम् । अविशत् = प्राविशत् । तत्र = वनमध्ये । हेतिहतिकिणाङ्कम्—हेतीनाम् = अस्त्राणाम् हत्या = प्रहारेण ये किणाः = व्रणाः तेषां अङ्काः व्रणचिह्नानि यस्य तम् । कालायसकर्कशकायम्—कालायसम् = कृष्णलौहः तद्वत् कर्कशम् = कठिनः कायः = शरीरम् यस्य तम् । यज्ञोपवीतेन = यज्ञसूत्रेण । अनुमेयविप्रभावम् = अनुमातुं योग्यः, विप्रस्य = ब्राह्मणस्य भावो ब्राह्मणत्वमित्यर्थः यस्य तम् । व्यक्तकिरातप्रभावम्—व्यक्तः = प्रकटितः किरातस्य = शवरस्य प्रभावः—सामर्थ्यम् , येन तम् । लोचनपरुषम्—लोचनाभ्याम् = नयनाभ्याम् परुषम् = भयङ्करम् कर्कशमिति यावत् । कमपि = एकम् पुरुषम् । ददर्श = दृष्टवान् ।

(२) तेन = पुरुषेण । विहितम् = कृतम् पूजनम् = सत्कारः यस्य सः । राजवाहनः । अभाषत = अवोचत् । ननु इति सम्बोधने । मानव = हे मनुष्य । जनसङ्गरहिते = मानवसम्पर्कशून्ये । मृगहिते—मृगाणाम् = पशूनाम् 'पशवोऽपि मृगाः' इत्यमरः हिते = हितकरे । घोरप्रचारे—घोरः भयङ्करः प्रचारः = सञ्चारः यत्र तस्मिन् । कान्तारे = दुर्गमे पथि । विन्ध्याटवीमध्ये = विन्ध्यवनैकदेशे । भवान् किमिति = किमर्थम् । एकाकी = एकलः । निवसति = वासं

सपरिवार राजवाहन को विजय के लिए भेज दिया ।

(१) मंगल सूचक शुभशकुनों को देखता हुआ कुछ रास्ता तय कर राजवाहन विन्ध्याटवी में पहुँचा (घुसा) । वहाँ उसने एक पुरुष को देखा—जिसके शरीर पर अस्त्रों के बहुत से चिह्न थे, जिसकी देह लोह सदृश कठोर थी और उसे देखने से ज्ञात होता था जैसे कोई किरात हो, किन्तु कन्धे-पर जनेऊ से ब्राह्मणत्व का अनुमान किया जाता था, उसके दोनों नेत्र अत्यन्त भयङ्कर थे ।

(२) उस पुरुष ने राजवाहन का बड़ा सत्कार किया । बाद राजवाहन उससे पूछा, हे मानव, तुम इस निर्जन वन में जंगली जानवरों के योग्य और भयंकर दुर्गममार्ग वाले इस

(३) भवदंसोपनीतं यज्ञोपवीतं भूसुरभावं द्योतयति। हेतिहतिभिः किरातरीतिरनुमीयते। कथय किमेतत्' इति।

मातङ्गस्य स्ववृत्तान्तकथनम्

(४) 'तेजोमयोऽयं मानुषमात्रपौरुषो नूनं न भवति' इति मत्वा स पुरुषस्तद्वयस्यमुखान्नामजनने विज्ञाय तस्मै निजवृत्तान्तमकथयत् (१) 'राजनन्दन, केचिदस्यामटव्यां वेदादिविद्याभ्यासमपहाय निजकुलाचारं दूरीकृत्य सत्यशौचादिधर्मव्रातं परिहृत्य किल्बिषमन्विष्यन्तः पुलिन्दपुरोगमास्तदन्नमुपभुञ्जाना

करोति। (३) भवदंसोपनीतम्—भवतः = तव अंसेन = स्कन्धेन 'स्कन्धो भुजशिरोंसोऽस्त्री' इत्यमरः, उपनीतम् = धृतम्। यज्ञोपवीतम् = यज्ञसूत्रम्। भूसुरभावम् = ब्राह्मणत्वम्। द्योतयति = प्रकटयति, हेतिहतिभिः—हेतीनाम् = अस्त्राणाम् हतिभिः = प्रहारचिह्नैः। किरातरीतिः—किरातस्य = शबरस्य रीतिः = व्यवहारः अनुमीयते = तर्क्यते। कथय = भण। एतत् = इदम् किम् ?

(४) तेजोमयः = तेजसः आधिक्यम् यस्य सः, तेजःपुञ्जदेहः। अयम् राजवाहनः मानुषमात्रपौरुषः = मानुषः प्रमाणमस्येति (प्रमाणे द्वयसजादिना मात्रच् प्रत्ययः) मानुषमात्रम् पौरुषम् = पराक्रमः यस्य सः। नूनम् = निश्चयेन न भवति इति मत्वा = अवगम्य सः पुरुषविशेषः। तद्वयस्यमुखात् = तस्य राजवाहनस्य वयस्याः = सवयसः तेषाम् 'वयस्यः स्निग्धः सवयाः' इत्यमरः, मुखात् = आननात्। (तस्य) नामजनने—नाम च जननम् च इति नामजनने = आख्योत्पत्तौ। विज्ञाय = ज्ञात्वा। तस्मै = राजवाहनाय। निजवृत्तान्तम् = स्वकीयोदन्तम्। अकथयत् = श्रावयामास। (१) राजनन्दन = राज्ञः नन्दनः इति तत्सम्बुद्धौ, हे राजपुत्र। केचित् = कतिचन। ब्राह्मणब्रुवेति सम्बन्धः। अस्याम्। अटव्याम् = अरण्ये 'अटव्यरण्यं विपिनं गहनं काननं वनम्' इत्यमरः। वेदादिविद्याभ्यासम् = वेदः आदिः यासां विद्यानाम् तासाम् अभ्यासः = आवृत्तिः तम्। अपहाय = त्यक्त्वा। निजकुलाचारम्—निजस्य = स्वस्य कुलस्य = परम्परायाः यः आचारः = धर्मः तम्। दूरीकृत्य = अदूरम् दूरं कृत्वा इति, 'अभूततद्भावे च्विः' अपहाय। सत्यशौचादिधर्मव्रातम्—सत्यम् च शौचम् च इति सत्यशौचे ते आदिनी यस्य धर्मव्रातस्य = धर्मसंघस्य तम्। परिहृत्य = परित्यज्य। किल्विषम् = पापम्। अन्विष्यन्तः =

विन्ध्याटवी के बीच अकेले क्यों रहते हो ? (३) कन्धे पर पड़े जनेऊ तो ब्राह्मणत्व को बतलाता है, किन्तु आयुधों के आघात चिह्नों से किरातों जैसा व्यवहार मालूम पड़ता है। कहो यह क्या बात है ?

(४) राजवाहन के मित्रों द्वारा उसके नाम और जन्म पहले ही से जानकर उस पुरुष ने सोचा—'निश्चय ही यह तेजस्वी पुरुष साधारण मनुष्य जैसा नहीं हो सकता है' (यह अवश्य ही कोई विशिष्ट शक्तिशाली पुरुष है) अतः वह अपना वृत्तान्त कहने लगा। (१) राजपुत्र, इस वन में बहुत से अपने को ब्राह्मण कहने वाले (कुत्सित ब्राह्मण) निवास करते हैं। वे वेदादि विद्याभ्यास, अपना कुलाचार, सत्य, दया और धर्म समूह को छोड़ कर केवल

बहवो ब्राह्मणब्रुवा निवसन्ति, (१) तेषु कस्यचित्पुत्रो निन्दापात्रचारित्रो मातङ्गो नामाह सह किरातबलेन जनपदं प्रविश्य ग्रामेषु धनिनः स्त्रीबालसहितानानीयाटव्यां बन्धने निधाय तेषां सकलधनमपहरन्नुद्धत्य वीतदयो व्यचरम् ।

(२) कदाचिदेकस्मिन्कान्तारे मदीयसहचरगणेन जिघांस्यमानं भूसुरमेकमवलोक्य दयायत्तचित्तोऽब्रवम् 'ननु पापाः, न हन्तव्यो ब्राह्मणः' इति ।

(३) ते रोषारुणनयना मां बहुधा निरभर्त्सयन् । तेषां भाषणपारुष्यमसहि-

---

मार्गमाणाः । पुलिन्दपुरोगमाः—पुलिन्दाः = शबराः पुरोगमाः = पुरःसराः येषाम् ते किरातनेतारः । तदन्नमुपभुञ्जानाः—तेषाम् = शबराणाम् अन्नानि उपभुञ्जानाः = उपभुञ्जते तच्छीलाः । बहवः = बहुसंख्यकाः । ब्राह्मणब्रुवाः = आत्मानम् ब्राह्मणम् ब्रुवन्ति इति, ब्राह्मणाधमाः । निवसन्ति ।

(१) तेषु = ब्राह्मणब्रुवेषु । कस्यचित् = एकस्य । पुत्रः = सुतः निन्दापात्रचारित्रः—निन्दापात्रम् = निन्दनीयम् चारित्रम् = चरितम् यस्य तथोक्तः । मातङ्गो नाम = मातङ्गाख्यः प्रसिद्धः । अहम् । किरातबलेन = शबरसैन्येन । सह । जनपदम् = देशम् । प्रविश्य । ग्रामेषु धनिनः = धनाढ्यान् । स्त्रीबालसहितान् = स्त्रीभिः बालैश्च युक्तान् । अटव्याम् = विपिने । आनीय = नीत्वा । बन्धने = कारागारे ; निधाय = संस्थाप्य । तेषाम् = आनीतानाम् । सकलधनम् = समस्तम् वित्तम् । अपहरन् = आत्मसात्कुर्वन् । उद्धत्य = उद्धतो भूत्वा । वीतदयः—वीता = विनष्टा दया = करुणा यस्य सः । व्यचरम् = व्यहरम् ।

(२) कदाचित् = एकदा । एकस्मिन् । कान्तारे = दुर्गमे वर्त्मनि 'कान्तारं वर्त्म दुर्गमम्' इत्यमरः । मदीयसहचरगणेन = मम मित्रसमूहेन । जिघांस्यमानम् = हन्तुमिष्यमाणम् , सन्नन्तात् हन्-धातोः कर्मणि लटि शानचि सिध्यति रूपम् । एकम् भूसुरम् = भुवि सुरः = देवः ब्राह्मणः तम् । अवलोक्य = दृष्ट्वा । दयायत्तचित्तः = दयया आयत्तम् = अधीनम् आक्रान्तमित्यर्थः 'अधीनो निघ्न आयत्तः' इत्यमरः । चित्तम् = हृदयम् यस्य सः । अब्रवम् = अवदम् । ननु = इति आमन्त्रणे '......अनुनयामन्त्रणे ननु' इत्यमरः । पापाः = नीचकर्मरताः (सम्बोधनपदमेतत्) ब्राह्मणः न हन्तव्यः = न मारणीयः ।

(३) ते = किराताः । रोषारुणनयनाः—रोषेण = क्रोधेन अरुणानि = रक्तवर्णानि नय-

---

पापाचरण में लगे हुए किरातों के अधीन रहा करते हैं और उन्हीं के अन्न खाते हैं ।

(१) उन्हीं में से एक कुत्सित ब्राह्मण का मैं पुत्र हूँ । मातङ्ग मेरा नाम है । मेरा चरित्र अत्यन्त निन्दनीय है । मैं भीलों की सेना के साथ जनपदों में जाकर स्त्री बाल-बच्चों के साथ धनिकों को गांवों से इस जंगल में पकड़ लाता था और उन्हें बन्धन में रखकर उनका सब धन छीन लेता था । इस प्रकार उद्धत और निर्दय होकर हमेशा घूमा करता था ।

(२) एक दिन किसी दुर्गम वन मार्ग में एक ब्राह्मण की हत्या करने को उद्यत अपने मित्रों को देख मुझे दया आयी । मैंने कहा—अरे पापियों, 'ब्राह्मण की हत्या नहीं करनी चाहिये' यह सुन कर (३) लाल-लाल आँखे बना वे मुझे डाटने लगे । मैं उनकी डांट-

ष्णुरहमवनिसुररक्षणाय चिरं प्रयुध्य तैरभिहतो गतजीवितोऽभवम् ।

(१) ततः प्रेतपुरीमुपेत्य तत्र देहधारिभिः पुरुषैः परिवेष्टितं सभामध्ये रत्नखचितसिंहासनासीनं शमनं विलोक्य तस्मै दण्डप्रणाममकरवम् । सोऽपि मामवेक्ष्य चित्रगुप्तं नाम निजामात्यमाहूय तमवोचत् । 'सचिव, नैषोऽमुष्य मृत्युसमयः । (२) निन्दितचरितोऽप्ययं महीसुरनिमित्तं गतजीवितोऽभूत् । (३) इतः प्रभृति विगलितकल्मषस्यास्य पुण्यकर्मकरणे रुचिरुदेष्यति । (४) पापिष्ठैर-

---

नानि = नेत्राणि येषां ते कोपारुणलोचनाः । माम् = मातङ्गम् । बहुधा = अनेकप्रकारेण । निरभर्त्सयन् = अतर्जयन् । तेषाम् = वनेचराणाम् । भाषणपारुष्यम्—भाषणस्य = संवादस्य पारुष्यम् = काठिन्यम् । असहिष्णुः = असहनशीलः । अहं = मातङ्गः । अवनिसुररक्षणाय—अवनौ = पृथिव्याम् यः सुरः = देवः तस्य यत् रक्षणम् = त्राणम् तस्मै । चिरम् = बहुकालम् । प्रयुध्य = प्रकर्षेण युद्धं कृत्वा । तैः = किरातैः । अभिहतः = ताडितः । गतजीवितः—गतम् जीवितम् = जीवनम्, प्राणाः यस्य सः, मृतः इत्यर्थः । अभवम् = आसम् ।

(१) ततः = पश्चात् । प्रेतपुरीम् = यमलोकम् । उपेत्य = प्राप्य । तत्र = यमालये । देहधारिभिः—देहम् = शरीरम् धर्तुं शीलम् येषां ते, तैः । पुरुषैः = किंकरैः परिवेष्टितम्—परितः समन्तात् वेष्टितम् = परिवृतम् । सभामध्ये—सभायाः = समितेः । मध्ये । रत्नखचितसिंहासनासीनम्—रत्नैः = महार्हैः मणिभिः खचितम् = व्याप्तम् यत् सिंहासनम् = भद्रासनम् 'नृपासनम् यत्तद् भद्रासनं सिंहासनन्तु तत्' इत्यमरः, तत्र आसीनम् = उपविष्टम् । शमनम् = यमम् 'शमनो यमराड् यमः' इत्यमरः विलोक्य । तस्मै = यमाय । दण्डप्रणामम् = दण्डवत् (दण्डेन तुल्यम्) नमस्कारम् । अकरवम् = कृतवान् । सः = यमः अपि । माम् = मातङ्गम् । अवेक्ष्य = विलोक्य । चित्रगुप्तम् नाम = चित्रगुप्ताख्यम् प्रसिद्धम् । निजामात्यम्—निजस्य = स्वस्य अमात्यम् = मन्त्रिणम् । आहूय = आकार्य । तम् = चित्रगुप्तम् । अवोचत् = अवादीत् । सचिव = मन्त्रिन्, अमुष्य = अस्य । एषः = अयम् । मृत्युसमयः = मरणकालः । न = नहि ।

(२) निन्दितचरितः—निन्दितम् अशोभनीयम् चरितम् = आचरणम् यस्य तथाभूतः । अपि । महीसुरनिमित्तम् = ब्राह्मणहेतुकम् । गतजीवितः = गतप्राणः । अभूत् ।

(३) इतः प्रभृति = अस्मात् दिनात् आरभ्य अद्यारभ्येत्यर्थः । विगलितकल्मषस्य—विगलितम् = अपगतम् क्षीणमिति यावत् कल्मषम् = पापम् यस्य तस्य । अस्य = अमुष्य पुरुषस्य मातङ्गस्येत्यर्थः । पुण्यकर्मकरणे—पुण्यानाम् = सुकृतानाम् कर्मणाम् करणे =

फटकार नहीं सह सका और ब्राह्मण की रक्षा के लिये बहुत देर तक उनसे लड़ता रहा, अंत में उनकी मार से मारा गया । (१) मरने के बाद मैं यमलोक पहुँचा, वहाँ देहधारी पुरुषों से घिरे, सभा के बीच रत्नजटित सिंहासन पर बैठे, यमराज को देख कर उन्हें दण्डवत प्रणाम किया । वे भी मुझे देख कर अमात्य चित्रगुप्त को बुलाकर उससे बोले । 'मन्त्रिन्, यह इसके मरने का समय नहीं है । (२) यद्यपि इसका चरित अत्यन्त निन्दित है फिर भी यह पृथ्वी के देवता ब्राह्मण के लिए मरा है । (३) अब इसके सारे पाप नष्ट हो गये, आज से इसकी

नुभूयमानमत्र यातनाविशेषं विलोक्य पुनरपि पूर्वशरीरमनेन गम्यताम्' इति।

(१) चित्रगुप्तोऽपि तत्र तत्र संतप्तेष्वायसस्तम्भेषु वध्यमानान्, (२) अत्युष्णीकृते विततशरावे तैले निक्षिप्यमाणान्, (३) लगुडैर्जर्जरीकृतावयवान्, (४) निशितटंकैः परितक्ष्यमाणानपि दर्शयित्वा पुण्यबुद्धिमुपदिश्य माममुञ्चत्। (५) तदेव पूर्वशरीरमहं प्राप्तो महाटवीमध्ये शीतलोपचारं रचयता महीसुरेण परीक्ष्यमाणः शिलायां शयितः क्षणमतिष्ठम्।

सम्पादने। रुचिः = मतिः। उदेष्यति = उत्पत्स्यते। (४) अत्र = नरके। पापिष्ठः = (अयम् एषामतिशयेन पापः क्रूरः घातुको वा इति विग्रहे इष्ठनि पापिष्ठः। तैः) पापात्मभिः। अनुभूयमानम् = अनुभूयते इति अनुभूयमानः तम्। यातनाविशेषम् = वेदनाविशेषम्। विलोक्य = दृष्ट्वा। पुनरपि = भूयोऽपि। पूर्वशरीरे = पूर्वस्मिन्देहे। अनेन = अमुना पुरुषेण। गम्यताम्।

(१) चित्रगुप्तः = यमामात्यः। अपि। तत्र-तत्र = स्थाने स्थाने। सन्तप्तेषु = अत्युष्णीकृतेषु आयसस्तम्भेषु = लौहनिर्मितस्थूणासु। वध्यमानान् = वध्यन्ते इति तान्। (२) अत्युष्णीकृते = सन्तप्ते। विततशरावे = विस्तीर्णलौहकटाहे। (तत्र स्थिते) तैले = स्नेहे। निक्षिप्यमाणान् = पात्यमानान्।

(३) लगुडैः = करण्डैः 'गडुः करण्डो लगुडः' इत्यमरः। जर्जरीकृतावयवान्—(न जर्जराः अजर्जराः, अजर्जराः जर्जराः सम्पद्यमानाः कृताः इति) जर्जरीकृताः = प्रशिथिलीकृताः (प्रहारेणेति शेषः) अवयवाः = अङ्गानि येषाम् तान्।

(४) निशितटंकैः—निशिताः = तीक्ष्णाश्च ते टङ्काश्चेति तैः = तीक्ष्णपाषाणदारणास्त्रविशेषैः 'वृक्षादनी वृक्षभेदो टंकः पाषाणदारणः' इत्यमरः। परितक्ष्यमाणान् = ताड्यमानान्। अपि दर्शयित्वा = प्रदर्श्य। पुण्यबुद्धिम् = धर्ममतिम्। उपदिश्य। माम् = मातङ्गम्। अमुञ्चत् = त्यक्तवान्। (५) तत् पूर्वशरीरम् एव अहं प्राप्तः। महाटवीमध्ये = महती चासौ अटवी चेति, तस्याः मध्ये। शीतलोपचारम् = शिशिरोपचारम्। रचयता = कुर्वता। महीसुरेण = ब्राह्मणेन। परीक्ष्यमाणः = अवलोक्यमानः। जीवति न वेति संशयालुः। शिलायाम् = प्रस्तरे। शयितः = सुप्तः। क्षणम् = मुहूर्तं यावत्। अतिष्ठम्।

बुद्धि पुण्य काय करने में लगेगी। (४) अतएव यहाँ पापियों को जो यातनाएँ भोगनी पड़ती हैं उन्हें देखकर यह पुनः अपने पूर्व के शरीर में ही चला जाय'। (१) चित्रगुप्त ने भी मुझे उन यातनाओं को दिखायी। वहाँ मैंने देखा—कहीं पापी जीवों को गर्म (लाल) लोहे के खम्भों में बांधा जा रहा था, (२) कहीं बड़े कड़ाहों के खौलते तेल में पापी जीवों को फेंका जा रहा था, (३) कहीं पापी जीवों के शरीर के अवयवों को डण्डे की मार से जर्जर (ढीला) किया जा रहा था (४) और कहीं पापी जीवों को आरा से चीरा जा रहा था। चित्रगुप्त ने उपर्युक्त यातनाओं को दिखाया और मुझे पुण्य बुद्धि का उपदेश देकर छोड़ दिया। (५) मैं पुनः अपने उसी पुराने शरीर में आ गया और देखा कि जंगल के मध्य में वही ब्राह्मण (जिसके लिए मैं मारा गया था) ठंढा उपचार करता हुआ मेरी परीक्षा कर रहा है (कि 'यह जीता है या मर गया') और ऐसी स्थिति में शिला पर मैं क्षण भर

(१) तदनु विदितोदन्तो मदीयवंशबन्धुगणः सहसागत्य मन्दिरमानीय मामपक्रांतव्रणमकरोत् । (२) द्विजन्मा कृतज्ञो मह्यमक्षरशिक्षां विधाय विविधागमतन्त्रमाख्याय कल्मषक्षयकारणं सदाचारमुपदिश्य (३) ज्ञानेक्षणगम्यमानस्य शशिखण्डशेखरस्य पूजाविधानमभिधाय पूजां मत्कृतामङ्गीकृत्य निरगात् ।

(१) तदारभ्याहं किरातकृतसंसर्गं बन्धुवर्गमुत्सृज्य (२) सकलोकैकगुरुमिन्दुकलावतंसं चेतसि स्मरन्नस्मिन्कानने दूरीकृतकलङ्को वसामि । (३) 'देव, भवते

---

(१) तदनु = तत्पश्चात् । विदितोदन्तः—विदितः = ज्ञातः उदन्तः = वृत्तान्तः येन सः । मदीयवंशबन्धुगणः = मम वंशे ये बान्धवाः तेषां गणः = समूहः । सहसा = अतर्कितम् 'अतर्किते तु सहसा' इत्यमरः, यथा स्यात्तथा आगत्य = प्राप्तो भूत्वा । मन्दिरम् = भवनम् । आनीय । अपक्रान्तः औषधोपचारेण चिकित्सितः व्रणः = आघातस्थानम् यस्य तथाभूतम् । माम् = मातङ्गम् । अकरोत् = कृतवान् (२) कृतज्ञः = उपकारवेत्ता । द्विजन्मा = ब्राह्मणः । मह्यम् = मातङ्गाय । अक्षरशिक्षाम्—अक्षरस्य = वर्णमालायाः शिक्षाम् = ज्ञानम् । विधाय = दत्वा । विविधागमतन्त्रम् = विविधानाम् नानाप्रकाराणाम् आगमानाम् = शास्त्राणाम् तन्त्रम् सिद्धान्तम् 'तन्त्रम् प्रधाने सिद्धान्ते' इत्यमरः । आख्याय = कथयित्वा । कल्मषक्षयकारणम्—कल्मषस्य = पापस्य यः क्षयः = नाशः तस्य कारणम् = हेतुभूतम् । सदाचारम् सताम् = महताम् आचारम् = महद्भिरुपासितं मार्गम् । उपदिश्य । (३) ज्ञानेक्षणगम्यमानस्य—ज्ञानेक्षणेन = ज्ञानचक्षुषा गम्यमानस्य = अवबुध्यमानस्य । शशिखण्डशेखरस्य—शशिनः = चन्द्रमसः खण्डम् = शकलम् कलेत्यर्थः शेखरे = भाले यस्य तस्य = शिवस्य । पूजाविधानम्—पूजायाः = अर्चायाः विधानम् = विधिम् । अभिधाय = प्रशिक्ष्य । मत्कृताम्— मया कृता, ताम् पूजाम् = अर्चाम् सत्कारमित्यर्थः अङ्गीकृत्य = स्वीकृत्य । निरगात् = निरगच्छत् ।

(१) तदारभ्य = तत्प्रभृति । अहम् = मातङ्गः । किरातकृतसंसर्गम्—किरातैः = वनेचरैः कृतः संसर्गः = सम्पर्कः येन तम्, शबरासक्तम् इत्यर्थः । बन्धुवर्गम् = बान्धवसमूहम् । उत्सृज्य = त्यक्त्वा (२) सकललोकैकगुरुम्—सकलानां लोकानाम् = प्राणिनाम् एकम् = अद्वितीयम् । गुरुम् । इन्दुकलावतंसम् = इन्दोः चन्द्रमसः कला अवतंसः = शिरोभूषणम् यस्य तम् चन्द्रशेखरम् । चेतसि = हृदि । स्मरन् = ध्यायन् । कानने = अरण्ये । अस्मिन् । दूरीकृतकलङ्कः = अदूरः दूरः कृतः इति दूरीकृतः = प्रक्षालितः कलङ्कः = पापम् येन सः (अहम्) वसामि = निवसामि ।

लेटा रहा । (१) उसके पश्चात् मेरे वंशज सारा वृत्तान्त सुनकर अचानक वहाँ पहुँच गये और मुझे घर लिवा लाये । उन्होंने मेरी मरहम पट्टी की और मेरे व्रणों को अच्छा किया । (२) उस ब्राह्मण ने बड़ा उपकार माना । उसने मुझे अक्षर का ज्ञान कराया और अनेक आगम एवं तन्त्र पढ़ाये । पाप नाशक सदाचार का उपदेश देकर (३) ज्ञान दृष्टि से जानने योग्य भगवान शंकर की पूजा विधि बतलायी । अनन्तर वह मेरी ओर से दी हुई दक्षिणा लेकर चला गया ।

(१) उसी दिन से मैं किरातों के साथ सम्बन्ध रखने वाले अपने बन्धुओं को छोड़ कर (२) सकल लोक के एकमात्र आदिकारण भगवान् शंकर का हृदय से स्मरण करता

विज्ञापनीयं रहस्यं किंचिदस्ति । आगम्यताम् ।' इति ।

(१) स वयस्यगणादपनीय रहसि पुनरेनमभाषत (२) 'राजन् ! अतीते निशान्ते गौरीपतिः स्वप्नसन्निहितो निद्रामुद्रितलोचनं विबोध्य प्रसन्नवदनकान्तिः प्रश्रयानतं मामवोचत् (३) 'मातङ्ग ! दण्डकारण्यान्तरालगामिन्यास्तटिन्यास्तीरभूमौ (४) सिद्धसाध्याराध्यमानस्य स्फटिकलिङ्गस्य (५) पश्चाददद्रिपतिकन्यापदपंक्तिचिह्नितस्याश्मनः सविधे विधेराननमिव किमपि बिलं विद्यते ।

---

(३) देव = प्रभो । भवते । रहस्यम् = गोप्यम् । विज्ञापनीयम् = निवेदनीयम् । किञ्चित् = ईषत् । अस्ति = वर्तते । अतः मया सह आगम्यताम् इति ।

(१) सः = मातङ्गः । वयस्यगणात् = मित्रवर्गात् । अपनीय = दूरं नीत्वा । रहसि = एकान्ते । पुनः = भूयः । एनम् = राजवाहनम् । अभाषत = उवाच ।

(२) राजन्, अतीते = विगते । निशान्ते = उषसि । गौरीपतिः—गौर्याः पतिः = शंकरः स्वप्नसन्निहितः—स्वप्ने = निद्रायाम् सन्निहितः = निकटागतः । निद्रामुद्रितलोचनम्—निद्रया मुद्रिते = निमीलिते लोचने = नयने यस्य तम् (माम्) विबोध्य = उद्बोध्य । प्रसन्नवदनकान्तिः—प्रसन्ना वदनस्य = मुखस्य कान्तिः छटा यस्य सः (शिवः) । प्रश्रयानतम्—प्रश्रयेण = प्रणयेन 'प्रश्रयप्रणयौ समौ' इत्यमरः आनतम् = नम्रशिरस्कम् । माम् = मातङ्गम् । अवोचत् = अवादीत् । (३) मातङ्ग, दण्डकारण्यान्तरालगामिन्याः = दण्डकाख्यवनमध्यसंचरणशीलायाः । तटिण्याः = नद्याः । तीरभूमौ = तटप्रदेशे ।

(४) सिद्धसाध्याराध्यमानस्य—सिद्धैः = गुह्यकैः 'गुह्यकः सिद्धः' इत्यमरः साध्यैश्च = गणदेवताभिश्च...'साध्याश्च रुद्राश्च गणदेवताः' इत्यमरः, आराध्यमानस्य = आसेव्यमानस्य । स्फटिकलिङ्गस्य = शिवस्य ।

(५) पश्चात् = पश्चिमे भागे । अद्रिपतिकन्यापदपङ्क्तिचिह्नितस्य—अद्रिपतिकन्यायाः = पार्वत्याः पदपङ्क्त्या = पदश्रेण्या 'आवलिः पङ्क्तिः श्रेणी लेखा' इत्यमरः चिह्नितस्य = अङ्कितस्य । अश्मनः = प्रस्तरस्य । सविधे = समीपे । विधेः = ब्रह्मणः । आननम् = मुखम् इव = सदृशम् । किमपि = एकम् । बिलम् = छिद्रम् विवरम् इत्यर्थः 'विवरं बिलम्' इत्यमरः, विद्यते = वर्तते ।

हुआ सभी पापाचरणों से दूर इस वन में निवास करता हूँ । (३) राजन्, आपसे मुझे एकान्त में कुछ गोपनीय बातें निवेदन करनी है अतः आप मेरे साथ आइये ।

(१) मित्रों से अलग ले जाकर एकांत में उसने राजवाहन से कहा—(२) देव, गत रात्रि शेष में मैंने एक स्वप्न देखा है । स्वप्न का स्वरूप यह है कि—प्रसन्न मुख भगवान् शंकर ने सोये हुए मुझ विनीत के निकट आकर जगाया और कहा कि (३) 'मातङ्ग, दण्डकारण्य के बीच बहती हुई नदी के तटपर एक स्फटिक शिला का शिवलिंग है, जिसकी पूजा अर्चा (४) सिद्ध और साध्यों द्वारा की जाती है । (५) उसके पीछे भगवती पार्वती के पावों के निशान से चिह्नित एक पत्थर है, उसके समीप ब्रह्मा के मुख जैसा एक बिल है, (१) उसमें प्रवेश

(१) तत्प्रविश्य तत्र निक्षिप्तं ताम्रशासनं शासनं विधातुरिव समादाय विधिं तदुपदिष्टं दिष्टविजयमिव विधाय पातालोकाधीश्वरेण भवता भवितव्यम्। भवत्साहाय्यकरो राजकुमारोऽद्य श्वो वा समागमिष्यति' इति। (२) 'तदादेशानुगुणमेव भवदागमनमभूत्। साधनाभिलाषिणो मम तोषिणो रचय साहाय्यम्' इति। (३) 'तथा' इति राजवाहनः साकं मातङ्गेन नमितोत्तमाङ्गेन विहायार्धरात्रे निद्रापरतन्त्रं मित्रगणं वनान्तरमवाप।

राजवाहनान्वेषणे कुमाराणां निर्गमनम्

(४) तदनु तदनुचराः कल्ये साकल्येन राजकुमारमनवलोकयन्तो विषण्ण-

---

(१) तत्=बिलम्। प्रविश्य। तत्र=बिले निक्षिप्तम्=संस्थापितम्। ताम्रशासनम्=ताम्रपत्रम्। विधातुः=ब्रह्मणः। शासनम्=आज्ञापत्रम्। इव=सदृशम्। समादाय=गृहीत्वा। तदुपदिष्टम्—तेन=ताम्रपत्रेण उपदिष्टम्=कथितम्। दिष्टविजयमिव—दिष्टम्=दैवम् 'दैवं दिष्टं भागधेयम्' इत्यमरः तस्य विजयः तमिव। विधिम्=व्यापारम्। विधाय=कृत्वा पातालोकाधीश्वरेण—पातालोकस्य=रसातलस्य अधीश्वरेण=स्वामिना। भवता=त्वया मातङ्गेन। भवितव्यम्। भवत्साहाय्यकरः=सहायस्य भावः साहाय्यं तत् करोतीति=साहाय्यकरः राजकुमारः=राजवाहनः। अद्य=अस्मिन् अहनि। श्वः=अनागते अह्नि वा समागमिष्यति' इति 'अवोचदिति' पूर्वेणान्वयः।

(२) तदादेशानुगुणम्—तस्य=स्वप्नकथितस्य आदेशस्य=आज्ञायाः। अनुगुणम्=अनुरूपमेव अनुकूलमेवेत्यर्थः। भवदागमनम्=भवतः तव आगमनम् अभूत्। साधनाभिलाषिणः=साधनमभिलषते इति, तस्य। तोषिणः=सन्तुष्टस्य। मम=मातङ्गस्य। साहाय्यम्=सहायताम्। रचय=विधेहि। (३) तथा=यथा भवान् वक्ति तथा=एवम् अस्तु इति अङ्गीकृत्य। राजवाहनः नमितोङ्गेन—नमितम्=नम्रीभूतम् उत्तमाङ्गम्=शिरः यस्य तेन। मातङ्गेन। साकम्=सह। निद्रापरतन्त्रम्—निद्रायाः=संवेशस्य 'स्यान्निद्रा संवेश इत्यपि' इत्यमरः। परतन्त्रम्=अधीनम्। मित्रगणम्। विहाय=त्यक्त्वा। अर्धरात्रे=निशीथे। वनान्तरम्=अन्यद्वनम्। अवाप=पाप।

(४) तदनु=तत्पश्चात्। तदनुचराः—तस्य=राजवाहनस्य भृत्याः। वियुज्य ययुः इति

करो। वहाँ तुम्हें ब्रह्माज्ञा की तरह एक ताम्रपत्र (शासन) मिलेगा। उसे लेकर, उसमें जैसा लिखा हो उसे भाग्योदय लिपि मान कर कार्य करो। तुम पाताल लोक के राजा बन जाओगे। तुम्हारी सहायता करने के लिये राजकुमार आज या कल आ जायगा। (२) भगवान् शंकर के आदेशानुसार ही आपका आगमन हुआ है। अब आप मुझ सन्तुष्ट और कार्य साधनाभिलाषी की सहायता करें।

(३) राजवाहन ने भी मातङ्ग की प्रार्थना स्वीकार की और आधी रात के समय सोते मित्रों को छोड़ कर नतमस्तक मातङ्ग के साथ दूसरे वन में चला गया।

(४) पश्चात् प्रातःकाल राजकुमार के अनुचरों ने जब उसे कहीं नहीं देखा तब वे

हृदयास्तेषु तेषु वनेषु सम्यगन्विष्यानवेक्षमाणा एतदन्वेषणमनीषया देशान्तरं चरिष्णवोऽतिसहिष्णवो निश्चितपुनःसंगमसंकेतस्थानाः परस्परं वियुज्य ययुः।

राजवाहनमातङ्गयोर्यात्रा

(१) लोकैकवीरेण कुमारेण रक्ष्यमाणः संतुष्टान्तरङ्गो मातङ्गोऽपि बिलं शशिशेखरकथिताभिज्ञानपरिज्ञातं निःशङ्कं प्रविश्य गृहीतताम्रशासनो रसातलं पथा तेनैवोपेत्य (२) तत्र कस्यचित्पत्तनस्य निकटे केलीकाननकासारस्य विततसारसस्य

परेणान्वयः। कल्ये = प्रत्यूषे 'प्रत्यूषोऽहर्मुखं कल्यम्' इत्यमरः। साकल्येन = सामग्र्येण 'समग्रं सकलं पूर्णम्' इत्यमरः सर्वतो भावेनेत्यर्थः। राजकुमारम् = राजवाहनम्। अनवलोकयन्तः = अनवेक्षमाणाः। विषण्णहृदयाः = विषण्णं हृदयं येषां ते, खिन्नान्तःकरणाः। तेषु तेषु वनेषु = तत्तद्वनेषु। सम्यक् = सुष्ठुतया। अन्विष्य = मार्गयित्वा। अनवेक्षमाणाः = अनवलोकयन्तः। एतदन्वेषणमनीषया—एतस्य = राजवाहनस्य अन्वेषणमनीषया—अन्वेषणस्य = गवेषणस्य 'अन्वेषणा च गवेषणा' इत्यमरः। मनीषा = धिषणा (बुद्धिः) तया 'बुद्धिर्मनीषा धिषणा' इत्यमरः देशान्तरम्। चरिष्णवः = गन्तुकामाः। अतिसहिष्णवः = क्लेशादिसोढुं समर्थाः। निश्चितपुनः-सङ्गमसङ्केतस्थानाः—निश्चितम् = निर्णीतम् पुनः = भूयः संगमस्य = मिलनस्य यः = संकेतः—चिह्नम् तस्य स्थानं यैः ते। परस्परम् = अन्योन्यम्। वियुज्य = पृथग् भूत्वा। ययुः = जग्मुः।

(१) लोकैकवीरेण = एकश्चासौ वीरः एकवीरः लोकेषु = त्रिभुवने एकवीरः अद्वितीयः इति तेन। कुमारेण = राजवाहनेन। रक्ष्यमाणः = गोप्यमानः। संतुष्टान्तरंगः—सन्तुष्टम् = हृष्टम् अन्तरंगं = मानसं यस्य सः प्रीतान्तःकरणः। मातङ्गः। शशिशेखरकथिताभिज्ञानपरिज्ञातम्—शशिशेखरेण = महादेवेन कथितम् = यत् अभिज्ञानम् = लक्षणम् तेन परिज्ञातम् = अवगतम्। बिलम् = विवरम्। निःशङ्कम् = निर्भयम् यथा स्यात्तथा प्रविश्य। गृहीतताम्र-शासनः = गृहीतं ताम्रशासनम् येन सः (मातङ्गः) तेनैव = विवरेणैव। पथा = मार्गेण। रसातलम्—रसायाः = पृथिव्याः तलम् = अधः। उपेत्य = प्राप्य। (२) तत्र = रसातले। कस्यचित् = एकस्य। पत्तनस्य = पुरः 'पूः स्त्री पुरीनगर्यौ वा पत्तनं पुटभेदनम्' इत्यमरः। नगरस्येति यावत् निकटे = समीपे। विततसारसस्य = वितताः सारसाः हंसा यत्र तस्य प्रसृतहंसस्येत्यर्थः। केलिकाननकासारस्य—केल्याः = क्रीडाया यत् काननम् = उद्यानम् तस्मिन्

बहुत दुःखी हुए और वनों में अच्छी तरह ढूँढने पर भी जब वह किसी को नहीं मिला तब वे साहसी कुमार उसे खोजने की इच्छा से अन्य देशों में जाने को उद्यत हुए और पुनः एकत्र होने का संकेतस्थान निश्चित कर एक दूसरे से अलग होकर चल पड़े।

(१) संसार के अद्वितीय वीर राजकुमार से रक्षित होने के कारण प्रसन्नचित्त मातङ्ग शिव के बताये मार्ग (चिह्न) से परिचित उस बिल में निःशङ्क होकर घुस गया और ताम्र-शासन लेकर उसी रास्ते वह पाताल लोक चला गया। (२) वहाँ वह एक नगर के समीप सारस पक्षियों से युक्त क्रीडोद्यान के तालाब के पास भगवान् शंकर की आज्ञानुसार (ताम्र

समीपे नानाविधेनेशशासनविधानोपपादितेन हविषा होमं विरच्य (१) प्रत्यूह-परिहारिणि सविस्मयं विलोकयति राजवाहने समिदाज्यसमुज्ज्वलिते ज्वलने पुण्यगेहं देहं मन्त्रपूर्वकमाहुतीकृत्य तडित्समानकान्तिं दिव्यां तनुमलभत ।

(२) तदनु मणिमयमण्डनमण्डलमण्डिता सकललोकललनाकुलललामभूता कन्यका काचन विनीतानेकसखीजनानुगम्यमाना कलहंसगत्या शनैरागत्याव-निसुरोत्तमाय मणिमेकमुज्ज्वलाकारमुपायनीकृत्य तेन 'का त्वम्' इति पृष्टा

यः कासारः=सरः 'कासारः सरसी सरः' इत्यमरः तस्य । समीपे=निकटे । नानाविधेन= बहुप्रकारेण । ईशशासनविधानोपपादितेन—ईशस्य=महादेवस्य यत् शासनम् तदेव विधानम् तेन उपपादितम् सम्पादितम्=निर्मितमित्यर्थः तेन । हविषा=शाकल्येन (हवनीयद्रव्येण) होमम् । विरच्य=विधाय हुत्वा वा । सविस्मयम्—विस्मयेन=आश्चर्येण सह यथा स्यात्तथा विलोकयति=पश्यति । (१) प्रत्यूहपरिहारिणि—प्रत्यूहः=विघ्नः तम् परिहर्तुम् शीलम् यस्य तस्मिन् विघ्नविनाशके राजवाहने । समिदाज्यसमुज्ज्वलिते—समिद्भिः=काष्ठैः आज्यैः च=हविर्भिः समुज्ज्वलिते=सम्यक् प्रकारेण उद्दीपिते । ज्वलने=अग्नौ । पुण्यगेहम्= पुण्याधारम् । देहम्=शरीरम् । मन्त्रपूर्वकम्=समन्त्रम् (यथा स्यात्तथा) । आहुतीकृत्य= अग्नौ प्रक्षिप्य । तडित्समानकान्तिम्—तडित्=विद्युत् तस्याः समाना कान्तिः यस्याः ताम् । दिव्याम्=दैवीम् । तनुम्=शरीरम् । अलभत=अविन्दत ।

(२) तदनु=तत्पश्चात् मणिमयमण्डनमण्डलमण्डिता—मणिमयानाम्=रत्नप्रचुराणाम् मण्डनानाम्=भूषणानाम् मण्डलैः=समूहैः मण्डिता=भूषिता । सकललोकललनाकुलललाम-भूता—सकलेषु=समस्तेषु लोकेषु=भुवनेषु यत् ललनाकुलम्=गृहिणीकुलम् तत्र ललाम-भूता=रत्नाभूता श्रेष्ठेत्यर्थः काचन=एका । कन्यका=कुमारी । विनीता=प्रश्रिता नम्रा इत्यर्थः । अनेकसखीजनानुगम्यमाना=अनेकैः सखीजनैः अनुगम्यमाना । (अनुगम् लटि शानच्चि यकि मुमि) कलहंसः=राजहंसः तद्वत् गतिः=गमनम् यस्याः तया शनैः=मन्दम् यथा स्यात्तथा । आगत्य=समीपमुपस्थाय । अवनिसुरोत्तमाय—सुरेषु=देवेषु उत्तमः=श्रेष्ठः, अवनौ=पृथिव्याम् सुरोत्तमः तस्मै राजवाहनाय । उज्ज्वलाकारम्=दीप्यमानम् । मणिम्= एकम्=रत्नविशेषम् । उपायनीकृत्य=उपहारीकृत्य 'उपायनमुपग्राह्यमुपहारस्तथोपदा' इत्यमरः

शासन पर लिखित विधि के अनुसार) एकत्र की हुई सामग्री से होम करके (१) विघ्न-विनाशक राजवाहन के सविस्मय देखते-देखते समिधा एवं घृत से प्रज्वलित (हरहराती) होमाग्नि में अपनी पुण्याधार देह की मन्त्रपूर्वक आहुति दे दी । (फलस्वरूप भगवान् की कृपा से) पश्चात् वह बिजली जैसे देदीप्यमान देह धारण कर उस अग्नि से बाहर निकल आया ।

(२) अनन्तर हंस की गति से चलने वाली मणियों के आभूषणों को पहने सम्पूर्ण रमणी कुलों में श्रेष्ठ (सर्वांग सुन्दरी) एक विनीत कन्या अपनी सखियों के साथ धीरे-धीरे वहाँ आई और उस दिव्य देहधारी पुरुष को एक उज्ज्वल मणि भेंट की । उस पुरुष से 'तुम कौन हो' पूछे जाने पर उस अनिन्द्य सुन्दरी बालिका ने उत्सुकता पूर्ण कोयल जैसे मधुर स्वर में

सोत्कण्ठा कलकण्ठस्वनेन मन्दं मन्दमुदञ्जलिरभाषत—

(१) 'भूसुरोत्तम ! अहमसुरोत्तमनन्दिनी कालिन्दी नाम। मम पितास्य लोकस्य शासिता महानुभावो निजपराक्रमासहिष्णुना विष्णुना दूरीकृतामरे समरे यमनगरातिथिरकारि।

(२) तद्वियोगशोकसागरमग्नां मामवेक्ष्य कोऽपि कारुणिकः सिद्धतापसोऽभाषत—

(३) 'बाले, कश्चिद्दिव्यदेहधारी मानवो नवो वल्लभस्तव भूत्वा सकलं

तेन = राजवाहनेन। का त्वम् इति पृष्टा सती सोत्कण्ठा—उत्कण्ठा = स्मृतिः, उत्कलिका वा तया सहिता। कलकण्ठस्वनेन—कलकण्ठः = कोकिलः तस्य स्वनेन = ध्वनिना मधुरस्वरेण। उदञ्जलिः—उत् = ऊर्ध्वं अञ्जलिः यस्याः सा, मन्दं मन्दं = शनैः शनैः। अभाषत = उवाच।

(१) भूसुरोत्तम, अहम् असुरोत्तमनन्दिनी—असुरोत्तमस्य = असुरराजस्य नन्दिनी = कन्या (अस्मि) कालिन्दी = कालिन्द्यभिधा। नामेति प्रसिद्धार्थे। मम पिता = जनकः। अस्य लोकस्य = पाताललोकस्य। शासिता = (शास्तीति तृन्) शासकः। महानुभावः—महान् अनुभावः = प्रभावः 'अनुभावः प्रभावे च' इत्यमरः यस्य सः। निजपराक्रमासहिष्णुना—निजस्य = स्वस्य पराक्रमस्य = प्रभावस्य असहिष्णुना = न सहिष्णुः असहिष्णुः तेन, स्वप्रभाव सहनासमर्थेन। विष्णुना = नारायणेन। दूरीकृतामरे—दूरीकृताः विजिताः अमराः = निर्जराः, देवाः यस्मिन् तस्मिन्। समरे = आहवे। यमनगरातिथिः = यमलोकस्य अभ्यागतः अकारि = (कर्मणि लुङ्) कृतः, मृतः इत्यर्थः।

(२) तद्वियोगशोकसागरमग्नाम्—तस्य = पितुः (असुरोत्तमस्य) यः वि = विगतः योगः = सम्बन्धः तस्मात् यः शोकः स एव सागरः = समुद्रः तस्मिन् मग्नाम् = निमज्जन्तीम्। माम् = कालिन्दीम्। अवेक्ष्य = दृष्ट्वा। कः अपि = एकः कारुणिकः = दयावान्। सिद्धतापसः = सिद्धश्चासौ तापसश्चेति = ज्ञानवान् योगी। अभाषत।

(३) 'बाले' सम्बोधनपदमिदम्। कश्चित् = एकः। दिव्यदेहधारी—दिवि भवः दिव्यः स चासौ देहश्चेति, तं, धरति = दधातीति तच्छीलः = दिव्यतनुभृत्। मानवः = मनोरपत्यं पुरुषविशेषः। नवः = नूतनः। वल्लभः = पतिः तव = भवत्याः भूत्वा। सकलम् = सम्पूर्णम्।

हाथ जोड़ कर धीरे-धीरे उत्तर देना प्रारम्भ किया।

(१) हे द्विजश्रेष्ठ, मैं असुरराज की पुत्री हूँ। मेरा नाम कालिन्दी है। मेरे परम प्रतापी पिता इस लोक (पाताल लोक) के शासक थे। किन्तु अपने जन के पराक्रम को न सहने वाले भगवान् विष्णु ने देवताओं के परास्त होने वाले युद्ध में उन्हें मार डाला (२) उनके वियोग रूप शोक सागर में निमग्न मुझे देखकर एक दयालु सिद्ध तापस ने कहा—(३) बाले, "कोई एक दिव्य देह धारण करने वाला पुरुष तुम्हारा नवीन पति बन कर इस पाताल

रसातलं पालयिष्यति'। (४) तदादेशं निशम्य घनशब्दोन्मुखी चातकी वर्षागमनमिव तवालोकनकाङ्क्षिणी चिरमतिष्ठम्। (१) मन्मनोरथफलायमानं भवदागमनमवगम्य मद्राज्यावलम्बभूतामात्यानुमत्या मदनकृतसारथ्येन मनसा भवन्तमागच्छम्। (२) लोकस्यास्य राजलक्ष्मीमङ्गीकृत्य मां तत्सपत्नीं करोतु भवान्' इति। (३) मातङ्गोऽपि राजवाहनानुमत्या तां तरुणीं परिणीय दिव्याङ्गनालाभेन हृष्टतरो रसातलराज्यमुररीकृत्य परमानन्दमाससाद।

रसालतम् = पाताललोकम्। पालयिष्यति = रक्षिष्यति।' (४) तदादेशम्—तस्य = मुनेः आदेशम् = वचनम्। निशम्य = श्रुत्वा। घनशब्दोन्मुखी—घनस्य = मेघस्य शब्देन = ध्वनिना उन्मुखी = उत् = उर्ध्वं मुखम् यस्याः सा। चातकी = सारङ्गी 'सारङ्गस्तोककश्चातकः' इत्यमरः। वर्षागमनम्—वर्षाणाम् = 'स्त्रियाम् भूम्नि वर्षा' प्रावृषः आगमनम् इव। तव = भवतः। आलोकनकांक्षिणी—आलोकनस्य = दर्शनस्य कांक्षा = स्पृहा यस्याः सा (अहम्)। चिरम् = बहुकालम् व्याप्य। अतिष्ठम् = प्रत्यैक्षिषि। (१) मन्मनोरथफलायमानम् (फलमिव आचारतीति फलयते, ततः शानचि फलायमानम्) मम मनोरथस्य = आकांक्षायाः फलायमानम् = फलभूतम्। भवदागमनम् = तवागमनम्। अवगम्य = ज्ञात्वा। मद्राज्यावलम्बभूतामात्यानुमत्या = मम राज्यस्य अवलम्बभूताः ये अमात्याः = मन्त्रिणः तेषाम् अनुमत्या = आज्ञया मदनकृतसारथ्येन —मदनेन = कामदेवेन कृतं यत् सारथ्यम् = (सारथेरिदम् सारथ्यम्) सूतकर्म 'सूतः क्षत्ता च सारथिः' इत्यमरः यस्य तेन कामदेवप्रेरितेनेत्यर्थः मनसा = हृदयेन। भवन्तम् = भवत्समीपम्। आगच्छम्। (२) अस्य लोकस्य = पातालस्य। राजलक्ष्मीम् अङ्गीकृत्य = स्वीकृत्य। माम् = कालिन्दीम्। तत्सपत्नीम् तस्याः = राजलक्ष्म्याः सपत्नी ताम्। करोतु = विदधातु। भवान्।

(३) मातङ्गः अपि। राजवाहनानुमत्या = आदेशेन। ताम् तरुणीम् = युवतीम् (कालिन्दीम्) परिणीय = विवाह्य। दिव्याङ्गनालाभेन—दिव्याङ्गनायाः लाभः तेन = वरस्त्रियाः लाभेन। हृष्टतरः = प्रसन्नः। रसातलराज्यम् = पाताललोकम्। उररीकृत्य = स्वीकृत्य। 'ऊरर्यूरी चोररी च विस्तारेऽङ्गीकृतौ त्रयम्' इत्यमरः। परमानन्दम् = उत्कृष्टानन्दम्। आससाद = प्राप।

लोक का शासन करेगा।" (४) उनकी उक्ति सुन कर मेघ के शब्द को सुन, ऊपर शिर उठा कर, वर्षा की प्रतीक्षा करने वाली चातकी की तरह मैं आपके दर्शन की प्रतीक्षा में बहुत दिनों से बैठी थी। (१) आपके आगमन को अपने मनोरथ का फल जानकर अपने राज्य का संचालन करने वाले मन्त्रियों की आज्ञा से, कामवासना से भरी हुई मैं हृदय से आपके पास आई हूँ। (२) अतः आप इस रसातल की राज्यलक्ष्मी को स्वीकार कर मुझे उसकी सपत्नी (सौत) बना लें। (३) राजवाहन की आज्ञा से मातङ्ग ने भी उस युवती से विवाह कर लिया और दिव्य स्त्री के लाभ से प्रसन्नचित्त वह रसातल के राज्य को स्वीकार कर परमानन्द को प्राप्त हुआ।

राजवाहनस्य प्रत्यावर्तनं भ्रमणञ्च

(१) वञ्चयित्वा वयस्यगणं समागतो राजवाहनस्तदवलोकनकौतूहलेन भुवं गमिष्णुः कालिन्दीदत्तं क्षुत्पिपासादिक्लेशनाशनं मणिं साहाय्यकरणसंतुष्टान्मातङ्गाल्लब्ध्वा कञ्चनाध्वानमनुवर्तमानं तं विसृज्य बिलपथेन तेन निर्ययौ। तत्र च मित्रगणमनवलोक्य भुव बभ्राम।

सोमदत्तस्य साक्षात्कारः

(२) भ्रमंश्च विशालोपशल्ये कमप्याक्रीडमासाद्य तत्र विशश्रमिपुरान्दोलिकारूढं रमणीसहितमाप्तजनपरिवृतमुद्याने समागतमेकं पुरुषमपश्यत्। सोऽपि

---

(१) वयस्यगणम्=मित्रसमूहम् 'वयस्यः स्निग्धः सवया अथ मित्रं सखा सुहृत्' इत्यमरः। वञ्चयित्वा=प्रतार्य। समागतः मातङ्गेनेति शेषः। राजवाहनः। तदवलोकनकौतूहलेन-तस्य=वयस्यगणस्य अवलोकनाय यत् कौतूहलम्=कौतुकम् तेन। भुवम्=पृथ्वीम्। गमिष्णुः=(गम्धातोरिष्णुच् प्रत्ययस्य लोके अविधानात् बाहुलकात् कथञ्चित् समर्थनीयः) गमनशीलः। कालिन्दीदत्तम्—कालिन्द्या दत्तम्=समर्पितम्। क्षुत्पिपासादिक्लेशनाशनम्=क्षुत् च पिपासा चेति क्षुत्पिपासे ते आदी येषाम् क्लेशानाम् तेषाम् नाशनम्=नाशकरम्। मणिम्=रत्नम्। साहाय्यकरणसन्तुष्टात्=साहाय्यकरणेन सहायताविधानेन सन्तुष्टात्=हृष्टात्। मातङ्गात्। लब्ध्वा=प्राप्य। कञ्चन=कमपि। अध्वानम्=मार्गम्। अनुवर्तमानम्=आगच्छन्तम्। तम्=मातङ्गम्। विसृज्य=त्यक्त्वा। तेन=पूर्वोक्तेन। बिलपथेन=विवरणमार्गेण निर्ययौ=निर्गतः। तत्र=पृथ्वीतले। मित्रगणम्=सुहृद्गणम्। अनवलोक्य=अदृष्ट्वा। भुवम्=पृथ्वीम्। बभ्राम=पर्यटति स्म।

(२) भ्रमंश्च=अटंश्च। विशालोपशल्ये—विशालम्=महत् उपशल्यम्=ग्रामान्तः 'ग्रामान्त उपशल्यं स्यात्' इत्यमरः तस्मिन्। कमपि=एकम्। आक्रीडम्=उद्यानम् '......आक्रीड उद्यानम् राज्ञः साधारणं वनम्' इत्यमरः। आसाद्य=प्राप्य। तत्र=उद्याने। विशश्रमिषुः=विश्रमितुमिच्छुः (राजवाहनः) आन्दोलिकारूढम्=शिविकारूढम्। रमणीसहितम्=कान्तासहितम्। आप्तजनपरिवृतम्=इष्टजनेन परिवेष्टितम्। उद्याने=आक्रीडे।

---

(१) मित्रों को विना कहे राजवाहन मातङ्ग के साथ आया था। अब उसे मित्रों को देखने की उत्कण्ठा हुई और वह भूमि पर लौटना चाहता था। कालिन्दी ने उसे भूख-प्यास मिटाने वाली एक मणि दी, जो उसे सहायता करने से प्रसन्न मातङ्ग के द्वारा प्राप्त हुई थी। मातङ्ग उसे कुछ दूर पहुँचाने आया। किन्तु बीच ही से उसे लौटा कर राजवाहन, उस बिल मार्ग से स्वयं निकल आया। मित्रों को जहाँ छोड़ गया था वहाँ उन लोगों को न देख कर वह उन्हें ढूँढने के लिए पृथ्वी पर इधर-उधर घूमने लगा।

(२) ऐसे ही घूमते हुए वह एक दिन किसी विशाल ग्राम के समीप स्थित एक उद्यान (बाग) में जा पहुँचा और वहाँ विश्राम करने की इच्छा कर ही रहा था कि इतने में उसने देखा कि पालकी पर स्त्री सहित चढ़ा और भृत्यों से घिरा एक पुरुष आ रहा है। परमानन्द

परमानन्देन पल्लवितचेता विकसितवदनारविन्दः 'मम स्वामी सोमकुलावतंसो विशुद्धयशोनिधी राजवाहन एषः। महाभाग्यतयाकाण्ड एवास्य पादमूलं गतवानस्मि। सम्प्रति महान्नयनोत्सवो जातः' इति ससम्भ्रममान्दोलिकाया अवतीर्य (१) सरभसपदविन्यासविलासिहर्षोत्कर्षचरितस्त्रिचतुरपदान्युद्गतस्य चरणकमलयुगलं गलदुल्लसन्मल्लिकावलयेन मौलिना पस्पर्श।

(२) प्रमोदाश्रुपूर्णो राजा पुलकिताङ्गं तं गाढमालिङ्ग्य 'अये सौम्य सोम-

---

समागतम् = प्राप्तम्। एकम् = कञ्चित्। पुरुषम् अपश्यत्। सः पुरुषः। अपि परमानन्देन = परमश्चासौ आनन्दश्चेति = तेन अतिप्रसन्नेन। पल्लवितचेताः—पल्लवितम् = प्रफुल्लितम् चेतः = हृदयम् यस्य सः। विकसितवदनारविन्दः—विकसितम् पल्लवितम् वदनारविन्दम् = मुखकमलम् यस्य सः। मम स्वामी सोमकुलावतंसः—सोमकुलस्य = चन्द्रवंशस्य अवतंसः = भूषणम्। विशुद्धयशोनिधिः—विशुद्धानि च तानि यशांसि विशुद्धयशांसि विशुद्धयशसां निधिः = आकरः। एषः = राजवाहनः। महाभाग्यतया = महत् भाग्यं यस्य तस्य भावः सा, तया। अकाण्डे = असमये सहसा इत्यर्थः। एव। अस्य = राजवाहनस्य। पादमूलम्—पादस्य = चरणस्य मूलम् = समीपम्। गतवान् = प्राप्तवानस्मि। सम्प्रति = इदानीम्। महान् नयनोत्सवः—नयनयोः = नेत्रयोः उत्सवः = आनन्दः जातः। ससम्भ्रमम् = हठात्। आन्दोलिकायाः = दोलातः। अवतीर्य। (१) सरभसेति—रभसेन सहितः सरभसः तेन पदविन्यासेन = पादप्रक्षेपेण विलासिं = प्रकाशमानम् हर्षाणाम् उत्कर्षस्य चरितम् = भावः यस्य सः।

त्रिचतुरपदान्युद्गतस्य—त्रीणि चत्वारि वा पदानि उद्गतस्य = चलितस्य (राजवाहनस्येति शेषः) चरणयुगलम् = पादद्वयम्। गलदुल्लसन्मल्लिकावलयेन—गलत् = स्खलत् उल्लसत् = विकसत् मल्लिकावलयम् मल्लिकायाः = मल्लिकाख्यकुसुमस्य वलयम् = वेष्टनम् माल्यमित्यर्थः यस्मात् एवंभूतेन। मौलिना = शिरसा। पस्पर्श = स्पृष्टवान्।

(२) प्रमोदाश्रुपूर्णः—प्रमोदस्य = हर्षस्य अश्रुभिः = नेत्रजलैः पूर्णः = व्याप्तः। राजा = राजवाहनः। पुलकितम् = रोमाञ्चितम् अङ्गम् = शरीरम् यस्य तम्। गाढम्। आलिङ्ग्य = आश्लिष्य। अये, सौम्य सोमदत्त = अये इति सम्बोधने। सौम्य = मनोहर। सोमदत्ताख्यः

से प्रसन्न चित्त तथा खिले मुखकमल वाले उस पुरुष के मुख से निकला कि—अरे, यह तो चन्द्रवंशभूषण, विशुद्ध यश के खजाना मेरे स्वामी राजवाहन हैं। बड़े भाग्य से सहसा मैं इनके चरणों में पहुँच गया हूँ। इस समय नयनों को बड़ा आनन्द हो रहा है। यह कहते हुए शीघ्रता पूर्वक वह पालकी से उतरा और (१) वेग से पैरों को भूमि पर रखते हुए विलासी तथा हर्षातिरेकचरित वाले उस पुरुष ने तीन चार पग बढ़े हुए राजवाहन के चरणकमलों को अपने मस्तक से स्पर्श किया। चरणस्पर्श करते समय झुकने से उसके गले की खिली मल्लिका पुष्प की मालाएँ गिर रही थीं।

(२) आनन्दाश्रु से पूर्ण नेत्रों वाला राजा राजवाहन भी प्रसन्न अंगों वाले उस पुरुष

दत्त !' इति व्याजहार । ततः कस्यापि पुन्नागभूरुहस्य छायाशीतले तले संविष्टेन मनुजनाथेन सप्रणयमभाणि—'सखे ! कालमेतावन्तं, देशे कस्मिन्, प्रकारेण केनास्थायि भवता, संप्रति कुत्र गम्यते, तरुणी केयम्, एष परिजनः सम्पादितः कथम्, कथय' इति।

(१) सोऽपि मित्रसंदर्शनव्यतिकरापगतचिन्ताज्वरातिशयो मुकुलितकरकमलः सविनयमात्मीयप्रचारप्रकारमवोचत् ।

इति श्रीदण्डिनः कृतौ दशकुमारचरिते द्विजोपकृतिर्नाम द्वितीयोच्छ्वासः ।

भवान् इति व्याजहार = उक्तवान् । ततः = तदनन्तरम् । पुंनागभूरुहस्य = वृक्षविशेषस्य । छायाशीतले = छायया शीतलः तस्मिन् । तले = अधोभागे । संविष्टेन = उपविष्टेन । मनुजनाथेन = राजवाहनेन । सोमदत्तः (कर्म) सप्रश्रयम् = सविनयम् । अभाणि = अभाषि । सखे = मित्र । एतावन्तम् कालम् = समयम् । कस्मिन् देशे केन प्रकारेण = रूपेण । भवता अस्थायि = स्थितम् । सम्प्रति = इदानीम् । कुत्र गम्यते । इयम् तरुणी = युवती । का ? एष परिजनः = भृत्यवर्गः । कथं = केन प्रकारेण । सम्पादितः = अर्जितः । कथय = भण । इति ।

(१) सोऽपि = सोमदत्तोऽपि । मित्रेति—मित्रस्य = सख्युः सन्दर्शनम् = अवलोकनम् तस्य यः व्यतिकरः = व्यापारः तेन अपगतः = दूरीभूतः विनष्ट इति यावत् चिन्ताज्वरस्य = चिन्तारूपिसन्तापस्य अतिशयः = आधिक्यम् यस्मात् सः । मुकुलितकरकमलः—मुकुलितम् = बद्धम् करकमलम् येन सः बद्धाञ्जलिरित्यर्थः । सविनयम् = विनयेन सहितम् यथा स्यात्तथा । आत्मीयप्रचारप्रकारम्—आत्मीयः (आत्मनः अयम्) स्वकीयः यः प्रचारः = भ्रमणम् तस्य प्रकारः = भेदः (वृत्तान्तः) तम् । 'प्रकारौ भेदसादृश्ये' इत्यमरः अवोचत् = अकथयत् ।

इति अकौरवास्तव्यकविमूर्द्धन्यवाणीशझाशर्मतनुजनुर्झोपाख्य-
श्रीविश्वनाथझाविरचितायां दशकुमारचरितव्याख्याया-
मर्थप्रकाशिकायां द्वितीयोच्छ्वासः ।

का प्रगाढ़ आलिंगन किया और कहा—अरे सोमदत्त ! अनन्तर किसी एक नागकेशर वृक्ष की शीतल छाया के नीचे बैठकर राजा राजवाहन ने नम्रतापूर्वक कहा—मित्र, इतने दिनों किस देश में और कैसे तुम रहे ? इस समय कहाँ जा रहे हो ? यह युवती कौन है ? ये परिजन कैसे मिले ? आदि सविस्तर कहो । (१) तब सोमदत्त भी मित्र के दर्शन से चिन्तारूप ज्वर से मुक्त हो तथा अपने करकमलों की अञ्जलि बाँधकर विनयपूर्वक अपना भ्रमण वृत्तान्त सुनाने लगा ।

इस प्रकार श्रीविश्वनाथझा द्वारा की गई दशकुमारचरित द्वितीय उच्छ्वास
की अर्थप्रकाशिका हिन्दी टीका समाप्त हुई ।

तृतीयोच्छ्वासः

सोमदत्तस्य चरितम्

(१) 'भवच्चरणकमलसेवाभिलाषीभूतोऽहं भ्रमन्नेकस्यां वनावनौ पिपासाकुलो लतापरिवृतं शीतलं नदसलिलं पिबन्नुज्ज्वलाकारं रत्नं तत्रैकमद्राक्षम्। (२) तदादाय गत्वा कंचनाध्वानमम्बरमणेरत्युष्णतया गन्तुमक्षमो वनेऽस्मिन्नेव किमपि देवतायतनं प्रविष्टो दीनाननं बहुतनयसमेतं स्थविरमहीसुरमेकमवलोक्य कुशलमुदितदयोऽहमपृच्छम्।

(३) कार्पण्यविवर्णवदनो महदाशापूर्णमानसोऽवोचदग्रजन्मा—महाभाग,

---

(१) देव=स्वामिन्, भवच्चरणसेवाभिलाषीभूतः—भवतः=तव चरणकमलयोः सेवायाम् अभिलाषीभूतः=(अनभिलाषः अभिलाषः भूतः इति अभिलाषीभूतः) मनोरथवान्। अहम्। एकस्याम्=कस्याञ्चित्। वनावनौ—वनस्य=काननस्य अवनौ=भूमौ। भ्रमन्=पर्यटन, पिपासाकुलः—पिपासया=पातुमिच्छया आकुलः=व्याकुलः। लतापरिवृतम्=लतया वेष्टितम्। शीतलम्=शिशिरम्। नदसलिलम्—नदस्य=अर्णवस्य 'सरस्वन्तौ नदार्णवौ' इत्यमरः सलिलम्=जलम्। पिबन्=धयन्। तत्र=सलिले। उज्ज्वलाकारम्=उज्ज्वलः आकारो यस्य तत् देदीप्यमानम्। एकम् रत्नम्=मणिम्। अद्राक्षम्=अपश्यम्। (२) तदादाय—तत्=मणिम् आदाय=गृहीत्वा। कञ्चन=कियन्तम्। अध्वानम्=मार्गम्। गत्वा। अम्बरमणेः—अम्बरस्य=आकाशस्य मणिः=सूर्यः तस्य। अत्युष्णतया=उष्णस्य भावः उष्णता अति=अधिका उष्णता, तया। गन्तुम् अक्षमः=असमर्थः अस्मिन्नेव वने। किमपि=एकम्। देवतायतनम्—देवतायाः आयतनम्=गृहम्। प्रविष्टः। दीनाननम्—दीनम्=दुर्गतम् आननम्=मुखम् यस्य तम्। बहुतनयसमेतम्=बहुभिः तनयैः समेतम्=युक्तम् एकम्। स्थविरम्=वृद्धम् 'प्रवयाः स्थविरो वृद्धः' इत्यमरः। महीसुरम्=ब्राह्मणम्। अवलोक्य=दृष्ट्वा। उदितदयः—उदिता=उत्पन्ना दया यस्मिन् सः। अहम्=सोमदत्तः। कुशलम्=क्षेमम्। अपृच्छम्=पृष्टवान्।

(३) कार्पण्यविवर्णवदनः—कार्पण्येम=क्षौद्रयेण 'कदर्ये कृपणक्षुद्रकिंपचानमितंपचाः' इत्यमरः विवर्णम्=मलिनम् वदनम्=मुखम् यस्य सः। महदाशापूर्णमानसः=महति कार्ये

तीसरा उच्छ्वास

सोमदत्त का अपना वृत्तान्त सुनाना

(१) राजन् आप के चरण-कमलों की सेवा की अभिलाषा से वन में घूमता हुआ मैं प्यास से व्याकुल हो लताओं से अच्छादित नदी का शीतल जल पी रहा था कि वहाँ एक उज्ज्वल रत्न को पड़ा हुआ देखा। (२) उसे उठाकर कुछ दूर आगे बढ़ा तो भगवान् सूर्य की अत्यधिक गर्मी से चलने में असमर्थ हो गया। उसी बन में एक देव-मन्दिर को देखा और उसमें घुस गया। वहाँ मैंने अनेक बालकों के साथ एक दीन मुखवाले वृद्ध ब्राह्मण को देखा। उसे देखकर मुझे दया आयी। मैंने उस वृद्धब्राह्मण से कुशल पूछा। (३) दरिद्रता के कारण

सुतानेतान्मातृहीनाननेकैरुपायै रक्षन्निदानीमस्मिन्कुदेशे भैक्ष्यं संपाद्य ददद्देतेभ्यो वसामि शिवालयेऽस्मिन्' इति ।

(१) 'भूदेव, एतत्कटकाधिपती राजा कस्य देशस्य, किंनामधेयः, किमत्रागमनकारणमस्य' इति पृष्टोऽभाषत महीसुरः । 'सौम्य, मत्तकालो नाम लाटेश्वरो देशस्यास्य पालयितुर्वीरकेतोस्तनयां वामलोचनां नाम तरुणीरत्नमसमानलावण्यं श्राव श्रावमवधूतदुहितृप्रार्थनस्य तस्य नगरीमरौत्सीत् । वीरकेतुरपि भीतो मह-

---

या आशा तया पूर्णम् व्याप्तम् मानसम्=मनः यस्य सः । अग्रजन्मा—अग्रे जन्म यस्य सः=ब्राह्मणः । अवोचत्=अभाषत 'महाभाग=महान् भागः=अंशः 'अंशभागौ तु वण्टके' इत्यमरः यस्य तत्सम्बुद्धौ । एतान्=इमान् । सुतान्=पुत्रान् । मातृरहितान्=मात्रा वियुक्तान् । अनेकैः=बहुभिः उपायैः=उद्योगैः । रक्षन्=पालयन् । इदानीम्=साम्प्रतम् । अस्मिन् कुदेशे=कुत्सिते देशे । भैक्ष्यम्=भिक्षायाः कर्म=भिक्षावृत्तिम् । सम्पाद्य=अर्जयित्वा । एतेभ्यः=अर्भकेभ्यः । ददत्=प्रयच्छन् । अस्मिन् । शिवालये=मन्दिरे । वसामि ।

(१) भूदेव=ब्रह्मन् । एतत्कटकाधिपतिः—एतस्य=अमुष्य कटकस्य=सैन्यावासस्य अधिपतिः=स्वामी । कस्य देशस्य राजा ? किंनामधेयोऽसौ ? अस्य अत्र आगमनकारणम् किम् ? इति सोमदत्तेन पृष्टः महीसुरः=अग्रजन्मा अभाषत=अवादीत् । सौम्य=सुभग । लाटेश्वरः=लाटदेशाधिपतिः । मत्तकालो नाम=मत्तकालाख्यः । अस्य देशस्य पालयितुः=रक्षकस्य । वीरकेतोः । तनयां=पुत्रीम् । वामलोचनां नाम । असमानलावण्यम्—असमानम्=अतुलनीयम् लावण्यम्=सौन्दर्यम् यस्य तत् । तरुणीरत्नम्—तरुणीषु=युवतीषु रत्नम्=श्रेष्ठम् । श्रावं श्रावम्=वारम्बारम् श्रुत्वा अवधूतदुहितृप्राथनस्य—अवधूता=अगणिता तिरस्कृतेत्यर्थः दुहितुः=कन्यायाः (वामलोचनायाः) प्रार्थना येन तस्य । तस्य वीरकेतोः । नगरीम्=पुरीम् । अरौत्सीत्=रुरोध । भीतः=भयाकुलः । वीरकेतुः अपि । महदुपायनमिव=

पीला मुख वाला वह मन में बड़ी आशा (यह मुझे अवश्य कुछ देगा, इस प्रकार की) रख कर कहने लगा—महाभाग, मैं अनेक उपायों से इन मातृहीन बच्चों की रक्षा करता हूं; सम्प्रति मैं इस कुदेश में भिक्षा माँग कर उसे इन बच्चों को देता हुआ इसी शिवालय में निवास करता हूँ ।

(१) मैंने ब्राह्मण से पूछा, हे पृथ्वी की देवता, इस कटक (सेना) का स्वामी किस देश का राजा है ? इसका क्या नाम है ? इसका यहाँ आने का क्या कारण है ?

ब्राह्मण ने उत्तर देते हुए कहा—सौम्य, इस देश का स्वामी वीरकेतु है । उसकी पुत्री का नाम वामलोचना है जो सौंदर्य में अद्वितीय है और तरुणियों में रत्न है । उसके गुण तथा सौंदर्य को सुनकर लाट (वंग) देशाधिपति मत्तकाल ने उससे विवाह करने की इच्छा प्रकट

दुपायनमिव तनयां मत्तकालायादात् ।

(१) तरुणीलाभहृष्टचेता लाटपतिः 'परिणेया निजपुर एव' इति निश्चित्य गच्छन्निजदेशं प्रति सम्प्रति मृगयादरेणात्र वने सैन्यावासमकारयत् ।

(२) कन्यासारेण नियुक्तो मानपालो नाम वीरकेतुमन्त्री मानधनश्चतुरंगबलसमन्वितोऽन्यत्र रचितशिबिरस्तं निजनाथावमानखिन्नमानसोऽन्तर्बिभेद' इति।

(३) विप्रोऽसौ बहुतनयो विद्वान्निर्धनः स्थविरश्च दानयोग्य इति तस्मै

महोपहारमिव । तनयाम्=पुत्रीं वामलोचनाम् । मत्तकालाय=लाटेश्वराय । अदात्=प्रदत्तवान् ।

(१) तरुणीलाभहृष्टचेताः--तरुण्याः=युवत्याः लाभेन=प्राप्त्या हृष्टम्=प्रसन्नम् चेतः यस्य सः । लाटपतिः=लाटदेशाधिपः । निजपुरे एव निजस्य=स्वस्य पुरे=नगरे 'अगारे नगरे पुरम्' इत्यमरः एव परिणेया=विवाहनीया इति निश्चित्य=निर्णीय । निजदेशम्=स्वदेशम् प्रति गच्छन् । सम्प्रति=इदानीम् । मृगयादरेण—मृगयायाः=आखेटस्य 'आखेटो मृगया स्त्रियाम्' इत्यमरः आदरेण=अभिलाषेण । अत्र वने सैन्यावासम्=कटकम् । अकारयत्=कारितवान् ।

(२) कन्यासारेण=कन्या एव सारः बलम् (धनम्) यस्य तेन वीरकेतुना । नियुक्तः मानपालो नाम=मानपालाख्यः । वीरकेतुमन्त्री—वीरकेतोः मन्त्री=अमात्यः मानधनः—मानः=अभिमानः एव धनम् यस्य सः । चतुरङ्गम्=हस्त्यश्व-पदाति-रथरूपम् बलम्=सैन्यम् यस्य तेन समन्वितः=युक्तः । अन्यत्र=लाटेश्वरादन्यस्थाने । रचितः=कृतः शिबिरम्=सैन्यनिवेशः येन सः । निजनाथावमानखिन्नमानसः=निजनाथस्य अवमानेन खिन्नम्=दुःखितं मानसम् यस्य सः । तम्=लाटेश्वरम् । अन्तर्बिभेद=अन्तःप्रकृत्यमात्ययोर्भेदे तत्परो बभूव ।

(३) असौ=अयम् । विप्रः=ब्राह्मणः । बहुतनयः=बहवः तनयाः=पुत्राः यस्य सः ।

की । किन्तु वीरकेतु ने उसकी इच्छा को ठुकरा दिया, जिस पर क्रुद्ध हो कर मत्तपाल ने वीरकेतु के नगर को घेर लिया । घिर जानेपर वीरकेतु ने डरकर बड़ी भेंट की भांति अपनी पुत्री वामलोचना को मत्तकाल के लिए समर्पित कर दिया । (१) तरुणी की प्राप्ति से प्रसन्न लाट (वंग) पति ने सोचा कि "अपने नगर में ही ले जाकर विवाह करूँगा" ऐसा निश्चय कर, अपने देश को जाता हुआ वह इस समय शिकार खेलने की अभिलाषा से इस बन में पड़ाव डाले पड़ा है ।

(२) अपने स्वामी के अपमान से दुःखी अभिमानी मानपाल ने जो बड़ा चतुर तथा वीरकेतु का मंत्री है, कन्या धन वाले वीरकेतु द्वारा नियुक्त हो मत्तकाल की सेना में फूट (भेद) डाल दिया है और अपनी चतुरङ्गिणी सेना के साथ दूसरी जगह (उधर) टिका हुआ है ।

(३) उस वृद्ध ब्राह्मण के द्वारा उपयुक्त समाचार सुनकर मैंने सोचा कि "यह ब्राह्मण

करुणापूर्णमना रत्नमदाम् । परमाह्लादविकसिताननोऽभिहितानेकाशीः कुत्रचिद्-ग्रजन्मा जगाम । अध्वश्रमखिन्नेन मया तत्र निरवेशि निद्रासुखम् । (१) तदनु पश्चान्निगडितबाहुयुगलः स भूसुरः कशाघातचिह्नितगात्रोऽनेकनैस्त्रिंशिकानुयातो ऽभ्येत्य माम् 'असौ दस्युः' इत्यदर्शयत् ।

(२) परित्यक्तभूसुरा राजभटा रत्नावाप्तिप्रकारं मदुक्तमनाकर्ण्य भयरहितं मां

विद्वान् = पण्डितः । निर्धनः—निर् = नास्ति धनं यस्य सः । स्थविरः = वृद्धः । (अतः) दानयोग्यः = दानपात्रम् । करुणापूर्णमनाः—करुणया = दयया पूर्णम् मनः = चित्तम् यस्य सः (अहम्) तस्मै = वृद्धब्राह्मणाय । रत्नम् = (पिबन्नदसलिलम् यद्रत्नमद्राक्षम् गृहीतञ्च तदेव) मणिम् । अदाम् = दत्तवान् । परमाह्लादविकसिताननः—परमाह्लादेन = अत्यानन्देन विकसितम् = प्रफुल्लम् आननम् = वदनम् यस्य सः । अभिहितानेकाशीः = अभिहिता उक्ता अनेकाः आशिषः येन सः । अग्रजन्मा = ब्राह्मणः कुत्रचित् । जगाम = गतः । अध्वश्रमखिन्नेन—अध्वनि = मार्गे यः श्रमः तेन खिन्नेन = श्रान्तेन । मया = सोमदत्तेन । निद्रासुखम्—निद्रायाः = स्वापस्य सुखम् = आनन्दः । तत्र = देवायतने । निरवेशि = अन्वभावि, लब्धमित्यर्थः ।

(१) तदनु = तदनन्तरम् । पश्चात् निगडितबाहुयुगलः—पश्चात् = पृष्ठदेशे निगडितम् = निगडं 'शृंखले अन्दुको निगडोऽस्त्री' इत्यमरः संजातम् अस्य इति निगडितम् = बद्धम् बाहुयुगलम् = भुजद्वयम् यस्य सः । सः = पूर्वपरिचितः । भूसुरः = अग्रजन्मा । कशाघातचिह्नितगात्रः—कशया = अश्वादेस्ताडन्या यः आघातः = प्रहारः तेन चिह्नितम् गात्रम् = देहः यस्य सः । अनेकनैस्त्रिंशिकानुयातः = अनेकैः बहुभिः नैस्त्रिंशिकैः = खड्गधारिभिः पुरुषैः अनुयातः = अनुगतः परिवृतो या । अभ्येत्य = आगत्य । 'असौ दस्युः' = चौरः (असावित्यङ्गुल्या माम् निर्दिश्य) अदर्शयत् ।

(२) परित्यक्तभूसुराः = परित्यक्तः भूसुरः यैः ते । राजभटाः = राजपुरुषाः । मदुक्तम् = मया उक्तम् । रत्नावाप्तिप्रकारम्—रत्नस्य = मणेः अवाप्तेः = लाभस्य प्रकारम् = विधिम् ।

बूढ़ा, निर्धन, विद्वान् और सन्तानों से युक्त होने के कारण दान देने योग्य है" अतः दयावश वह रत्न उसे दे दिया । प्रसन्नता से उसका मन खिल उठा और अनेक आशीर्वाद देकर वह कहीं चला गया । रास्ता चलने के कारण थका हुआ मैं वहीं गहरी नींद में सो गया ।

(१) थोड़ी देर बाद देखता हूं कि—वही ब्राह्मण जिसके दोनों हाथ बँधे हैं, जिसके देह पर चाबुक की मार के निशान पड़े है और जिसे अनेक सिपाही घेरे हैं, मेरे पास आया और मेरी ओर संकेत कर दिखाया कि—'यही चोर हैं ।'

(२) इसपर ब्राह्मण को छोड़ उन राजपुरुषों ने मुझ निर्भीक को रस्सों से अच्छी तरह बाँध डाला । मैंने रत्नप्राप्ति का वृत्तान्त बहुत नम्रता के साथ सुनाया, पर उन्होंने एक भी

गाढं नियम्य रज्जुभिरानीय कारागारं 'एते तव सखायः' इति निगडितान्कांश्चिन्निर्दिष्टवन्तो मामपि निगडितचरणयुगलमकार्षुः । किङ्कर्तव्यतामूढेन निराशक्लेशानुभवेनावोचि मया—'ननु पुरुषा वीर्यपरुषाः, निमित्तेन केन निर्विशथ कारावासदुःखं दुस्तरम् । यूयं वयस्या इति निर्दिष्टमेतैः, किमिदम्' इति ।

(१) तथाविधं मामवेक्ष्य, भूसुरान्मया श्रुतं लाटपतिवृत्तान्तं व्याख्याय चोरवीराः पुनरवोचन्—'महाभाग ! वीरकेतुमन्त्रिणो मानपालकिङ्करा वयम् ।

अनाकर्ण्य = अश्रुत्वा । माम् = सोमदत्तम् । गाढम् = दृढम् । रज्जुभिः = दामभिः बन्धनैः इत्यर्थः नियम्य = बध्वा । कारागारम् = बन्धनालयम् आनीय । एते = बन्धनालये स्थिताः । तव = भवतः । सखायः = मित्राणि । इति निगडितान्—निगडः = शृंखलः तत्र बन्धने स्थितान् नियमितान् इत्यर्थः । कांश्चित् = बहून् । निर्दिष्टवन्तः = दर्शितवन्तः । माम् = सोमदत्तामपि । निगडितचरणयुगलम्—निगडितम् = निगडे स्थितम् संयमितम् चरणयुगलम् = पादद्वयं यस्य तम् । अकार्षुः = कृतवन्तः । किंकर्तव्यतामूढेन = किंकर्तव्यस्य भावः तत्ता तस्याम् किंकर्तव्यतायां मूढः = कुण्ठितः तेन । निराशक्लेशानुभवेन—निराशः = अप्रतीकारः क्लेशानुभवः—क्लेशस्य = खेदस्य अनुभवः यस्य तेन बन्दीगृहवासदुःखप्रतीकारमपश्यता । मया = सोमदत्तेन । अवाचि कर्मणि लुङ् । ननु = इति प्रश्ने 'प्रश्नावधारणानुज्ञा ननु' इत्यमरः । पुरुषाः = सम्बोधनपदम् । वीर्यपरुषाः—वीर्येण = सामर्थ्येन परुषाः = कठोराः तीक्ष्णपराक्रमशालिनः । केन निमित्तेन = केन कारणेन । दुस्तरम् = दुःखेन तर्तुं योग्यम् अपारमित्यर्थः । कारावासदुःखम् = वन्दिगृहवासयन्त्रणाम् । निर्विशथ = भुङ्ध्वे, अनुभवथ इत्यर्थः । यूयम् = भवन्तः । वयस्याः = सखायः । इति एतैः = राजभटैः । निर्दिष्टम् = दर्शितम् । किमिदम् = किमभिप्रायकम् एतेषां वचनम् इति जिज्ञासितमिति भावः ।

(१) तथाविधम् = तथाप्रकारम् संयमितपादयुगलम् । माम् = सोमदत्तम् । अवेक्ष्य दृष्ट्वा । लाटपतिवृत्तान्तम्—लाटपतेः = लाटेश्वरस्य वृत्तान्तम् = उदन्तम् । भूसुरात् = वृद्धब्राह्मणात् (यथा) श्रुतम् = आकर्णितम् । मया = सोमदत्तेन । (तथा) व्याख्याय = कथयित्वा । ममाग्रे इति शेषः चोरवीराः = पूर्वोक्ताः पुरुषाः । अवोचन् = उक्तवन्तः ।

महाभाग, वीरकेतुमन्त्रिणः—वीरकेतोः = तदाख्यस्य नृपतेः मन्त्रिणः = अमात्यस्य । मान-

---

नहीं सुना और मुझे जेल में ले जाकर कुछ अपराधी बँधे हुए कैदियों को दिखाकर कहा कि 'ये तुम्हारे मित्र हैं', और मेरे भी दोनों पैरों में बेड़ी डालकर बंद कर दिया । 'अब क्या करना चाहिए' इस बात को न जानते हुए तथा वहाँ से निकलने का कोई अन्य उपाय न देख कर मैंने उन कैदियों से पूछा—हे कठोर पराक्रम वाले वीरों, तुम लोग इस अपार (दुस्तर) कारावास में दुःख क्यों भुगत रहे हो और इन सिपाहियों ने तुमलोगों की ओर संकेत कर कहा कि 'ये तुम्हारे मित्र हैं' इसका क्या अभिप्राय है ?

(१) इस प्रकार मुझे निगडित एवं दुःखी देख कर लाटपति का वृत्तान्त ब्राह्मण के मुख से जैसा मैंने सुना था वैसा ही उन लोगों ने सुनाया और फिर वे कहने लगे—महाभाग,

तदाज्ञया लाटेश्वरमारणाय रात्रौ सुरंगद्वारेण तदगारं प्रविश्य तत्र राजाभावेन विषण्णा बहुधनमाहृत्य महाटवीं प्राविशाम ।

(१) अपरेद्युश्च पदान्वेषिणो राजानुचरा बहवोऽभ्येत्य धृतधनचयानस्मान्परितः परिवृत्य दृढतरं बद्ध्वा निकटमानीय समस्तवस्तुशोधनवेलायामेकस्यानर्घ्य-रत्नस्याभावेनास्मद्वधाय माणिक्यादानायास्मान्किलाश्रृंखलयन्' इति ।

(२) श्रुतरत्नरत्नावलोकनस्थानोऽहम् 'इदं तदेव माणिक्यम्' इति निश्चित्य

पालस्य आज्ञया=आदेशेन । लाटेश्वरमारणाय=मार्यते इति ल्युट् मारणम् तस्मै लाटेश्वरस्य मारणाय=हननाय । रात्रौ=निशायाम् । सुरङ्गद्वारेण—सुरङ्गस्य=बिलस्य द्वारेण=पथा मार्गेणेति यावत् । तदगारम्—तस्य=लाटेश्वरस्य अगारम्=गृहम् प्रविश्य । तत्र=गृहे । राजाभावेन—राज्ञः=लाटपतेः अभावेन=अनुपस्थित्या । विषण्णाः=(वि+षद् भावे क्तः) म्लानाः (वयम्) बहुधनम्=प्रचुरं द्रव्यम् 'द्रव्यं वित्तम् धनं वसु' इत्यमरः । आहृत्य=समादाय । महाटवीम्=महारण्यम् । प्राविशाम=प्रविष्टाः ।

(१) अपरेद्युः=तत्परस्मिन् दिवसे । पदान्वेषिणः—अन्वेष्टुम्=मार्गितुम् शीलम् येषाम् ते, पदानि=चरणचिह्नानि अन्वेषिणः=अनुसरन्तः । बहवः=बहुसंख्यकाः राजानुचराः= राजसेवकाः । अभ्युपेत्य=आगत्य । धृतधनचयान्=धृतः धनचयः यैः तान् । अस्मान् परितः= समन्तात् । परिवृत्य=परिवेष्ट्य । दृढतरम्-इदम् अनयोः दृढम् इति दृढतरम्=अत्यन्तगाढम् 'गाढबाढदृढानि चे'त्यमरः । बध्वा=संयम्य । निकटम्=समीपम् । आनीय । समस्तवस्तु-शोधनवेलायाम्=समस्तानाम् वस्तूनाम् शोधनवेलायाम्=मार्गणकाले । एकस्य । अनर्घ्य-रत्नस्य=न अर्घ्यं अनर्घ्यं च तद्रत्नं च तस्य=बहुमूल्यमणेः । अभावेन=अदर्शनेन अप्राप्त्ये-त्यर्थः । अस्मद्वधाय=अस्माकम् वधाय=वधहेतवे । माणिक्यादानाय=रत्नग्रहणार्थम् । अस्मान्=चौरवीरान् । अश्रृङ्खलयन्=निगडितान् अकुर्वन् शृङ्खलाबद्धानकुर्वन् इत्यर्थः ।

(२) श्रुतरत्नरत्नावलोकनस्थानः—श्रुतम्=आकर्णितम् रत्नरत्नस्य=श्रेष्ठरत्नस्य अव-लोकनस्थानम् येन तथोक्तः । अहम्=सोमदत्तः । इदम्=ब्राह्मणायार्पितम् । तदेव=चौरेणाप-हृतम् । माणिक्यम्=रत्नरत्नम् । इति निश्चित्य=निर्णीय । भूदेवदाननिमित्ताम्—भूदेवाय=

हमलोग वीरकेतु के मन्त्री मानपाल के भृत्य हैं । मन्त्री की आज्ञा से रात में लाटदेशाधिप की हत्या करने हमलोग सुरङ्ग की राह उसके भवन में घुसे, किन्तु वहाँ राजा को न पाकर अत्यन्त दुःखी हुए और वहाँ की अतुल सम्पत्ति चुराकर एक बीहड़ बन में चले गये ।

(१) दूसरे दिन पदचिह्नों से खोजने वाले बहुत से राजपुरुषों ने आकर धन सहित हमलोगों को घेर लिया और कस के बाँध कर राजा के समीप ले आये । सब सामान इकट्ठा किये गये और उनका निरीक्षण होने लगा । किन्तु निरीक्षण के समय एक बहुमूल्य रत्न नहीं मिला जिस कारण हम लोगों को वध की आज्ञा मिली । साथ ही मणि लौटाने तक इस जेलखाने में हम बाँध कर रखे गये हैं । (२) उस श्रेष्ठ रत्न को जानने वाले एवं उसे प्राप्त करने वाले मैंने निश्चय किया कि यह वही रत्न हैं जिसे चोरों ने लाटपति के भवन से चुराया

भूदेवदाननिमित्तां दुरवस्थामात्मनो जन्म नामधेयं युष्मदन्वेषणपर्यटनप्रकारं चाभाष्य समयोचितैः संलापैर्मैत्रीमकार्षम् । (१) ततोऽर्धरात्रे तेषां मम च शृंखलाबन्धनं निर्भिद्य तैरनुगम्यमानो निद्रितस्य द्वा:स्थगणस्यायुधजालमादाय पुररक्षान्पुरतोऽभिमुखागतान्पटुपराक्रमलीलयाभिद्राव्य मानपालशिबिरं प्राविशम् । (२) मानपालो निजकिंकरेभ्यो मम कुलाभिमानवृत्तातं तत्कालीनं विक्रमं च निशम्य मामार्चयत् ।

ब्राह्मणाय यद्दानम् तदेव निमित्तम्=कारणम् यस्यास्ताम् । दुरवस्थाम्=यन्त्रणाम् । आत्मनः=स्वस्य । जन्म=उत्पत्तिः । नामधेयम्=नाम । युष्मदन्वेषणपर्यटनप्रकारम्—युष्माकम्=भवताम् अन्वेषणे=मार्गणे यत् पर्यटनम्=पृथिव्याः भ्रमणम् तस्य प्रकारम् च आभाष्य=उक्त्वा । समयोचितैः संलापैः=भाषणैः । मैत्रीम्=सख्यम् । अकार्षम्=कृतवान् । (१) ततः=तदनन्तरम् । अर्धरात्रे=निशीथे । तेषाम्=चौरवीराणाम् । मम च=आत्मनश्च । शृङ्खलाबन्धनम्=निगडबन्धनम् । निर्भिद्य=भङ्क्त्वा । तैः=चोरवीरैः । अनुगम्यमानः—अनु पश्चात् गम्यमानः=गम्यते इति कर्मणि शानच् । निद्रितस्य=निद्रापरतन्त्रस्य सुप्तस्येत्यर्थः । द्वाःस्थगणस्य द्वारि तिष्ठन्ति ये ते द्वाःस्थाः 'प्रतिहारो द्वारपालद्वाःस्थः' इत्यमरः तेषां गणः=समूहः तस्य । आयुधजालम्—आयुधानाम्=अस्त्राणाम् जालम्=समूहम् । आदाय=गृहीत्वा । पुरतः=ममाग्रतः । अभिमुखागतान्=सम्मुखागतान् । पुररक्षान्=नगररक्षकान् । पटुपराक्रमलीलया—पराक्रमस्य लीला, पटुः=दक्षा समर्थेत्यर्थः या पराक्रमलीला तया=स्वसामर्थ्येन । अभिद्राव्य—अभि द्रु णिच् क्त्वा, ल्यप्, मानपालशिविरम्=मानपालाख्यस्य मन्त्रिणः शिविरम्=कटकम् सैन्यनिवासमित्यर्थः । प्राविशम्=प्रविष्टः । (२) मानपालः निजकिंकरेभ्यः स्वसेवकेभ्यः । मम=सोमदत्तस्य । कुलाभिमानवृत्तान्तम्—कुलस्य=वंशस्य अभिमानस्य च वृत्तान्तम्=वार्ताम् । तत्कालीनम्=तस्मिन् काले कारातः निःसरणसमये भवम् विक्रमम्=पराक्रमम् च निशम्य=श्रुत्वा । माम् आर्चयत्=अपूजयत् ।

था । तब मैंने अपना रत्न पाना और ब्राह्मण को दान देने के कारण हुई दुरवस्था, अपनी जन्मकथा, अपना नाम और आपकी खोज के निमित्त पर्यटन आदि बताकर समयोचित वार्तालाप द्वारा उन लोगों से मित्रता कर ली ।

(१) पश्चात् आधीरात के समय मैंने उनके बन्धनों को तोड़ा (खोला) और उन्होंने मेरे बन्धन खोले और हम सब साथ साथ बाहर निकल पड़े । फाटक पर पहरेदार सो रहे थे हमलोगों ने उनके अस्त्र-शस्त्र उठा लिए । आगे बढ़ने पर कुछ नगर रक्षक सिपाही मिले जिन्हे अपने प्रबल पराक्रम से मार भगाये और मानपाल के शिविर में जा पहुँचे । (२) मानपाल ने अपने भृत्यों द्वारा मेरा कुल तथा उस समय मेरे द्वारा किये गये वीरोचित कार्यों को सुनकर मेरा बड़ा सत्कार किया ।

(१) परेद्युर्मत्तकालेन प्रेषिताः केचन पुरुषा मानपालमुपेत्य 'मन्त्रिन्, मदीयराजमन्दिरे सुरङ्गया बहुधनमपहृत्य चोरवीरा भवदीयं कटकं प्राविशन्, तानर्पय। नो चेन्महाननर्थः भविष्यति' इति क्रूरतरं वाक्यमब्रुवन्। (२) तदाकर्ण्य रोषारुणितनेत्रो मन्त्री 'लाटपतिः कः, तेन मैत्री का, पुनरस्य वराकस्य सेवया किं लभ्यम्' इति तान्निरभर्त्सयत्। ते च मानपालेनोक्तं विप्रलापं मत्तकालाय तथैवाकथयन्। (३) कुपितोऽपि लाटपतिर्दोर्वीर्यगर्वेणाल्पसैनिकसमेतो योद्धुमभ्यगात्। पूर्वमेव कृतरणनिश्चयो मानी मानपालः सन्नद्धयोधो युद्धकामो

---

(१) परेद्युः=परस्मिन् दिवसे। मत्तकालेन=लाटाधिपेन। प्रेषिताः केचन=कतिचन। पुरुषाः। मानपालम्। उपेत्य=प्राप्य। 'मन्त्रिन्, मदीयराजमन्दिरे=मदीयस्य राज्ञः मन्दिरे। चोरवीराः सुरङ्गया=बिलपथेन। बहुधनम्=प्रचुरवित्तम्। अपहृत्य=आदाय भवदीयम्=भवतः इदम्। कटकम्=सैन्यावासम्। प्राविशन्=प्रविष्टाः। तान्=प्रविष्टान् आगतान् चोरवीरान्, अर्पय=देहि। नो चेत्=अन्यथा। महान् अनर्थः भविष्यति। इति क्रूरतरम्=इदं अनयोः क्रूरम् इति=कठोरतरम्। वाक्यम्=वचनम्। अब्रुवन्=अवोचन्।

(२) तदाकर्ण्य—तेषां क्रूरतरम् वाक्यम् आकर्ण्य=श्रुत्वा। रोषारुणितनेत्रः—रोषेण=क्रोधेन अरुणिते=रक्ते नेत्रे यस्य सः। मन्त्री=मानपालः। 'कः=कोऽसौ। लाटपतिः=लाटदेशाधिपः। तेन=लाटपतिना। का मैत्री=मित्रता का। अस्य=लाटपतेः। वराकस्य=विवेकशून्यस्य। सेवया=परिचर्यया। पुनः किं लभ्यम्?' इति एभिः वचनैः। तान्=प्रेषितपुरुषान्। निरभर्त्सयत्=अतर्जयत्। ते=पुरुषाः। च=पुनः। मानपालोक्तम्=मानपालेन उक्तम्=कथितम्। विप्रलापम्=विरोधोक्तिम्। मत्तकालाय=लाटपतये। यथा मानपालेन उक्तम् तथैव=तेनैव प्रकारेण यथाश्रुतमित्यर्थः। अकथयन्=कथितवन्तः।

(३) कुपितः=क्रुद्धः अपि। लाटपतिः=मत्तकालः। दोर्वीर्यगर्वेण—दोषोः=भुजयोः वीर्यम्=पराक्रमः तस्य गर्वेण=अहङ्कारेण। अल्पसैनिकसमेतः=अल्पेन न्यूनेन सैनिकेन समेतः=युक्तः। योद्धुम्। अभ्यगात्=निःसृतः। पूर्वमेव=प्रथममेव प्रागेवेत्यर्थः। कृतरणनिश्चयः=कृतः रणस्य=संग्रामस्य निश्चयः येन सः। मानपालः। सन्नद्धयोधः—सन्नद्धाः=

---

(१) दूसरे दिन मत्तपाल के भेजे हुए कुछ सिपाहियों ने आकर मानपाल से कठोर शब्दों में कहा—मन्त्रिन् मेरे राजभवन में सुरङ्ग के द्वारा घुस कर बहुत से धन चुराकर चोर आपके सैन्यशिविर में घुस आये हैं। आप उन्हें बता दें (सौंप दें) अन्यथा बड़ा अनर्थ हो जायगा। (२) यह सुनकर मन्त्री मानपाल की आँखें क्रोध से लाल हो गयीं। उसने कहा—कौन है लाटपति? उससे मेरी मित्रता कब की? और इस बेचारे की सेवा से मुझे क्या मिलने का? इस प्रकार उन सिपाहियों को खूब डाँटा। सिपाहियों ने लौट कर सब ज्यों का त्यों मत्तपाल से जा सुनाया। (३) भृत्यों की बात सुन कर वह क्रुद्ध हो उठा और अपने बाहुबल के घमण्ड में थोड़ी सी सेना लेकर युद्ध के लिए निकल पड़ा। अभिमानी मानपाल पहले से ही लड़ने के लिये तैयार बैठा था। उसकी सेना सुसज्जित थी। वह युद्ध

भूत्वा निःशङ्कं निरगात् । (१) अहमपि सबहुमानं मन्त्रिदत्तानि बहुलतुरंगमोपेतं चतुरसारथिं रथं च दृढतरं कवचं मदनुरूपं चापं च विविधबाणपूर्णं तूणीरद्वयं रणसमुचितान्यायुधानि गृहीत्वा युद्धसंनद्धो मदीयबलविश्वासेन रिपूद्धरणोद्युक्तं मन्त्रिणमन्वगाम् । (२) परस्परमत्सरेण तुमुलसंगरकरमुभयसैन्यमतिक्रम्य समुल्लसद्भुजाटोपेन बाणवर्षं तदङ्गे विमुञ्चन्नरातीन्प्राहरम् ।

(३) ततोऽतिरयतुरंगमं मद्रथं तन्निकटं नीत्वा शीघ्रलङ्घनोपेततदीयरथो-

---

उद्यताः योधाः यस्य सः । युद्धकामः = युद्धस्य कामः = अभिलाषः यस्य सः । भूत्वा । निःशङ्कम् यथा स्यात्तथा ; निरगात् = निःसृतः । (१) अहमपि = सोमदत्तोऽपि । सबहुमानम् = बहुमानेन सहितम् यथा स्यात्तथा । मन्त्रिदत्तानि = मन्त्रिणा दत्तानि । बहुलतुङ्गमोपेतम्—बहुलैः = असंख्यैः तुरङ्गमैः = अश्वैः उपेतम् = युक्तम् । चतुरसारथिम्—चतुरः = कुशलः सारथिः = चालकः यस्य तम् । रथम् = स्यन्दनम् । दृढतरम् = सुदृढम् । कवचम् = तनुत्रम् वर्मेत्यर्थः 'तनुत्रं वर्म दंशनम्, उरश्छदः ...... कवचोऽस्त्रियाम्' इत्यमरः । मदनुरूपम् = मम योग्यम् । चापम् = धनुः । विविधबाणपूर्णम्—विविधैः = नानाप्रकारैः बाणैः = इषुभिः पूर्णम् । तूणीरद्वयम् = तूणीरस्य द्वयम् = द्वौ निषङ्गौ 'तूणोपासङ्गतूणीरनिषङ्गाः' इत्यमरः । रणसमुचितानि = युद्धयोग्यानि । आयुधानि = अस्त्राणि । गृहीत्वा = आदाय । युद्धसन्नद्धः = युद्धार्थम् उद्यतः । मदीयबलविश्वासेन = मम बलस्य विश्वासेन शत्रुविनाशे समर्थोऽयमिति निश्चयेनेत्यर्थः । रिपूद्धरणोद्युक्तम्—रिपूणाम् = शत्रूणाम् उद्धरणे = विनाशे उद्युक्तम् = सन्नद्धम् प्रवृत्तमिति यावत् । मन्त्रिणम् = मानपालम् । अन्वगाम्—अनु = पश्चात् अगाम् = अगच्छम् ।

(२) परस्परमत्सरेण = अन्योन्यस्य विद्वेषेण । तुमुलसङ्गरकरम् = महासंग्रामकरम् । उभयसैन्यम् = सैनिकद्वयम् 'सेनायां समवेता ये सैन्यास्ते सैनिकाश्च ते' इत्यमरः । अतिक्रम्य = उल्लंघ्य । समुल्लसद्भुजाटोपेन—समुल्लसतोः = वृद्धिं गच्छतोः भुजाटोपेन = बाह्वोः बलेन । तदङ्गे—तेषाम् लाटपतेः सैन्यानाम् अङ्गे = शरीरे । बाणवर्षम् = बाणवृष्टिम् । विमुञ्चन् = त्यजन् । अरातीन् = शत्रून् । प्राहरम् = अताडयम् ।

(३) ततः = तदनन्तरम् अतिरयतुरङ्गमम्—अतिरयाः = अतिजवाः तुरंगमाः = घोटकाः यस्मिन् तम् । मद्रथम्—मम = स्वस्य रथम् = स्यन्दनम् 'याने चक्रिणि युद्धार्थे शताङ्गः स्यन्दनो

करने की इच्छा से निडर होकर चल पड़ा । (१) मुझे भी मन्त्री मानपाल के द्वारा अति आदर और सत्कार के साथ अनेक घोड़ों से युक्त रथ, चतुर सारथी, दृढ़ कवच, मेरे योग्य धनुष, अनेक प्रकार के बाणों से भरे दो तरकस और समर योग्य शस्त्रास्त्र मिले । मैं उन सबों से लैस होकर युद्ध के लिए मन्त्री के साथ आ गया । मन्त्री को मेरे पौरुष पर पूर्ण विश्वास था कि यह अवश्य ही शत्रु दल को परास्त करेगा । (२) परस्पर द्वेष और क्रोध से भरी घमासान युद्ध करने वाली दोनों सेनाओं को लाँघ कर मैं बीच में पहुंच गया और अपने देदीप्यमान भुजाओं के गर्व से शत्रुओं के ऊपर बाणवर्षा करते हुए प्रहार करने लगा ।

(३) इसके बाद चञ्चल और वेगवान् घोड़ों से युक्त अपने रथ को लाटपति के समीप

ऽहमरातेः शिरःकर्तनमकार्षम् । (१) तस्मिन्पतिते तदवशिष्टसैनिकेषु पलायितेषु नानाविधहयगजादिवस्तुजातमादाय परमानन्दसंततो मन्त्री ममानेकविधां संभावनामकार्षीत् ।

(२) मानपालप्रेषितात्तदनुचरादेनमखिलमुदन्तजातमाकर्ण्य संतुष्टमना राजाभ्युद्गतो मदीयपराक्रमे विस्मयमानः समहोत्सवममात्यबान्धवानुमत्या

रथः' इत्यमरः । तन्निकटम्—तस्य=लाटपतेः निकटम्=समीपम् । नीत्वा=प्रापय्य । शीघ्रलङ्घनोपेततदीयरथः—शीघ्रम्=सत्वरम् यत् लङ्घनम् तेन उपेतः=प्राप्तः तदीयः—तस्य=लाटपतेः अयम्, लाटपतिसम्बन्धीत्यर्थः रथः=शताङ्गः येन सः । अहम्=सोमदत्तः । अरातेः=शत्रोः लाटपतेः इति यावत् । शिरःकर्तनम्—शिरसः कर्तनम्=छेदनम् । अकार्षम्=कृतवान् ।

(१) तस्मिन्=लाटपतौ । पतिते रथादिति शेषः मृते सतीत्यर्थः । तदवशिष्टसैनिकेषु—तस्य=लाटपतेः अवशिष्टेषु=शेषेषु सैनिकेषु=सैन्येषु । पलायितेषु=इतस्ततो गतेषु । नानाविध-हयगजादिवस्तुजातम्—नानाविधम्=अनेकप्रकारम् बहुविधम् इत्यर्थः हयाश्च गजाश्च, आदौ येषां वस्तूनाम्=सामग्रीणाम् तेषाम् जातम्=समूहम् । आदाय=गृहीत्वा । मन्त्री=मानपालः । परमानन्दसन्ततः—परमेण=महता आनन्देन संततः=पूर्णः । सम्भृतः इति वा पाठः मन्त्रिणो विशेषणम् । माम्=सोमदत्तम् । अनेकविधाम्=बहुप्रकाराम् । सम्भावनाम्=सम्माननाम् सत्कारमित्यर्थः । अकार्षीत्=कृतवान् ।

(२) मानपालप्रेषितात्—मानपालेन=मन्त्रिणा प्रेषितात् तत्प्ररणया आगतात् । तदनुचरात्—तस्य=मानपालस्य भृत्यात् । एनम्=उपर्युक्तम् अखिलम्=समग्रम् । उदन्तजातम्—उदन्तस्य=वार्तायाः जातम् समूहम् आकर्ण्य=श्रुत्वा । सन्तुष्टमनाः—सन्तुष्टम्=प्रसन्नम् मनः=चित्तं यस्य सः । राजा=वीरकेतुः अभ्युद्गतः=अग्रतः सत्कारार्थमागतः । मदीयपराक्रमे=अस्मद्वीरतायाम् । विस्मयमानः=आश्चर्यमावहन् । समहोत्सवम्—महांश्चासौ उत्सवश्चेति तेन सहितम् यथा स्यात्तथा, अदादिति सम्बन्धः । अमात्यबान्धवानुमत्या—अमात्यानाम्=मन्त्रिणाम् बान्धवानाम्=सगोत्राणाम् च 'सगोत्रबान्धवज्ञाति' इत्यमरः । अनुमत्या=विचारेण । शुभदिने=शुभमुहूर्ते । निजतनयाम्—निजस्य=स्वस्य तनयाम्=कन्याम् इभा बाल-

---

ले जाकर शीघ्रता पूर्वक आक्रमण करने के कारण लाटपति के रथ को प्राप्त कर शत्रु का सिर काट लिया । (१) लाटेश्वर के मरते ही उसके शेष समस्त सैनिक भाग गये । शत्रु पक्ष के अनेक प्रकार के घोड़े हाथी तथा युद्धोपकरण मानपाल को मिले, जिसे प्राप्त कर मन्त्री ने अत्यन्त प्रसन्न हो मेरा बड़ा सत्कार किया । (२) मानपाल द्वारा भेजे सेवकों ने जाकर वीरकेतु को जब मत्तकाल के बध का सारा समाचार सुनाया तो वह बड़ा प्रसन्न हुआ और मेरी अगवानी के लिये स्वयं चल पड़ा । उसे मेरे पराक्रम पर बड़ा आश्चर्य हुआ और उसने बड़े उत्साह के साथ अपने मन्त्री तथा इष्टमित्रों की राय से शुभमुहूर्त में अपनी कन्या से मेरा

शुभदिने निजतनयां मह्यमदात् ।

(१) ततः यौवराज्याभिषिक्तोऽहमनुदिनमाराधितमहीपालचित्तो वामलोचनयाऽनया सह नानाविधं सौख्यमनुभवन्भवद्विरहवेदनाशल्यसुलभवैकल्यहृदयः सिद्धादेशेन सुहृज्जनावलोकनफलं प्रदेशं महाकालनिवासिनः परमेश्वरस्याराधनायाद्य पत्नीसमेतः समागतोऽस्मि । (२) भक्तवत्सलस्य गौरीपतेः कारुण्येन त्वत्पदारविन्दसंदर्शनानन्दसंदोहो मया लब्ध' इति । (३) तन्निशम्याभिनन्दि-

---

चन्द्रिक मित्यर्थः । मह्यम् = सोमदत्ताय । अदात् ।

(१) ततः = पश्चात् । यौवराज्याभिषिक्तः = युवराजस्य भावः तस्मिन् = युवा चासौ राजा चेति कर्मधारयः । अभिषिक्तः = नियुक्तः । अनुदिनम् = प्रतिदिनम् अहर्निशमित्यर्थः । आराधितमहीपालचित्तः—आराधितम् = सेवितम् अनुकूलाचरणेनेति शेषः महीपालस्य = राज्ञः वीरकेतोः चित्तम् = हृदयम् येन सः । अनया वामलोचनया = बालचन्द्रिकया सह । नानाविधम् = बहुप्रकारम् । सौख्यम् = आनन्दम् । अनुभवन् । भवद्विरहवेदनाशल्यसुलभवैकल्यहृदयः—भवतः = तव राजवाहनस्य विरहेण वियोगेन या वेदना = व्यथा सा एव शल्यम् = शङ्कुः तेन वैकल्यम् = कातर्यं विह्वलता यत्र तादृशं हृदयम् यस्य सः । सिद्धादेशेन—सिद्धस्य = योगिनः आदेशेन = कस्यचित्तपःसिद्धिं गतस्य पुरुषस्य आज्ञयेत्यर्थः । सुहृज्जनावलोकनफलम्—सुहृज्जनस्य = सख्युः तव अवलोकनम् = दर्शनम् एव फलम् यस्य तथाभूतम् । प्रदेशम् = स्थानम् । प्रदेशेऽस्मिन् मित्रावलोकनं भविष्यतीति मुनिनादिष्टम् । महाकालनिवासिनः = उज्जयिन्यां स्थितस्य । परमेश्वरस्य = महादेवस्य । आराधनाय = सन्तोषणाय, अर्चनायेति यावत् । अद्य = अस्मिन्नहनि । पत्नीसमेतः = भार्यया सहितः । समागतः = उपस्थितः । अस्मि ।

(२) भक्तवत्सलस्य—भक्तेषु = सेवकेषु वत्सलः = कृपालुः तस्य । गौरीपतेः = उमावल्लभस्य । कारुण्येन = दयया । त्वत्पदारविन्दसंदर्शनानन्दसंदोहः—तव = भवतः राजवाहनस्य पदारविन्दयोः = चरणकमलयोः संदर्शनेन = सम्यगवलोकनेन यः आनन्दः तस्य सन्दोहः = समूहः 'समूहो निवहव्यूहसन्दोहविसरव्रजाः' इत्यमरः । मया = सोमदत्तेन । लब्धः = प्राप्तः ।

विवाह करा दिया ।

(१) कुछ दिन बाद राजा वीरकेतु ने मुझे युवराजपद पर बैठा दिया । और मैं भी प्रतिदिन राजा को प्रसन्न रखता हुआ इस वामलोचना के साथ अनेक प्रकार के सुखों का उपभोग करता रहा । परन्तु आपके वियोगजनित वेदना रूप संकटों से मेरा हृदय विदीर्ण हो गया और मैंने एक दिन किसी सिद्ध पुरुष से आपके विषय में पूछा । उन्हीं की आज्ञा से मित्र के दर्शन कराने वाले इस प्रदेश में, महाकाल निवासी भगवान् शंकर की आराधना करने के लिए आज मैं पत्नी सहित आया हूँ । (२) भक्तों के ऊपर दया करने वाले भगवान् शंकर की कृपा से आपके चरणकमलों के दर्शन हुए और मैं अत्यन्त आनन्दित हुआ ।

तपराक्रमो राजवाहनस्तन्निरपराधदण्डे देवमुपालभ्य तस्मै क्रमेणात्मचरितं कथयामास ।

पुष्पोद्भवस्यागमनम्

(१) तस्मिन्नवसरे पुरतः पुष्पोद्भवं विलोक्य ससंभ्रमं निजनिटिलतटस्पृष्टचरणाङ्गुलिमुदञ्जलिममुं गाढमालिङ्ग्यानन्दबाष्पसंकुलसंफुल्ललोचनः सौम्य सोमदत्त, अयं स पुष्पोद्भव' इति तस्मै तं दर्शयामास ।

(२) तौ च चिरविरहदुःखं विसृज्यान्योन्यालिङ्गनसुखमन्वभूताम् ।

(३) ततस्तस्यैव महीरुहस्य छायायामुपविश्य राज सादरहासमभाषत—

---

(३) तन्निशम्य—तत् = सोमदत्तवृतान्तं निशम्य = श्रुत्वा । अभिनन्दितपराक्रमः = अभिनन्दितः—पराक्रमः = सामर्थ्यं सोमदत्तस्येति शेषः येन सः । राजवाहनः । तन्निरपराधदण्डे—तस्य = सोमदत्तस्य निरपराधस्य = अपराधशून्यस्य यः दण्डः = कारावासः तस्मिन् दण्डविषये । दैवम् = अदृष्टम् । उपालभ्य = निन्दित्वा तिरस्कृत्येत्यर्थः । तस्मै = सोमदत्ताय । क्रमेण । आत्मचरितम् = स्ववृत्तान्तम् । कथयामास = अचकथत् ।

(१) तस्मिन् अवसरे = क्षणे । पुरतः = अग्रे । पुष्पोद्भवम् = रत्नोद्भवपुत्रम् । ससंभ्रमम् = साश्चर्यम् सचकितमिति यावत् । विलोक्य = दृष्ट्वा । निजनिटिलतटस्पृष्टचरणाङ्गुलिम्—निजेन = स्वेन निटिलतटेन = भालस्थलेन स्पृष्टाः चरणाङ्गुलयः राजवाहनस्येति शेषः येन तम् । उदञ्जलिम् = बद्धाञ्जलिम् । अमुम् = पुष्पोद्भवम् । गाढम् = अतिशयम् । आलिङ्ग्य = आश्लिष्य आनन्दबाष्पसंकुलसंफुल्ललोचनः—आनन्दबाष्पेण—आनन्देन = हर्षजनितेन बाष्पेण = अश्रुणा । संकुले = पूर्णे सम्फुल्ले = विकसिते लोचने = नयने यस्य सः राजवाहनः । सौम्य = सुभग । सोमदत्त = सम्बोधनमेतत् । अयम् पुरतो विद्यमानः । सः रत्नोद्भवपुत्रः । पुष्पोद्भवः इति । तस्मै = सोमदत्ताय । तम् = पुष्पोद्भवम् । दर्शयामास = अदर्शयत् ।

(२) तौ = सोमदत्तपुष्पोद्भवौ । चिरविरहदुःखम्—चिरेण = दीर्घकालेन विरहेण = वियोगेन यत् दुःखम् = क्लेशम् तम् । विसृज्य = त्यक्त्वा । अन्योन्यालिङ्गनसुखम् = अन्योन्यस्य = परस्परस्य आलिङ्गने यत् सुखं तत् । अन्वभूताम् = अनुभवम् अकुरुताम् (३) ततः = तदनन्तरम् । तस्यैव महीरुहस्य = वृक्षस्य । छायायाम् । उपविश्य = स्थित्वा । राजा =

---

(३) यह सुनकर राजवाहन ने सोमदत्त के पराक्रम की प्रशंसा की और उसके निरपराधी होने पर भी, जो उसने दण्ड भोगा था उसके लिए दैव (अदृष्ट) को कोसा तथा उससे क्रमशः (उसने) अपना सारा वृत्तान्त कह सुनाया ।

पुष्पोद्भव का आगमन—(१) उसी समय राजवाहन ने अपने समीप पुष्पोद्भव को देखकर जो घबराहट के साथ अपने मस्तक से राजवाहन के चरणाङ्गुलियों को स्पर्श कर रहा था तथा हाथ जोड़े खड़ा था, उसे गले से लगाकर आनन्दाश्रु से भरे विकसित नेत्रों वाले राजवाहन ने कहा 'सौम्य सोमदत्त, यह वही पुष्पोद्भव है' और उसे दिखाया ।

(२) वे दोनों भी, बहुत दिनों के वियोग दुःख को त्याग कर परस्पर आलिंगन के सुख का अनुभव करने लगे । (३) उसी वृक्ष की छाया में बैठ कर राजवाहन ने आदर के साथ

'वयस्य, भूसुरकार्यं करिष्णुरहं 'मित्रगणो विदितार्थः सर्वथान्तरायं करिष्यती'ति निद्रितान्भवतः परित्यज्य निरगाम् । तदनु प्रबुद्धो वयस्यवर्गः किमिति निश्चित्य मदन्वेषणाय कुत्र गतवान् । भवानेकाकी कुत्र गतः' इति । सोऽपि ललाटतट-चुम्बदञ्जलिपुटः सविनयमलपत् ।

इति श्रीदण्डिनः कृतौ दशकुमारचरिते सोमदत्तचरितं नाम तृतीयोच्छ्वासः ।

राजवाहनः । सादरहासम्=आदरेण सहितः सादरः, हासः=हास्यम् यत्र तत् यथा स्यात्तथा । अभाषत=उवाच । वयस्य=सखे, भूसुरकार्यम् । करिष्णुः—कृधातोः इष्णुच् प्रत्ययस्याविधानात् बाहुलकात् समाधेयम् । कर्तुंशीलः । अहम्=राजवाहनः । मित्रगणः= वयस्यसमूहः । विदितार्थः—विदितः=ज्ञातः अर्थः=प्रयोजनम् येन सः (मित्रगणः) । सर्वथा=सर्वतो भावेन सर्वप्रकारेणेत्यर्थ । अन्तरायम्=विघ्नम् । करिष्यतीति (निश्चित्य) निद्रितान्=निद्रापरवशान् । भवतः=युष्मान् । परित्यज्य=विहाय निरगाम्=अगच्छम् तदनु=पश्चात् प्रातःकाले इत्यर्थः । प्रबुद्धः=शयनादुत्थितः जागरितः इति यावत् । वयस्यवर्गः=मित्रसमूहः किम् निश्चित्य=निर्णीय । मदन्वेषणाय=अस्मन्मार्गणाय । कुत्र गतवान् । एकाकी=असहायः भवान्=त्वम् पुष्पोद्भवः । कुत्र=गतः ? इति । सः=पुष्पो-द्भवः । अपि ललाटतटचुम्बदञ्जलिपुटः—लालतटम्=भालस्थलम् चुम्बत्=स्पृशत् अञ्जलि-पुटम् यस्य सः, शिरसि बद्धाञ्जलिरित्यर्थः । सविनयम् विनयेन सहितम् यथा स्यात्तथा, अलपत्=अवोचत् ।

इति श्रकौरवास्तव्यकविमूर्द्धन्यवाणीशझाशर्मतनुजनुर्झोपाख्य-
श्रीविश्वनाथझाविरचितायां दशकुमारचरितव्याख्याया-
मर्थप्रकाशिकायां तृतीयोच्छ्वासः ।

हँसते हुए कहा । मित्र ! उस ब्राह्मण का कार्य मुझ करना था । इसलिए सोचा यदि मित्रगण जान जायेंगे तो मेरे इस कार्य में बाधा डालेंगे अतः आप सबों को सोते हुए छोड़ कर मैं चला गया था । मेरे जाने के पश्चात् जब मित्रगण (आप सब) जगे तो क्या निश्चय कर मुझे ढूँढने कहाँ गये ? और आप अकेले कहाँ गये ? पुष्पोद्भव भी जुड़े हाथों से सिर को स्पर्श करता हुआ विनय पूर्वक बोला—

इस प्रकार विश्वनाथझा द्वारा की गई दशकुमारचरित तृतीय उच्छ्वास
की अर्थप्रकाशिका हिन्दी टीका समाप्त हुई ।

चतुर्थोच्छ्वासः

पुष्पोद्भवचरितम्

(१) 'देव, महीसुरोपकारायैव देवो गतवानिति निश्चित्यापि देवेन गन्तव्यं देशं निर्णेतुमशक्नुवानो मित्रगणः परस्परं वियुज्य दिक्षु देवमन्वेष्टुमगच्छत् ।

अतर्कितः संगमः

(२)अहमपि देवस्यान्वेषणाय महीमटन्कदाचिदम्बरमध्यगतस्याम्बरमणेः किरणमसहिष्णुरेकस्य गिरितटमहीरुहस्य प्रच्छायशीतले तले क्षणमुपाविशम् । (३) मम पुरोभागे दिनमध्यसमये संकुचितसर्वावयवां कूर्माकृतिमानुषच्छायां निरी-

---

(१) देव, महीसुरोपकाराय — महीसुरस्य = ब्राह्मणस्य उपकारः = साहाय्यम् तस्मै, ब्राह्मणस्योपकारार्थमेव । देवः = भवान् । गतवान् = प्रस्थितः । इति' निश्चित्य = निर्णीय । अपि । देवेन = भवता । गन्तव्यम् = गन्तुं योग्यम् । देशम् । निर्णेतुम् = निश्चेतुम् । अशक्नुवानः (व्याकरणान्तररीत्या शक्लृधातोः शानचः प्रयोगोऽयम् । वस्तुतस्तु अशक्नुवन्नित्येव साधुः) असमर्थः । मित्रगणः = वयस्यसमूहः । परस्परम् = अन्योन्यम् । वियुज्य = पृथग्भूय । दिक्षु = दिशासु । देवम् = भवन्तम् । अन्वेष्टुम् = मार्गितुम् । अगच्छत् = गतवान् ।

(२) अहमपि = पुष्पोद्भवोऽपि । देवस्य भवतः । अन्वेषणाय (अनुइष्ल्युट्) = मार्गणाय । महीम् = पृथ्वीम् । अटन् = भ्रमन् । कदाचित् = एकदा । अम्बरमध्यगतस्य = अम्बरस्य = आकाशस्य मध्यं गतस्य = प्राप्तस्य मध्याकाशस्थितस्येत्यर्थः । अम्बरमणेः = सूर्यस्य । किरणम् = अंशुम् , तापम् इत्यर्थः । 'किरणोस्रमयूखांशुः' इत्यमरः । असहिष्णुः = सोढुमसमर्थः । एकस्य = कस्यचित् । गिरितटमहीरुहस्य—गिरेः = पर्वतस्य तटम् = उपत्यका (पर्वतस्यासन्ना भूः 'उपत्यका' शब्दवाच्या भवति तस्मिन् महीरुहस्य = मह्यां रोहतीति, तस्य) वृक्षस्य । प्रच्छायशीतले = प्रकृष्टा छाया प्रच्छायम् तेन शीतलम् = शीतं तस्मिन् । तले = अधोभागे । क्षणम् = मुहूर्तम् । उपाविशम् = उपविष्टवान् ।

(३) मम = पुष्पोद्भवस्य । पुरोभागे = अग्रे, सम्मुखे इत्यर्थः । दिनमध्यसमये = दिनस्य = दिवसस्य मध्यः = मध्यभागः तस्मिन् समये = मध्याह्ने । संकुचितसर्वावयवाम् =

चौथा उच्छ्वास

पुष्पोद्भव का अपना वृत्तान्त कहना ।

(१) राजन् ! ब्राह्मण के कार्य के लिए ही आप गये होंगे यह निश्चय होने पर भी मित्रगण यह तय नहीं कर पाये कि आप किधर गये होंगे । अन्त में सब लोग परस्पर अलग-अलग होकर आपको चारों दिशाओं में ढूँढने निकल पड़े ।

(२) अन्त में मैं भी आपको ढूँढने के लिए पृथ्वी पर घूमते-घूमते एक दिन दोपहर के समय सूर्य की प्रखर किरणों को न सह सकने के कारण पर्वत के किनारे एक सघन छाया वाले वृक्ष के नीचे थोड़ी देर बैठ गया । (३) दोपहर के समय अपने सामने सभी अवयवों को सिकुड़ाये कछुए के समान आकृतिवाले मनुष्य की छाया को देखकर मैंने ऊपर की ओर

क्ष्योन्मुखो गगनतलान्महारयेण पतन्तं पुरुषं कंचिदन्तराल एव दयोपनतहृदयोऽहमवलम्ब्य शनैरवनितले निक्षिप्य दूरापातवीतसञ्ज्ञं तं शिशिरोपचारेण विबोध्य शोकातिरेकेणोद्गतवाष्पलोचनं तं भृगुपतनकारणमपृच्छम् ।

(१) सोऽपि कररुहैरश्रुकणानपनयन्नभाषत—'सौम्य, मगधाधिनाथामात्यस्य पद्मोद्भवस्यात्मसंभवो रत्नोद्भवो नामाहम् ।

(२) वाणिज्यरूपेण कालयवनद्वीपमुपेत्य कामपि वणिक्कन्यकां परिणीय तया

संकुचितः = आकुञ्चितः सर्वः अवयवः यस्याः तादृशीम् । कूर्माकृतिम् = कूर्मस्य कमठस्य 'कूर्मे कमठकच्छपौ' इत्यमरः, आकृतिः = आकारः इव आकृतिः यस्याः ताम् । मानुषच्छायाम् = मानुषस्य = मनुष्यस्य 'मनुष्या मानुषा मर्त्या' इत्यमरः छाया इति ताम् । निरीक्ष्य (निर् ईक्ष् क्त्वा ल्यप्) अवलोक्य । उन्मुखः – उत् = ऊर्ध्वं मुखं यस्य सः (अहम्) गगनतलात् = आकाशात् । महारयेण—महांश्चासौ रय = वेगः तेन बहुवेगेनेत्यर्थः । पतन्तम् = स्खलन्तम् । कंचित् = एकम् पुरुषम् । अन्तराले = मध्ये (भूमिस्पर्शात्प्रथमम्) एव । दयोपनतहृदयः—दयया = कारुण्येन उपनतम् = नम्रीभूतम् हृदयम् = स्वान्तम् यस्य सः । अहम् = पुष्पोद्भवः, अवलम्ब्य = गृहीत्वा । शनैः = मन्दम् । अवनितले = पृथ्वीतले । निःक्षिप्य = संस्थाप्य । दूरापातवीतसंज्ञम् = दूरात् आपातः = सर्वतोभावेन पतनम् तेन वीता = अपगता संज्ञा = चेष्टा यस्य तम् । तम् = छायाकृतिं पुरुषम् । शिशिरोपचारेण—शिशिरेण = शीतेन उपचारेण = सेवया शीतलप्रक्रिययेत्यर्थः । विबोध्य = प्रकृतिस्थं कृत्वा । शोकातिरकेण—शोकस्य = दुःखस्य अतिरेकेण = आधिक्येन । उद्गतबाष्पलोचनम्—उत् = ऊर्ध्वं गतम् = निःसृतम् बाष्पम् = नेत्राम्बु याभ्याम् एवंभूते लोचने = नयने यस्य तम् । तम् = पतन्तम्—पुरुषम् । भृगुपतनकारणम् भृगोः = प्रपातात 'प्रपातस्त्वतटो भृगुः' इत्यमरः । पतनस्य = स्खलनस्य । कारणम् = हेतुम् । अपृच्छम् = पृष्टवान् ।

(१) सोऽपि = पतन् पुरुषः अपि । कररुहैः = अङ्गुलिभिः । अश्रुकणान् = नयनाम्बुबिन्दून् । अपनयन् = प्रोञ्छन् । अभाषत = अवादीत् ।

सौम्य = सुभग, मगधाधिनाथामात्यस्य = राजहंसमन्त्रिणः । पद्मोद्भवस्य । आत्मसम्भवः = पुत्रः । रत्नोद्भवः । नाम = प्रसिद्धः । अहमस्मि । (२) वाणिज्यरूपेण = व्यापाराभिलाषेण ।

अपने शिर को उठाया और देखा कि आकाश से अत्यन्त वेग से एक पुरुष गिर कर नीचे आ रहा है । यह देख कर मुझे दया आ गयी । मैंने उसे बीच में हो सँभाला और धीरे से पृथ्वी पर रख दिया । दूर से गिरने के कारण उसकी चेतना नष्ट हो चुकी थी । पानी के छींटे देकर उसे मैं होश में लाया । शोकाधिक्य के कारण उसकी आँखों में दुःख के आँसू भरे थे । मैंने उससे पर्वत से गिरने का कारण पूछा ।

(१) उसने आँसुओं की बूँदों को हाथों से पोंछ कर कहा—'सौम्य, मैं मगध-देशाधिपति राजहंस के अमात्य पद्मोद्भव का पुत्र हूँ । मेरा नाम रत्नोद्भव है । (२) मैं व्यापार करने कालयवन द्वीप गया था । वहाँ किसी एक वैश्य कन्या के साथ मेरा विवाह हो गया ।

सह प्रत्यागच्छन्नम्बुधौ तीरस्यानतिदूरे एव प्रवहणस्य भग्नतया सर्वेषु निमग्नेषु कथं कथमपि दैवानुकूल्येन तीरभूमिमभिगम्य निजांगनावियोगदुःखार्णवे प्लवमानः कस्यापि सिद्धतापसस्यादेशादरेण षोडश हायनानि कथंचिन्नीत्वा दुःखस्य पारमनवेक्षमाणो गिरिपतनमकार्षम्' इति ।

(१) तस्मिन्नेवावसरे किमपि नारीकूजितमश्रावि—'न खलु समुचितमिदं यत्सिद्धादिष्टे पतितनयमिलने विरहमसहिष्णुर्वैश्वानरं विशसि' इति ।

कालयवनद्वीपम् = कालयवनाख्यम् देशम् । उपेत्य = गत्वा । कामपि = एकाम् । वणिक्कन्यकाम्—वणिजः = व्यापारिणः कन्यकाम् = सुताम् । परिणीय = उपयम्य । तया = स्वभार्यया । सह = समम् । प्रत्यागच्छन् = परावर्तमानः । अम्बुधौ = समुद्रे । तीरस्य = कूलस्य । अनतिदूरे = समीपे । एव प्रवहणस्य = नौकायाः । भग्नतया = विशीर्णतया भिन्नतयेत्यर्थः । सर्वेषु — नौकास्थितेषु । (समुद्रे) निमग्नेषु (सत्सु) कथं कथमपि = येन केनापि प्रकारेण कष्टतरेणेति यावत् । दैवानुकूल्येन = दैवसाहाय्येन । तीरभूमिम् = तटप्रदेशम् । अभिगम्य = प्राप्य । निजाङ्गनावियोगदुःखार्णवे—निजायाः = स्वस्याः अङ्गनायाः स्त्रियाः यद् वियोगदुःखम् = विरहदुःखम् तद्रूपः यः अर्णवः = समुद्रः तस्मिन् । प्लवमानः = तरन् । कस्यापि = एकस्य । सिद्धश्चासौ तापसश्च इति तस्य । आदेशादरेण—आदेशस्य = आज्ञायाः आदरेण = विश्वासेन । षोडश = षडुत्तरदश । हायनानि = वर्षाणि । कथंचित् = नेत्रे निमील्य । नीत्वा = अतिवाह्य । दुःखस्य = कष्टस्य । पारम् = अन्तम् । अनवेक्षमाणः = अपश्यन् । गिरिपतनम् — गिरेः = पर्वतात् पतनम् । अकार्षम् = कृतवान् ।

(१) तस्मिन्नेव अवसरे = क्षणे । किमपि नारीकूजितम्—नार्याः = स्त्रियाः कूजितम् = अव्यक्तध्वनिः क्रन्दनध्वनिरिति यावत् । अश्रावि = श्रुतम् मया । इदम् = कार्यम् । न समुचितम् = न युक्तम् । (यत्) पतितनयमिलने—पत्युः = स्वामिनः तनयस्य = पुत्रस्य च मिलनम् = संगमः तस्मिन् (विषये) सिद्धादिष्टे—सिद्धेन = केनचित् मुनिना आदिष्टे = कथिते (सति) 'षोडशवर्षानन्तरं पतिपुत्रयोर्मिलनं ते भविष्यतीति सिद्धादेशे सती'ति भावः । यत् विरहम् = वियोगदुःखम् । असहिष्णुः = सोढुमशक्नुवती । वैश्वानरम् = अग्निम् । विशसि =

कुछ दिन बाद उसे साथ लेकर मैं अपने घर लौट हो रहा था कि तट प्रदेश से कुछ ही दूर समुद्र से नाव टकराकर छिन्न-भिन्न हो गयी और सब के सब यात्री डूब गये। दैव के अनुकूल होने से किसी प्रकार मैं अकेला किनारे जा लगा और पत्नी के वियोग रूप दुःख समुद्र में बहता हुआ किसी एक सिद्ध तपस्वी के आश्रम में जा पहुँचा। वहाँ तपस्वी ने कहा कि—'१६ वर्ष बाद पत्नी से साक्षात्कार होगा, उसके वचन में विश्वास होने के कारण किसी तरह वर्ष १६ बिताये, किन्तु मेरे शोक का अन्त नहीं हुआ। इसी कारण मैं पर्वत से नीचे कूद पड़ा।'

(१) इस प्रकार बातें कर ही रहा था कि किसी एक स्त्री के रोने की आवाज सुन पड़ी। वह कह रही थी—जब एक सिद्ध तपस्वी ने बता दिया है कि तुम्हारे पति और पुत्र दोनों मिल जायेंगे, फिर क्यों विरह को सहने में असमर्थ होकर अग्नि में प्रवेश कर रही हो ?

(१) तन्निशम्य मनोविदितजनकभावं तमवादिषम्—'तात, भवते विज्ञापनीयानि बहूनि सन्ति। भवतु। पश्चादखिलमाख्यातव्यम्। अधुना नारीकूजितमनुपेक्षणीयं मया। क्षणमात्रमत्र भवता स्थीयताम्' इति।

(२) तदनु सोऽहं त्वरया किंचदन्तरमगमम्। तत्र पुरतो भयङ्करज्वालाकुलहुतभुगवगाहमानसाहसिकां मुकुलिताञ्जलिपुटां वनितां कांचिदवलोक्य ससंभ्रममनलादपनीय कूजन्त्या वृद्धया सह मत्पितुरभ्यर्णमभिगमय्य स्थविरामवोचम्—'वृद्धे भवत्यौ कुत्रत्ये। कान्तारे निमित्तेन केन दुरवस्थानुभूयते? कथ्यताम्' इति।

प्रविशसि त्वमिति शेषः इति '···नारीकूजितम्' अश्रावीति पूर्वेणैव सम्बन्धः।

(१) तन्निशम्य—तत्=कूजितम् निशम्य=श्रुत्वा। मनोविदितजनकभावम्—मनसा=अन्तःकरणेन विदितः=ज्ञातः जनकभावः=पितृत्वं यस्य तम्। तमेव पितरम्मन्यमानोऽहम् इति भावः। असावेवाऽस्मत्पितेति निर्णीतमिति यावत्। तं=पुरःपतितं पुरुषं। (अहम्) अवादिषं=उक्तवान्। तात=पितः। भवते विज्ञापनीयानि=निवेदनीयानि। बहूनि सन्ति। भवतु=तिष्ठतु। पश्चादखिलम्=समग्रम्। आख्यातव्यम्=कथनीयम् मयेति शेषः। अधुना=साम्प्रतम्। नारीकूजितम्=स्त्रीकर्तृकोऽव्यक्तध्वनिः। अनुपेक्षणीयम्—न उपेक्षितुम् योग्यम्=प्रतीक्षणीयम्, अवश्यं श्रवणीयमित्यर्थः। मया=पुष्पोद्भवेन। अत्र=प्रदेशेऽस्मिन्। क्षणमात्रम्=मुहूर्तं यावत्। भवता स्थीयताम्=आस्यताम्।

(२) तदनु=तत्पश्चात्। सः अहम्=पुष्पोद्भवः। त्वरया=शीघ्रगत्या। किञ्चित्। अन्तरम्=दूरम्। अगमं=गतवान्। तत्र=तस्मिन्स्थाने। पुरतः=अग्रे। भयंकरज्वालाकुलहुतभुगवगाहमानसाहसिकाम्—भयंकरीभिः ज्वालाभिः आकुलः=पूर्णः यः हुतभुक् तत्र अवगाहमाना=प्रविशन्ती अत एव साहसिका=कर्तव्याकर्तव्यविवेकशून्या ताम्। मुकुलिताञ्जलिपुटाम्—मुकुलितं=बद्धम् अञ्जलिपुटं यया तां बद्धाञ्जलिमित्यर्थः। वनिताम्=स्त्रियम्। कांचित्=एकाम्। अवलोक्य=दृष्ट्वा। ससम्भ्रम=झटिति। अनलात्=अग्नेः। अपनीय=दूरीकृत्य। कूजन्त्या=रुदन्त्या। वृद्धया=वनितया। सह। मत्पितुः=स्वतातस्य। अभ्यर्णम्=अन्तिकम्। 'उपकण्ठान्तिकाभ्यर्णा' इत्यमरः। अभिगमय्य=(अभि गम् णिच् क्त्वा ल्यप्) आनीय। स्थविराम्=वृद्धाम्। अवोचम्=अवादिषम्। वृद्धे=स्थविरे। भवत्यौ=

---

(१) यह सुनकर मैं समझ गया कि 'वे मेरे पिता हैं'। मैंने कहा—तात, मुझे आपसे बहुत कुछ कहना है, अच्छा, सारी बातें पश्चात् कहूँगा। इस समय उस स्त्री के क्रन्दन की उपेक्षा नहीं कर सकता हूँ। आप कुछ देर यहाँ ठहरिये।

(२) पश्चात् मैं उसी प्रकार शीघ्र ही कुछ दूर आगे बढ़ गया। वहाँ देखा कि—एक स्त्री हाथ जोड़े बैठी है और अपने आगे भयंकर ज्वाला वाली आग में कूदने को साहस कर रही है। मैं शीघ्रता से वहाँ पहुँचा और झटपट आग से उस स्त्री को दूर कर समीप में रोती हुई वृद्धा के साथ अपने पिता के समीप ले आया। मैंने वृद्धा से कहा—वृद्धे, आप दोनों कहाँ की रहने वाली हैं? इस दुर्गम मार्ग में किस कारण दुःख झेल रही हैं? सारी कहानी सुनाने

(१) सा सगद्गदमवादीत्—'पुत्र, कालयवनद्वीपे कालगुप्तनाम्नो वणिजः कस्यचिदेषा सुता सुवृत्ता नाम रत्नोद्भवेन निजकान्तेनागच्छन्ती जलधौ मग्ने प्रवहणे निजधात्र्या मया सह फलकमेकमवलम्ब्य दैवयोगेन कूलमुपेतासन्नप्रसवसमया कस्याञ्चिदटव्यामात्मजमसूत । (२) मम तु मन्दभाग्यतया बाले वनमातंगेन गृहीते मद्द्वितीया परिभ्रमन्ती 'षोडशवर्षानन्तरं भर्तृपुत्रसंगमो भविष्यति' इति सिद्धवाक्यविश्वासादेकस्मिन्पुण्याश्रमे तावन्तं समयं नीत्वा शोकमपारं

युवाम् । कुत्रत्ये = कुत्र जाते । कान्तारे = (अस्मिन्) दुर्गमे पथि । केन निमित्तेन = कारणेन दुरवस्था—दुष्टा अवस्था = दशा । अनुभूयते । कथ्यतां, याथातथ्येनेति शेषः ।

(१) सा = वृद्धा । सगद्गदम् = (गद्गदेन सहितं) वाष्पावरुद्धकण्ठं यथा स्यात्तथा । अवादीत् = उक्तवती । पुत्र, कालयवनद्वीपे = कालयवनाख्यदेशे । कालगुप्तनाम्नः कस्यचित् = एकस्य । वणिजः = व्यवसायिनः । एषा = इयम् । सुवृत्ता = सुवृत्ताभिधा । नामेत्यव्ययम् प्रसिद्धार्थे । सुता = पुत्री । निजकान्तेन—निजेन = स्वेन कान्तेन = पत्या रत्नोद्भवेन । आगच्छन्ती = प्रत्यावर्तमाना । जलधौ = समुद्रे । प्रवहणे = पोते । मग्ने = मज्जति सति । निजधात्र्या निजया = स्वकीयया धात्र्या = उपमात्रा । मया = वृद्धया सह । फलकम् = काष्ठखण्डम् । अवलम्ब्य = धृत्वा । दैवयोगेन = भाग्येन । कूलं = तीरम् । उपेता = प्राप्ता । आसन्नप्रसवसमया—आसन्नः = उपस्थितः प्रसवस्य = प्रजननस्य समयः = कालः यस्याः सा । कस्यांचित् = एकस्याम् । अटव्याम् = विपिने । आत्मजम् = पुत्रम् । असूत = जनयामास । (२) मम = वृद्धायाः । मन्दभाग्यतया = दुरदृष्टवशेन । बाले = शिशौ । वनमातङ्गेन = वनहस्तिना । गृहीते = आत्ते । मद्द्वितीया = अहं द्वितीया यस्याः सा मत्सहाया । परिभ्रमन्ती = पर्यटन्ती षोडशवर्षानन्तरम् = षडुत्तरदशवर्षादूर्ध्वम् । भर्तृपुत्रसङ्गमः—भर्तुः = पत्युः पुत्रस्य = आत्मजस्य च सङ्गमः = मिलनम् भविष्यति, इति सिद्धवाक्यविश्वासात्—सिद्धस्य = तापसस्य वाक्ये विश्वासः = आदरः तस्मात् । एकस्मिन् = कस्मिंश्चित् । पुण्याश्रमे = ऋषेराश्रमे । तावन्तम् = षोडशवर्षमितम् । समयम् = कालम् । नीत्वा = अतिवाह्य । अपारम् = दुस्तरम्, अनन्तमित्यर्थः ।

की कृपा करें ।

(१) वह (वृद्धा) गद्गद स्वर से बोली—बेटा, कालयवन द्वीप में कालगुप्त नाम का एक वैश्य है । उसकी यह सुवृत्ता नाम की पुत्री है । यह अपने पति रत्नोद्भव के साथ नाव पर आ रही थी कि अचानक समुद्र में नाव डूब जाने के कारण मुझ धाई के साथ लकड़ी का एक पटरा पकड़ कर बहती हुई सौभाग्य से किनारे आ लगी । प्रसव काल समीप होने से एक जंगल में इसने पुत्र उत्पन्न किया ।

(२) मेरे दुर्भाग्य से उस बालक को एक जंगली हाथी उठा ले गया । तब से यह मेरे साथ भटकती हुई एक सिद्ध तपस्वी के पास गयी । उस सिद्ध तपस्वी ने कहा था—'१६ वर्ष बाद तेरे पति और पुत्र मिलेंगे' । उसी पर विश्वास रख कर एक पवित्र आश्रम में वास करते हुए इसने १६ वर्ष बिताये । अब समय पूरा हो गया, किन्तु वे नहीं मिले । अतः अपार शोक

सोढुमक्षमा समुज्ज्वलिते वैश्वानरे शरीरमाहुतीकर्तुमुद्युक्तासीत्' इति ।

(१) तदाकर्ण्य निजजननीं ज्ञात्वा तामहं दण्डवत्प्रणम्य तस्यै मदुदन्तमखिलमाख्याय धात्रीभाषणप्रफुल्लवदनं विस्मयविकसिताक्षं जनकमदर्शयम् ।

(२) पितरौ तौ साभिज्ञानमन्योन्यं ज्ञात्वा मुदितान्तरात्मानौ विनीतं मामानन्दाश्रुवर्षेणाभिषिच्य गाढमाश्लिष्य शिरस्युपाघ्राय कस्यांचिन्महीरुहच्छायायामुपाविशताम् ।

शोकम् = दुःखम् । सोढुम् = उपभोक्तुम् । अक्षमा = असमर्था । समुज्ज्वलिते — देदीप्यमाने । वैश्वानरे = अग्नौ । शरीरम् = देहम् । आहुतीकर्तुम् = (न आहुतिम्, अनाहुतिम्, आहुतिम् कर्तुम् इति) भस्मसात्कर्तुम् । उद्युक्ता = तत्परा । आसीत् = अभवदिति ।

(१) तदाकर्ण्य—तत् = वृद्धोक्तम् । आकर्ण्य = श्रुत्वा । निजजननीं = मातरम् । ज्ञात्वा = निश्चित्य । इयमेवास्मन्मातेति बुद्ध्वा । ताम् = वनिताम् । दण्डवत्प्रणम्य = साष्टाङ्गम् प्रणामं कृत्वा । तस्यै = मात्रे । मदुदन्तम् = आत्मीयं वृत्तान्तम् । अखिलम् = समग्रम् । आख्याय = कथयित्वा । धात्रीभाषणप्रफुल्लवदनम्—धात्र्याः = उपमातुः 'धात्री स्यादुपमातापी'त्यमरः, वृद्धायाः भाषणेन = वचनेन प्रफुल्लम् = विकसितम वदनम् = मुखम् यस्य तम् । विस्मयविकसिताक्षम्—विस्मयेन = आश्चर्येण विकसिते = सम्फुल्ले 'प्रफुल्लोत्फुल्लसम्फुल्ल ''फुल्लश्चैते विकसिते' इत्यमरः अक्षिणी = नयने यस्य तम् । जनकम् = पितरम् । (अहम्) अदर्शयम् = दर्शितवान् । मात्रे इत्यर्थः ।

(२) तौ पितरौ = (माता च पिता च पितरौ) मातापितरौ । साभिज्ञानम्—अभिज्ञानेन = परिचयसूचकचिह्नेन सहितम् = युक्तम् । अन्योऽन्यम् = परस्परम् । ज्ञात्वा = परिचित्य । मुदितात्मानौ—मुदितः = प्रसन्नः आत्मा ययोः तौ । विनीतम् = प्रश्रितम्, 'वश्यः प्रणेयो निभृतविनीतप्रश्रिताः समाः' इत्यमरः । माम् = पुष्पोद्भवम् । आनन्दाश्रुवर्षेण—आनन्दस्य अश्रु, तस्य वर्षः = वर्षणम् तेन हर्षजनितनेत्राम्बुवृष्ट्येत्यर्थः । अभिषिच्य = सिक्त्वा । गाढम् = दृढम् । आश्लिष्य = आलिङ्ग्य । शिरसि = मस्तके । उपाघ्राय । कस्यांचित् = एकस्याम् । महीरुहच्छायायाम् = वृक्षच्छायायाम् । उपाविशताम् = उपविष्टौ । जननीजनकाविति शेषः ।

को सहन करने में असमर्थ होने के कारण प्रज्वलित अग्नि में जल कर मरने को तैयार थी ।

(१) धात्री की उपर्युक्त बातें सुनकर मैं जान गया कि ये मेरी माता हैं । मैं उन्हें दण्डवत् प्रणाम कर अपनी सारी कहानी कह सुनायी । धाई की बातें सुनकर प्रसन्न मुख और आश्चर्य से आँखें फाड़कर देखने वाले अपने पिता को दिखाया ।

(२) माता पिता ने परस्पर परिचयात्मक चिह्नों से एक दूसरे को पहचाना और प्रसन्न मुझ विनीत को हृदय से लगाया और सिर सूंघकर आनन्दाश्रु से विभोर हो समीप के किसी एक वृक्ष की छाया में वे बैठ गये ।

(१) 'कथं निवसति महीवल्लभो राजहंसः' इति जनकेन पृष्टोऽहं तस्य राज्यच्युतिं त्वदीयजननं सकलकुमारावाप्तिं तव दिग्विजयारम्भं भवतो मातङ्गानुयानमस्माकं युष्मदन्वेषणकारणं सकलमभ्यधाम्। (२) ततस्तौ कस्यचिदाश्रमे मुनेरस्थापयम्।

(३) ततो देवस्यान्वेषणपरायणोऽहमखिलकार्यनिमित्तं वित्तं निश्चित्य भवदनुग्रहाल्लब्धस्य साधकस्य साहाय्यकरणदक्षं शिष्यगणं निष्पाद्य विन्ध्यवनमध्ये पुरातनपत्तनस्थानानि उपेत्य विविधनिधिसूचकानां महीरुहाणामधो

---

(१) महीवल्लभः = पृथ्वीपतिः राजहंसः। कथं = केन प्रकारेण। निवसति = वासं करोति। इति जनकेन = तातेन। पृष्टः = जिज्ञासितः। अहम् = पुष्पोद्भवः। तस्य = राज्ञः। राज्यच्युतिम् = राज्यभ्रंशम्। त्वदीयजननम् = युष्मदुत्पत्तिम्। सकलकुमारावाप्तिम्—सकलानाम् = समस्तानां कुमाराणाम् अवाप्तिम् = प्राप्तिम्। तव = भवतः। दिग्विजयारम्भम्—दिशाम् विजयः, तस्य आरम्भः तम्। भवतः = तव। मातङ्गस्य = ब्राह्मणाधमस्य। अनुयानम्—अनु पश्चात् यानम् = गमनम्। अस्माकम् = कुमाराणाम्। युष्मदन्वेषणकारणम् = तवान्वेषणस्य कारणम्। सकलं = सम्पूर्णम्। अभ्यधाम् = अकथयम्। (२) ततः = तदनन्तरम्। तौ = पितरौ। कस्यचित् = एकस्य। मुनेः = ऋषेः। आश्रमे = निवासस्थाने। अस्थापयम् = न्यवासयम्। (३) ततः देवस्य = भवतः। अन्वेषणे = मार्गणे। परायणः = तत्परः। अहं = पुष्पोद्भवः। अखिलकार्यनिमित्तम्—अखिलानाम् = समस्तानाम् कार्याणाम् निमित्तम् = साधनभूतम्। वित्तम् = धनम्। निश्चित्य = निर्णीय। भवदनुग्रहात्—भवतः = तव अनुग्रहात् = कृपावशात्। लब्धस्य = प्राप्तस्य। साधकस्य = मुनेः। साहाय्यकरणदक्षम्—सहायताकार्यकरणे दक्षम् = निपुणम्। शिष्यगणम्। निष्पाद्य = संपाद्य। विन्ध्यवनमध्ये। पुरातनपत्तनस्थानानि—पुरातनानि = प्राक्तनानि अतिजीर्णानि पत्तनस्थानानि—पत्तनानां = नगराणाम् स्थानानि = भूमीः। उपेत्य = प्राप्य। विविधनिधिसूचकानाम्—विविधानाम् = अनेकप्रकाराणाम् निधीनाम् = शेवधीनाम्। भूलस्थितद्रव्यविशेषाणामिति यावत्। सूचकाः = निर्देशकाः प्रकाशका इत्यर्थः तेषाम्।

---

(१) पिता ने पूछा—महाराज राजहंस किस प्रकार निवास कर रहे हैं (उनका क्या समाचार है)। मैंने उनको राज्यच्युति, आप का जन्म, सब कुमारों का मिलना, आप का दिग्विजयारम्भ तथा मातङ्ग के साथ जाना और हमलोगों का आपको खोजने में लग जाना आदि सभी बातें कह सुनायी। (२) तब उन दोनों को एक मुनि के आश्रम में ले जाकर ठहरा दिया।

(३) पश्चात् आपकी खोज में लगा हुआ मैंने सोचा कि सभी कार्य धन से सिद्ध होते हैं। अतः धन प्राप्ति का उपाय ढूँढना चाहिए। उसी क्षण आपकी कृपा से मुझे एक उपाय सूझ गया। मैंने सहायता करने में चतुर कुछ शिष्य तैयार किए और विन्ध्यवन के पुराने खण्डहरों वाले नगर में मैं जा पहुँचा। वहाँ अपनी आँखों में सिद्धाञ्जन लगाकर मैंने अनेक प्रकार के खजाने की सूचना देने वाले वृक्षों के नीचे गड़े धनपूर्ण कलशों को देखा। मैंने

निक्षिप्तान् वसुपूर्णान् कलशान् सिद्धाञ्जनेन ज्ञात्वा रक्षिषु परितः स्थितेषु खनन-साधनैः उत्पाद्य दीनारानसंख्यान् राशीकृत्य तत्कालागतमनतिदूरे निवेशितं वणिक्कटकं कञ्चिदभ्येत्य तत्र धनिनो बलीवर्दान् गोणीश्च क्रीत्वाऽन्यद्रव्यमिषेण वसु तद्गोणीसंचितं तैरुह्यमानं शनैः कटकमनयम्।

(१) तदधिकारिणा चन्द्रपालेन केनचिद्वणिक्पुत्रेण विरचितसौहृदोऽहममुनैव साकमुज्जयिनीमुपाविशम्। (२) मत्पितरावपि तां पुरीमभिगमय्य सकलगुण-निलयेन बन्धुपालनाम्ना चन्द्रपालजनकेन नीयमानो मालवनाथदर्शनं विधाय

महीरुहाणाम्। अधः = तले। निक्षिप्तान् = रक्षितान्। सम्पूर्णान् = धनपूरितान्। कलशान् = कुम्भान्। सिद्धाञ्जनेन = कज्जलविशेषेण। ज्ञात्वा = अवगम्य। रक्षिषु = प्रहरिषु रक्षायां नियुक्तेषु पुरुषेषु। परितः = समन्तात्। स्थितेषु = वर्तमानेषु। खननसाधनैः = खनित्रैः, अस्त्र-विशेषैरित्यर्थः। उत्पाद्य = पृथ्वीमध्यात् निःसार्य। असंख्यान् = संख्यातुमशक्यान् दीना-रान् = सुवर्णमुद्राविशेषान्। राशीकृत्य = (अराशिं राशिं कृत्वेति च्विः) संहृत्य। तत्काला-गतम् = तत्कालोपस्थितम्। अनतिदूरे = समीपे। निवेशितम् = स्थापितम् वणिक्कटकम् = वणिगावासम्। कञ्चिदभ्येत्य = गत्वा। तत्र = कटके। बलिनः = पुष्टान्। बलीवर्दान् = वृष-भान्। गोणीः = धान्यादिवहनार्थम् रज्जुनिर्मितपात्रविशेषान्। क्रीत्वा = विनिमयं कृत्वा। अन्यद्रव्यमिषेण = द्रव्यान्तरव्याजेन। तद्गोणीसञ्चितम् = तासु गोणीषु सञ्चितम् = एकत्र स्थापितम्। वसु = धनम्। तैः = बलीवर्दैः। उह्यमानम् = नीयमानम्। शनैः = मन्दम्। कट-कम् = शिविरम्। अनयम् = आनीतवान्।

(१) तदधिकारिणा—तस्य = कटकस्य अधिकारिणा = स्वामिना। केनचित् = एकेन। वणिक्पुत्रेण = वैश्यतनयेन। चन्द्रपालेन = चन्द्रपालनाम्ना। विरचितसौहृदः—विरचितम् = कृतम् सौहृदम् = मित्रत्वम् येन तथाभूतः। अहम् = पुष्पोद्भवः। अमुना = चन्द्रपालेन। एव। साकम् = सह। उज्जयिनीम्। उपाविशम् = प्रविष्टः। (२) मत्पितरौ = मदीयां मातरम् पितरञ्च। तां = उज्जयिनीपुरीम्। अभिगमय्य = प्रापय्य नीत्वेत्यर्थः। सकलगुणनिलयेन—सकलानां = समस्तानाम् गुणानाम् = शौर्यादीनाम् निलयेन = स्थानभूतेन। बन्धुपालनाम्ना = बन्धुपालाभिधेन। चन्द्रपालजनकेन—चन्द्रपालस्य = मन्मित्रस्य तातेन। नीयमानः = (नीयते

उनके चारों तरफ पहरे बैठा दिये और खन्ती, कुदाल आदि अस्त्रों से खोद कर असंख्य अशर्फियों को इकट्ठा किया। उसी समय वहाँ समीप में ही व्यापारियों का एक समूह आ कर ठहरा था, जहाँ जा कर मैंने बलवान् बैलों वाली कुछ गाड़ियाँ खरीदीं और द्रव्यान्तर ढोने का बहाना कर उन गाड़ियों पर समस्त धन इकट्ठा कर दिया और उन बैलों द्वारा ढोकर धीरे से उन्हीं के पड़ाव पर लाया।

(१) उस कटक का अधिकारी वैश्यपुत्र चन्द्रपाल था, जिसके साथ मैंने मित्रता कर ली और उसी के साथ मैं उज्जयिनी पहुँच गया। (२) कुछ दिनों बाद अपने माता-पिता को भी वहाँ ले आया। एक दिन सर्वकलाकुशल चन्द्रपाल के पिता बन्धुपाल के साथ जाकर

तदनुमत्या गूढवसतिमकरवम् ।

(१) ततः काननभूमिषु भवन्तमन्वेष्टुमुद्युक्तं मां परममित्रं बन्धुपालो निशम्यावदत्—सकलं धरणितलमपारमन्वेष्टुमक्षमो भवान्मनोग्लानिं विहाय तूष्णीं तिष्ठतु । भवन्नायकालोकनकारणं शुभशकुनं निरीक्ष्य कथयिष्यामि इति ।

बालचन्द्रिकया प्रीतिः

(२) तल्लपितामृताश्वासितहृदयोऽहमनुदिनं तदुपकण्ठवर्ती कदाचिदिन्दुमुखीं नवयौवनावलीढावयवां नयनचन्द्रिकां बालचन्द्रिकां नाम तरुणीरत्नं

इति शानच्) प्राप्यमाणः (अहम्) मालवनाथदर्शनम् = मालवाधिपतेः दर्शनम् । विधाय = कृत्वा । तदनुमत्या = मालवनाथाज्ञया । गूढवसतिम् = गुप्तवासम् (तत्रैव) अकरवम् = कृतवान् ।

(१) ततः = तदनन्तरम् । काननभूमिषु = वनभूमिषु । भवन्तम् = राजवाहनम् । अन्वेष्टुम् = मार्गितुम् । उद्युक्तम् = सन्नद्धम् । माम् = पुष्पोद्भवम् । परिममित्रम् = परमञ्च तत् मित्रम् । बन्धुपालः ; निशम्य = श्रुत्वा । अवदत् = उवाच । अपारम् = अनन्तम् । सकलम् = सम्पूर्णम् । धरणीतलम् = पृथ्वीतलम् । अन्वेष्टुम् = गवेषितुम् । अक्षमः = असमर्थः । भवान् = पुष्पोद्भवः । मनोग्लानिम्—मनसः ग्लानिम् = खेदम् । विहाय = त्यक्त्वा । तूष्ण = मौनम् । तिष्ठतु । भवन्नायकालोकनकारणम्—भवतः = तव नायकस्य = स्वामिनः आलोकनस्य = दर्शनस्य कारणम् = निमित्तम् । शुभशकुनम् = शुभसूचकचिह्नम् । निरीक्ष्य = दृष्ट्वा । कथयिष्यामि = वक्ष्यामि । इति ।

(२) तल्लपितामृताश्वासितहृदयः—तस्य = चन्द्रपालजनकस्य लपितामृतेन = वचनामृतेन 'व्याहार उक्तिर्लपितं भाषितं वचनं वचः' इत्यमरः आश्वासितम् हृदयम् = स्वान्तम् यस्य सः । अहम् = पुष्पोद्भवः । अनुदिनम् = प्रतिदिनम् । तदुपकण्ठवर्ती—तस्य = बन्धुपालस्य उपकण्ठे = समीपे । वर्तितुम् = स्थातुम् शीलम् यस्य सः (अभवम्) कदाचित् = एकदा । इन्दुमुखीम्—इन्दुः = चन्द्रः इव मुखम् = वदनं यस्याः सा ताम् । नवयौवनावलीढावयवाम्—नवयौवनेन = युवावस्थया अवलीढाः = चुम्बिताः व्याप्ताः इत्यर्थः अवयवाः = अङ्गानि 'अङ्गं प्रतीकोऽवयवोऽपघनः' इत्यमरः यस्याः सा ताम् । नयनचन्द्रिकाम्—नयनयोः = नेत्रयोः चन्द्रिका = कौमुदी ताम् । बालचन्द्रिकाम् । नामेत्यव्ययं प्रसिद्धार्थे । तरुणीरत्नम्—तरुणीषु = युवतीषु रत्नम् =

मालवाधिपति का दर्शन किया और उनकी आज्ञा लेकर वहीं गुप्तवास करने लगा ।

(१) एक दिन वनप्रदेश में आपको ढूँढ़ने को उद्यत मुझे देखकर मेरे परममित्र बन्धुपाल ने कहा—अपार पृथ्वीमण्डल पर क्या आप अन्वेषण कर सकते हैं ? आप अपने मन की ग्लानि छोड़, शान्तिपूर्वक मौन हो बैठिये, आपको स्वामी का दर्शन हो, ऐसा शुभ शकुन देख कर मैं बताऊँगा ।

(२) उसके उपर्युक्त सुधामय वचनों से मुझे धैर्य बँधा और प्रतिदिन उसी के समीप रहने लगा । एक दिन मैंने मूर्तिमयी वैश्यगृह लक्ष्मी-सी बालचन्द्रिका नाम वाली तरुणीरत्न को देखा ।

वणिङ्मन्दिरलक्ष्मीं मूर्तामिवावलोक्य तदीयलावण्यावधूतधीरभावो लतान्तबाणबाणलक्ष्यतामयासिषम् ।

(१) चकितबालकुरङ्गलोचना सापि कुसुमसायकसायकायमानेन कटाक्षवीक्षणेन मामसकृन्निरीक्ष्य मन्दमारुतान्दोलिता लतेवाकम्पत । (२) मनसाभिमुखैः समाकुञ्चितै रागलज्जान्तरालवर्तिभिः साङ्गवर्तिभिरीक्षणविशेषैर्निजमनोवृत्तिम-

---

श्रेष्ठम् । मूर्ताम् = मूर्तिमतीम् । वणिङ्मन्दिरलक्ष्मीम्—वणिजां = वैश्यानाम् मन्दिरम् = भवनम् 'भवनागारमन्दिरमि'त्यमरः तस्य लक्ष्मीः = शोभा ताम् । इव । अवलोक्य = दृष्ट्वा । तदीयलावण्यावधूतधीरभावः--तदीयेन = बालचन्द्रिकासम्बन्धिना लावण्येन = सौन्दर्येण अवधूतः = तिरस्कृतः धीरभावः = धैर्यं यस्य तथाभूतः । लतान्तबाणबाणलक्ष्यताम्--लतान्तः = पुष्पं बाणः यस्य सः = कुसुमेषुः कामः तस्य बाणस्य लक्ष्यताम् = शरव्यत्वम् 'लक्षं लक्ष्यं शरव्यं चे'त्यमरः । अयासिषम् = अगमम् ।

(१) चकितबालकुरङ्गलोचना—चकितस्य = भयान्वितस्य बालकुरङ्गस्य = बालमृगस्य लोचने = नेत्रे इव लोचने = नयने यस्याः सा । सापि = बालचन्द्रिकाऽपि । कुसुमसायकसायकायमानेन—कुसुमसायकस्य = कामस्य सायकः = बाणः स इव आचरता (क्यङि, शानचि च) कामबाणतुल्येन । कटाक्षवीक्षणेन--कटाक्षेण = अपाङ्गदर्शनेन 'कटाक्षोऽपाङ्गदर्शने' इत्यमरः यद्वीक्षणम् = अवलोकनम् तेन । माम् = पुष्पोद्भवम् । असकृत् = अनेकवारम् । निरीक्ष्य = दृष्ट्वा । मन्दमारुतान्दोलिता—मन्देन = धीरेण मारुतेन = पवनेन आन्दोलिता = कम्पिता । लता = 'वल्ली तु व्रततिर्लता' इत्यमरः । इव । अकम्पत = कम्पितवती ।

(२) मनसा = स्वान्तेन । अभिमुखैः = कृतसमक्षैः मय्यर्पितैः ईक्षणविशेषैरित्यनेन सम्बन्धः । समाकुञ्चितैः = सम्यक् प्रकारेण आकुञ्चितैः = संकोचितैः रागलज्जाऽन्तरालवर्तिभिः--रागः = प्रेमा लज्जा = व्रीडा तयोः अन्तराले = मध्ये वर्तितुम् स्थातुम् शीलं येषाम् तैः । साङ्गवर्तिभिः—अङ्गन = उपाङ्गेन सह वर्तन्ते ये: तैः । ईक्षणविशेषैः । निजमनोवृत्तिम्—निजस्य = स्वस्य मनसः = चित्तस्य वृत्तिः = व्यापारः ताम् । अकथयत् = कथितवती ।

उसका मुख चन्द्रमा के समान था । उसकी देह में रूप और यौवन भरे थे । मानो वह नयनों की पुतली थी । उसके सौन्दर्य देखकर मेरे धैर्य नष्ट हो गये और मैं कामदेव के बाणों का लक्ष्य बन गया ।

(१) भयभीत चपलमृग के नयनों जैसी आँखों वाली वह बालचन्द्रिका भी कामबाण सदृश कटाक्षों से मुझे अनेक बार देख कर धीमी वायु द्वारा कँपायी गयी लता की तरह हिल उठी ।

(२) प्रेम और लज्जा के मध्य में रहने वाले हाव-भावों से एवं हृदय से मेरे ऊपर थोड़ी पड़ने वाली पैनी नजरों से अपने मन के भावों को कह गयी ।

कथयत् । (१) चतुरगूढचेष्टाभिरस्या मनोऽनुरागं सम्यग्ज्ञात्वा सुखसंगमोपायमचिन्तयम् ।

बन्धुपालस्य शकुनविचारः

(२) अन्यदा बन्धुपालः शकुनैर्भवद्गतिं प्रेक्षिष्यमाणः पुरोपान्तविहारवनं मया सहोपेत्य कस्मिंश्चिन्महीरुहे शकुन्तवचनानि शृण्वन्नतिष्ठत् ।

(३) अहमुत्कलिकाविनोदपरायणो वनान्तरे परिभ्रमन्सरोवरतीरे चिन्ताक्रान्तचित्तां दीनवदनां मन्मनोरथैकभूमिं बालचन्द्रिकां व्यलोकयम् ।

---

(१) चतुरगूढचेष्टाभिः—चतुराः=पट्व्यः 'दक्षे तु चतुरपेशलपटवः' इत्यमरः गूढाः= गुप्ताः 'निदिग्धोपाचिते गूढगुप्ते' इत्यमरः याः चेष्टाः=हावादयः ताभिः । अस्याः=बालचन्द्रिकायाः । मनोऽनुरागम्—मनसः=चित्तस्य अनुरागम्=प्रेमाणम् । सम्यक् । ज्ञात्वा । सुखसंगमोपायम्—सुखेन=अनुद्योगेन यः सङ्गमः=मिलनम् तस्य उपायः तम् । अचिन्तयम्= चिन्तितवान् (अहमिति शेषः) ।

(२) अन्यदा=अन्यस्मिन्नहनि । बन्धुपालः । शकुनैः=शुभसूचकैः । भवद्गतिम्= भवतः=तव गतिम्=व्यापारम् । प्रेक्षिष्यमाणः=(प्रेक्षिष्यते इति शानच्) अवलोकयिष्यन् । पुरोपान्तविहारवनम्—पुरस्य=नगरस्य उपान्ते=समीपे यद् विहारवनम्=क्रीडोद्यानम् तत् । मया=पुष्पोद्भवेन सह । उपेत्य=गत्वा । कस्मिंश्चित्=एकस्मिन् । महीरुहे=वृक्षे । शकुनवचनानि—शकुनस्य=पक्षिणः 'शकुन्तिपक्षिशकुनिशकुन्तशकुनद्विजाः' इत्यमरः वचनानि= भाषितानि । शृण्वन्=आकर्णयन् । अतिष्ठत्=स्थितः ।

(३) अहम्=पुष्पोद्भवः । उत्कलिकाविनोदपरायणः—उत्कलिका=उत्कण्ठा 'स्याच्चिन्ता स्मृतिराध्यानमुत्कण्ठोत्कलिके समे' इत्यमरः तस्याः विनोदः=दूरीकरणम् तस्मिन् परायणः= (परम्=उत्कृष्टम् अयनम्=स्थानम् यस्य सः) आसक्तः तत्पर इत्यर्थः । वनान्तरे=अन्यद्वनम्=वनान्तरम् तस्मिन् । परिभ्रमन्=पर्यटन् । सरोवरतीरे—सरस्सु=सरसीषु वरः= श्रेष्ठः तस्य तीरे=तटे । चिन्ताक्रान्तचित्ताम्—चिन्तया=स्मृत्या आक्रान्तम् चित्तम्= स्वान्तम् यस्याः सा ताम् । दीनवदनाम्—दीनम्=खिन्नम् वदनम्=आननम् यस्याः सा ताम् । मन्मनोरथैकभूमिम्—मम=पुष्पोद्भवस्य मनोरथस्य=अभिलाषस्य एका भूमिः ताम् ।

---

(१) उसकी चतुरता तथा गुप्त चेष्टाओं द्वारा उसके हार्दिक अनुराग को अच्छी तरह जान कर उसके साथ अनायास मिलने का उपाय सोचने लगा ।

(२) एक दिन बन्धुपाल मेरे साथ शकुनों से आप के विषय में पता चलाने के लिए गाँव के बाहर बिहार वन में गया और वहाँ किसी एक वृक्ष पर बोलते पक्षियों की बोली सुनने के लिए खड़ा हो गया ।

(३) मैं अपनी उत्कंठा शान्ति के लिए यों ही घूमते-फिरते एक दूसरे वन में चला गया । वहाँ एक सरोवर के किनारे चिन्ता से व्याप्त चित्त वाली, क्लान्त मुखवाली और अपने मनोरथ का प्रधान आश्रय उस बालचन्द्रिका को देखा ।

(१) तस्याः ससंभ्रमप्रेमलज्जाकौतुकमनोरमं लीलाविलोकनसुखमनुभवन्सुदत्या वदनारविन्दे विषण्णभावं मदनकदनखेदानुभूतं ज्ञात्वा तन्निमित्तं ज्ञास्यल्लीलया तदुपकण्ठमुपेत्यावोचम्–'सुमुखि तव मुखारविन्दस्य दैन्यकारणं कथय' इति।

(२) सा रहस्यसंजातविश्रम्भतया विहाय लज्जाभये शनैरभाषत—'सौम्य, मानसारो मालवाधीश्वरो वार्धकस्य प्रबलतया निजनन्दन दर्पसारमुज्जयिन्यामभ्यषिञ्चत्।

बालचन्द्रिकाम्। व्यलोकयम् = अपश्यम्।

(१) तस्याः = बालचन्द्रिकायाः। ससम्भ्रम-प्रेमलज्जा-कौतुक-मनोरमम् = सम्भ्रमेण सह वर्तमानानि-ससंभ्रमाणि प्रेमा च लज्जा = व्रीडा च कौतुकं = औत्कण्ठ्यञ्चेति तानि, ससम्भ्रमाणि च तानि तैः मनोरमम् = मनोज्ञम्। लीलाविलोकनसुखम् = लीलया विलोकनम् इति तेन, यत्सुखम् तत्। अनुभवन् = हृदयं गमयन्। सुदत्याः—शोभनाः दन्ताः यस्याः तस्याः बालचन्द्रिकायाः। वदनारविन्दे = मुखे। मदनकदनखेदानुभूतम्—मदनस्य = कामस्य यत् कदनम् = पीडनम् तस्य खेदेन = श्रमेण अनुभूतम्। विषण्णभावम् = क्लान्तत्वम्। ज्ञात्वा। तन्निमित्तन् = तस्य क्लान्तत्वस्य निमित्तम् = कारणम्। ज्ञास्यन् = अवगमिष्यन्। लीलया = विलासेन। तदुपकण्ठम्—तस्याः उपकण्ठम् = समीपम्। उपेत्य = गत्वा। अवोचम् = अवादिषम्। सुमुखि = भद्रे, तव = भवत्याः मुखारविन्दस्य = मुखकमलस्य। दैन्यकारणम्—दैन्यस्य = दीनतायाः कारणम् = निमित्तम्। कथय = भण।

(२) सा बालचन्द्रिका। रहस्यसंजातविश्रम्भतया—रहसि भवे रहस्ये = गोपनीये 'रहस्यं तद्भवं त्रिषु' इत्यमरः संजातः = उत्पन्नः यः विश्रम्भः = विश्वासः यस्याः तस्या भावः तया। लज्जाभये—लज्जा = त्रपा च भयम् = भीतिश्चेति ते विहाय = त्यक्त्वा। शनैः = मन्दं यथा स्यात्तथा। अवादीत्। सौम्य = सुभग। मालवाधीश्वरः मानसारः = मानः एव सारः = बलम् यस्य सः। वार्धकस्य = वृद्धावस्थायाः। प्रबलतया = अधिकतया। निजनन्दनम्—निजस्य = स्वस्य नन्दनम् = पुत्रम्। दर्पसारम्—दर्पः गर्वः एव सारः = बलम् यस्य सः तम्। उज्जयिन्याम् = राजधान्याम्। अभ्यषिञ्चत् = यौवराज्ये अस्थापयत्।

---

(१) उस मनोहर दाँतों वाली बालचन्द्रिका का शीघ्रतावश प्रेम, लज्जा और उत्सुकता से सुन्दर अवलोकन सुख का अनुभव करता हुआ उसके मुख कमल में मदनपीडाजन्य विषाद को देखा। उस विषाद के कारण को जानने की इच्छा से अनायास ही उसके समीप जा कर मैंने पूछा—हे सुमुखि, अपने मुख कमल के म्लान होने का कारण कहो।

(२) एकान्त होने के कारण उसे विश्वास हो गया था। अतः लज्जा तथा भय को छोड़कर वह धीरे से बोली—सौम्य, मालवनरेश मानसार ने वृद्धावस्था के कारण अपने पुत्र दर्पसार का उज्जयिनी में राज्याभिषेक कर दिया।

(१) स कुमारः सप्तसागरपर्यन्तं महीमण्डलं पालयिष्यन्निजपैतृष्वसेयावुद्दण्डकर्माणौ चण्डवर्मदारुवर्माणौ धरणीभरणे नियुज्य तपश्चरणाय राजराजगिरिमभ्यगात् ।

(२) राज्य सर्वमसपत्नं शासति चण्डवर्मणि दारुवर्मा मातुलाग्रजन्मनोः शासनमतिक्रम्य पारदार्यपरद्रव्यापहरणादिदुष्कर्म कुर्वाणो मन्मथसमानस्य भवतो लावण्यायत्तचित्तां मामेकदा विलोक्य कन्यादूषणदोष दूरीकृत्य बलात्कारेण रन्तुमुद्युङ्क्ते । तच्चिन्तया दैन्यमगच्छम्' इति ।

---

(१) स कुमारः = दर्पसारः सप्तसागरपर्यन्तम् = सप्तसमुद्रसीमान्तम । महीमण्डलम्— मह्याः = पृथिव्याः मण्डलम् । पालयिष्यन् = रक्षिष्यन् । निजपैतृष्वसेयौ = पितृष्वसुरपत्यं पुमानिति विग्रहे (पितृष्वसृशब्दात् ढकि, अन्त्यलोपश्च 'ढकि लोपः' इति सूत्रात् । अत एव ज्ञापकात् ढक् प्रत्ययोऽपि इति कौमुदीकारः) = पितुर्भगिन्याः पुत्रौ । उद्दण्डकर्माणौ = निन्दितकार्यरतौ । चण्डवर्मदारुवर्माणौ । धरणीभरणे = पृथिव्याः पालने । नियुज्य । तपश्चरणाय = तपश्चर्तुम् । राजराजगिरिम् = कैलाशम् । अभ्यगात् = अगमत् ।

(२) असपत्नम् = शत्रुरहितम् अकण्टकमित्यर्थः । सर्वम् = सम्पूर्णम् । राज्यम् (राज्ञो भावः कर्म वा) = देशं शासति = पालयति । चण्डवर्मणि । दारुवर्मा = चण्डवर्मणः कनिष्ठः मातुलाग्रजन्मनोः = मानसारचण्डवर्मणोः । शासनम् = आज्ञाम् । उल्लङ्घ्य = अतिक्रम्य । पारदार्यपरद्रव्यापहरणादिदुष्कर्म— पारदार्यम् च परद्रव्यापहरणम् (परस्य यद् द्रव्यं तस्य अपहरणम्) च ते आदिनी यस्य दुष्कर्मणः, तत् परस्त्रीगमनचौर्यादिकर्म । कुर्वाणः = कुर्वन् । मन्मथसमानस्य = कामदेवतुल्यस्य । भवतः = पुष्पोद्भवस्य । लावण्यायत्तचित्ताम् = लावण्येन आयत्तम् = अधीनम् 'अधीनो निघ्न आयत्त' इत्यमरः चित्तम् यस्याः सा ताम् । माम् = बालचन्द्रिकाम् । एकदा = एकस्मिन्नहनि । विलोक्य = दृष्ट्वा । कन्यादूषणदोषम् — कन्यायाः = अविवाहितायाः दूषणम् = (दूषयति = विकारमुत्पादयतीति ल्युट्) तदेव दोषः तम् । दूरीकृत्य = निराकृत्य । बलात्कारेण = बलप्रयोगेण । रन्तुम् = उपभोक्तुम् । उद्युङ्क्ते = चेष्टते । तच्चिन्तया—तस्य चिन्ता = निर्वेदः तया । दैन्यम् = दीनताम् । अगच्छम् = अगमम् ।

---

(१) वह कुमार सातो सागर वाली पृथ्वीमण्डल को पालन करने का भार अपने बूआ के दो दुष्कर्मी पुत्रों चण्डवर्मा और दारुवर्मा को सौंप कर स्वयं तपस्या करने कैलाश पर्वत पर चला गया ।

(२) चण्डवर्मा निःसपत्न (शत्रुहीन) सम्पूर्ण राज्य का शासन करता है और दारुवर्मा मामा तथा बड़े भाई की आज्ञा न मानकर परस्त्रीगमन, परधनापहरण आदि दुष्कर्म किया करता है । कामदेव जैसे आप के रूप पर मोहित मुझे दारुवर्मा ने एक दिन देख लिया और कन्यारमणजन्य दोष का बिना चिन्ता किये उसने मेरे साथ बलपूर्वक रमण करने को उद्यत हो गया । इसी चिन्ता से व्याकुल हो रही हूँ ।

(१) तस्या मनोगतम्, रागोद्रेकं मनोरथसिद्ध्यन्तरायं च निशम्य बाष्पपूर्णलोचनां तामाश्वास्य दारुवर्मणो मारणोपायं च विचार्य वल्लभामवोचम्—तरुणि, भवदभिलाषिणं दुष्टहृदयमेनं निहन्तुं मृदुरुपायः कश्चिन्मया चिन्त्यते। (२) यक्षः कश्चिदधिष्ठाय बालचन्द्रिकां निवसति। तदाकारसंपदाशाशृङ्खलितहृदयो यः संबन्धयोग्यः साहसिको रतिमन्दिरे तं यक्षं निर्जित्य तया एकसखीसमेतया मृगाक्ष्या संलापामृतसुखमनुभूय कुशली निर्गमिष्यति तेन चक्रवाक-

---

(१) तस्याः = बालचन्द्रिकायाः। मनोगतम् = मनसि गतम् चेतोभवम् अभिलाषमित्यर्थः। रागोद्रेकम्—(मयि) रागस्य = अनुरागस्य उद्रेकम् = आधिक्यम्। मन्मनोरथसिद्ध्यन्तरायम्—मम = पुष्पोद्भवस्य मनोरथस्य = अभिलाषस्य सिद्धेः = निष्पत्तेः अन्तरायम् = विघ्नम् च। निशम्य = श्रुत्वा। बाष्पपूर्णलोचनाम्—बाष्पेण = नेत्राम्बुना पूर्णे लोचने = नयने यस्याः सा ताम्। ताम् = बालचन्द्रिकाम् आश्वास्य = सान्त्वयित्वा। दारुवर्मणः = दर्पसारपितृष्वसुः पुत्रस्य। मारणोपायम्—हन्तुम् उपायम् च विचार्य = चिन्तयित्वा। वल्लभाम् = प्रेयसीम् बालचन्द्रिकाम्। अवोचम् = अवादिषम्। तरुणि, सम्बोधनपदमेतत्। भवदभिलाषिणम्—भवत्याः = तव अभिलाषिणम्—अभिलाषः = मनोरथः आकाङ्क्षेति यावत् अस्यास्तीति तम्। दुष्टहृदयम्—दुष्टम् हृदयम् = मनः यस्य तम् एनम् = दारुवर्माणम्। निहन्तुम् = नाशितुम्। मृदुः = लघुः। उपायः = साधनम्। कश्चित् = एकः। मया = पुष्पोद्भवेन। चिन्त्यते = विचार्यते।

(२) बालचन्द्रिकाम् अधिष्ठाय = आक्रम्य, संसेव्येत्यर्थः। कश्चित् = एकः। यक्षः = पिशाचविशेषः। निवसति = वासं करोति। तदाकारसंपदाशाशृङ्खलितहृदयः—तस्याः = बालचन्द्रिकायाः आकारः = आकृतिः एव सम्पत् = श्रीः तस्यां या आशा = भोगेच्छा तया शृंखलितम् = बद्धम् हृदयम् = मनो यस्य तथाभूतः। यः कश्चित्। सम्बन्धयोग्यः = अनुरूपः। साहसिकः = दृढः, साहसं कर्तुं समर्थः इत्यर्थः। रतिमन्दिरे = सुरतशालायाम्। तम् = बालचन्द्रिकाधिष्ठितम्। यक्षम् = पिशाचविशेषम्। निर्जित्य = पराजित्य। एकसखीसमेतया—एका चासौ सखी तया एकसख्या समेतया = युक्तया। तया मृगाक्ष्या = मृगस्येव अक्षिणी = नयने यस्याः सा, तया = बालचन्द्रिकया। संलापामृतसुखम्—संलापः = परस्परभाषणम् तद्रूपम् यत् अमृतम् तदुत्पन्नम् सुखम् = आनन्दम्। अनुभूय। कुशली—कुशलम् =

---

(१) उसके मनोभाव, अपने प्रति प्रेमातिशय तथा अपने मनोरथ सिद्धि में दारुवर्मा को विघ्नरूप सुनकर रोती हुई उस बालचन्द्रिका को आश्वासन दिया और दारुवर्मा की हत्या करने की युक्ति सोचकर अपनी वल्लभा से कहा—तरुणि, तुम्हें चाहने वाले उस दुष्टहृदय दारुवर्मा को मारने के लिए मैं एक सरल उपाय सोच रहा हूँ। तुम अपने प्रामाणिक जनों द्वारा गाँव में यह अफवाह फैला दो कि—एक सिद्धतापस ने कहा है—(२) "बालचन्द्रिका के ऊपर एक यक्ष रहता है। उसके सौन्दर्याभिलाषी एवं सम्बन्ध करने योग्य जो भी साहसी रतिमन्दिर में उस यक्ष को परास्त कर एक सहेली के साथ बैठी उस मृगाक्षी से वार्तारूपी

संशयाकारपयोधरा विवाहनीयेति सिद्धेनैकेनावादीति पुरजनस्य पुरतो भवदीयैः सत्यवाक्यैर्जनैरसकृत्कथनीयम् । (१) तदनु दारुवर्मा वाक्यानीत्थंविधानि श्रावं श्रावं तूष्णीं यदि भिया स्थास्यति तर्हि वरम्, यदि वा दौर्जन्येन त्वया सङ्गमङ्गीकरिष्यति, तदा स भवदीयैरित्थं वाच्यः—

(२) 'सौम्य, दर्पसारवसुधाधिपामात्यस्य भवतोऽस्मन्निवासे साहसकरणमनुचितम् । पौरजनसाक्षिकं भवन्मन्दिरमानीतया अनया तोयजाक्ष्या

क्षेमम् अस्यास्तीति, अक्षतविग्रहः । निर्गमिष्यति = निःसरिष्यति । तेन = पुरुषविशेषेण । चक्रवाकसंशयाकारपयोधरा—चक्रवाके = पक्षिविशेषे संशयः = सन्देहः येन तादृशः आकारः = स्वरूपम् ययोः तादृशौ पयोधरौ = कुचौ यस्याः सा (बालचन्द्रिका) । विवाहनीया = परिणेया । इति सिद्धेन = तापसेन । एकेन = केनचित् । अवादि = अभाषि । इति पुरजनस्य = ग्रामवासिनः पुरतः = अग्रे नागरान् प्रतीत्यर्थः । भवदीयैः = भवत्पक्षावलम्बिभिः । सत्यवाक्यैः = सत्यवक्तृभिः प्रामाणिकैः इत्यर्थः । जनैः = मनुष्यैः । असकृत् = वारं वारम् । कथनीयम् = भणनीयम् ।

(१) तदनु = तत्पश्चात् । दारुवर्मा = मानसारभागिनेयः । इत्थंविधानि = (अनेन प्रकारेणेति इत्थम्) ईदृक्प्रकाराणि 'विधा विधौ प्रकारे च' इत्यमरः । वाक्यानि = वचनानि । 'सुप्तिङन्तचयो वाक्यम्' इत्यमरः । श्रावं श्रावम् = श्रुत्वा (वीप्सायां द्विरुक्तिः) । यदि भिया = भयेन । तूष्णीम् = मौनम् 'मौने तु तूष्णीम्' इत्यमरः । स्थास्यति = स्थिरो भविष्यति । तर्हि = तदा । वरम् = श्रेष्ठम् । यदि वा = अथवा (पक्षान्तरे) दौर्जन्येन (हेतौ तृतीया) दुर्जनस्य भावः तेन दुर्जनतया । त्वया = भवत्या सह । सङ्गम् = प्रीतिम् । अङ्गीकरिष्यति = स्वीकरिष्यति । तदा सः = दारुवर्मा । भवदीयैः = त्वदीयैः जनैरिति शेषः । इत्थम् = वक्ष्यमाणप्रकारेण । वाच्यः = कथनीयः ।

(२) सौम्य = सुभग, सम्बोधनपदमेतत् । दर्पसारवसुधाधिपामात्यस्य = दर्पसारश्चासौ वसुधाधिपश्चेति तस्य अमात्यस्य = दर्पसारराजस्य मन्त्रिणः । भवतः = तव दारुवर्मणः । अस्मन्निवासे = अस्माकम् गेहे । साहसकरणम् = साहसिककार्यानुष्ठानम् । अयोग्यम् = अनुचितम् । पौरजनसाक्षिकम्—पौराः = ग्रामवासिनः साक्षिणः = प्रत्यक्षद्रष्टारः यस्मिन् तत् यथा स्यात्तथा ग्रामीणानां समक्षम् इति यावत् । भवन्मन्दिरम्—भवतः = तव मन्दिरम् = भवनम् । आनीतया = प्राप्तया । तोयजाक्ष्या—तोयजे = पुण्डरीके इव अक्षिणी यस्याः तया

अमृतपान का सुख प्राप्त कर सकुशल लौट आयेगा उसी के साथ चक्रवाकों के सन्देह को उत्पन्न करने वाले स्तनों वाली बालचन्द्रिका का विवाह होगा" (१) इस प्रकार की बातें सुनकर यदि दारुवर्मा डर कर चुप बैठ गया फिर क्या कहना ? यदि इस पर भी दुर्जनतावश वह तुम्हारी पीछा न छोड़े तो तुम्हारे आत्मीयजन उससे पुनः इस प्रकार कहें—

(२) "सौम्य पृथ्वीपति दर्पसार के आप मन्त्री हैं । हमारे घर में आप का ऐसा साहस उचित नहीं । ग्रामजनों के समक्ष आप इसे अपने घर लिवा ले जायँ और अपने घर में इस

सह क्रीडन्नायुष्मान्यदि भविष्यति तदा परिणीय तरुणीं मनोरथान्निर्विश' इति ।

(१) सोऽप्येतदङ्गीकरिष्यति । त्वं सखीवेषधारिणा मया सह तस्य मन्दिर गच्छ । (२) अहमेकान्तनिकेतने मुष्टिजानुपादाघातैस्तं रमसान्निहत्य पुनरपि वयस्यामिषेण भवतीमनु निःशङ्कं निर्गमिष्यामिं ।

(३) तदेनमुपायमंगीकृत्य विगतसाध्वसलज्जा भवज्जनकजननीसहोदराणां पुरत आवयोः प्रेमातिशयमाख्याय सर्वथास्मत्परिणयकरणेताननुनयः ।

पद्मनेत्रया । तया = बालचन्द्रिकया । सह = साकम् । क्रीडन् = विहरन् । यदि । आयुष्मान् = कुशली । भविष्यति = निर्गमिष्यति भवानिति शेषः । तदा तरुणीं = युवतीम् । परिणीय = विवाहं कृत्वा । मनोरथान् = अभिलाषान् । निर्विश = उपभोगं कुरु । अन्यथा नेति भावः ।

(१) सः = दारुवर्मा अपि । एतत् = नागरोक्तम् । (यदि) अङ्गीकरिष्यति = स्वीकरिष्यति (तदा) । त्वम् = बालचन्द्रिका । सखीवेषधारिणा = (वेषम् धरतीति वेषधारी) इति तेन । मया = पुष्पोद्भवेन सह । तस्य = दारुवर्मणः । मन्दिरम् = अगारम् । गच्छ = व्रज ।

(२) अहम् = पुष्पोद्भवः । एकान्तनिकेतने = एकान्ते एकस्य अन्तो यस्मिन् तस्मिन् = निर्जने । निकेतने = गेहे । मुष्टिजानुपादाघातैः = मुष्ट्या जानुना = ऊरुपर्वेण पादेन = चरणेन च ये आघाताः = प्रहाराः तैः । रभसात् = वेगात् । निहत्य = मारयित्वा । पुनः = भूयः अपि । वयस्यामिषेण = सखीच्छलेन । भवतीम् = त्वाम् । अनु = पश्चात् तत्र । निःशङ्कम् = शङ्कायाः निर्गतम् सन्देहशून्यम् यथा स्यात्तथा । निर्गमिष्यामि = निष्क्रमिष्यामि ।

(३) तत् एनम् = अमुम् । उपायम् = साधनम् । अङ्गीकृत्य = स्वीकृत्य । विगतसाध्वसलज्जा (त्वम्) साध्वसम् = भयञ्च लज्जा = त्रपा च साध्वसलज्जे विगते = विनष्टे साध्वसलज्जे यस्याः सा (त्वम्) भवज्जनकजननीसहोदराणाम्—जनकः = पिता च जननी = माता च सहोदरः = भ्राता चेति द्वन्द्वे, भवत्याः = तव जनकजननीसहोदराः इति तेषाम् । पुरतः = समक्षे, आवयोः = तव च मम चेति । प्रेमातिशयम्—प्रेम्णः = प्रीतेः अतिशयम् = आधिक्यम् । आख्याय = कथयित्वा । सर्वथा = सर्वप्रकारेण अस्मत्परिणयकरणे = आवयोर्विवाहकरणे । तान् = पित्रादीन् । अनुनयेः = (अनुपूर्वकात् णीञ् प्रापणे धातोर्विधिलिङ् मध्यमपुरुषैकवचने) अनुरुन्ध्याः ।

कमलाक्षी के साथ बिहार करते हुए यदि आप आयुष्मान् निकलें तो इसके साथ विवाह कर आप अपने मनोरथ पूर्ण करें" । (१) वह भी इस बात को स्वीकार करेगा । तब तुम सखी वेषधारी मेरे साथ उसके घर चली चलना ।

(२) मैं एकान्त घर में मौका पाते ही घूसा, लात और घुटनों के प्रहार से उसे मार डालूँगा और फिर सखी के रूप में तुम्हारे पीछे निःशङ्क निकल जाऊँगा । (३) इस उपाय को स्वीकार कर भय और लज्जा छोड़कर अपने माता-पिता और सोदरों से हम दोनों के प्रेमातिशय की बात कहना और राजी करना कि वे हम दोनों का विवाह कर दें ।

(१) तेऽपि वंशसंपल्लावण्याढ्याय यूने मह्यं त्वां दास्यन्त्येव । (२) दारुवर्मणो मारणोपायं तेभ्यः कथयित्वा तेषामुत्तरमाख्येयं मह्यम्' इति ।

(३) सापि किञ्चिदुत्फुल्लसरसिजानना मामब्रवीत्—'सुभग, क्रूरकर्माणं दारुवर्माणं भवानेव हन्तुमर्हति । (४) तस्मिन्हते सर्वथा युष्मन्मनोरथः फलिष्यति । एव क्रियताम् । भवदुक्तं सर्वमहमपि तथा करिष्ये' इति मामसकृद्विवृत्तवदना विलोकयन्ती मन्दं मन्दमगारमगात् । (५) अहमपि बन्धु-

---

(१) ते=पित्रादयः अपि । वंशसंपल्लावण्याढ्याय—वंशसम्पदा=कुलगौरवेण लावण्येन=सौन्दर्येण च आढ्याय=युक्ताय । यूने=तरुणाय । मह्यम्=पुष्पोद्भवाय । त्वाम्=बालचन्द्रिकाम् । दास्यन्ति=वितरिष्यन्ति । एव इति निश्चयार्थकोऽव्ययः ।

(२) दारुवर्मणः=मानसारभागिनेयस्य । मारणोपायम्—मारणस्य=हननस्य उपायम्=साधनम् तेभ्यः=पौरेभ्यः पित्रादिभ्यो वा । कथयित्वा=आख्याय । तेषाम्=नागराणाम् पित्रादीनाम् वा । उत्तरम्=प्रतिवाक्यम् 'प्रतिवाक्योत्तरे समे' इत्यमरः । मह्यम्=पुष्पोद्भवाय । आख्येयम्=कथनीयम् । इतिं ।

(३) सा=बालचन्द्रिका । अपि । किञ्चित्=ईषत् । उत्फुल्लसरसिजानना—उत्फुल्लम्=विकसितम् सरसिजम्=कमलम् इव आननम्=मुखम् यस्याः सा । माम्=पुष्पोद्भवम् । अब्रवीत्=अवोचत् । सुभग=सौम्य । क्रूरकर्माणम्=घातुकम् । दारुवर्माणम् । भवान्=त्वम् एव हन्तुम् । अर्हति=समर्थः ।

(४) तस्मिन्=दारुवर्मणि । हते=मृते । सर्वथा=सर्वप्रकारेण । युष्मन्मनोरथः=युष्माकम् मनोरथः=अभिलाषः । फलिष्यति=सिद्धिम् यास्यति । एवम्=यथोक्तम् । क्रियताम्=विधीयताम् । भवदुक्तम्—भवता उक्तम्=कथितम् । सर्वम्=साकल्येन अहमपि=बालचन्द्रिकापि । तया=तेन प्रकारेण यथोपदिष्टम् । करिष्ये=विधास्यामि । इति (अभिधाय)। विवृत्तवदना—विवृत्तम्=परावृत्तम् वदनम्=आननम् यस्याः सा असकृत्=मुहुः मुहुः । माम्=पुष्पोद्भवम् । विलोकयन्ती=पश्यन्ती । मन्दं मन्दम्=शनैः शनैः अगारम्=भवनम् । अगात्=गतवती ।

(५) अहमपि=पुष्पोद्भवोऽपि । बन्धुपालम्=चन्द्रपालजनकम् । उपेत्य=प्राप्य । शकुन-

---

(१) वे भी कुल, सौन्दर्य से युक्त मुझ युवक को देख कर अवश्य ही तुम्हारा विवाह मेरे साथ कर देंगे । (२) दारुवर्मा का मारणोपाय अपने घर के लोगों को बताकर उनका उत्तर मुझे बताना ।

(३) उपर्युक्त मेरी बातें सुनकर उसका मुखकमल खिल उठा । उसने मुझसे कहा—सुभग, दुष्ट दारुवर्मा को मारने के लिए आपही समर्थ हो सकते हैं । (४) उसके मरने पर अवश्य आपका मनोरथ पूर्ण होगा । आप ऐसा ही करें । आपने जैसा कहा है उसी प्रकार मैं भी करूँगी । ऐसा कह कर बार बार पलट कर मुझे देखती हुई वह धीरे धीरे घर लौट गयी । (५) मैं भी बन्धुपाल के समीप आ गया । शकुनविद्या को जानने वाला उसने बताया कि

पालमुपेत्य शकुनज्ञात्तस्मात् 'त्रिंशद्दिवसानन्तरमेव भवत्संगः संभविष्यति' इत्यश्रृणवम् ।

(१) तदनु मदनुगम्यमानो बन्धुपालो निजावासं प्रविश्य मामपि निलयाय विससर्ज ।

(२) मन्मायोपायवागुरापाशलग्नेन दारुवर्मणा रतिमन्दिरे रन्तुं समाहूता बालचन्द्रिका त गमिष्यन्ती दूतिकां मन्निकटम मप्रेषितवती ।

(३) अहमपि मणिनूपुरमेखलाकङ्कणकटकताटङ्कहारक्षौमकज्जलं वनि-

ज्ञात्—जनातीति ज्ञः, शकुनस्य = निमित्तस्य ज्ञः = तस्मात् बन्धुपालात् । त्रिंशद्दिवसानन्तरम् = त्रिंशच्च ते दिवसाः चेति तेषामनन्तरम् = मासादूर्ध्वम् एव । भवत्सङ्गः—भवता = राजवाहनेन सह सह सङ्गः = मिलनम् । संभविष्यति = सम्यक् प्रकारेण भविष्यति । इति अश्रृणवम् = श्रुतवान् ।

(१) तदनु = तत्पश्चात् । मदनुगम्यमानः—मया = पुष्पोद्भवेन । अनुगम्यमानः—अनु = पश्चात् गम्यते = स्त्रियते इति अनुगम्यमानः = अनुस्त्रियमाणः । बन्धुपालः = शकुनवक्ता । निजावासम्—निजस्य = स्वस्य आवासम् = गृहम् । प्रविश्य । माम् = पुष्पोद्भवम् । निलयाय = आलयाय आवासायेत्यर्थः 'न्निकाय्यनिलयालयाः' इत्यमरः । विससर्ज = तत्याज ।

(२) मन्मायोपायवागुरापाशलग्नेन—मम = पुष्पोद्भवस्य मायया = छलेन (निर्मितः) यः उपायः = साधनम् स एव वागुरा = मृगबन्धनी 'वागुरा मृगबन्धनी' इत्यमरः तद्रूपो यः पाशः = रज्जुः तस्मिन् लग्नः = संसक्तः तेन । दारुवर्मणा = मानसारभागिनेयेन । रतिमन्दिरे = सुरतभवने । रन्तुम् = क्रीडितुम् । समाहूता = आहूता । बालचन्द्रिका । तम् = दारुवर्मसमीपम् । गमिष्यन्ती = प्रस्थास्यमाना । मन्निकटम् = मत्समीपम् । दूतिकाम् = चेटीम् । अभिप्रेषितवती = प्राहिणोत् ।

(३) अहमपि = पुष्पोद्भवोऽपि । मणिनूपुर–मेखला–कङ्कण–कटक–ताटङ्क–हार–क्षौम–कज्जलम्—मणिना निर्मितः नूपुरः मणिनूपुरः = मञ्जीरश्च 'मञ्जीरो नूपुरोऽस्त्रियाम्' इत्यमरः । मेखला = काञ्ची च 'मेखला काञ्ची सप्तकी' इत्यमरः कङ्कणम् = करभूषणम् च कटकः = वलयश्च ताटङ्कम् = कर्णभूषणम् च हारः = मुक्तावली च क्षौमम् = दुकूलम् च कज्जलम् = अञ्जनञ्चेति

तीस दिनों के बाद आप का सङ्ग होगा। (१) पश्चात् मुझसे अनुगमन किया हुआ बन्धुपाल अपने घर पहुँच कर मुझे भी अपने घर जाने की अनुमति दी।

(२) मेरी माया से निर्मित उपाय रूप मृगबन्धिनी में दारुवर्मा फँस गया। उसने रति मन्दिर में रमण करने के लिए बालचन्द्रिका को बुलाया। जब वह जाने को तैयार हुई तब मेरे पास उसने अपनी दासी भेज दी। मैं भी मनोहर वेष को धारण कर स्त्रियोचित आभूषण समूह जैसे—मणिजटित पायल, करधनी, कङ्गन, विजायठ, कनपासा, हार, रेशमी साड़ी और

तायोग्यं मण्डनजातं निपुणतया तत्तत्स्थानेषु निक्षिप्य सम्यगङ्गीकृतमनोज्ञवेषो वल्लभया तया सह तदागारद्वारोपान्तमगच्छम् ।

(१) द्वाःस्थकथितास्मदागमनेन सादरं विहिताभ्युद्गतिना तेन द्वारोपान्तनिवारिताशेषपरिवारेण मदन्विता बालचन्द्रिका सकेतागारमानीयत ।

(२) नगरव्याकुलां यक्षकथां परीक्षमाणो नागरिकजनोऽपि कुतूहलेन दारुवर्मणः प्रतीहारभूमिमगमत् ।

एतेषाम् समाहारे क्लीबत्वं एकवचनं च । वनितायोग्यम् = स्त्रीजनोचितम् । मण्डनजातम् = भूषणसमूहम् । निपुणतया—निपुणस्य भावः निपुणता तया = कौशलेन । तत्तत्स्थानेषु = तेषु तेषु अङ्गेषु । निक्षिप्य = संस्थाप्य परिधायेति यावत् । सम्यक् अङ्गीकृतमनोज्ञवेषः—सम्यक् = सुष्ठु अङ्गीकृतः = स्वीकृतः मनोज्ञः = मञ्जुलः वेषः = प्रसाधनम् येन सः (अहम्) । वल्लभया = प्रेमिकया । तया = बालचन्द्रिकया सह । तदागारद्वारोपान्तम्—तस्य दारुवर्मणः आगारस्य = भवनस्य द्वारम् = प्रतीहारः तस्य उपान्तम् = समीपम् । अगच्छम् = प्राप्नवम् ।

(१) द्वाःस्थकथितास्मदागमनेन = द्वाःस्थेन = द्वारपालेन कथितम् = निवेदितम् आवयोः आगमनम् यस्मै तेन । सादरम्—आदरेण = सत्कारेण सहितम् यथा स्यात्तथा । विहिता = कृता अभ्युद्गतिः = अभ्युत्थानं येन तेन कृतप्रत्युद्गतिना । तेन = दारुवर्मणा । द्वारोपान्तनिवारिताशेषपरिवारेण —द्वारोपान्ते = प्रतीहारप्रदेशे निवारितः अशेषः = सम्पूर्णः परिवारः = भृत्यवर्गः परिजनः इत्यर्थः येन तेन । मदन्विता—मया = पुष्पोद्भवेन अन्विता = युक्ता सहितेति यावत् । बालचन्द्रिका सङ्केतागारम् = रतिमन्दिरम् । आनीयत = (आङ्पूर्वकात् णीञ् प्रापणे धातोः कर्मणि लङ्) ।

(२) नगरव्याकुलाम्—नगरे = पुरे व्याकुलाम् = प्रसृताम् व्याप्तामित्यर्थः प्रचारितामिति यावत् । यक्षकथाम् = पिशाचकथाम् । परीक्षमाणः—परीक्षते = संपश्यति इति परीक्षमाणः = पश्यन् । नागरिकजनः—नगरे = पुरे भवः नागरिकः स चासौ जनश्च = पुरजनः । अपि कुतूहलेन = उत्कण्ठया । दारुवर्मणः । प्रतीहारभूमिम् = द्वारदेशम् । अगमत् = गतः ।

कज्जल—को उन-उन अङ्गों में चतुरता पूर्वक धारण कर प्रियतमा बालचन्द्रिका के साथ दारुवर्मा के गृह-द्वार के समीप गया ।

(१) द्वारपालों ने हम लोगों के आने की खबर दी । द्वारपाल से खबर पाकर दारुवर्मा सादर अगवानी करने के लिए आगे आया और द्वार के समीप ही समस्त परिवार को भीतर जाने से रोक दिया । केवल मेरे साथ आगे चलती हुई बालचन्द्रिका को पूर्व निर्दिष्ट रतिमन्दिर में ले गया ।

(२) 'बालचन्द्रिका के ऊपर यक्ष का निवास है' ऐसी कथा नगर में फैल चुकी थी अतः उसकी परीक्षा के लिये नगरवासी कौतूहलवश दारुवर्मा को ड्योढ़ी पर एकत्र हो गये ।

दारुवर्मणो वधः

(१) विवेकशून्यमतिरसौ रागातिरेकेण रत्नखचितहेमपर्यङ्के हंसतूलगर्भशयनमानीय तरुणीं, तस्यै मह्यं तमिस्रासम्यगनवलोकितपुंभावाय मनोरमस्त्रीवेषाय च (२) चामीकरमणिमयमण्डनानि सूक्ष्माणि चित्रवस्त्राणि कस्तूरिकामिलितं हरिचन्दनं कर्पूरसहितं ताम्बूलं सुरभीणि कुसुमानीत्यादिवस्तुजातं समर्प्य मुहूर्तद्वयमात्रं हासवचनैः संलपन्नतिष्ठत् ।

---

(१) विवेकशून्यमतिः—विवेकेन = सदसद्विचारेण शून्या = रहिता मतिः = बुद्धिः यस्य सः । असौ = दारुवर्मा । रागातिरेकेण—रागस्य = अनुरागस्य अतिरेकेण = आधिक्येन । रत्नखचितहेमपर्यङ्के—रत्नैः = मणिभिः खचितः = जटितः यः हेम्नः = सुवर्णस्य 'स्वर्णं कनकं हिरण्यं हेम हाटकम्' इत्यमरः पर्यङ्कः = पल्यङ्कः 'शयनं मञ्चपर्यङ्कपल्यङ्काः' इत्यमरः तस्मिन् । हंसतूलगर्भशयनम्—हंसतूलः = हंसेन तुल्यः धवलः यः तूलः स गर्भे = अन्तराले यस्य तत् भूतम् शयनम् = शय्याम् (शय्यायामित्यर्थः) तरुणीम् = बालचन्द्रिकाम् । आनीय = आरोप्य । (णीञ् धातोः द्विकर्मकतया 'शयनम्' इत्यस्यापि कर्मत्वम्) तस्यै = बालचन्द्रिकायै । तमिस्रासम्यगनवलोकितपुंभावाय— तमिस्रया = रात्र्या सम्यक् = सुष्ठु स्पष्टमित्यर्थः अनवलोकितः = अलक्षितः पुंभावः = पुरुषत्वं यस्य तस्मै । मनोरमस्त्रीवेषाय = मनोरमः अतिसुन्दरः स्त्रीवेषः स्त्रीगणोचितं प्रसाधनं यस्य तस्मै । मह्यं = स्त्रीवेषधारिणे पुष्पोद्भवाय च ।

(२) चामीकरमणिमयमण्डनानि—चामीकरमणिमयानि—चामीकरं = सुवर्णं 'चामीकरं जातरूपं महारजतकाञ्चने' इत्यमरः मणिः = रत्नम् ताभ्यां प्रचुराणि मण्डनानि = आभूषणानि । सूक्ष्माणि = श्लक्ष्णानि 'सूक्ष्मं श्लक्ष्णं दभ्रं कृशं तनु' इत्यमरः । चित्रवस्त्राणि = आश्चर्यजनकानि वासांसि (छापे की साड़ी भाषायां) । कस्तूरिकामिलितम्—कस्तूरिकया = मृगमदेन मिलितम् = वासितम् । हरिचन्दनम् = सुगन्धि वस्तुविशेषः । कर्पूरसहितं—कर्पूरेण = घनसारेण सहितम् = युक्तम् । ताम्बूलम् । सुरभीणि = सुगन्धीनि । कुसुमानि = पुष्पाणि । इत्यादि = प्रभृति । वस्तुजातम् = द्रव्यसमूहम् । समर्प्य = दत्त्वा । मुहूर्तद्वयमात्रम् = चतुर्विंशतिक्षणमात्रम् 'क्षणस्ते तु मुहूर्तो द्वादशास्त्रियाम्' इत्यमरः । हासवचनैः = हास्यवाक्यैः । 'हसः । हासो हास्यं च' इत्यमरः । संलपन् = मिथः आलपन् । अतिष्ठत् ।

---

(१) विवेक ने दारुवर्मा का साथ छोड़ दिया था । वासना अपना कब्जा जमा चुकी थी जिससे वह अन्धा बन गया था । हंस के समान स्वच्छ रूई से भरे गद्दों वाले रत्नजटित सोने के पलंग पर उस तरुणी बालचन्द्रिका को बिठा कर उसको तथा मनोरम स्त्री वेष धारण करने वाले मुझको उसने (२) सुवर्ण और मणियों के बने आभूषण, सूक्ष्म छापे की साड़ी, कस्तूरी मिले चन्दन, कपूर युक्त पान और सुगन्धित पुष्पादि वस्तु समूह दिये । रात्रि होने के कारण मेरे पुंभाव को उसने नहीं पहचाना । फिर कुछ देर हँसी मजाक में समय बिताया ।

(१) ततो रागान्धतया सुमुखीकुचग्रहणे मतिं व्यधत्त । (२) रोषारुणितोऽहमेनं पर्यङ्कतलान्निःशङ्को निपात्य मुष्टिजानुपादाघातैः प्राहरम् ।

(३) नियुद्धरभसविकलमलंकारं पूर्ववन्मेलयित्वा भयकम्पितां नताङ्गीमुपलालयन्मन्दिराङ्गणमुपेतः साध्वसकम्पित इवोच्चैरकूजमहम्—'हा बालचन्द्रिकाधिष्ठितेन घोराकारेण यक्षेण दारुवर्मा निहन्यते ।

(४) सहसा समागच्छत पश्यतेमम्' इति । (५) तदाकर्ण्य मिलिता जनाः

---

(१) ततः = तदनन्तरम् । रागान्धतया—रागेण = अनुरागेण = मदनजनितविषयाभिलाषेणेति यावत् अन्धः = मत्तः तस्य भावः तेन हेतुना । सुमुखीकुचग्रहणे = सुष्ठु मुखं यस्यास्तस्या बालचन्द्रिकायाः कुचग्रहणे = स्तनपीडने । मतिम् = बुद्धिम् । व्यधत्त = अकरोत् ।

(२) रोषारुणितः—रोषेण = क्रोधेन अरुणितः = रक्तवर्णः । अहम् = पुष्पोद्भवः । एनम् = दारुवर्माणम् । पर्यङ्कतलात् = पल्यङ्कात् । निःशङ्कः = शङ्कारहितः । निपात्य । मुष्टिजानुपादाघातैः—मुष्टेः जानुनोः = ऊरुपर्वणोः पादयोः चरणयोः च ये आघाताः = प्रहाराः तैः । प्राहरम् = ताडितवान् व्यनाशयमित्यर्थः ।

(३) नियुद्धरभसविकलम्—नियुद्धे = बाहुयुद्धे 'नियुद्धं बाहुयुद्धेऽथ' इत्यमरः यः रभसः = वेगः 'रभसो वेगहर्षयोः' इत्यमरः तेन विकलम् = विपर्यस्तम् स्थानभ्रष्टमित्यर्थः । अलङ्कारम् = भूषणम् । पूर्ववत् = यथावत् । मेलयित्वा = संस्थाप्य । भयकम्पिताम्—भयेन = भीत्या कम्पिता = वेपमाना ताम् । नताङ्गीम्—नतम् = नम्रीभूतम् अङ्गम् = अवयवः यस्याः सा ताम् = बालचन्द्रिकाम् । उपलालयन् = सान्त्वयन् । मन्दिराङ्गणम्—मन्दिरस्य = भवनस्य अङ्गणम् = चत्वरम् । उपेतः = प्राप्तः आगतः इत्यर्थः । साध्वसकम्पितः—साध्वसेन = भयेन कम्पितः = वेपितः इव । उच्चैः = तारस्वरेण । अहम् = पुष्पोद्भवः । अकूजम् = अव्यक्त शब्दमकरवम् आक्रन्दमित्यर्थः । हा = इति शोके 'हा विषादशुगर्तिषु' इत्यमरः बालचन्द्रिकाधिष्ठितेन = बालचन्द्रिकाम् आक्रम्य स्थितेन । घोराकारेण—घोरः = भयङ्करः आकारः = स्वरूपम् यस्य तेन । यक्षेण = पिशाचेन । निहन्यते = विनाश्यते ।

(४) सहसा = झटिति शीघ्रम् इत्यर्थः । समागच्छत = आयात इमम् = हन्यमानम् । पश्यत यूयमिति शेषः ।

(५) तदाकर्ण्य—तत् = क्रन्दनम् आकर्ण्य = श्रुत्वा । मिलिताः = समवेताः उपास्थताः ।

---

(१) उसके बाद काम की पीड़ा से अन्ध होकर दारुवर्मा ने बालचन्द्रिका के स्तनों को पकड़ने के लिए उद्यत हुआ । (२) उसकी इस चेष्टा को देखकर मैं क्रोध से लाल हो गया और निःशङ्क दारुवर्मा को पलङ्ग से नीचे पटक कर लात मुक्का और घुटनों के प्रहार से खूब मारा । (३) बाहुयुद्ध के वेग से मेरे आभूषण बिखर गये (अस्त-व्यस्त हो गये) थे । मैंने उन्हें पूर्व की तरह ठीक किया और भय से काँपती प्रिया को धैर्य बंधाकर मैं आंगन में आ गया और जोर से चिल्लाने लगा । मेरा स्वर भय से कांपने जैसा था । हाय, बालचन्द्रिका के सिर चढ़ा भयङ्कर यक्ष दारुवर्मा की हत्या कर रहा है । (४) लोगों शीघ्र दौड़ो और इसको देखो ।

(५) मेरी उपर्युक्त चिल्लाहट को सुनकर वहाँ उपस्थित सभी आँखों में आँसू उछालते

समुद्यद्बाष्पा हा-हा-निनादेन दिशो बधिरयन्तः 'बालचन्द्रिकामधिष्ठितं यक्षं बलवन्तं शृण्वन्नपि दारुवर्मा मदान्धस्तामेवायाचत । (१) तदसौ स्वकीयेन कर्मणा निहतः, किं तस्य विलापेन' इति मिथो लपन्तः प्राविशन् ।

(२) कोलाहले तस्मिश्चटुललोचनया सह नैपुण्येन सहसा निर्गतो निजावासमगाम् ।

(३) ततो गतेषु कतिपयदिनेषु पौरजनसमक्षं सिद्धादेशप्रकारेण विवाह्य तामिन्दुमुखीं पूर्वकल्पितान्सुरतविशेषान्यथेष्टमन्वभूवम् ।

जनाः = लोकाः । समुद्यद्बाष्पाः—समुद्यत् = उच्छलत् बाष्पम् = अश्रु येषां ते । हा हा निनादेन = हा हा इति शब्देन । दिशः = काष्ठाः 'दिशस्तु ककुभः काष्ठाः' इत्यमरः । बधिरयन्तः = शूरयन्तः अन्यशब्दग्रहणे असमर्थाः कुर्वन्त इत्यर्थः । दिश इति द्वितीयाबहुवचनस्य रूपम् । 'बालचन्द्रिकामधिष्ठितम् = बालचन्द्रिकामाक्रम्य स्थितम् । बलवन्तम् यक्षम् शृण्वन् अपि । मदान्धः—मदेन = विषयाभिलाषेण अन्धः = कर्तव्याकर्तव्यशून्यः । दारुवर्मा । तामेव = बालचन्द्रिकामेव । अयाचत = अभ्यलषत् ।

(१) तदसौ तस्मात् असौ = दारुवर्मा । स्वकीयेन = स्वीयेन कर्मणा = व्यापारेण स्वदोषेणेत्यर्थः । निहतः = मारितः । तस्य विलापेन किम् ? इति मिथः = परस्परम् । लपन्तः = कथयन्तः । प्राविशन् ।

(२) तस्मिन् कोलाहले = कलकले । चटुललोचनया = चञ्चललोचनया बालचन्द्रिकया सह नैपुण्येन = कौशलेन । सहसा = सत्वरम् । निर्गतः = निःसृतः (अहम्) निजावासम्—निजस्य = स्वस्य आवासम् = गृहम् । अमाम् = अगमम् ।

(३) ततः = तदनन्तरम् गतेषु = व्यतीतेषु । कतिपयदिनेषु = कतिचिद्दिनेषु । पौरजनसमक्षम्—पौरजनानाम् = नगरवासिनाम् समक्षम् = सम्मुखे । सिद्धादेशप्रकारेण—सिद्धस्य = तपस्विनः आदेशप्रकारेण = आज्ञानुसारेण । तामिन्दुमुखीम् = तां चन्द्रमुखीम् । विवाह्य = परिणीय । पूर्वसंकल्पितान्—पूर्वम् = प्राक् सङ्कल्पिताः = मनसि निश्चिताः तान् सुरतविशेषान् = सम्भोगान् । यथेष्टम् = यथेच्छम् । अन्वभूवम् (अहम्) = अनुभूतवान् ।

हुए और हाहाकार शब्द से दिशाओं को बहरी करते हुए दौड़े और कहने लगे—'बालचन्द्रिका के ऊपर यक्ष का निवास है' इस बात को जानते हुए भी इस मदान्ध ने नहीं माना और उसी से प्रेम करना चाहा। (१) इसलिए यह अपने ही कृत्य से मरा है। इसके लिए विलाप (रोने धोने से क्या। इस प्रकार परस्पर बोलते हुए वे लोग भीतर आए।

(२) उस कोलाहल में चञ्चल नेत्रों वाली बालचन्द्रिका के साथ कौशल से शीघ्र निकल कर मैं अपने आवासस्थान को चला गया।

(३) पश्चात् कुछ दिन बीतने पर सिद्धादेश के अनुसार नगरवासियों के समक्ष मैंने उस चन्द्रवदना बालचन्द्रिका के साथ विवाह कर लिया और पूर्व सङ्कल्पित (मनोभिलषित)

(१) बन्धुपालशकुननिर्दिष्टे दिवसेऽस्मिन्निर्गत्य पुराद् बहिर्वर्तमानो नेत्रोत्सवकारि भवदवलोकनसुखमप्यनुभवामि' इति ।

(२) एवं मित्रवृत्तान्तं निशम्याम्लानमानसो राजवाहनः स्वस्य च सोमदत्तस्य च वृत्तान्तमस्मै निवेद्य सोमदत्तम् 'महाकालेश्वराराधनानन्तरं भवद्वल्लभां सपरिवारां निजकटकं प्रापय्यागच्छ' इति नियुज्य पुष्पोद्भवेन सेव्यमानो भूस्वर्गायमानमवन्तिकापुरं विवेश । (३) तत्र 'अयं मम स्वामिकुमारः' इति बन्धुपालादये बन्धुजनाय कथयित्वा तेन राजवाहनाय बहुविधां सपर्यां कार-

---

(१) बन्धुपालशकुननिर्दिष्टे—बन्धुपालस्य शकुनेन निर्दिष्टे=कथिते । दिवसे=दिने । अस्मिन्=प्रदेशे । निर्गत्य=निःसृत्य । पुरात्=नगरात् । बहिः । वर्तमानः=तिष्ठन् । नेत्रोत्सवकारि=नेत्रानन्दकरम् । भवदालोकनसुखम्—भवतः राजवाहनस्य आलोकनेन=दर्शनेन यत् सुखम्=आनन्दम् । अपि । अनुभवामि=साक्षात्करोमि ।

(२) एवम्=इति उक्तपरामर्शे अव्ययम् । मित्रवृत्तान्तम्—मित्रस्य=सख्युः वृत्तान्तम्=प्रवृत्तिम् । निशम्य=श्रुत्वा । अम्लानमानसः—न म्लानम् अम्लानम्=धवलम् मानसम्=चित्तम् यस्य सः । राजवाहनः । स्वस्य=निजस्य । सोमदत्तस्य च वृत्तान्तम्=उदन्तम् । अस्मै=पुष्पोद्भवाय । निवेद्य=कथयित्वा महाकालेश्वराराधनानन्तरम्—महाकालेश्वरस्य=उज्जयिन्याम् स्थितस्य शिवस्य—आराधनम्=पूजनम् तस्य अनन्तरम्=पश्चात् । भवद्वल्लभां=भवदीयाम् वल्लभाम्=पत्नीम् । सपरिवाराम्—परिवारेण=परिजनेन सहिताम् । निजकटकम्=स्ववासस्थानम् । प्रापय्य=संगमय्य इति सोमदत्तम् नियुज्य=आदिश्य । पुष्पोद्भवेन सेव्यमानः=आराध्यमानः । भूस्वर्गायमानम्—भुवि=पृथिव्याम् स्वर्गं इवाचरत् इति=स्वर्गसदृशम् । अवन्तिकापुरम् विवेश=प्रविष्टः । (३) तत्र=अवन्तिकापुर्याम् 'अयम्=असौ । मम=पुष्पोद्भवस्य । स्वामिकुमारः—स्वामिनः=प्रभोः कुमारः=पुत्रः' इति बन्धुपालादये=बन्धुपालः आदिः यस्य तस्मै । बन्धुजनाय=स्वजनाय 'बन्धुस्वस्वजनाः समाः' इत्यमरः । कथयित्वा=निवेद्य । तेन बन्धुजनेन । राजवाहनाय बहुविधाम्=बह्व्यो विधाः यस्याः सा ताम् । सपर्याम्=

क्रीडाविशेषों का यथेच्छ भोग किया । (१) आज बन्धुपाल के बताये शकुन का दिन था । मैं इस बगीचे में निकल आया । नगर के बाहर होने के कारण नेत्रों को आनन्द देने वाला आपका दर्शनसुख का भी अनुभव कर रहा हूँ ।

(२) इस प्रकार मित्र का समाचार सुनकर राजवाहन बहुत प्रसन्न हुआ । उसने अपना और सोमदत्त का वृत्तान्त पुष्पोद्भव को कह सुनाया । फिर सोमदत्त से कहा—महाकाल की पूजा के बाद अपनी प्रिया को परिवार के साथ अपने निवास स्थान पहुंचाकर शीघ्र आओ । इस प्रकार सोमदत्त को नियुक्त कर राजवाहन पुष्पोद्भव के साथ पृथ्वी मण्डल पर स्वर्ग जैसी अवन्तिकापुरी में प्रविष्ट हुआ ।

(३) वहाँ पहुँच कर पुष्पोद्भव ने अपने बन्धुपाल आदि साथियों से 'ये मेरे प्रभु के पुत्र हैं' कह कर उन लोगों से अनेक प्रकार की सामग्रियों से राजवाहन का सत्कार कराया ।

यन्सकलकलाकुशलो महीसुरवर इति पुरि प्रकटयन्पुष्पोद्भवोऽमुष्य राज्ञो मज्जन-भोजनादिकमनुदिनं स्वमन्दिरे कारयामास ।

इति श्रीदण्डिनः कृतौ दशकुमारचरिते पुष्पोद्भवचरितं नाम चतुर्थोच्छ्वासः ।

पञ्चमोच्छ्वासः

राजवाहनचरितम्

वसन्तागमनम्

(१) अथ मीनकेतनसेनानायकेन (२) मलयगिरिमहीरुहनिरन्तरावासि-

सत्कारम् । कारयन् । 'सकलकलाकुशलः—सकलासु = सम्पूर्णासु कलासु = विद्यासु कुशलः = पटुः (अयम्) । महीसुरवरः = द्विजश्रेष्ठः' इति पुरि = नगरे । प्रकटयन् = ख्यापयन् । पुष्पोद्भवः । अमुष्य = अस्य । राज्ञः = राजवाहनस्य । मज्जनभोजनादिकम्—मज्जनं = स्नानम् च भोजनम् = आहारः च इति मज्जनभोजने ते आदिनो यस्य तम् । अनुदिनम् = प्रतिदिनम् । स्वमन्दिरे = निजभवने । कारयामास ।

इति अकौरवास्तव्यकविमूर्द्धन्यवाणीशझाशर्मतनुजनुर्झोपाख्य-
श्रीविश्वनाथझाविरचितायां दशकुमारचरितव्याख्याया-
मर्थप्रकाशिकायां चतुर्थोच्छ्वासः ।

---

(१) अथ वसन्तसमयः समाजगामेत्यन्वयः । अथ = अवन्तिकापुर्यां वासानन्तरम् । मीनकेतनसेनानायकेन—मीनकेतनस्य—मीनः = मकरः केतनम् = ध्वजः यस्य तस्य = कामदेवस्य सेनायाः = सैन्यस्य नायकः = प्रभुः 'अधिभूर्नायको नेता प्रभुः परिवृढोऽधिपः' इत्यमरः तेन = कन्दर्पसेनापतिनेत्यर्थः । (२) मलयगिरिरिति । मलयगिरेः = मलयपर्वतस्य महीरुहेषु =

और नगर में 'यह सकल कलाकुशल एक ब्राह्मण है' ऐसा परिचय दिया । बाद राजवाहन को प्रतिदिन अपने घर में स्नान भोजन आदि कराया ।

इस प्रकार विश्वनाथझा द्वारा की गई दशकुमारचरित चतुर्थ उच्छ्वास की
अर्थप्रकाशिका हिन्दी टीका समाप्त हुई ।

पाँचवाँ उच्छ्वास

राजवाहन का विवाह

(१) कुछ समय बाद वसन्त ऋतु आ गयी । कामदेव की सेना के प्रधान वीर, (२) मलय पर्वत के वृक्षों पर निरन्तर वास करने वाले सर्पों के पीने से अवशिष्ट जैसी, अतएव

भुजङ्गमभुक्तावशिष्टेनेव सूक्ष्मतरेण (१) धृतहरिचन्दनपरिमलभरेण मन्दगतिना दक्षिणानिलेन वियोगिहृदयस्थं मन्मथानलमुज्ज्वलयन्, (२) सहकारकिसलयमकरन्दास्वादनरक्तकण्ठानां मधुकरकलकण्ठानां काकलीकलकलेन दिक्चक्रं वाचालयन्, (३) मानिनीमानसोत्कलिकामुपनयन्, (४) माकन्दसिन्दुवाररक्ताशोककिंशुकतिलकेषु कलिकामुपपादयन्, (५) मदनमहोत्सवाय रसिकमनांसि समुल्ला-

---

वृक्षेषु निरन्तरावासिभिः = निरन्तरं आवसन्तीति निरन्तरावासिनः तैः = सततावासशीलैः भुजङ्गमैः = सर्पैः भुक्तावशिष्टेन—भुक्तस्य = भक्षितस्य अवशिष्टेन = शेषेण । सर्पा वायुभक्षाः भवन्तीति प्रसिद्धिः । इव । अतएव । सूक्ष्मतरेण = अयमनयोः सूक्ष्मम् = कृशम् 'सूक्ष्मं, श्लक्ष्णं दभ्रं कृशं तनु' इत्यमरः इति सूक्ष्मतरम् तेन श्लक्ष्णतरेण ।

(१) धृतेति—धृतः = गृहीतः हरिचन्दनानाम् = कल्पवृक्षाणाम् परिमलस्य = सौरभस्य भरः = अतिशयो येन तथाभूतेन । इव । मन्दगतिना—मन्दा = धीरा गतिः = गमनम् यस्य तेन । दक्षिणानिलेन = मलयपवनेन । वियोगिहृदयस्थम्—वियोगिनां = विरहिणाम् हृदये = चित्ते तिष्ठति = निवसतीति तम् । मन्मथानलम् – मन्मथस्य = कामस्य अनलम् = वह्निम् । उज्ज्वलयन्—उत् = ऊर्ध्वम् ज्वलयन् दीपयन् उत्तेजयन् इत्यर्थः ।

(२) सहकारेति—सहकाराणाम् = आम्राणाम् किसलयस्य = नवपल्लवस्य मकरन्दस्य = पुष्परसस्य च आस्वादनेन = भक्षणेन रक्तः = मधुरस्वरयुक्तः कण्ठः = गलः येषां तेषाम् । मधुकरकलकण्ठानाम्—मधुकराः = मधोः कराः = भ्रमराः च कलकण्ठाः कलः = मधुरास्फुटः कण्ठो येषाम् ते = कोकिलाः च तेषाम् । काकलीकलकलेन—काकल्याः = सूक्ष्मध्वनेः कलकलेन = कोलाहलेन । दिक्चक्रम् = दिशां मण्डलम् । वाचालयन् = ध्वनयन् ।

(३) मानिनीमानसोत्कलिकाम्—मानिनीनाम् = कामिनीनाम् मानसेषु = चित्तेषु उत्कलिकाम् = उत्कण्ठाम् उपनयन् = जनयन् ।

(४) माकन्देति–माकन्दः = चूतः, सिन्दुवारः = निर्गुण्डी च रक्ताशोकश्च, किंशुकः = पलाशः च तिलकश्च इति ते···तिलकाः तेषु वृक्षेषु कलिकाम् = कोरकम् । उपपादयम् = प्रापयन् । (५) मदनमहोत्सवाय—मदनस्य = कामस्य महोत्सवः तस्मै । रसिकमनांसि = रसिकानाम् = अनुरागिणाम् मनांसि = चित्तानि । समुल्लासयन् = सम्यक् प्रकारेण उत्साहयन् ।

मन्थर और (१) हरिचन्दन की सुगन्ध के भार को धारणा की हुई-सी अतएव मन्द-मन्द चलनेवाली दक्षिण वायु वियोगियों के हृदयस्थ कामाग्नि को सुलगाती हुई (वसन्त ऋतु आने का सर्वत्र सम्बन्ध होगा) (२) आम्रबौरों के पराग (मधु) का आस्वादन (भक्षण) से मधुर स्वर वाले भ्रमरों और कोयलों के सूक्ष्म अस्फुट मधुर ध्वनियों से दिशाओं को मुखरित करती हुई (३) मानवती युवतियों के हृदयस्थ उत्कण्ठा को बढ़ाती हुई । (४) आम्र, निर्गुण्डी, रक्ताशोक, पलाश और तिलक में नई-नई कोपलों को उत्पन्न कराती हुई और (५) रसिकों के हृदय में मदन महोत्सव मानने का उल्लास भरती हुई । 'वसन्त ऋतु आयी' का

सयन्, वसन्तसमयः समाजगाम ।

राजवाहनस्यावन्तिसुन्दरीदर्शनम्

(१) तस्मिन्नतिरमणीये कालेऽवन्तिसुन्दरी नाम मानसारनन्दिनी प्रियवयस्यया बालचन्द्रिकया सह नगरोपान्तरम्योद्याने विहारोत्कण्ठया (२) पौरसुन्दरीसमवायसमन्विता कस्यचिच्चूतपोतकस्य छायाशीतले सैकततले (३) गन्धकुसुमहरिद्राक्षतचीनाम्बरादिनानाविधेन परिमलद्रव्यनिकरेण मनोभवमर्चयन्ती रेमे ।

(४) तत्र रतिप्रतिकृतिमवन्तिसुन्दरीं द्रष्टुकामः काम इव वसन्तसहायः

वसन्तसमयः = वसन्तर्तुः । समाजगाम = समागतः ।

(१) अतिरमणीये = अतिमनोहरे । तस्मिन् काले = वसन्तसमये । अवन्तिसुन्दरी नाम = प्रसिद्धा । मानसारनन्दिनी = मानसारपुत्री । प्रियवयस्यया = सख्या । बालचन्द्रिकया = पुष्पोद्भवपत्न्या सह । नगरोपान्तरम्योद्याने— नगरस्य = पुरस्य उपान्ते = समीपे रम्यं यद् उद्यानम् = उपवनम् तस्मिन् । विहारोत्कण्ठया = विहारस्य या उत्कण्ठा तया ।

(२) पौरसुन्दरीसमवायसमन्विता—पुरे भवाः पौराः च ताः सुन्दर्यः तासाम् = पुरस्त्रीणाम् समवायेन = समूहेन समन्विता = युक्ता । कस्यचित् = एकस्य । चूतपोतकस्य = शिशुसहकारवृक्षस्य छायाशीतले = छायया शीतले । सैकततले = वालुकामयप्रदेशे ।

(३) गन्धेति—गन्धः = चन्दनम् च कुसुमम् = पुष्पम् च हरिद्रा च अक्षताः = तण्डुलाः च 'पुंभूम्नि चाक्षता' इत्यमरः चीनाम्बरम् = श्लक्ष्णवस्त्रम् च इति तानि, आदीनि यस्य नानाविधस्य तेन बहुप्रकारेणेत्यर्थः परिमलद्रव्यनिकरेण = परिमलं च तत् द्रव्यं चेति परिमलद्रव्यम् = गन्धद्रव्यम् तस्य निकरेण = समूहेन । मनोभवम्—मनसि भवम् तम् = कामम् । अर्चयन्ती = पूजयन्ती । रेमे = चिक्रीड ।

(४) तत्र = तस्मिन् काले । रतिप्रतिकृतिम्—रतेः = कामपत्न्याः प्रतिकृतिः = प्रतिभा । ताम् । अवन्तिसुन्दरीम् = मानसारनन्दिनीम् । द्रष्टुकामः—द्रष्टुम् = अवलोकितुम् कामः = अभिलाषः यस्य सः 'तुंकाममनसोरपीति' मलोपः । कामः इव = कन्दर्पसदृशः । वसन्त-

---

सभी शत्रन्त के साथ अन्वय है ।

(१) ऐसे अति रमणीय बसन्त काल में राजा मानसार की कन्या अवन्तिसुन्दरी अपनी प्यारी सहेली बालचन्द्रिका के साथ बिहार करने की अभिलाषा से नगर के समीप एक मनोहर वाटिका में गयी । (२) उसके साथ नगर की अनेक महिलायें थीं । वहाँ आकर उसने एक छोटे आम्रवृक्ष के शीतल छाया युक्त वालुकामय प्रदेश में (३) गन्ध (चन्दन), पुष्प, हल्दी, अक्षत, और सूक्ष्म वस्त्रों आदि अनेक प्रकार के सुगन्धित वस्तुओं से कामदेव की पूजा करती हुई क्रीडा करने लगी ।

(४) वसन्त सहायक कामदेव जैसा पुष्पोद्भव के साथ राजवाहन कामपत्नी रति जैसी

पुष्पोद्भवसमन्वितो राजवाहनस्तदुपवनं प्रविश्य तत्र तत्र (१) मलयमारुतान्दोलितशाखानिरन्तरसमुद्भिन्नकिसलयकुसुमफलसमुल्लसितेषु रसालतरुषु (२) कोकिलकीरालीमधुकराणामालापान् श्रावं श्रावं (३) किञ्चिद्विकसदिन्दीवर-कह्लार-कैरव-राजीव-राजी-केलि-लोल-कलहंस-सारस-कारण्डव-चक्रवाक-चक्रवाल-कलरव-व्याकुल-विमल शीतल-सलिल-ललितानि सरांसि दर्शं दर्शममन्दलीलया ललना-

---

सहायः = वसन्तः सहायः = द्वितीयः यस्य सः राजवाहनः । पुष्पोद्भवसमन्वितः = पुष्पोद्भवेन समन्वितः = युक्तः तदुपवनम् = अवन्तिसुन्दर्यधिष्ठितोद्यानम् । प्रविश्य = गत्वा । तत्र तत्र = तेषु तेषु वीप्सायां द्विरुक्तिः ।

(१) मलयेति — मलयमारुतेन = मलयस्य = मलयगिरेः मारुतेन = पवनेन दक्षिणानिलेनेत्यर्थः आन्दोलिताः = कम्पिताः याः शाखाः तासु निरन्तरम् = अनवरतम् समुद्भिन्नैः = सुष्ठुविकसितैः किसलयकुसुमफलैः—किसलयम् = नवपल्लवं च कुसुमम् = पुष्पं च फलम् च तैः समुल्लसितेषु = शोभितेषु । रसालतरुषु = आम्रवृक्षेषु ।

(२) कोकिलेति—कोकिलानाम् = पिकानां 'वनप्रियः परभृतः कोकिलः पिक इत्यपि' इत्यमरः कीरालीनाम् = शुकपंक्तीनाम् 'कीरशुकौ समौ' इत्यमरः मधुकराणाम् = भ्रमराणाम् आलापान् = अस्फुटमधुरशब्दान् । श्रावं श्रावं = श्रुत्वा श्रुत्वा ।

(३) किञ्चिदिति—किञ्चित् = ईषत् विकसन्तीषु (राजीषु इत्यस्य विशेषणम्) = प्रस्फुटन्तीषु इन्दीवराणाम्—इन्द्याः = लक्ष्म्याः वराणि = इष्टानि तेषाम् = नीलाम्बुजन्मनाम् नीलकमलानामित्यर्थः कह्लाराणाम् = (कस्य जलस्य हारः) सौगन्धिकानाम् 'सौगन्धिकन्तु कह्लारम्' इत्यमरः कैरवाणाम् = कैरवाः = हंसाः तेषां प्रियाणि तेषाम् = स्वच्छकमलानाम् राजीवानाम्—राजी = रेखा एषामस्तीति तेषाम् = सामान्यकमलानाम् राजीषु = पङ्क्तिषु केलिलोलाः—केलिषु = क्रीडासु लोलाः चञ्चलाः आसक्ताः इति यावत् ते कलहंसाः = कादम्बाः 'कादम्बः कलहंसः स्यात्' इत्यमरः सारसाः पुष्कराह्वाः = 'पुष्कराह्वस्तु सारसः' इत्यमरः कारण्डवाः = प्लवाः 'मद्गुः कारण्डवः प्लवः' इत्यमरः चक्रवाकाः = कोकाः 'कोकश्चक्रश्चक्रवाकः' इत्यमरः तेषाम् (पक्षिविशेषाणाम्) यत् चक्रवालम् = मण्डलम् 'चक्रवालं तु मण्डलम्' इत्यमरः तस्य (मण्डलस्य) कलरवेण = अस्फुटमधुरध्वनिना व्याकुलानि = व्याप्तानि विमलानि—विगतम् मलम् = किट्टम् 'गोदं किट्टं मलोऽस्त्रियाम्' येभ्यः तानि = स्वच्छानि शीतलानि यानि सलिलानि—सलति = गच्छति इति सलिलम् = जलम् तानि, तैः ललितानि = मनोहराणि ।

अनिन्द्य सुन्दरी अवन्तिसुन्दरी को देखने उस उपवन में आ पहुँचा । (१) वहाँ मलयानिल से झकोरी शाखाओं से निरन्तर विकसित नूतन पल्लव, पुष्प, फलों से शोभित आम्रवृक्षों पर (२) चहकने वाले कोयल, शुकपंक्ति और भ्रमरों के मधुर आलापों को बारंबार सुनकर (३) अधखिले नील श्वेत कमलों के और सौगन्धिक एवं कुमुदिनियों के पंक्तियों पर क्रीडा में आसक्त (चंचल) राजहंस, सारस, मद्गु और चक्रवाक समुदाय के अस्फुट मधुर ध्वनियों से व्याकुल तथा विमल शीतल जलों से सुशोभित तालावों को बारंबार देख

समीपमवाप ।

(१) बालचन्द्रिकया 'निःशङ्कमित आगम्यताम्' इति हस्तसंज्ञया समाहूतो निजतेजोजितपुरुहूतो राजवाहनः कृशोदर्या अवन्तिसुन्दर्या अन्तिकं समाजगाम ।

अवन्तिसुन्दरीवर्णनम्

(२) या वसन्तसहायेन समुत्सुकतया रतेः केलीशालभञ्जिकाविधित्सया कञ्चन नारीविशेषं विरच्यात्मनः क्रीडाकासारशारदारविन्दसौन्दर्येण पादद्वयम्,

---

सरांसि = सरोवराणि । दर्शं दर्शं = आभीक्ष्ण्ये णमुल् मुहुर्मुहुः दृष्ट्वा । अमन्दलीलया = न मन्दा अमन्दा चासौ लीला च तया शनैः शनैः । ललनासमीपम्—ललनायाः = अवन्तिसुन्दर्याः समीपम् = अन्तिकम् । अवाप = प्राप्तः ।

(१) निःशङ्कम् = शङ्काया निर्गतम्, यथा स्यात्तथा निर्भयमित्यर्थः क्रियाविशेषणमेतत् । इतः = अस्मिन् स्थाने । आगम्यताम् इति हस्तसंज्ञया (करदेन) = करसङ्केतेन । बालचन्द्रिकया = पुष्पोद्भवपत्न्या । समाहूतः = आकारितः निजतेजोजितपुरुहूतः—निजेन = स्वेन तेजसा = प्रतापेन जितः = पराजितः पुरुहूतः = इन्द्रः येन सः राजवाहनः । कृशोदर्याः— कृशम् = सूक्ष्मम् उदरम् = मध्यमाङ्गम् यस्याः सा, तस्याः । अवन्तिसुन्दर्याः = मानसारनन्दिन्याः । अन्तिकम् = उपकण्ठम् 'उपकण्ठान्तिकाभ्यर्णाभ्यग्रा' इत्यमरः । समाजगाम = आगतः ।

(२) या रराजेति सम्बन्धः । या = अवन्तिसुन्दरी । वसन्तसहायेन—वसन्तः = वसन्तर्तुः सहायः = द्वितीयः यस्य सः, तेन = कन्दर्पेण । समुत्सुकतया—उत्सुकस्य भावः उत्सुकता, सम्यक् उत्सुकता = उत्कण्ठा, तया = समुत्कण्ठितयेत्यर्थः । रतेः = कामपत्न्याः । केलीति— केल्यै = क्रीडायै या शालभञ्जिका = क्रीडापुत्तलिका तस्याः विधित्सा = विधातुम् निर्मातुम् इच्छा तया । कञ्चन = एकम् । नारीविशेषम् = स्त्रीप्रतिकृतिम् । विरच्य = कृत्वा निर्मायेत्यर्थः । आत्मनः = स्वस्य । क्रीडाकासारेति—क्रीडायाः कासारे = सरसि 'कासारः सरसी सरः' इत्यमरः, शारदारविन्दानाम्—शरदि भवानि शारदानि तानि अरविन्दानि = कमलानि तेषाम् सौन्दर्येण = शोभया । पादद्वयम् = चरणयुगलम् । पूर्वोक्तानि अङ्गानि नारीविशेषस्येति शेषः विधायेत्यनेन सम्बन्धः ।

कर धीरे धीरे अवन्तिसुन्दरी के समीप पहुंच गया ।

(१) बालचन्द्रिका ने दूर से ही हाथों का इशारा कर राजवाहन से कहा आप लोग निःशंक यहाँ चले आइये, कोई डर नहीं । इस प्रकार सङ्केत पाकर इन्द्रको भी अपने पराक्रम से परास्त करने वाला राजवाहन उस कृशोदरी अवन्तिसुन्दरी के समीप जा पहुँचा ।

(२) वह (अवन्तिसुन्दरी) लगती थी—जैसे उत्कण्ठा से कामदेव ने अपनी पत्नी रति का मन बहलाने के लिए पुतली बनाने की इच्छा से एक स्त्रीविशेष का निर्माण किया हो । कामदेव ने अपने बिहार सरोवर में खिलने वाले शरत्कालीन कमल की शोभा से मानो उसने (स्त्री विशेष के) चरण बनाये थे (अर्थात्—उसके चरण लाल थे) ।

(१) उद्यानवनदीर्घिकामत्तमरालिकागमनरीत्या लीलालसगतिविलासम्, तूणीरलावण्येन जङ्घे, (२) लीलामन्दिरद्वार-कदलीलालित्येन मनोज्ञमूरुयुगम्, जैत्ररथचातुर्येण घनं जघनम् (३) किञ्चिद्विकसल्लीलावतंस-कह्लार-कोरक-कोटरानुवृत्त्या गङ्गावर्तसनाभिं नाभिम्, (४) सौधारोहणपरिपाट्या वलित्रयम्,

---

(१) उद्यानेति । उद्यानवने = उपवने या दीर्घिका = (दीर्घैव) वापी तस्यां या मत्ता = मधुररसास्वादेन हृष्टा 'हृष्टे मत्तः' इत्यमरः मन्थरेत्यर्थः मरालिका = हंसी तस्याः गमनरीतिः तया = मन्दमन्दगतिपरिपाट्या । लीलालसगतिविलासम्--लीलया अलसम् = मन्थरम् गतिविलासम् = गमनप्रकारं मन्दगमनसुन्दरतयेत्यर्थः विधाय । तूणीरलावण्येन--तूणीरयोः = निषङ्गयोः 'तूणोपासङ्गतूणीरनिषङ्गा' इत्यमरः लावण्येन = सौन्दर्येण । जङ्घे = जानू 'जङ्घा तु प्रसृता जानू' इत्यमरः विधायेति सम्बन्धः ।

(२) लीलेति—लीलामन्दिरम् = सुरतगृहं तस्य द्वारे ये कदल्यौ = रम्भावृक्षौ तयोः लालित्येन = सौन्दर्येण मनोज्ञम् = मनोहरम् । ऊरुयुगम्—सक्थिद्वयम् 'सक्थि क्लीबे पुमानूरुः' इत्यमरः । जैत्ररथचातुर्येण—जैत्रः = जेता जयनशीलः इत्यर्थः यो रथः (कामस्य) तस्य चातुर्येण निर्माणरीत्या । घनम् = निविडम् । जघनम् = नितम्बपुरोभागम् विधायेत्यन्वयः ।

(३) किञ्चित् = ईषत् विकसत् = प्रस्फुटत् (यत्) लीलावतंसकह्लारम्—लीलायाः = विलासस्य अवतंसः = कर्णभूषणम् स चादः कह्लारम् = सौगन्धिकम् रक्तोत्पलमित्यर्थः तस्य कोरकः = कलिका तस्य कोटरम् = बिलम् मध्यदेशः तस्य अनुवृत्त्या = अनुक्रमेण सादृश्येनेत्यर्थः । गंगावर्तसनाभिम्—गंगायाः आवर्त्तः = भ्रमिः 'आवर्तोऽम्भसां भ्रमः' इत्यमरः तस्य सनाभिः = समानोदर्यः सदृशः तम् । नाभिं विधाय ।

(४) सौधारोहणपरिपाट्या--सौधेषु = राजसदनेषु 'सौधोऽस्त्री राजसदने'त्यमरः यत् आरोहणम् = सोपानम् तस्य या परिपाटी = अनुवृत्तिः रचनाक्रमः तया । वलित्रयम्--वलीनाम् त्रयम् (पेटी इति भाषायाम्) 'वलिः प्राण्यङ्गजे स्त्रियामि'त्यमरः । विधायेति सम्बन्धः ।

---

(१) उपवन की बावली में घूमने वाली मदोन्मत्त हंसिनी की गति लेकर ही इस नारी विशेष की विलास से अलसायी चाल बनायी थी । (२) उसकी दोनों जाँघें मानो अपनी तरकस की शोभा से बनायी थी । कामदेव ने अपने रतिमन्दिर के द्वार पर लगी कदली की शोभा से उसके दोनों घुटने बनाये थे तथा जैत्ररथ की निर्माणकला से उसके घन जघन का निर्माण किया था और (३) अधखिले विलासभूषणस्वरूप सौगन्धिक कलियों के मध्य जैसी तथा गंगा के भँवर के समान उसकी नाभि एवं (४) प्रासाद के सीढ़ियों जैसी त्रिवली निर्माण कर ।

(१)मौर्वीमधुकरपङ्क्तिनीलिमलीलया रोमावलिम्, (२) पूर्णसुवर्णकलशशोभया कुचद्वन्द्वम्, (३) लतामण्डपसौकुमार्येण बाहू (४) जयशङ्खाभिख्यया कण्ठम्, (५) कमनीयकर्णपूरसहकारपल्लवरागेण प्रतिबिम्बीकृतबिम्बं रदनच्छदम्, (६) बाणायमानपुष्पलावण्येन शुचि स्मितम्, (७) अग्रदूतिकाकलकण्ठिकाकलालाप-

---

(१) मौर्वीमधुकरपङ्क्तिनीलिमलीलया—मौर्वी = शिञ्जिनी कामस्येति शेषः 'मौर्वी ज्या शिञ्जिनी गुणः' इत्यमरः एव मधुकरपङ्क्तिः = भ्रमरश्रेणिः तस्या नीलिमा = नीलत्वम् तस्य लीलया = विलासेन। रोमावलिम् = रोम्णः आवलिः = पङ्क्तिः तां विधायेत्यनेन सम्बन्धः। (२) पूर्णसुवर्णकलशशोभया—पूर्णः = जलेन पूर्णः यः सुवर्णकलशः = हेमघटः द्वारस्थित-सुवर्णकलशः कामस्येति शेषः तस्य शोभया = श्रिया। कुचद्वन्द्वम् = स्तनयुगलम् विधाय।

(३) लतामण्डपसौकुमार्येण—लतायाः = व्रतत्याः 'व्रततिर्लता' इत्यमरः मण्डपः = जनाश्रयः 'मण्डपोऽस्त्री जनाश्रयः' इत्यमरः तस्य सौकुमार्येण = सुकुमारस्य भावः सौकुमार्यम् तेन। बाहू = करद्वयम् नारीविशेषस्य विधायेति शेषः।

(४) जयशङ्खाभिख्यया—जयस्य = विजयस्य शङ्खः कामस्येति शेषः तस्य अभिख्या = शोभा तया। कण्ठम् = ग्रीवाम्। विधायेति सम्बन्धः।

(५) कमनीयकर्णपूरसहकारपल्लवरागेण = कमनीयः—मनोज्ञः यः कर्णपूरः = अवतंसः सहकारपल्लवः—सहकारस्य = आम्रस्य पल्लवः = किसलयम् तस्य रागेण = अरुणिम्ना। प्रतिबिम्बीकृतबिम्बम्—न प्रतिबिम्बम् अप्रतिबिम्बं, अप्रतिबिम्बं प्रतिबिम्बं कृतम् = अनुकृतम् बिम्बम् = बिम्बफलम् येन तम्, रदनच्छदम् = ओष्ठम् विधायेत्यन्वयः।

(६) बाणायमानपुष्पलावण्येन—बाणः = कौसुमः शरः तद्वदाचरत् यत् पुष्पम् तस्य लावण्येन = सौन्दर्येण। शुचि = पवित्रम् स्वच्छमिति यावत्। स्मितम् = मनाक् हासम् विधायेत्यन्वयः।

(७) अग्रदूतिकेति—अग्रदूतिका = दूतिकासु श्रेष्ठा कामस्येति शेषः या कलकण्ठिका = कोकिला तस्याः कलः = मधुरास्फुटः 'ध्वनौ तु मधुरास्फुटे कलः' इत्यमरः य आलापः =

---

(१) ज्या स्वरूप भ्रमर पंक्तियों की नीलिमा की शोभा से उसकी रोमावली और (२) जल पूर्ण सुवर्ण कलश की शोभा से उसके स्तनों का निर्माण किया था (उसके स्तन कामदेव के द्वार पर रखे शुभ सूचक सुवर्ण कलशाकार थे)।

(३) लतामण्डप की कोमलता से उसकी बाँहें (४) जयशङ्ख की शोभा से कण्ठ (५) सुन्दर कर्णभूषणरूप आम्रपल्लव की रक्तिमा से प्रतिबिम्बित होने वाले बिम्बफल के सदृश उसके ओष्ठ और (६) बाण के सदृश पुष्प की शोभा से उसके मुस्कान (७) (कामदेव की) अग्रदूतिका (सर्वप्रथम भेजी जाने वाली) कोयल की मधुर वाणी के माधुर्य से उसके वचन

माधुर्येण वचनजातम् , (१) सकलसैनिकनायकमलयमारुतसौरभ्येण निःश्वासपवनम्, (२) जयध्वजमीनदर्पेण लोचनयुगलम् , (३) चापयष्टिश्रिया भ्रूलते, (४) प्रथमसुहृदः सुधाकरस्यापनीतकलङ्कया कान्त्या वदनम् , (५) लीलामयूरबर्हभङ्ग्या केशपाशं च विधाय (६) समस्तमकरन्दकस्तूरिकासम्मितेन मलयजरसेन प्रक्षाल्य (७) कर्पूरपरागेण सम्मृज्य निर्मितेव रराज ।

(८) सा मूर्तिमतीव लक्ष्मीर्मालवेशकन्यका स्वेनैवाराध्यमानं सङ्कल्पितवर-

---

ध्वनिः तस्य माधुर्येण । वचनजातम्—वचनानाम् = भाषितानाम् जातम् = समूहम् ।

(१) सकलेति । सकलानाम् = सम्पूर्णानाम् सैनिकानाम् = योधानाम् नायकः = प्रधानवीरः यः मलयमारुतः = मलयपवनः तस्य सौरभ्येण = सुरभेः भावः सौरभ्यम् तेन = सौगन्ध्येन । निःश्वासपवनम् = प्राणवायुम् नारीविशेषस्य विधायेत्यन्वयः । (२) जयध्वजमीनदर्पेण--जयध्वजः = विजयकेतुरेव मीनः = मत्स्यः तस्य दर्पेण = विलासेन, अहंकारेण । लोचनयुगलम् = नेत्रे । मत्स्याकृतिनी नेत्रे विधायेत्यर्थः ।

(३) चापयष्टिश्रिया—चापस्य = धनुषः या यष्टिः = लता तस्याः श्रिया = कान्त्या । भ्रूलते = भ्रुवोः लते, कुटिले इत्यर्थः ।

(४) प्रथमसुहृदः—श्रेष्ठमित्रस्य । कामस्येति शेषः । सुधाकरस्य = चन्द्रस्य । अपनीतकलङ्कया —अपनीतः = पृथक्कृतः कलङ्कः = अङ्कः यस्याः तया कान्त्या = श्रिया । वदनम् = आननम् । नारीविशेषस्य विधायेति सम्बन्धः ।

(५ लीलामयूरबर्हभङ्ग्या —लीलामयूरस्य = क्रीडाबर्हिणः बर्हं = पिच्छम् 'बर्हंपिच्छे नपुंसके' इत्यमरः । केशपाशम् = केशकलापम् । च विधाय = कृत्वा ।

(६) समस्तेति । समस्ताभिः = निखिलाभिः मकरन्दकस्तूरिकाभिः—मकरन्दाः = पुष्परसाः च कस्तूरिकाः = मृगमदाः च इति ताभिः सम्मितेन = युक्तेन । मलयजरसेन—मलयजस्य = चन्दनस्य रसेन = द्रवेण । प्रक्षाल्य = धवित्वा ।

(७) कर्पूरपरागेण—कर्पूरस्य = घनसारस्य परागेण = चूर्णेन । संमृज्य = संशोध्य सर्वत इति शेषः । निर्मिता = रचिता, कामनेति शेषः । इव रराज = शुशुभे ।

(८) सा = मालवेशकन्यका—मालवेशस्य = मानसारस्य कन्यका = (कन्या = पुत्री एव कन्यका) मूर्तिमती = शरीरधारिणी लक्ष्मीरिव = शोभा इव । स्वेन = निजेन करेणैव ।

---

(१) अपने समस्त सैनिकों में प्रधान सेनानायक मलयपवन की सुगन्धि से उसके श्वासोच्छ्वास और (२) जयध्वजस्वरूप मछलियों के अहङ्कार से उसकी आँखें (अर्थात् मीनाकार उसकी आँखें बनाकर) और (३) धनुष यष्टि की शोभा से भ्रूलताएँ, (४) प्रधान मित्र चन्द्रमा की निष्कलंक कान्ति से उसका मुख और (५) लीलामयूर के पांखों के सदृश उसके केश बना कर (६) मानो कामदेव ने समस्त सुगन्धित पदार्थ जैसे पुष्पों के पराग एवं कस्तूरी मिश्रित चन्दनरस से उसे धोकर (७) कर्पूर का पराग छिड़क दिया हो, ऐसी शोभा वह पा रही थी ।

(८) मूर्तिमती लक्ष्मी-सी वह मालवेशकन्या अपने ही द्वारा पूजित एवं अभीप्सित वरप्रदान

प्रदानायाविर्भूतं मूर्तिमन्तं मन्मथमिव तमालोक्य मन्दमारुतान्दोलिता लतेव मदनावेशवती चकम्पे। (१) तदनु क्रीडाविश्रम्भान्निवृत्ता लज्जया कानि कान्यपि भावान्तराणि व्यधत्त।

(२) 'ललनाजनं सृजता विधात्रा नूनमेषा घुणाक्षरन्यायेन निर्मिता। (३) नो चेदब्जभूरेवंविधो निर्माणनिपुणो यदि स्यात्तर्हि तत्समानलावण्यामन्यां तरुणीं किं न करोति' इति सविस्मयानुरागं विलोकयतस्तस्य समक्ष स्थातु

आराध्यमानम् = आराध्यते इति = संसेव्यमानम्। संकल्पितवरप्रदानाय—अभीप्सितस्य वरस्य प्रदानाय। आविर्भूतम् = समुपस्थितम्। तम् = राजवाहनम्। मूर्तिमन्तम् = शरीरिणम्। मन्मथम् = कामम् इव। अवलोक्य = दृष्ट्वा। मन्दमारुतान्दोलिता—मन्देन = धीरेण मारुतेन = पवनेन आन्दोलिता = कम्पिता। लता = व्रततिः। इव। मदनावेशवती—मदनस्य = कामस्य आवेशः = आविर्भावः अस्ति अस्याः इति। चकम्पे = अकम्पत।

(१) तदनु = तत्पश्चात्। क्रीडाविश्रम्भात्—क्रीडायाम् विश्रम्भः = विश्वासः तस्मात्। निवृत्ता = परावृत्ता। लज्जया = व्रीडया। कानि कानि = बहुविधानि अनिर्वचनीयानि। भावान्तराणि = अनुरागविशेषान्। व्यधत्त = आविष्कृतवती, धृतवतीत्यर्थः।

(२) ललनाजनम् = स्त्रीजनम्। सृजता = (सृजतीति) सृष्टिं कुर्वता। विधात्रा = ब्रह्मणा। नूनम् = निश्चयेन। एषा = अवन्तिसुन्दरी। घुणाक्षरन्यायेन = संयोगेन। (यथा घुणः = काष्ठकीटविशेषः स्वेच्छया काष्ठं भिन्दन् संयोगवशात् अनिर्वचनीयं चित्रम् अक्षरं आविष्करोति तथैव स्त्रीकुलं सृजता विधात्रापि एषा काकतालीयसंयोगन्यायेनैव) निर्मिता = आविष्कृता।

(३) नो चेत् = अन्यथा। अब्जभूः = (अब्जात् = कमलात् भवतीति) ब्रह्मा। एवंविधः—एवं विधा = प्रकारः यस्य सः 'विधा विधौ प्रकारे चे'त्यमरः। निर्माणनिपुणः—निर्माणे = रचनायाम् निपुणः = कुशलः यदि स्यात् तर्हि = तदा। तत्समानलावण्याम्—तस्याः = अवन्तिसुन्दर्याः समानम् = अनुरूपम् लावण्यम् = सौन्दर्यम् यस्याः ताम्। अन्याम् = अपराम्। तरुणीम् = युवतीम्। किम् = कथम्। न करोति इति। सविस्मयानुरागम् = विस्मयेन सहितः सविस्मयः, सविस्मयः अनुरागः यस्मिन् तद् यथा स्यात्तथा विलोकयतः = पश्यतः। 'न करो-

---

के लिए उपस्थित मूर्तिमान कामदेव की तरह राजवाहन को देखकर मन्द पवन से कांपती लता-सी कामदेव के वशीभूत हो, हिल उठी।

(१) फिर लज्जा से उसने खेल बन्द कर दिया और तत्समयोचित नाना भावों को व्यक्त करने लगी।

(२) उसकी मूर्ति देखकर राजवाहन सोचने लगा कि—स्त्रीसमाज की रचना करते हुए ब्रह्मा ने निश्चय ही घुणाक्षरन्याय से इसकी रचना की है। जैसे घुन चलते चलते अनजाने ही अक्षर की आकृति बना जाते हैं उसी प्रकार बनजाने में ही ब्रह्मा के हाथों से इसकी रचना हुई है। (३) अन्यथा यदि ब्रह्मा निर्माण कला में ऐसे कुशल होते तो क्या इसके समान सौन्दर्य वाली अन्य तरुणी का भी निर्माण नहीं करते? इस प्रकार आश्चर्य और अनुराग के

लज्जिता सती (१) किञ्चित्सखीजनान्तरितगात्रा (२) तन्नयनाभिमुखैः किञ्चिदाकुञ्चितैरञ्चितभ्रूलतैरपाङ्गवीक्षितैरात्मनः (३) कुरङ्गस्यानायमानलावण्यं राजवाहनं विलोकयन्त्यतिष्ठत् । (४) सोऽपि तस्यास्तदोत्पादितभावरसानां सामग्र्या लब्धबलस्येव विषमशरस्य (५) शरव्यायमाणमानसो बभूव ।

(६) सा मनसीत्थमचिन्तयत्—'अनन्यसाधारणसौन्दर्येणानेन कस्यां पुरि

तीयन्तं' विलोकयतः इति क्रियायाः कर्म । तस्य = राजवाहनस्य । समक्षम् = पुरतः । स्थातुम् = अवस्थातुम् । लज्जिता = ह्रीमती । सती ।

(१) किंचित् = ईषत् । सखीजनान्तरितगात्रा—सखीजनैः = सखीभिः अन्तरितम् = व्यवहितम् गात्रम् = देहः यस्याः सा अवन्तिसुन्दरी ।

(२) तन्नयनाभिमुखैः—तस्य = राजवाहनस्य नयनयोः अभिमुखैः = सम्मुखैः । किञ्चित् = ईषत् । आकुञ्चितैः = संक्षिप्तैः । अञ्चितभ्रूलतैः—अञ्चिते = पूजिते (शोभिते) भ्रूलते यैः तैः । अपाङ्गवीक्षितैः = अपाङ्गाभ्याम् 'अपाङ्गौ नेत्रयोरन्तौ' इत्यमरः यानि वीक्षितानि = दर्शनानि तैः = कटाक्षैरित्यर्थः ।

(३) कुरङ्गस्य = मृगभूतस्य । आत्मनः = स्वस्य । आनायमानलावण्यम्—आनायः = जालम् तदिवाचरतीति क्यजन्तात् शानच् तत् लावण्यम् = सौन्दर्यम् यस्य तम् । राजवाहनम् । विलोकयन्ती = पश्यन्ती अतिष्ठत् = स्थिता ।

(४) सः = राजवाहनः अपि । तस्याः = अवन्तिसुन्दर्याः । तदा = तस्मिन्काले । उत्पादितभावरसानाम्—उत्पादिताः = प्रकटिता जनिता इति यावत् ये भावरसाः = विकारादयः तेषाम् शृङ्गाराभिलाषाणाम् । सामग्र्या = पूर्णतया सामस्त्येनेत्यर्थः । लब्धबलस्य—लब्धं प्राप्तम् बलम् = सामर्थ्यम् येन तस्य इव । विषमशरस्य—विषमाः – अयुग्मसंख्यकाः शराः = बाणाः यस्य तस्य = कामस्य ।

(५) शरव्यायमाणमानसः—शरव्यम् = लक्ष्यम् 'लक्षं लक्ष्यं शरव्यं च' इत्यमरः तदिवाचरतीति क्यजन्तात् शानच् तत्, मानसं यस्य सः । बभूव ।

(६) सा = अवन्तिसुन्दरी । मनसि = हृदये । इत्थम् = अनेन वक्ष्यमाणप्रकारेण (इदमस्थमुः इति थमुप्रत्ययः) अचिन्तयत् = (चिति स्मृत्यां धातोर्लङि रूपम्) अस्मरत् । अनेन = पुरतो विद्यमानेन अनन्यसाधारणसौन्दर्येण = न अन्यम् अनन्यम् अनन्यं च तत्

साथ राजवाहन के देखने पर अवन्तिसुन्दरी लज्जा से (१) राजवाहन के सामने न बैठकर सखियों की कुछ आड़ में अपने शरीर को छिपाकर बैठ गयी और (२) उनके नेत्रों के सम्मुख कुछ टेढ़ी और सुन्दर भौं वाली तिरछी आँखों से राजवाहन के सौन्दर्य को क्षण-भर के लिए देखने लगी । (३) ऐसा लगता था—मानो राजवाहन का सौन्दर्य हरिणीरूप उस अवन्तिसुन्दरी को फँसाने के लिए जाल के समान हो । (४) उस समय राजवाहन भी अवन्तिसुन्दरी द्वारा उत्पादित विकार रूप रस की पूर्णता से प्राप्त बल वाले कामदेव के बाणों के (५) लक्ष्यभूत (वशीभूत) मनवाला हो गया ।

(६) वह अवन्तिसुन्दरी मन ही मन इस प्रकार सोचने लगी—ये असाधारण शोभा

भाग्यवतीनां तरुणीनां लोचनोत्सवः क्रियते। (१) पुत्ररत्नेनामुना पुरन्ध्रीणां पुत्रवतीनां सीमन्तिनीनां का नाम सीमन्तमौक्तिकीक्रियते। कास्य देवी। किमत्रागमनकारणमस्य। (२) मन्मथो मामपहसितनिजलावण्यमेनं विलोकयन्तीमसूययेवातिमात्रं मथ्नन्निजनाम सान्वयं करोति। किं करोमि। कथमयं ज्ञातव्यः' इति।

(३) ततो बालचन्द्रिका तयोरन्तरङ्गवृत्तिं भावविवेकैर्ज्ञात्वा कान्तासमाज-

---

साधारणम् च अनन्यसाधारणम्=अद्वितीयम् तरुणीसौन्दर्यम्=मनोज्ञत्वम् यस्य। तेन कस्याम्। पुरि=नगर्याम्। भाग्यवतीनाम्। तरुणीनां=ललनानाम्। लोचनोत्सवः=नयनयोरानन्दः। क्रियते। अनेनेति शेषः। कुत्राऽयं वसतीत्यर्थः।

(१) अमुना=पुरोदृश्यमानेन। पुत्ररत्नेन=सुतरत्नेन। पुरन्ध्रीणाम्=सुचरित्राणाम् 'पुरन्ध्री सुचरित्रा तु सती साध्वी पतिव्रता' इत्यमरः। पुत्रवतीनाम्; सीमन्तिनीनां=वधूनाम्मध्ये 'स्त्री योषिदबला योषा नारी सीमन्तिनी वधूः' इत्यमरः। का नाम=नामेति प्रसिद्धार्थकमव्ययम्। सीमन्तमौक्तिकीक्रियते=केशवेशन्यस्ता मुक्तेव, श्रेष्ठा विधीयते। अस्य=पुरतो विद्यमानस्य। का देवी=प्रिया। अस्य अत्र=उद्याने। आगमनकारणम्—आगमनस्य कारणम्=प्रयोजनम् किम्। अस्यात्रागमने को हेतुरिति भावः।

(२) मन्मथः=कामः। अपहसितनिजलावण्यम्—अपहसितम्=उपहासविषयीकृतम् निजम्=स्वम् लावण्यम्=सौन्दर्यम् येन तम् एनम्=राजवाहनम्। विलोकयन्तीम्=पश्यन्तीम्। माम्=अवन्तिसुन्दरीम्। असूयया=अक्षान्त्या ईर्ष्ययेत्यर्थः 'अक्षान्तिरीर्ष्याऽसूया तु दोषारोपो गुणेष्वपि' इत्यमरः। अतिमात्रम्=भृशम् 'अतिवेलभृशात्यर्थातिमात्रोद्गाढनिर्भरम्' इत्यमरः। मथ्नन्=पीडयन्। निजनाम=स्वकीयामाख्याम्। सान्वयम्—अन्वयेन सहितम्=सार्थकम्। करोति। किं करोमि इति खेदे। कथम्=केन प्रकारेण। अयम्=पुरो दृश्यमानो व्यक्तिविशेषः। ज्ञातव्यः=ज्ञातुम् योग्यः। इति अचिन्तयदित्यनेन सम्बन्धः।

(३) ततः=तदनन्तरम्। बालचन्द्रिका=पुष्पोद्भवपत्नी। तयोः=अवन्तिसुन्दरीराजवाहनयोः अन्तरङ्गवृत्तिम्=मनोव्यापारम् इतरेतरानुरागवृत्तिमित्यर्थः। भावविवेकैः—भावानाम्=मनोविकाराणाम् विवेकैः=अभिनिवेशैः, विज्ञानैरिति यावत्। ज्ञात्वा=अधिगम्य।

शाली कुमार किस पुरी के होंगे ? जहाँ की भाग्यवती तरुणियाँ इनके दर्शन से अपने नेत्रों को सफल बनाती होंगी (१) सती नारियों में इन्हें पुत्र कहने वाली तो सभी सौभाग्यवतियों के शिरोमुकुट होंगी। अर्थात्-इनकी जननी सब नारियों में श्रेष्ठ कही गयी होंगी। इनकी पत्नी कौन होगी ? यहाँ इनका आगमन कैसे हुआ ?

(२) जब मैं इनको देखती हूँ तो ईर्ष्या से तिरस्कृत सौन्दर्य वाला कामदेव मेरे मन को मथकर अपना नाम सार्थक कर रहा है। क्या करूँ ? कैसे पता लगाऊँ ?

(३) बालचन्द्रिका इन दोनों के मनोव्यापार को मानसविकारों के विज्ञान से जान गया,

सन्निधौ राजनन्दनोदन्तस्य सम्यगाख्यानमनुचितमिति लोकसाधारणैर्वाक्यैरभाषत (१) भर्तृदारिके, 'अयं सकलकलाप्रवीणो देवतासान्निध्यकरण आहवनिपुणो भूसुरकुमारो मणिमन्त्रौषधिज्ञः परिचर्यार्हो भवत्या पूज्यताम्' इति ।

(२) तदाकर्ण्य निजमनोरथमनुवदन्त्या बालचन्द्रिकया सन्तुष्टान्तरङ्गा तरङ्गावली मन्दानिलेनेव सङ्कल्पजेनाकुलीकृता राजकन्या जितमारं कुमारं समुचितासनासीन विधाय सखीहस्तेन शस्तेन (३) गन्धकुसुमाक्षतघनसारताम्बूला-

---

कान्तासमाजसन्निधौ—कान्तानां = स्त्रीणां समाजः तस्य सन्निधौ स्त्रीसमुदाये। राजनन्दनोदन्तस्य—राज्ञः नन्दनः राजनन्दनः = राजवाहनः तस्य उदन्तस्य = वृत्तान्तस्य । सम्यगाख्यानम् = विशेषेण कथनम् । अनुचितम् = अशोभनम् । इति विचार्य । लोकसाधारणैः = सांसारिकैः लौकिकैरित्यर्थः । वाक्यैः = वचनैः । अभाषत = उवाच ।

(१) भर्तृदारिके = राजपुत्रि, सम्बोधनपदमेतत् । अयम् = पुरोवर्तमानः । सकलकलाप्रवीणः—सकलासु = समग्रासु कलासु = शिल्पविद्यासु 'कला शिल्पे कालभेदे' इत्यमरः प्रवीणः = कुशलः । देवतासान्निध्यकरणः = देवतानाम् सान्निध्यं = साक्षात्कारः (क्रियते अनेनेति करणे ल्युट्) मन्त्रादिना देवसाक्षात्कारे समर्थः । आहवनिपुणः—आहवे = संग्रामे निपुणः = कुशलः । भूसुरकुमारः = ब्राह्मणकुमारः । मणिमन्त्रौषधिज्ञः—मणिश्च मन्त्रश्च ओषधिश्च ताः जानातीति तथोक्तः । परिचर्यार्हः = सत्कारयोग्यः । भवत्या = श्रीमत्या । पूज्यताम् ।

(२) तदाकर्ण्य—तत् = बालचन्द्रिकयोक्तम् । आकर्ण्य = श्रुत्वा । निजमनोरथम्—निजस्य = स्वस्य मनोरथम् = अभिलाषम् । अनुवदन्त्या = कथयन्त्या । बालचन्द्रिकया = पुष्पोद्भवपत्न्या । सन्तुष्टान्तरङ्गा—सन्तुष्टम् = प्रसन्नम् अन्तरङ्गम् = स्वान्तम् यस्याः सा सन्तुष्टचित्तेत्यर्थः । मन्दानिलेन = मन्दमारुतेन । तरङ्गावली = कल्लोलमाला । इव । संकल्पजेन = संकल्पात् जन्म यस्य सः, तेन कामेन । आकुलीकृता = व्याकुलीकृता । राजकन्या = अवन्तिसुन्दरी । जितमारम्—जितः = पराजितः मारः = कामदेवः येन तम् । कुमारम् = राजवाहनम् । समुचितासनासीनम्—समुचिते = योग्ये आसने = पीठे आसीनम् = उपविष्टम् विधाय = कृत्वा । शस्तेन = प्रशस्तेन ।

(३) गन्धकुसुमेति—गन्धश्च कुसुमञ्च अक्षतञ्च घनसारश्च ताम्बूलञ्च इति, आदीनि येषां

फिर भी स्त्रीसमुदाय में राजकुमार की बात प्रगट करना उसे उचित नहीं जँचा । इसलिए यों ही लौकिक (साधारण) बातों से कहा—(१) भर्तृदारिके, यह सभी कलाओं में कुशल देवताओं को प्रत्यक्ष करने में समर्थ, युद्धक्रिया में निपुण, मणि, मन्त्र, और औषधियों के विशेषज्ञ एक ब्राह्मण कुमार हैं । आप के पूज्य हैं । आप इनका सत्कार करें ।

(२) बालचन्द्रिका की बातों को सुन कर अपने मनोरथानुरूप कहने वाली बालचन्द्रिका के साथ प्रसन्न होकर कामपीडिता राजकन्या अवन्तिसुन्दरी ने मन्दवायु से थप-थपायी तरङ्गमाला की भाँति, वह कामदेव को जीतने वाले कुमार को एक समुचित आसन पर बैठाकर सखियों के हाथ जुड़ाई गई (३) चन्दन, पुष्प, अक्षत, कपूर, पान सुपारी आदि नाना जातीय प्रशस्त

दिनानाजातिवस्तुनिचयेन पूजां तस्मै कारयामास ।

(१) राजवाहनोऽप्येवमचिन्तयत्–'नूनमेषा पूर्वजन्मनि मे जाया यज्ञवती । नो चेदेतस्यामेवंविधोऽनुरागो मन्मनसि न जायेत । शापावसानसमये तपोनिधिदत्तं जातिस्मरत्वमावयोः समानमेव । तथापि कालजनितविशेषसूचकवाक्यैरस्या ज्ञानमुत्पादयिष्यामि' इति ।

राजवाहनस्य पूर्वजन्मवृत्तान्तश्रावणम्

(२) तस्मिन्नेव समये कोऽपि मनोरमो राजहंसः केलीविधित्सया

नानाजातिवस्तुनिचयानाम् तेन । सखीहस्तेन—सख्याः हस्तेन = करेण सखीसमर्पितेनेत्यर्थः । तस्मै = राजवाहनाय । पूजाम् = अर्चनाम् । कारयामास ।

(१) राजवाहनः = राजकुमारः । अपि । एवम् = वक्ष्यमाणप्रकारेण । अचिन्तयत् = अशोचत् । नूनम् = निश्चयम् 'नूनं तर्केऽर्थनिश्चये' इत्यमरः । एषा = अवन्तिसुन्दरी । पूर्वजन्मनि = जन्मान्तरे मे = मम राजवाहनस्य । जाया = पत्नी । यज्ञवती = यज्ञवतीनामा । 'आसीच्च जन्मान्तरे यज्ञवती शाम्बनृपतेर्भार्या' इति कथेयमनुपदं वक्ष्यते । नोचेत् = अन्यथा । एतस्याम् = अस्याम् । एवंविधः = एवंप्रकारः । अनुरागः = प्रेमातिशयः । मम = राजवाहनस्य । मनसि = हृदये । न जायेत = न उत्पद्येत । शापावसानसमये = शापसमाप्तिकाले । तपोनिधिदत्तम्—तपोनिधिना = तापसेन दत्तम् = अर्पितम् । जातिस्मरत्वम् = जन्मान्तरस्मरणम् आवयोः = उभयोः राजवाहनावन्तिसुन्दर्योः । समानम् = तुल्यम् । एव । तथापि । कालजनितविशेषसूचकवाक्यैः—कालेन = दीर्घकालेन जनितः = उत्पादितः यः विशेषः = विस्मरणादिकम् तस्य सूचकानि = प्रकाशकानि यानि वाक्यानि = वचनानि तैः । अस्याः = अवन्तिसुन्दर्याः । ज्ञानम् । उत्पादयिष्यामि = जनयिष्यामि । इति ।

(२) तस्मिन्नेव समये = चिन्तनवेलायाम् एव । कोऽपि = कश्चिदपि । मनोरमः = सुन्दरः राजहंसः केलीविधित्सया—केलीनाम् = क्रीडानाम् विधित्सा = चिकीर्षा तया ।

वस्तुओं से उसकी पूजा की ।

(१) राजवाहन भी इस प्रकार मन में सोचने लगा—यह राजकुमारी अवश्य ही पूर्व जन्म में मेरी पत्नी यज्ञवती नामकी थी । अन्यथा इसके प्रति मेरे मन में ऐसा अनुराग उत्पन्न नहीं होता । शाप समाप्त होने के समय मुनि का आशीर्वाद था कि 'हम लोगों को पूर्व जन्म का वृत्तान्त स्मरण रहेगा' वह मुझ में और इसमें समान ही प्रतीत हो रहा है । फिर भी बहुत दिन बीतने के कारण जो विशेषता उत्पन्न हो गयी है उसको स्मरण कराने वाले वाक्यों से इसे स्मरण दिलाऊँगा ।

(२) उसी समय एक सुन्दर राजहंस क्रीड़ा करने की इच्छा से अवन्तिसुन्दरी के समीप

तदुपकण्ठमगमत् । (१) समुत्सुकया राजकन्यया मरालग्रहणे नियुक्तां बालचन्द्रिकामवलोक्य समुचितो वाक्यावसर इति सम्भाषणनिपुणो राजवाहनः सलीलमलपत् (२) 'सखि, पुरा शाम्बो नाम कश्चिन्महीवल्लभो मनोवल्लभया सह विहारवाञ्छया कमलाकरमवाप्य तत्र कोकनदकदम्बसमीपे निद्राधीनमानसं राजहंसं शनैर्गृहीत्वा (३) बिसगुणेन तस्य चरणयुगलं निगडयित्वा कान्तामुखं सानुरागं विलोकयन्—

(४) मन्दस्मितविकसितैककपोलमण्डलस्तामभाषत—'इन्दुमुखि ! मया

तदुपकण्ठम्—तस्याः अवन्तिसुन्दर्याः उपकण्ठम् = समीपम् 'उपकण्ठान्तिकाभ्यर्णाभ्यग्रा' इत्यमरः । अगमत् = अगच्छत् ।

(१) समुत्सुकया = उत्कण्ठितया । राजकन्यया = अवन्तिसुन्दर्या मरालग्रहणे = राजहंसग्रहणे । नियुक्ताम् = योजिताम् । बालचन्द्रिकाम् । अवलोक्य = दृष्ट्वा । समुचितः = योग्यः । वाक्यावसरः—वाक्यस्य = प्रश्नस्य वार्तायाः वा अवसरः = कालः इति मनसि विचार्य । सम्भाषणनिपुणः—सम्भाषणे = वार्ताकरणे निपुणः = कुशलः राजवाहनः । सलीलम् = लीलया सहितम् । अलपत् = अब्रवीत् । (२) सखि = सम्बोधनपदम् । पुरा = पूर्वस्मिन्समये । शाम्बः = शाम्बाभिधः । नामेति प्रसिद्धार्थकम् । कश्चित् = एकः । महीवल्लभः = राजा । मनोवल्लभया = मनसः वल्लभा तया । सह = सार्द्धम् विहारवाञ्छया = विहारेच्छया । कमलाकरम्—कमलस्य आकरम् = सरोवरम् । अवाप्य = गत्वा । तत्र = सरोवरे । कोकनदकदम्बसमीपे—कोकनदानाम् = रक्तकमलानाम् कदम्बः = समूहः तस्य समीपे = अन्तिके । निद्राधीनमानसम्—निद्रायाः अधीनम् = वशीभूतम् मानसं यस्य सः, तम् । राजहंसम् = मरालम् । शनैः = मन्दम् । गृहीत्वा = आदाय ।

(३) बिसगुणेन = कमलसूत्रेण । तस्य = मरालस्य । चरणयुगलम् = पादद्वयम् । निगडयित्वा = बद्ध्वा । कान्तामुखम् = प्रियाननम् । सानुरागम् = अनुरागेण सहितम् यथा स्यात्तथा । विलोकयन् = पश्यन् ।

(४) मन्दस्मितेति—मन्दस्मितेन = ईषद् हसितेन विकसितम् = प्रफुल्लम् एकं कपोलमण्डलम् यस्य सः तथोक्तः । ताम् = स्ववल्लभाम् । अभाषत = उवाच । इन्दुमुखि = चन्द्रमुखि

आया । (१) उसे देखकर राजकुमारी उत्सुक हो उठी और बालचन्द्रिका को उसे पकड़ने के लिए भेज दिया । इस तरह एकान्त में उचित अवसर देखकर राजवाहन ने प्रेमपूर्वक बातें आरम्भ की । (२) सखि, पूर्वकाल में शाम्ब नामक एक राजा अपनी प्रियतमा के साथ विहार की इच्छा से एक सरोवर के समीप गया । वहाँ रक्त कमलसमूह के पास एक राजहंस निद्रा की गोद में पड़ा था । उसे धीरे से पकड़ कर शाम्ब ने उसके दोनों पाँवों को (३) मृणालतन्तु से बाँध दिया । फिर प्रेम से अपनी प्रिया की ओर देखकर (४) मुस्कुराहट से प्रफुल्लित कपोल वाला राजा शाम्ब—उससे बोला । चन्द्रवदने, मैंने राजहंस को बाँध

बद्धो मरालः शान्तो मुनिवदास्ते । स्वेच्छयानेन गम्यताम्' इति ।

(१) सोऽपि राजहंसः शाम्बमशपत्—'महीपाल, यदस्मिन्नम्बुजखण्डेऽनुष्ठानपरायणतया परमानन्देन तिष्ठन्तं नैष्ठिकं मामकारणं राज्यगर्वेणावमानितवानसि तदेतत्पाप्मना रमणीविरहसन्तापमनुभव' इति ।

(२) विषण्णवदनः शाम्बो जीवितेश्वरीविरहमसहिष्णुर्भूमौ दण्डवत्प्रणम्य सविनयमभाषत—'महाभाग, यदज्ञानेनाकरवं तत्क्षमस्व' इति ।

सम्बोधनपदमेतत् । मया = शाम्बेन । बद्धः = निगडितः । मरालः = राजहंसः । मुनिवत् = मुनिना तुल्यः । शान्तः = स्थिरः । आस्ते = वर्तते । (अधुना) अनेन = मरालेन स्वेच्छया = यथेच्छम् गम्यताम् । इति अभाषतेति सम्बन्धः ।

(१) सोऽपि = मरालोपि शाम्बम् = नृपम् । अशपत् = शशाप । महीपाल, सम्बोधनपदमेतत् । यत् । अस्मिन् । अम्बुजखण्डे = कमलवने । अनुष्ठानपरायणतया—अनुष्ठाने = ध्याने परायणः = संलग्नः तस्य भावः तया परमानन्देन = परमश्चासौ आनन्दः तेन । तिष्ठन्तम् = वर्तमानम् । नैष्ठिकम्—निष्ठा = अन्तः 'निष्ठा निष्पत्तिनाशान्ताः' इत्यमरः मरणमिति यावत् तत्कालपर्यन्तमेकरूपेण कालं यापयति = चरतीति ठक् नियमवन्तमित्यर्थः । माम् = मुनिम् । राज्यगर्वेण = राज्यमदेन । अकारणम् यथा स्यात्तथा अपमानितवान् = तिरस्कृतवान् । असि । तत् = तस्मात् । एतेन पाप्मना = पापेन । रमणीविरहसन्तापम्—रमण्याः = स्त्रियाः विरहः = वियोगः तेन यः सन्तापः = क्लेशः तम् । अनुभव = भुङ्क्ष्व । इति 'अशपत्' इत्यनेन सम्बन्धः ।

(२) विषण्णवदनः—विषण्णम् = दुःखोपहतम् वदनम् = मुखं यस्य सः शाम्बः = नृपतिः । जीवितेश्वरीविरहम्—जीवतेश्वर्याः = प्राणप्रियायाः विरहम् = वियोगम् । असहिष्णुः = सोढुमसमर्थः भूमौ = पृथिव्याम् । दण्डवत्—दण्डेन = लगुडेन तुल्यम् । प्रणम्य = नमस्कृत्य । सविनयम् = विनयेन सहितम् यथा स्यात्तथा । अभाषत = उक्तवान् । महाभाग = सम्बोधनपदमेतत् । यत् = यत्किञ्चित् । अज्ञानेन = अबोधेन । अकरवम् = कृतवान् । तत् क्षमस्व = क्षमां कुरु अभाषतेति पूर्वेणान्वयः । सः = मरालरूपधारी । तापसः = तपस्वी । करुणा-

---

दिया है वह मुनि की तरह शान्त बैठा है, अच्छा, अब इसे छोड़ देता हूँ । यह अपनी इच्छा से विचरे ।

(१) उस राजहंस ने राजा शाम्ब को शाप दिया कि 'राजन्, मैं इस कमल वन में अनुष्ठान परायण होकर परमानन्द से बैठा था । मुझ ब्रह्मनिष्ठ निरपराधी का राज्यमद से तुमने अपमान किया है अतः इस पाप (अपराध) के कारण तुम भी पत्नीविरह जनित सन्ताप भोगो' ।

( ) राजहंस रूप मुनि की बात सुनकर शाम्ब का मुख उदास हो गया । वह प्राणाधार प्रिया का विरह असह्य समझता हुआ भूमि पर दण्डवत् प्रणाम कर नम्रता पूर्वक बोला—'महाभाग, मैंने अज्ञान से जो अपराध किया है उसे आप क्षमा करें ।'

स तापसः करुणाकृष्टचेतास्तमवदत्—'राजन् (१) इह जन्मनि भवतः शापफलाभावो भवतु। मद्वचनस्यामोघतया भाविनि जनने शरीरान्तरं गताया अस्याः सरसिजाक्ष्या रसेन रमणो भूत्वा मुहूर्तद्वयं मच्चरणयुगलबन्धकारितया मासद्वयं शृङ्खलानिगडितचरणो रमणीवियोगविषादमनुभूय पश्चादनेककालं वल्लभया सह राज्यसुखं लभस्व' इति। तदनु जातिस्मरत्वमपि तयोरन्वगृह्णात्। 'तस्मान्मरालबन्धनं न करणीयं त्वया' इति।

(२) सापि भर्तृदारिका तद्वचनाकर्णनाभिज्ञातस्वपुरातनजननवृत्तान्ता नून-

---

कृष्टचेताः—करुणया = दयया आकृष्टम् चेतो यस्य सः दयार्द्रचित्तः। तम् = शाम्बम्। अवदत्।

(१) राजन्, सम्बोधनम्। इह = अस्मिन्। जन्मनि = जनने। भवतः = तव। शापफलाभावः = शापस्य फलम्, तस्य अभावः इति। भवतु = अस्तु (किन्तु) मद्वचनस्य = मम वाण्याः। अमोघतया—न मोघम् (= निरर्थकम्) अमोघम् = सफलम् तस्य भावः तया। भाविनि = भविष्यति। जनने = जन्मनि। शरीरान्तरम् = अन्यत् शरीरम् शरीरान्तरम् = अन्यदेहम्। गतायाः = प्राप्तायाः अस्याः सरसिजाक्ष्याः = कमललोचनायाः। रसेन = अनुरागेण। रमणः = वल्लभः। भूत्वा। मुहूर्तद्वयम् = चतुर्विंशतिक्षणाः 'अष्टादश निमेषास्तु काष्ठा त्रिंशत्तु ताः कला। तास्तु त्रिंशत्क्षणस्ते तु मुहूर्तो द्वादशास्त्रियाम्' इत्यमरः। मच्चरणयुगलबन्धकारितया = मच्चरणयुगलस्य बन्धनं कर्तुं शीलं यस्य तस्य भावः तया। मासद्वयं = द्वौ मासौ। शृंखलानिगडितचरणः—शृंखलया निगडितौ = बद्धौ चरणौ यस्य सः। रमणीवियोगविषादम् = रमण्याः वियोगः = विरहः तेन यः विषादः = दुःखम् तम्। अनुभूय। पश्चात्। अनेककालम् = बहुकालं वल्लभया = प्रियया। सह। राज्यसुखम्। लभस्व = प्राप्नुहि। 'इत्यवदत्' इति पूर्वेणान्वयः। तदनु = तत्पश्चात्। तयोः = सभार्ययोः (शाम्बयशवत्योः)। जातिस्मरत्वम् = पूर्वजन्मवृत्तान्तस्मरताम्। अपि। अन्वगृह्णात् = अनुज्ञातवान् तस्मात् = हेतोः मरालबन्धनम्—मरालस्य = राजहंसस्य बन्धनम्। त्वया = भवत्या न करणीयम्। इति।

(२) भर्तृदारिका = राजकन्यका। सा = अवन्तिसुन्दरी अपि। तद्वचनाकर्णनाभिज्ञातस्वपुरातनजननवृत्तान्ता—तस्य = राजवाहनस्य वचनम् तद्वचनम् तस्य आकर्णनेन = श्रवणेन

राजा की बात सुनकर उस तपस्वी का हृदय दया से खिंच गया। वह राजा से बोला-(१) 'राजन्, इस जन्म में तुम्हारा यह शाप अपना फल नहीं दिखायेगा, किन्तु मेरा वचन अमोघ (सत्य) है। अतः आगे जन्म में जब वह शरीरान्तर को प्राप्त करेगी तब तुम इस कमलाक्षी का अनुराग (प्रेम) से स्वामी बनकर दो मुहूर्त मेरे पैरों को बाँधने के कारण—दो महीने तक तुम्हारे पैरों में बेड़ियाँ पड़ी रहेंगी और तुम स्त्रीवियोग जनित क्लेश का अनुभव कर बाद में बहुत दिनों तक अपनी प्रिया के साथ राज्य सुख भोगोगे। पश्चात् उस तपस्वी ने एक और वरदान दिया; तुम दोनों का जातिस्मरत्व (पूर्व जन्म की वार्ता की याद) भी रहेगा'। इसी लिए कहता हूँ कि, आप इस राजहंस को न बाँधे।

(२) राजकुमार की बात सुन कर उस राजकुमारी अवन्तिसुन्दरी को भी पूर्वजन्म की

मयं मत्प्राणवल्लभः' इति मनसि जानती रागपल्लवितमानसा समन्दहासमवोचत् (१) सौम्य, पुरा शाम्बो यशवतीसन्देशपरिपालनाय तथाविधं हंसबन्धनमकार्षीत्। तथा हि लोके पण्डिता अपि दाक्षिण्येनाकार्यं कुर्वन्ति' इति।

(२) कन्याकुमारावेवमन्योन्यपुरातनजनननामधेये परिचिते परस्परज्ञानाय साभिज्ञमुक्त्वा मनोजरागपूर्णमानसौ बभूवतुः।

अभिज्ञातः=स्मृतः स्वपुरातनम्=स्वस्य पुरातनम्, जननम्=जन्म, तस्य वृत्तान्तः यया सा। नूनम्=निश्चयम्। अयम्=राजवाहनः मत्प्राणवल्लभः—मम=अवन्तिकुमार्याः प्राणवल्लभः=स्वामी। इति मनसि=स्वचित्ते। जानती=अवबुध्यती। रागपल्लवितमानसा—रागेण अनुरागेण पल्लवितम्=विकसितम् मानसम् यस्याः सा, अनुरागपूर्णमानसेत्यर्थः। समन्दहासम्=मन्दहासेन सहितम् यथा स्यात्तथा। अवोचत्=उक्तवती।

(१) सौम्य=इति सम्बोधनपदम्। पुरा=पूर्वस्मिन् काले। शाम्बः=तन्नामा नृपतिः यशवतीसन्देशपरिपालनाय—यशवती=शाम्बनृपतेः अग्रमहिषी (परिगृहीता पत्नी) तस्याः सन्देशः=आग्रहः वचनमिति यावत् तस्य परिपालनाय=परिरक्षणाय। तथाविधम्=तथा विधा यस्य तत्। हंसबन्धनम्=हंसस्य बन्धनम्। अकार्षीत्=कृतवान्। हि=यतः। लोके=संसारे। पण्डिताः=विद्वांसः। अपि दाक्षिण्येन=स्त्रीणामाग्रहेण प्रीणनहेतुनेत्यर्थः अन्यानुरोधेनेति यावत्। अकार्यं=अनुचितम् कर्म। कुर्वन्ति। इति।

(२) एवम्=इत्थम्। कन्याकुमारौ=अवन्तिसुन्दरीराजवाहनौ। अन्योन्यपुरातनजनननामधेये—अन्योन्यस्य=परस्परस्य पुरातनम्=प्राचीनम् जननम्=जन्म च नामधेयं=नाम च ते। परिचिते। परस्परज्ञानाय=अन्योन्यप्रतिबोधनाय। साभिज्ञम्—अभिज्ञानेन=प्रमाणेन सहितम्। उक्त्वा। मनोजरागपूर्णमानसौ—मनोजेन=कामेन रागेण=अनुरागेण च पूर्णं=व्याप्तम् मानसम् ययोः तौ। बभूवतुः=अभूताम्।

बातें याद आ गईं और उसने अपने मन ही मन जान लिया कि निश्चय ही यह मेरे प्राणवल्लभ हैं। ऐसा निश्चय होने पर अनुरागातिरेक से उसका चित्त खिल उठा और वह मन्दमुसकान के साथ बोली--

(१) सौम्य, पूर्व काल में राजा शाम्ब ने अपनी पत्नी यशवती के वचनों की रक्षा के लिये ही उस प्रकार के हंस को बाँधा था। इससे जाना जाता है कि दूसरे के आग्रह वश पंडित भी अकार्य कर बैठते हैं।

(२) इस तरह अवन्तिसुन्दरी और राजवाहन परस्पर पुरातन जन्म और नाम से परिचित होने पर परस्पर प्रतिबोध (ज्ञान) के लिए सप्रमाण बातों को कह कर कामदेव और अनुराग से पूर्ण होकर काम के वशीभूत हो गये।

अवन्तिसुन्दर्या मातुरागमनं विरहे कष्टानुभवश्च

(१) तस्मिन्नवसरे मालवेन्द्रमहिषी परिजनपरिवृता दुहितृकेलीविलोकनाय तं देशमवाप। बालचन्द्रिका तु तां दूरतो विलोक्य ससम्भ्रमं रहस्यनिर्भेदभिया हस्तसंज्ञया पुष्पोद्भवसेव्यमानं राजवाहनं वृक्षवाटिकान्तरितगात्रमकरोत्। सा मानसारमहिषी सखीसमेताया दुहितुर्नानाविधां विहारलीलामनुभवन्ती क्षणं स्थित्वा दुहित्रा समेता निजागारगमनायोद्युक्ता बभूव।

(२) मातरमनुगच्छन्ती अवन्तिसुन्दरी 'राजहंसकुलतिलक, विहारवाञ्छया

---

(१) तस्मिन् अवसरे = समये। मालवेन्द्रमहिषी—मालवेन्द्रस्य = मालवनृपतेः महिषी = पट्टराज्ञी। परिजनपरिवृता—परिजनैः = सेवकैः परिवृता = युक्ता। दुहितृकेलीविलोकनाय—दुहितुः = कन्यायाः केली = क्रीडा तस्या विलोकनाय = दर्शनाय। तम् देशम् = प्रदेशम्। अवाप = प्राप्तवती। बालचन्द्रिका = पुष्पोद्भवपत्नी। ताम् = महाराज्ञीम्। दूरतः = विप्रकृष्टतः। विलोक्य = दृष्ट्वा। ससम्भ्रमम्—संभ्रमेण = त्वरया सहितम्; सत्वरमित्यर्थः। 'आरम्भः सम्भ्रमस्त्वरा' इत्यमरः। रहस्यनिर्भेदभिया—रहसि भवं रहस्यम् = गोप्यम् तस्य निर्भेदः = ख्यातिः तस्य भिया = शङ्कया महाराज्ञी यदि राजपुत्रं पश्येत् तदा गोप्यं निर्भिद्येत इति शङ्कयेत्यर्थः। हस्तसंज्ञया = करचेष्टया 'इशारे से' इति भाषा। पुष्पोद्भवसेव्यमानम्—पुष्पोद्भवेन सेव्यमानम् = संसेवितम् राजवाहनम्। वृक्षवाटिकान्तरितगात्रम्—वृक्षवाटिकायाम् = अन्तरितम् = गोपितम् गात्रम् = शरीरम् यस्य तथाविधम्। अकरोत्। मानसारमहिषी = मालवेन्द्रपत्नी। सा = राजमहिषी। सखीसमेतायाः = सख्या समेता सखीसमेता तस्याः। दुहितुः = अवन्तिसुन्दर्याः नानाविधाम् = बहुप्रकाराम्। विहारलीलाम्। अनुभवन्ती = पश्यन्ती। क्षणम् = कञ्चित्कालम्। स्थित्वा = विश्रम्य। दुहित्रा = कन्यया। समेता = युक्ता। निजागारगमनाय—निजस्य = स्वस्य अगारम् = गृहम् तत्र गमनाय। उद्युक्ता = उद्यता बभूव।

(२) मातरम् = जननीम्। अनुगच्छन्ती—अनु = पश्चात् गच्छन्ती = सरन्ती। अवन्तिसुन्दरी = राजपुत्री। राजहंसकुलतिलक = सम्बोधनपदमेतत् शिलष्टेन पक्षि-विशेषस्य एवं राजवाहनस्य च ग्रहणम्। तथा च—राजहंसस्य = तन्नाम्नः नृपतेः कुले = वंशे तिलकः = भूषणः इव, पक्षे—राजहंसस्य = पक्षिविशेषस्य कुले = मण्डले तिलकः इवेत्यर्थद्वयात् श्लिष्टम्

---

(१) उसी समय मालवेन्द्र मानसार की पटरानी अपने परिजनों के साथ कन्या का खेल देखने के लिए उस उद्यान में आ पहुँचीं। बालचन्द्रिका ने उन्हें दूर से ही आते देख शीघ्र ही हाथ के इशारे से पुष्पोद्भव सहित राजवाहन को वृक्षों की ओट में छिप जाने को कहा; क्योंकि उसे भय था कि इन दोनों का रहस्य (प्रेम) कहीं खुल न जाय। मानसार की पटरानी सखियों के साथ अपनी कन्या की अनेक विहारलीलाओं को देखती हुई वहाँ कुछ देर ठहरीं बाद राजकन्या अवन्तिसुन्दरी को साथ लेकर अपने महल में जाने को तैयार हुईं।

(२) माता के पीछे जाती हुई राजकुमारी अवन्तिसुन्दरी ने हंस के बहाने कुमार से

केलिवने मदन्तिकमागतं भवन्तमकाण्ड एव विसृज्य मया समुचितमिति जनन्यनुगमनं क्रियते । तदनेन भवन्मनोरागोऽन्यथा मा भूत्' इति मरालमिव कुमारमुद्दिश्य समुचितालापकलापं वदन्ती पुनः पुनः परिवृत्तदीननयना वदनं विलोकयन्ती निजमन्दिरमगात् ।

(१) तत्र हृदयवल्लभकथाप्रसङ्गे बालचन्द्रिकाकथिततदन्वयनामधेया मन्मथबाणपतनव्याकुलमानसा विरहवेदनया दिने दिने बहुलपक्षशशिकलेव क्षामक्षा-

---

पदमेतत् । विहारवाञ्छया = विहर्तुमिच्छया । (अत्र) केलिवने = क्रीडोद्याने । मदन्तिकम् = अस्मत्समीपम् । आगतम् = प्राप्तवन्तम् । भवन्तम् । अकाण्डे = असमये । एव विसृज्य = विहाय । जनन्यनुगमनम्—जनन्याः = मातुः अनुगमनम्—अनु = पश्चात् गमनम् समुचितम् = अवश्यकर्तव्यमिति हेतोः । मया = अवन्तिसुन्दर्या । मातुरनुगमनम् क्रियते । तद् अनेन = व्यापारेण । भवन्मनोरागः— भवतः = तव मनोरागः — मनसि रागः = वृत्तिः । अन्यथा = विपरीतम् । मा भूत् = मयि विषये भवन्मनोवृत्तिरन्या मा भूदिति भावः । इति = इत्थम् । मरालमिव = राजहंसपक्षिविशेषम् इव । कुमारम् = राजवाहनम् उद्दिश्य । समुचितालापकलापम्—आलापस्य = आभाषणस्य कलापः = समूहः, समुचितश्चासौ आलापकलापश्च तम् । वदन्ती = उच्चारयन्ती । पुनः पुनः = मुहुर्मुहुः । परिवृत्तदीननयना = परिवृत्ते दीने नयने यस्याः सा = परिवृत्तदीननयना । वदनम् = मुखम् राजकुमारस्येति शेषः विलोकयन्ती = पश्यन्ती । निजमन्दिरम् = स्वगृहम् । अगात् = अगच्छत् ।

(१) तत्र = निजभवने । हृदयवल्लभकथाप्रसङ्गे—हृदयस्य वल्लभः = प्राणेशः तस्य कथाप्रसङ्गे = विषये । बालचन्द्रिकाकथिततदन्वयनामधेया = बालचन्द्रिकया कथिते तस्य (राजवाहनस्य) अन्वयनामधेये अन्वयः = वंशश्च नामधेयम्—नाम चेति = कुलनामनी यस्यै इति तथोक्ता । मन्मथबाणपतनव्याकुलमानसा—मन्मथबाणपतनेन व्याकुलम् मानसम् = चित्तम् यस्याः सा । विरहवेदनया—विरहस्य = वियोगस्य वेदना = पीडा तया । दिने दिने = प्रतिदिनम् । बहुलपक्षशशिकलेव—बहुलपक्षे या शशिकला = चन्द्रकला 'कला तु षोडशो भागः'

कहा—हे राजहंसकुलतिलक, (यह श्लिष्ट सम्बोधन पद है) बिहार की इच्छा से इस क्रीडोद्यान में आप मेरे समीप आये थे । किन्तु असमय में ही आपको छोड़ कर 'माता का अनुगमन आवश्यक कर्त्तव्य है यह जान कर ही जा रही हूँ । इससे आपके हृदय का प्रेम कम न हो ।' इस प्रकार हंस के बहाने राजकुमार से उचित क्षमा याचना करती हुई और बार-बार मुड़कर दुःखी नेत्रों से देखती हुई वह अपने महल को चली गई ।

(१) वहाँ हृदयेश्वर की कथाप्रसङ्ग में बालचन्द्रिका के मुख से जब उसे राजकुमार के वंश और नाम का पता चला तो वह कामदेव के बाणों से बिद्ध (घायल) हो गयी । विरहवेदना से कृष्णपक्ष के चन्द्रमा की भाँति प्रतिदिन अत्यन्त क्षीण हो चली । भोजनादि समस्त

माऽऽहारादिसकलव्यापारं परिहृत्य रहस्यमन्दिरे मलयजरसक्षालितपल्लवकुसुमकल्पिततल्पतलावर्तितनुलता बभूव।

(१) तत्र तथाविधामवस्थामनुभवन्तीं मन्मथानलसन्तप्तां सुकुमारीं कुमारीं निरीक्ष्य खिन्नो वयस्यागणः (२) काञ्चनकलशसञ्चितानि हरिचन्दनोशीरघनसारमिलितानि तदभिषेककल्पितानि सलिलानि बिसतन्तुमयानि वासांसि च नलिनीदलमयानि तालवृन्तानि च सन्तापहरणानि बहूनि संपाद्य तस्याः शरीरमशिशिरयत्। तदपि शीतलोपचरणं सलिलमिव तप्ततैले तदङ्गदहनमेव समन्तादाविश्चकार।

इत्यमरः सा इव। क्षामक्षामा = अतिक्षीणा अतिकृशेत्यर्थः। आहारादिसकलव्यापारम्—आहारः = भोजनम् आदिः यस्य सकलव्यापारस्य तम्। परिहृत्य = विहाय। रहस्यमन्दिरे = जनशून्ये भवने। मलयजरसेति—मलयजरसेन = चन्दनद्रवेण क्षालितैः = सिक्तैः पल्लवैः कुसुमैश्च कल्पितम् = निर्मितम् यत् तल्पतलं = शय्या तत्र आवर्तिनी = लुठन्ती तनुलता = गात्रयष्टिः यस्याः सा बभूव।

(१) तत्र = रहस्यमन्दिरे। तथाविधावस्थाम् = तथा विधा अवस्था यस्याः सा ताम्। अनुभवन्तीम्। मन्मथानलसन्तप्ताम्—मन्मथानलेन = कामाग्निना सन्तप्ताम् = ज्वलन्तीम्। सुकुमारीम् = कोमलाङ्गीम्। कुमारीम् = अवन्तिसुन्दरीम्। निरीक्ष्य = अवलोक्य खिन्नः = विषण्णः। वयस्यागणः = सखीसमूहः।

(२) काञ्चनकलशसञ्चितानि—काञ्चनस्य = सुवर्णस्य कलशः, तस्मिन् सञ्चितानि = एकत्र कृतानि। हरिचन्दनोशीरघनसारमिलितानि—हरिचन्दनञ्च उशीरञ्च घनसारश्चेति, तैः मिलितानि = युक्तानि मिश्रितानीत्यर्थः। तदभिषेककल्पितानि—तस्याः अभिषेकाय = स्नानाय कल्पितानि = रचितानि। सलिलानि = जलानि। बिसतन्तुमयानि = विसतन्तुप्रचुराणि मृणालसूत्रनिर्मितानीत्यर्थः वासांसि = वस्त्राणि च। नलिनीदलमयानि—नलिन्याः = कमलिन्याः दलानि = पत्राणि तत्प्रचुराणि तालवृन्तानि च। सन्तापहराणि = कामज्वरविनाशकानि। बहूनि (वस्तूनि) सम्पाद्य = निर्माय। तस्याः = अविन्तसुन्दर्याः। शरीरम्। अशिशिरयत् =

व्यापारों को छोड़कर वह एक कमरे में चंदन के जल से सींचे फूलों और पत्तों के बिछौने पर लोटती (करवट बदलती) काटने लगी।

(१) शय्या पर उस प्रकार की अवस्था को भोगती हुई और कामाग्नि से सन्तप्त सुकुमारी राजकुमारी को जब सखियों ने देखा तो वे अत्यन्त व्याकुल हो गयीं। उन्होंने उसके स्नान के लिए (२) सोने के घड़े में मलयगिरि चन्दन, खस और कपूर मिलाकर जल तैयार किया और सन्ताप मिटाने वाली अनेक वस्तुएँ एकत्र कीं। जैसे—मृणालसूत्र के बने कपड़े और कमल पत्तों के बने पंखे जिनसे अवन्तिसुन्दरी के शरीर को शीतल बनाया। किन्तु—सभी शीतलोपचार खौलते तेल में पानी के छींटों की तरह उसकी देह को चारों ओर से अधिक सन्तप्त ही करने में समर्थ हुए।

(१) किंकर्तव्यतामूढां विषण्णां बालचन्द्रिकामीषदुन्मीलितेन कटाक्षवीक्षितेन बाष्पकणाकुलेन विरहानलोष्णनिःश्वासग्लपिताधरया नताङ्ग्या शनैः शनैः सगद्गद व्यलापि—

(२) 'प्रियसखि, कामः कुसुमायुधः पञ्चबाण इति नूनमसत्यमुच्यते। इयमहमयोमयैरसंख्यैरिषुभिरनेन हन्ये। सखि, चन्द्रमसं वडवानलादतितापकरं मन्ये। यदस्मिन्नन्तःप्रविशति शुष्यति पारावारः, सति निर्गते तदैव वर्धते।

शीतलीचकार। तदपि=सखीभिः कृतमपि। शीतलोपचारम्। तप्ततैले सलिलम्=जलमिव (यथा तप्ततैले जलनिक्षेपेण सन्तापाधिक्यमेव जायते तद्वत्) समन्तात्=चतुर्दिक्षु। तदङ्गदहनमेव--तस्याः अङ्गम् तदङ्गम् तस्मिन्, दहनमेव=अग्निमेव। आविश्चकार=प्रज्वलयामास।

(१) किंकर्तव्यतामूढाम्=समयेऽस्मिन् किंकर्तव्यम् इति निश्चेतुमसमर्थाम्। विषण्णाम्=खिन्नाम्। बालचन्द्रिकाम्=पुष्पोद्भवपत्नीम्। ईषदुन्मीलितेन--ईषत्=किञ्चित् उन्मीलितेन विकसितेन। बाष्पकणाकुलेन--बाष्पाणाम्=ऊष्माश्रूणाम् 'बाष्पमूष्माश्रु कशिपु' इत्यमरः कणाः=बिन्दवः तैः आकुलेन=व्याप्तेन। कटाक्षवीक्षितेन=अपाङ्गदर्शनेन। 'कटाक्षोऽपाङ्गदर्शने' इत्यमरः। विरहानलोष्णनिःश्वासग्लपिताधरया--विरहानलस्य = वियोगाग्नेः उष्णनिःश्वासेन=ऊष्णमुखवायुना ग्लपितः=क्षामः अधरः यस्याः सा, तया। नताङ्ग्या=अवन्तिसुन्दर्या। शनैः शनैः=मन्दम् मन्दम्। व्यलापि=व्यभाषि।

(२) प्रियसखि, कामः=कन्दर्पः। कुसुमायुधः=पुष्पायुधः। पञ्चबाणः तस्य पञ्चसंख्यका बाणाः सन्ति। इति नूनं=निश्चयेन असत्यम्=मिथ्या। उच्यते=कथ्यते। जनैरिति शेषः। इयम् अहम्। अयोमयैः=लौहनिर्मितैः। असंख्यैः=संख्यातुमशक्यैः। इषुभिः=बाणैः। अनेन=कामेन। हन्ये=हताऽस्मि सखि, वडवानलात्=समुद्राग्नेः 'और्वस्तु वाडवो वडवानलः' इत्यमरः। अतितापकरम्--अतितापस्य=संतापस्य करः तम्। चन्द्रमसम्=हिमांशुम्। मन्ये। यत्=यस्मात् कारणात्। अन्तःप्रविशति=प्रातरस्तं गते जलमध्ये प्रविशतीत्यर्थः अस्मिन्=चन्द्रमसि पारावारः=समुद्रः। शुष्यति। निर्गते=सायमुदिते सतीत्यर्थः पारावारः वर्द्धते। वर्तते खल्वेषा किंवदन्ती यदस्तमनवेलायां चन्द्रः समुद्राम्भसि निमज्जति तेन पारावा-

---

(१) अब क्या करना चाहिये यह निश्चय करने में असमर्थ तथा दुःखी बालचन्द्रिका को आँसू भरी अधखिली आँखों से देख कर विरहाग्नि से उष्ण निःश्वास से मुरझे अधरों वाली नताङ्गी वह अवन्तिसुन्दरी गद्गद कण्ठ से धीरे धीरे बोली—

(२) प्रिये, लोगों का कहना है कि—'कामदेव के आयुध फूल के बने हैं और उसके बाण भी पाँच ही है' यह सर्वथा असत्य है। क्योंकि--लोहे के असंख्य बाणों से वह मुझे मार रहा है। सखि, चन्द्रमा तो बड़वानल (समुद्राग्नि) से भी अधिक तापकर (धधकता) प्रतीत होता है। मेरा अनुभव इसलिए ठीक है कि—जब वह समुद्र में प्रवेश करता है तब समुद्र सूख जाता है और जब निकल जाता है तब समुद्र बढ़ने लगता है। चन्द्रमा के दोषों

दोषाकरस्य दुष्कर्म किं वर्ण्यते मया ? यदनेन निजसोदर्याः पद्मालयाया गेहभूतमपि कमलं विहन्यते ।

(१) विरहानलसंतप्तहृदयस्पर्शेन नूनमुष्णीकृतः स्वल्पीभवति मलयानिलः । नवपल्लवकल्पितं तल्पमिदमनङ्गाग्निशिखापटलमिव सन्तापं तनोस्तनोति । (२) हरिचन्दनमपि पुरा निजयष्टिसंश्लेषवदुरगरदनलिप्तोल्बणगरलसंकलितमिव तापयति शरीरम् । (३) तस्मादलमलमायासेन शीतलोपचारे । (४) लावण्य-

---

रस्य वृद्धिर्न भवति । उत्थिते च वर्द्धते । अतः कथ्यते यदस्यान्तः स्थित्या पारावारः शुष्यति निर्गमेण च वर्द्धते । अत एव समुद्राग्नेरतितरां सन्तापकरश्चन्द्रः ।

दोषाकरस्य—दोषा = रजनी तस्याः करः, तस्य = चन्द्रमसः । वा दोषाणाम् = दुष्कर्मणाम् आकरस्य = निधेः । दुष्कर्म = दुष्कार्यम् । मया = अवन्तिसुन्दर्या । किम् वर्ण्यते । यत् अनेन = इन्दुना । निजसोदर्याः—निजस्य = स्वस्य सोदरी = समानमुदरं यस्याः सा = भगिनी तस्याः । पद्मालयायाः = कमलायाः लक्ष्म्याः इत्यर्थः । गेहभूतम् = गृहरूपम् निवासस्थानमित्यर्थः । कमलम् अपि । विहन्यते = मुकुलीक्रियते ।

(१) विरहानलसन्तप्तहृदयस्पर्शेन—विरहानलेन = वियोगाग्निना सन्तप्तस्य = संज्वरितस्य हृदयस्य स्पर्शेन = संसर्गेण । नूनम् = निश्चयेन । उष्णीकृतः—च्वि प्रत्ययान्तोऽयम् । मलयानिलः = मलयपवनः । स्वल्पीभवति = न स्वल्पः अस्वल्पः अस्वल्पः स्वल्पः भवतीति च्विः । नवपल्लवकल्पितम्—नवेन = नूतनेन पल्लवेन किसलयेन कल्पितम् = निर्मितम् इदम् तल्पम् = शय्या । 'तल्पं शय्याट्टदारेषु' इत्यमरः । अनङ्गाग्निशिखापटलमिव—अनङ्गस्य = कामस्य अग्निः तस्य या शिखा = अर्चिः तस्याः पटलम् = समूहः तदिव । तनोः = शरीरस्य । संतापम् = संज्वरम् । तनोति = प्रकटयति ।

(२) । पुरा = पूर्वकाले । निजयष्टिसंश्लेषवदुरगरदनलिप्तोल्वणगरलसंकलितम् = निजयष्टेः = स्वाश्रयशाखायाः संश्लेषवन्तः = सम्पर्किणः ये उरगाः = सर्पाः तेषां रदनेन = दन्तेन लिप्तम् = युक्तम् यत् उल्वणम् = उत्कटम् गरलम् = विषम् तेन संकलितम् = व्याप्तम् । इव हरिचन्दनम् = मलयजरसः । शरीरम् = देहम् । तापयति । (३) तस्मादलम् = भवतीभिः यद् यच्छीतलोपचारा विधीयन्ते तत्सर्वाणि दुःखाकुर्वन्त्यतो निरर्थकाण्येवेति भावः । अलमलमिति भृशार्थे द्विरुक्तिः । आयासेन = उपचारेण शीतलोपचारे आयासेन अलमलमिति सम्बन्धः । (४) लावण्यजितमारः—लावण्येन = सौन्दर्येण जितः = विजितः

का वर्णन मैं कहाँ तक करूँ ? वह तो अपनी सगी बहन—लक्ष्मी का घर कमल को भी नष्ट कर देता है ।

(१) मेरे हृदय में ऐसी विरह की अग्नि जल रही है कि उसके द्वारा सन्तप्त हृदय का स्पर्श मात्र से ही गरम होकर मलयानिल भी कम हो जाता है । नई कोपलों का यह कोमल बिछौना भी कामाग्नि की ज्वाला समूह जैसा मेरी देह को झुलसा रहा है । (२) मलयागिरि चन्दन के वृक्षों पर लिपटे सर्पों के दाँतों से निकले विष से व्याप्त चन्दन का लेप भी शरीर को तप्त कर रहा है । (३) इसलिए इन शीतल उपचारों का प्रयोग व्यर्थ है । (४)

जितमारो राजकुमार एवागदंकारो मन्मथज्वरापहरणे । सोऽपि लब्धुमशक्यो मया । किं करोमि' इति ।

(१) बालचन्द्रिका मनोजज्वरावस्थापरमकाष्ठां गतां कोमलाङ्गीं तां राजवाहनलावण्याधीनमानसामनन्यशरणामवेक्ष्यात्मन्यचिन्तयत्—

(२) 'कुमारः सत्वरमानेतव्यो मया । नो चेदेनां स्मरणीयां गतिं नेष्यति मीनकेतनः । तत्रोद्याने कुमारयोरन्योन्यावलोकनवेलायामसमसायकः समं मुक्त-

---

मारः = कामः येन सः । राजकुमारः = राजवाहनः । एव मन्मथज्वरापहरणे—मन्मथज्वरस्य = कामज्वरस्य अपहरणे = अपनयने । अगदंकारः = न गदं अगदं, करोतीति वैद्यः । 'कारे सत्यागदस्य' इति मुम् 'रोगहार्यगदङ्कारो भिषग्वैद्यो चिकित्सके' इत्यमरः । सोऽपि = राजवाहनोऽपि । मया = अवन्तिसुन्दर्या । लब्धुम् = प्राप्तुम् । अशक्यः = न शक्यः । किं करोमि इति असामर्थ्ये ।

(१) बालचन्द्रिका = पुष्पोद्भवपत्नी । मनोजज्वरावस्थापरमकाष्ठाम्—परमा चासौ काष्ठा चेति परमकाष्ठा मनोजज्वरावस्थायाः—मनोजस्य = कामस्य ज्वरः = सतापः तस्य अवस्था इति मनोजज्वरावस्था तस्याः परमकाष्ठा = अतिशयः ताम् । गताम् = प्राप्ताम् । कोमलाङ्गीम् = सुकुमारशरीराम् । ताम् = अवन्तिसुन्दरीम् । राजवाहनलावण्याधीनमानसाम्—राजवाहनस्य लावण्ये = सौन्दर्ये अधीनम् = वशीभूतम् मानसम् = चित्तम् यस्याः सा ताम् । अनन्यशरणाम्—नास्ति अन्यः शरणम् = रक्षिता यस्याः सा ताम् । 'शरणं गृहरक्षित्रोः' इत्यमरः । अवेक्ष्य—दृष्ट्वा । आत्मनि = स्वस्मिन् । अचिन्तयत् ।

(२) कुमारः = राजवाहनः । सत्वरम् = शीघ्रम् । मया = बालचन्द्रिकया । आनेतव्यः = प्रापयितव्यः । नोचेत् = अन्यथा । मीनकेतनः = कन्दर्पः । एनाम् = अवन्तिसुन्दरीम् । स्मरणीयां गतिम् = कथावशेषताम् । नेष्यति = प्रापयिष्यति । तत्रोद्याने । कुमारयोः = कुमारी च कुमारश्चेत्येकशेषः तयोः = राजवाहनावन्तिसुन्दर्योः । अन्योन्यावलोकनवेलायाम् —अन्योन्यस्य = परस्परस्य अवलोकनवेला = दर्शनसमयः तस्याम् । असमसायकः—असमः = विषमः सायकः = बाणः यस्य सः पञ्चशरः कामदेवः । समम् = सहैव । द्वयोरेवोपरि । मुक्तसायकः =

अपने सौन्दर्य से कामदेव को हरानेवाले वह राजकुमार ही इस कामज्वर से मुझे ठीक कर सकते हैं । किन्तु उनका मिलना भी कठिन है । हाय ! अब क्या करूँ ।

(१) कामज्वर की चरमसीमा पर पहुँची एवं राजवाहन के सौन्दर्य पर मुग्ध उस कोमलाङ्गी अवन्तिसुन्दरी को देखकर बालचन्द्रिका समझ गयी कि इसका चित्त राजवाहन के अधीन हो गया है । इसकी रक्षा अब दूसरा कोई नहीं कर सकता है । अतः वह मन ही मन सोचने लगी (२) मुझे राजवाहन को शीघ्र ही यहाँ ले आना चाहिये, नहीं तो कामदेव इसकी हालत नाजुक कर देगा । जब उपवन में ये दोनों एक दूसरे को देख रहे थे तभी

सायकोऽभूत् । तस्मात्कुमारानयनं सुकरम्' इति । (१) ततोऽवन्तिसुन्दरीरक्षणाय समयोचितकरणीयचतुरं सखीगणं नियुज्य राजकुमारमन्दिरमवाप । (२) पुष्पबाणबाणतूणीरायमाणमानसोऽनङ्गतप्तावयवसंपर्कपरिम्लानपल्लवशयनमधिष्ठितो राजवाहनः प्राणेश्वरीमुद्दिश्य सह पुष्पोद्भवेन संलपन्नागतां प्रियवयस्यामालोक्य पादमूलमन्वेषणीया लतेव बालचन्द्रिकागतेति संतुष्टमना निटिलतटमण्डनीभवदम्बुजकोरकाकृतिलसदञ्जलिपुटाम् (३) 'इतो निषीद' इति निर्दिष्ट-

---

मुक्तः = त्यक्तः सायकः येन सः अभूत् । तस्मात् = कारणात् । कुमारानयनम् = कुमारस्य आनयनम् । सुकरम् = सुसाध्यम् । इति ।

(१) ततः = तदनन्तरम् । अवन्तिसुन्दरीरक्षणाय—अवन्तिसुन्दर्याः रक्षणाय = पालनाय । समयोचितकरणीयचतुरम्—समये = तस्मिन् काले यत् उचितकरणीयम् = कर्तव्यम् तत्र चतुरम् । सखीगणम् नियुज्य । राजकुमारमन्दिरम् = राजवाहनभवनम् । अवाप = प्राप ।

(२) पुष्पबाणबाणतूणीरायमाणमानसः—पुष्पबाणस्य = कन्दर्पस्य बाणाः इति पुष्पबाणबाणाः तेषाम् तूणीरवदाचरत् मानसम् यस्य सः । राजवाहनः इत्यस्य विशेषणम् । अनङ्गतप्तावयवसंपर्कपरिम्लानपल्लवशयनम्—अनंगेन = कामेन तप्तस्य = संज्वरितस्य अवयवस्य = शरीरावयवस्य संपर्केण परिम्लानम् = क्षामम् यत् शयनम् अधिष्ठितः = उपविष्टः । 'अधिशीङ्स्थासा'मिति आधारस्य कर्मसंज्ञा । राजवाहनः प्राणेश्वरीम् = अवन्तिसुन्दरीम् । उद्दिश्य = लक्ष्यीकृत्य । पुष्पोद्भवेन सह संलपन् = वार्ता कुर्वन् । आगताम् = प्राप्ताम् । प्रियवयस्याम् = बालचन्द्रिकाम् आलोक्य = दृष्ट्वा । अन्वेषणीया = अन्वेष्टव्या । लता = औषधिविशेषः । इव पादमूलम् = स्वपादसमीपम् । आगता = प्राप्ता । बालचन्द्रिका इति । संतुष्टमनाः = सन्तुष्टम् मनो यस्य सः । (राजवाहनः) निटिलतटमण्डनीभवदम्बुजकोरकाकृतिसदञ्जलिपुटाम्—निटिलतटस्य = भालदेशस्य मण्डनीभवत् = अमण्डनम् मण्डनम् भवत् इति मण्डनीभवत् = आभरणीभवत् यद् अम्बुजकोरकम् = कमलकलिका तस्याकृतिरिव लसत् = शोभमानम् अञ्जलिपुटं यस्याः ताम् = शिरसि कृताञ्जलिपुटाम् ।

(३) इतः = अस्मिन् स्थाने । निषीद = उपविश । इति = इत्थम् निर्दिष्टसमुचितासनासी-

---

कामदेव ने एक साथ ही इन दोनों पर अपने बाणों को छोड़ा था । इसलिये कुमार का लाना कठिन नहीं है । क्योंकि वे भी संतप्त होंगे ।

(१ बाद अवन्तिसुन्दरी की रक्षा में तत्कालोचित सेवा करने में दक्ष सखियों को लगाकर स्वयं राजकुमार के महल में चली गई । (२) वहाँ जाकर उसने देखा कि राजवाहन का हृदय कामदेव के बाण रखने वाले तूणीर (तरकश) के समान हो रहा है। अभिप्राय यह कि राजवाहन का हृदय काम देव के वाणों से विधा हुआ है । कामज्वर से सन्तप्त अवयवों के सम्पर्क से मुरझाये पल्लव के विछौने पर वह बैठा है और प्राणेश्वरी अवन्तिसुन्दरी के विषय में ही पुष्पोद्भव से बातें कर रहा है । इतने में राजवाहन ने प्राणेश्वरी की सखी बालचन्द्रिका को वहाँ देखा तो उसे ऐसा लगा कि जिस जड़ी को वह बहुत देर से ढूँढ रहा था वह उसे पैरों के तले ही मिल गयी । वह प्रसन्न हो उठा । मस्तक पर शोभा के लिए लगाये गये । कमलकलिका के समान हाथों को जोड़नेवाली उस बालचन्द्रिका को

समुचितासनासीनामवन्तिसुन्दरीप्रेषितं सकर्पूरं ताम्बूलं विनयेन ददतीं तां कान्तावृत्तान्तमपृच्छत् । तया सविनयमभाणि—

(१) 'देव, क्रीडावने भवदवलोकनकालमारभ्य मन्मथमथ्यमाना पुष्पतल्पादिषु तापशमनमलभमाना (२) वामनेनेवोन्नततरुफलमलभ्यं त्वदुरःस्थलालिङ्गनसौख्यं स्मरान्धतया लिप्सुः सा स्वयमेव पत्रिकामालिख्य 'वल्लभायैनामर्पय' इति मां नियुक्तवती' । राजकुमारः पत्रिकां तामादाय पपाठ—

नाम्—निर्दिष्टे=प्रदर्शिते समुचिते=योग्ये आसने आसीनाम्=उपविष्टाम् बालचन्द्रिकाम् । अवन्तिसुन्दरीप्रेषितम्—अवन्तिसुन्दर्या प्रेषितम्=प्रहितम् । सकर्पूरं=कर्पूरेण सहितम् । ताम्बूलम्=वीटिकाम् । विनयेन=प्रश्रयेण । राजवाहनाय ददतीम्=उपहरन्तीम् । ताम्=बालचन्द्रिकाम् । कान्तावृत्तान्तम्—कान्तायाः=अवन्तिसुन्दर्याः वृतान्तम्=वार्ताम् । अपृच्छत् । तया=बालचन्द्रिकया । सविनयम्=विनयेन सहितम् यथा स्यात्तथा । अभाणि=अवादि ।

(१) देव=स्वामिन् । क्रीडावने=क्रीडोद्याने । भवदवलोकनकालम्—भवताम् अवलोकनम् भवदवलोकनम् सः कालः यस्य तम् । आरभ्य । मन्मथमथ्यमाना—मन्मथेन=कामेन मथ्यमाना=पीडयमाना । पुष्पतल्पादिषु—पुष्पस्य तल्पम्=शय्या आदिः येषां तेषु । तापशमनम्—तापस्य=संज्वरस्य शमनम्=शान्तिम् अलभमाना=न लभमाना=अप्राप्नुवती ।

(२) अलभ्यम्=लब्धुमशक्यम् । उन्नततरुफलम्=उन्नतस्य तरोः=वृक्षस्य फलम् । वामनेन=खर्वेण यथा लब्धुमिष्यते तद्वत् । स्मरान्धतया अलभ्यम् त्वदुरःस्थलालिङ्गनसौख्यम्—तव उरस्थलस्य=वक्षःस्थलस्य यदालिङ्गनम् तस्य सौख्यम्=आनन्दम् । लिप्सुः=लब्धुमिच्छुः । सा=अवन्तिसुन्दरी स्वयम् एव । पत्रिकाम्=पत्रम् । आलिख्य=विलिख्य । वल्लभाय=प्रियाय । एनाम्=पत्रिकाम् । अर्पय=देहीति । माम्=बालचन्द्रिकाम् । नियुक्तवती=नियुयोज । राजकुमारः=राजवाहनः । ताम्=पत्रिकाम् । आदाय=गृहीत्वा । पपाठ=पठितुमारब्धवान् ।

देखकर राजवाहन ने कहा (३) 'आओ यहाँ बैठो' इस प्रकार राजवाहन के बताये उचित आसनपर बैठकर अवन्तिसुन्दरी द्वारा भेजे गये कर्पूरमिश्रित पान के बीड़े उसने नम्रता पूर्वक राजवाहन के आगे धर दिये । बाद कुमार ने उससे अपनी प्रिया का कुशल समाचार पूछा। बालचन्द्रिका विनीत भाव से कहने लगी—

(१) राजन्, क्रीडोद्यान में जब से राजकुमारी ने आप को देखा है तब से उसे कामदेव बुरी तरह सता रहा है । यहाँ तक की पुष्प और कोंपल को शय्या पर भी उसे चैन नहीं है। (२) वामन (बौना) जैसे हाथ के पहुँच के बाहर, ऊँचे वृक्ष के फल को प्राप्त करने की इच्छा करता है उसी तरह कामान्ध होकर (विवेक खो बैठी है और) दुर्लभ आपके वक्षःस्थल का आलिङ्गन सुख प्राप्त करने की इच्छा से स्वयं पत्र लिखकर आपके समीप भेजा

(१) 'सुभग कुसुमसुकुमार जगदनवद्यं विलोक्य ते रूपम् ।
मम मानसमभिलषति त्वं चित्तं कुरु तथा मृदुलम् ॥'

(२) इति पठित्वा सादरमभाषत—'सखि, छायावन्मामनुवर्तमानस्य पुष्पोद्भवस्य वल्लभा त्वमेव तस्या मृगीदृशो बहिश्चराः प्राणा इव वर्तसे। त्वच्चातुर्यमस्यां क्रियालतायामालवालमभूत्। यत्तवाभीष्टं येन प्रियामनोरथः फलिष्यति तदखिलं करिष्यामि।

---

(१) सुभग=हे प्रिय। जगदनवद्यम्—जगति=संसारे अनवद्यम्=न अवद्यम् अनवद्यम्=निर्दोषम्। कुसुमसुकुमारम्—कुसुमम्=पुष्पम् तदिव सुकुमारम्=कोमलम्। ते=तव। रूपम्=स्वरूपम्। विलोक्य=निरीक्ष्य। मम=अवन्तिसुन्दर्याः मानसम्=चित्तम्। अभिलषति=वाञ्छति। त्वम्=भवान्। चित्तम्=स्वहृदयम्। तथा=रूपवत्। यथा रूपं कोमलमस्ति तथा मृदुलम्=कोमलम्। चित्तं कुरु=विधेहि। मां प्रति सदयो भव। (२) इति पठित्वा सादरम् यथा स्यात्तथा अभाषत। सखि; छायावत्=छायया तुल्यम्। माम्=राजवाहनम्। अनुवर्तमानस्य=अनुसरतः। पुष्पोद्भवस्य=मत्सहचरस्य। वल्लभा=प्रिया। त्वमेव=भवत्येव। मृगीदृशः=चपललोचनायाः। तस्याः=अवन्तिसुन्दर्याः। बहिश्चराः=शरीराद्बहिः भ्रमणशीलाः प्राणाः=जीवितम्। १३। अस्यां क्रियालतायाम्—क्रिया=कार्यम्, मदीयं प्रयोजनम् सैव लता=वल्ली तस्याम्। त्वच्चातुर्यम्=युष्मदीया चतुरता। आलवालम्—परिखाकारा जलसेकभूमिरित्यर्थः 'स्यादालवालमावालमावापः' इत्यमरः। अभूत्=जातम्। त्वच्चातुर्यं विना मम मनोरथो न सेत्स्यतीति भावः। यत् तव अभीष्टम् येन च प्रियामनोरथः—प्रियायाः मनोरथः=अभिलाषः। फलिष्यति=सेत्स्यति क्रियामनोरथः इति पाठे क्रियया=आलिङ्गनादिशारीरिकचेष्टया युक्तः मनोरथः अभिलाषः

है और कहा है कि 'इस पत्र को ले जाकर मेरे प्रियतक पहुँचा आओ' राजकुमार ने उस पत्र को लेकर पढ़ना प्रारम्भ किया—

उसमें लिखा था—(१) हे सुभग, पुष्प के सदृश कोमल तथा संसार में अनिन्द्य आपका रूप निहार कर मेरा मन रीझ गया है। अतः आप अपने चित्तको अपने अवयवों जैसा कोमल बनायें। अभिप्राय यह कि—आपका स्वरूप पुष्प की तरह कोमल है किन्तु हृदय अत्यन्त कठोर है।

(२) यह पढ़कर कुमार ने आदर से कहा—'सखि, पुष्पोद्भव मेरे साथ छाया की तरह सर्वदा रहता है। तुम उसकी प्रियतमा हो और उस मृगलोचनी अवन्तिसुन्दरी का बाहर घूमने-फिरने वाले प्राण की तरह हो। इस कार्य रूपलता में तुम्हारी चतुरता आलवाल का कार्य करती है—(जैसे-आल-वाल (थाला) के विना वृक्ष की रक्षा, वृद्धि आदि नहीं होती) उसी तरह तुम्हारी चतुराई विना यह कार्य सिद्ध (मेरा मनोरथ पूर्ण) नहीं हो सकता। जो तुम्हारा अभीष्ट होगा और जिससे प्रिया का मनोरथ पूर्ण होगा वह सब मैं करूँगा।

(१) नताङ्ग्या मन्मनःकाठिन्यमाख्यातम् । यदा केलीवने कुरङ्गलोचना लोचनपथमवर्तत तदैवापहृतमदीयमानसा सा स्वमन्दिरमगात् । सा चेतसो माधुर्यकाठिन्ये स्वयमेव जानाति । दुष्करः कन्यान्तःपुरप्रवेशः । तदनुरूपमुपायमुपपाद्य श्वः परश्वो वा नताङ्गीं संगमिष्यामि । (२) मदुदन्तमेवमाख्याय शिरीषकुसुमसुकुमाराया यथा शरीरबाधा न जायेत तथाविधमुपायमाचर' इति ।

(३) बालचन्द्रिकापि तस्य प्रेमगर्भितं वचनमाकर्ण्य संतुष्टा कन्यापुरमग-

---

तदखिलम् = सम्पूर्णं कर्म क्रियाविशेषणं वा। करिष्यामि = विधास्यामि (१) नताङ्ग्या = प्रियया। मन्मनःकाठिन्यम्—मम मनसः काठिन्यम्। आख्यातम् = कथितम्। यदा केलीवने = क्रीडोद्याने। कुरङ्गलोचना = मृगनयनी लोचनपथम् = नेत्रपथम् अवर्तत = जाता। तदा = तस्मिन् काले। एव, अपहृतमदीयमानसा = अपहृतम् मदीयं मानसम् यया सा। सा = अवन्तिसुन्दरी। स्वमन्दिरम् = निजभवनम्। अगात् = ययौ। सा = अवन्तिसुन्दरी। स्वचेतसः = स्वहृदयस्य। माधुर्यकाठिन्ये = माधुर्यञ्च काठिन्यञ्चेति ते। स्वयमेव जानाति। कन्यान्तःपुरप्रवेशः—कन्यायाः अन्तःपुरम्, तत्र प्रवेशः दुष्करः = दुःसाध्यः। तदनुरूपम्—तस्य = प्रवेशस्य अनुरूपम् = योग्यम्। उपायम् = साधनम्। उपपाद्य = कृत्वा। श्वः = आगामिदिने। परश्वः = ततः परदिने वा। नताङ्गीम् = अवन्तिसुन्दरीम्। संगमिष्यामि = संमिलिष्यामि। (२) मदुदन्तम् = अस्मद्वृत्तान्तम्। एवम् = यथा मया अभिहितम्। तथा आख्याय = कथयित्वा। शिरीषकुसुमसुकुमारायाः—शिरीषः = कपीतनः वृक्षविशेषः इत्यर्थः तस्य कुसुमम् = पुष्पम् तद्वत् सुकुमारायाः = कोमलायाः। अवन्तिसुन्दर्याः। यथा = येन प्रकारेण। शरीरबाधा = देहपीडा। न जायेत = न भवेत्। तथाविधम् = तथा विधा यस्य तम्। उपायम् = उद्योगम्। आचर = विधेहि। इति।

(३) बालचन्द्रिका = पुष्पोद्भवपत्नी। अपि। तस्य = राजवाहनस्य। प्रेमगर्भितम्—प्रेमपूर्णम्। वचनम् = भाषितम्। आकर्ण्य = श्रुत्वा। संतुष्टा = प्रसन्ना। कन्यापुरम् = कन्यानिवासस्थानम्। अगच्छत् = जगाम

---

(१) उस कोमलाङ्गी ने मेरे हृदय को कठोर बताया है। जिस दिन मैं उस मृगनयनी को क्रीडा उपवन में देखा उसी दिन वह मेरे मन को चुराकर अपने घर चली गयी। वह हृदय की कोमलता और कठोरता स्वयं जानती है। किन्तु किसी कन्यान्तःपुर में प्रवेश करना अत्यन्त दुष्कर कार्य है। अस्तु, कोई उपाय सोचकर कल या परसों तक उससे अवश्य मिलूँगा। (२) इस प्रकार मेरा वृत्तान्त सुनाकर ऐसा उपाय करना जिससे शिरीषपुष्प जैसी सुकुमारी अवन्तिसुन्दरी को कोई शारीरिक कष्ट न होने पाये।

(३) बालचन्द्रिका राजकुमार के प्रेमगर्भित वचनों को सुनकर अत्यन्त प्रसन्न हो कन्यान्तःपुर को चली गयी।

च्छत् । (१) राजवाहनोऽपि यत्र हृदयवल्लभावलोकनसुखमलभत तदुद्यानं विरहवेदनविनोदाय पुष्पोद्भवसमन्वितो जगाम । (२) तत्र चकोरलोचनावचित-पल्लवकुसुमनिकुरम्बं महीरुहसमूहं शरदिन्दुमुख्या मन्मथसमाराधनस्थानं च नताङ्गीपदपङ्क्तिचिह्नितं शीतलसैकततलं च सुदतीभुक्तमुक्तं माधवीलतामण्डपा-न्तरपल्लवतल्पं च विलोकयन् ललनातिलकविलोकनवेलाजनितशेषाणि स्मारं स्मारं

---

(१) राजवाहनः = राजकुमारः । यत्र = उद्याने । हृदयवल्लभावलोकनसुखम्—हृदय-वल्लभायाः = प्राणप्रियायाः अवलोकनम् = दर्शनम् तेन यत् सुखम् = आनन्दः तम् । अल-भत = प्राप्तवान् । तदुद्यानम् = तम् आक्रीडम् । 'पुमानाक्रीड उद्यानम्' इत्यमरः । विरहवेदन-विनोदाय—विरहस्य वेदना तस्याः विनोदाय = अपनोदाय पुष्पोद्भवसमन्वितः—पुष्पोद्भवेन समन्वितः = युक्तः । जगाम = ययौ ।

(२) तत्र = उद्याने । चकोरलोचनावचितपल्लवकुसुमनिकुरम्बम्—चकोरलोचनया चको-रस्य = जीवंजीवस्य इव लोचने = नयने यस्या साः तया = चकोराक्ष्या अवचितानि = एकत्रीकृतानि पल्लवकुसुमनिकुरम्बाणि—पल्लवञ्च कुसुमञ्च इति पल्लवकुसुमे तयोः निकुर-म्बानि = समूहाः इति किसलयपुष्पसमूहाः इत्यर्थः । यस्य तम् । महीरुहसमूहम् = वृक्षसंघम् । शरदिन्दुमुख्या—शरत्कालीनः इन्दुः = चन्द्रः स इव मुखं यस्याः सा तया । मन्मथसमाराधनस्थानम्—मन्मथस्य = कन्दर्पस्य यत् समाराधनम् तस्य स्थानम् = भूमिः । च = पुनः । नताङ्गीपदपङ्क्तिचिह्नितम्—नताङ्ग्याः = अवन्तिसुन्दर्याः पदपङ्क्त्या = चरण-चिह्नेन चिह्नितम् = अङ्कितम् । शीतलसैकततलम्—शीतलञ्च तत्सैकततलम् = वालुकातलम् तत् । च = पुनः । सुदतीभुक्तमुक्तम् = शोभनाः दन्ताः यस्याः सा तया पूर्वं भुक्तम् = उप-भुक्तम् पश्चात् मुक्तम् = त्यक्तम् । माधवीलतामण्डपान्तरपल्लवतल्पम्—माधवीलतायाः = वासन्त्याः मण्डपस्य = जनाश्रयस्य अन्तरे = मध्ये यत् पल्लवतल्पम् = किसलयशय्या तत् । च । विलोकयन् = पश्यन् । ललनातिलकविलोकनवेलाजनितशेषाणि—ललनातिलकम् ललना = स्त्री तस्याः तिलकम् = भूषणमवन्तिसुन्दरी तस्याः विलोकनवेलायाम् = दर्शनसमये जनितः = प्रकटितः शेषः = अवशिष्टः येषां तानि । स्मारं स्मारम् = स्मृत्वा स्मृत्वा मन्दमारुतकम्पितानि—

---

(१) राजवाहन भी जिस उपवन में प्राणेश्वरी का प्रथम दर्शनसुख प्राप्त किया था उसी उपवन में विरह वेदना को दूर करने (मन बहलाने) पुष्पोद्भव के साथ चला गया ।

(२) वहां चकोर के समान लम्बी आंखोंवाली उस राजकुमारी अवन्तिसुन्दरी ने, जिन वृक्षों के फूल और पत्ते इकट्ठे किये थे उन वृक्षों को देखकर जहाँ उस शरच्चन्द्रमुखी ने कामदेव की पूजा की थी—उस स्थान को देखा, एवं जिस शीतल वालुकामय प्रदेश में उस नतांगी के पदचाप पड़े थे, उस प्रदेश को तथा माधवी लतामण्डप के मध्य में पड़ी पल्लव शय्या जहाँ वह सुन्दर दांतोंवाली कुमारी लेटी थी, उन सब को देखा । बाद उसे स्त्रीरत्न के प्रथम दर्शन में उत्पन्न हुये हाव-भाव याद आने लगे । फिर मन्द-मन्द पवन से झकोरे गये

मन्दमारुतकम्पितानि नवचूतपल्लवानि मदनाग्निशिखा इव चकितो दर्शं दर्शं मनोजकर्णेजपानामिव कोकिलकीरमधुकराणां क्वणितानि श्रावं श्रावं मारविकारेण क्वचिदप्यवस्थातुमसहिष्णुः परिबभ्राम ।

विद्येश्वरस्यागमनम् प्रतिज्ञाकरणञ्च

(१) तस्मिन्नवसरे धरणीसुर एकः सूक्ष्मचित्रनिवसनः स्फुरन्मणिकुण्डलमण्डितो मुण्डितमस्तकमानवसमेतश्चतुरवेषमनोरमो यदृच्छया समागतः समन्ततोऽभ्युल्लसत्तेजोमण्डलं राजवाहनमाशीर्वादपूर्वकं ददर्श । (२) राजवाहनः

मंदमारुतेन = मलयानिलेन कम्पितानि = वेल्लितानि धुतानीत्यर्थः 'वेल्लितप्रेङ्खिताधूतचलिताकम्पिता धुते' इत्यमरः । नवचूतपल्लवानि = नवाम्रकिसलयानि । मदनाग्निशिखाः—मदनस्य = कामस्य अग्निः = तापः तस्य शिखाः = ज्वाला इव । चकितः यथा स्यात्तथा दर्शं दर्शम् = दृष्ट्वा दृष्ट्वा । मनोजकर्णेजपानाम्—मनोजस्य = कन्दर्पस्य कर्णेजपाः = कर्णेजपन्तीति सूचकाः दुर्मन्त्रिणः तेषामिव । कोकिल-कीर-मधुकराणाम् । क्वणितानि = वाशितानि रुतानीत्यर्थः । श्रावं श्रावं = श्रुत्वा श्रुत्वा । मारविकारेण = कामोद्दीपनतया । क्वचिदपि = कुत्रापि । अवस्थातुम् = स्थितिं कर्तुम् । असहिष्णुः = असहनशीलः । परिबभ्राम = इतस्ततः परिभ्रमणं चकार ।

(१) तस्मिन्नवसरे = परिभ्रमणकाले । एकः । धरणीसुरः = ब्राह्मणः । यदृच्छया = स्वेच्छया अकस्मादित्यर्थः समागतः इत्यग्रिमणान्वयः । सूक्ष्मचित्रनिवसनः—सूक्ष्मं चित्रम् = नानावर्णम् निवसनम् = वस्त्रं यस्य सः । स्फुरन्मणिकुण्डलमण्डितः—मणेः कुण्डलम्, स्फुरत् = चञ्चत् मणिकुण्डलम् तेन मण्डितः = भूषितः । मुण्डित-मस्तक-मानव-समेतः—मुण्डितम् = परिवापितम् मस्तकम् = शिरः यस्य एवंभूतेनान्येन मानवेन = पुरुषेण समेतः = युक्तः । चतुरवेषमनोरमः—चतुरवेषेण मनोरमः = मनोज्ञः । यदृच्छया = स्वेच्छया समागतः = प्राप्तः । समन्ततः = चतुर्दिक्षु । अभ्युल्लसत्तेजोमण्डलम्—अभि = समन्तात् उल्लसत् = स्फुरत् तेजसां मण्डलम् = चक्रवालं यस्य तम् । राजवाहनम् = राजकुमारम् । आशीर्वादपूर्वकम् = आशीर्वादः पूर्वं यस्य तत् यथा स्यात्तथा । ददर्श = दृष्टवान् । (२) राजवाहनः तम् =

आम के नवीन पत्ते जो कामाग्नि की ज्वाला सरीखे कांप रहे थे उन्हें आश्चर्यभरी दृष्टि से देखकर कामदेव के गुप्तचर कोयल-सुग्गे एवं भौरों के कलरव को सुनता हुआ वह राजकुमार कामपीड़ा से व्यथित हो गया। राजकुमार की कामाग्नि भड़क उठी वह कहीं भी स्थिर न हो सका और चारों ओर घूमने-फिरने लगा।

(१) उसी समय कानों में रत्नजड़े कुण्डल पहने तथा महीन एवं रंगीन वस्त्रधारण किये एक ब्राह्मण अकस्मात् वहाँ आ पहुँचा। उसके साथ एक मनुष्य और था जिसका सिर मुंडा हुआ था। वह वेष-भूषा से बड़ा चतुर और सुन्दर लगता था। उसने चारो ओर बिखरे तेजोमण्डलवाले राजवाहन के समीप आकर आशीर्वाद दिया। (२) राजवाहन ने आदर से पूछा—

सादरम् 'को भवान्, कस्यां विद्यायां निपुणः' इति तं पप्रच्छ। स च 'विद्येश्वरनामधेयोऽहमैन्द्रजालिकविद्याकोविदो विविधदेशेषु राजमनोरञ्जनाय भ्रमन्नुज्जयिनीमद्यागतोऽस्मि' इति शशंस। पुनरपि राजवाहन सम्यगालोक्य 'अस्यां लीलावनौ पाण्डुरतानिमित्तं किम्' साभिप्रायं विहस्यापृच्छत :

(१) पुष्पोद्भवश्च निजकार्यकरणं तर्कयन्नेनमादरेण बभाषे—'ननु सतां सख्यस्याभाषणपूर्वतया चिरं रुचिरभाषणो भवानस्माकं प्रियवयस्यो जातः। सुहृदामकथ्यं च किमस्ति ?

समागतम् पुरुषम्। सादरम्=आदरेण सहितम् यथा स्यात्तथा पप्रच्छ। भवान् कः ? कस्याम् विद्यायां निपुणः=कुशलः ? इति। स=पुरुषः। च। 'अहम् विद्येश्वरः इति नामधेयं यस्य सः। ऐन्द्रजालिकविद्याकोविदः=ऐन्द्रजालिकविद्यायाम् कोविदः=पण्डितः। विविधदेशेषु—विशिष्टा विधा येषां तेषु देशेषु। राजमनोरञ्जनाय—राज्ञाम् मनांसि तेषां रञ्जनाय=विनोदाय। भ्रमन् =अटन्। अद्य=अस्मिन् अहनि। उज्जयिनीम्। आगतः=प्राप्तः। अस्मि। इति शशंस= कथयामास। पुनरपि=भूयोऽपि। राजवाहनम्=राजकुमारं सम्यक्=सुष्ठु आलोक्य= निरीक्ष्य साभिप्रायं=अभिप्रायेण सहितम् क्रियाविशेषणमेतत्। विहस्य=विशेषेण हसित्वा। अपृच्छत्। 'अस्यां लीलावनौ=लीलायाः अवनौ=भूमौ, उद्यान इत्यर्थः। पाण्डुरतायाः निमित्तम्=कारणम् किम् ?' अपृच्छदिति सम्बन्धः। अस्मिन् क्रीडोद्याने निवसन्नपि कथं पीतवर्णम् मुखं धारयसीति भावः।

(१) पुष्पोद्भवश्च निजकार्यकरणम्—क्रियते अनेन इति करणम्=साधनम् निजकार्यस्य करणम्=स्वकार्यसम्पादनदक्षम्। तर्कयन्=भावयन्। एनम्=पुरुषम्। आदरेण= सम्मानेन। बभाषे=उवाच।

ननु=इति, आमन्त्रणे। सताम्=सज्जनानाम्। सख्यस्य=सख्युः भावः तस्य, मित्रतायाः। आभाषणपूर्वतया—आभाषणम्=आलापः पूर्वं यस्मिन् तस्य भावः तया। परस्परालापेनैव सज्जनानां मैत्री भवतीति भावः। चिरम्=बहुकालम्। रुचिरभाषणः—रुचिरम्= प्रियम् भाषणम्=वचनं यस्य सः तथोक्तः। भवान्। अस्माकम्=आवयोः। प्रियवयस्यः= सखा। जातः=सम्पन्नः। सुहृदाम्=सखीनाम् मित्राणामिति यावत् (समीपे)। अकथ्यम्= अप्रकाश्यम्। किम् अस्ति ? न किमपीत्यर्थः।

'आप कौन हैं ? और किस विद्या में निपुण हैं।' उसने कहा—मेरा नाम विद्येश्वर है। मैं इन्द्रजाल विद्या का पण्डित हूँ। अनेक देशों में राजाओं के मनोविनोद के लिए घूमता हुआ आज उज्जयिनी नगरी में आ पहुँचा हूँ। फिर उसने राजवाहन को अच्छी तरह (गौर से) देख साभिप्राय हँसता हुआ पूछा—इस उद्यानभूमि में भी आपके चेहरे पर पीलेपन का क्या कारण है ?

(१) पुष्पोद्भव ने—अपने कार्य में इसके द्वारा सहायता मिलने की आशा से आदरपूर्वक कहा। मित्र, सज्जनों की मैत्री बात-चीत से ही प्रारम्भ होती है और आप बहुत देर से हमलोगों से मीठी-मीठी बातें कर रहे हैं, अतः आप हम लोगों के मित्र हो गये। इसलिए मित्रों से छिपाएँ ऐसी बात क्या रह गई ? सुनिये।

(१) केलीवनेऽस्मिन् वसन्तमहोत्सवायागताया मालवेन्द्रसुताया राजनन्दनस्यास्य चाकस्मिकदर्शनेऽन्योन्यानुरागातिरेकः समजायत । सततसंभोगसिद्ध्युपायाभावेनासावीदृशीमवस्थामनुभवति' इति ।

(२) विद्येश्वरो लज्जाभिरामं राजकुमारमुखमभिवीक्ष्य विरचितमन्दहासो व्याजहार—'देव, भवदनुचरे मयि तिष्ठति तव कार्यमसाध्यं किमस्ति । (३) अहमिन्द्रजालविद्यया मालवेन्द्रं मोहयन् पौरजनसमक्षमेव तत्तनयापरिणयं रचयित्वा कन्यान्तःपुरप्रवेशं कारयिष्यामीति वृत्तान्त एष राजकन्यकायै सखी-

---

(१) अस्मिन् केलीवने = क्रीडोद्याने । वसन्तमहोत्सवाय — महांश्चासौ उत्सवः महोत्सवः वसन्तस्य महोत्सवः, तस्मै । आगतायाः = उपस्थितायाः । मालवेन्द्रसुतायाः = अवन्तिसुन्दर्याः । अस्य राजनन्दनस्य = राजपुत्रस्य । आकस्मिकदर्शने = काकतालीयवत् साक्षात्कारे । अन्योन्यानुरागातिरेकः—अन्योन्यस्य = परस्परस्य अनुरागस्य = प्रेम्णः अतिरेकः = अतिशयः । समजायत = उत्पन्नोऽभूत् । किन्तु नावलोक्यतेऽस्य कश्चिदुपायः येनास्याभिलाषपूर्तिर्भवेदिति भावः । सततसम्भोगसिद्ध्युपायाभावेन—सततम् = अनारतम् यः सम्भोगः तस्य सिद्धेः उपायः तस्य अभावेन । असौ = राजनन्दनः । ईदृशीम् अवस्थाम् = स्थितिम् । अनुभवति = प्राप्नोति । इति ।

(२) विद्येश्वरः = विद्यायाः ईश्वरः, ऐन्द्रजालिकः । लज्जाभिरामम्—लज्जया = व्रीडया अभिरामम् = मनोज्ञम् प्रियमिति यावत् । राजकुमारमुखम्—राजकुमारस्य = राजवाहनस्य मुखम् = वदनम् । अभिवीक्ष्य = समन्तादवलोक्य । विरचितमन्दहासः—विरचितः = कृतः मन्दः = अल्पः ईषत् हासः येन सः (विद्येश्वरः) व्याजहार = उवाच ।

देवेति सम्बोधनम् । भवदनुचरे—भवतः = तव अनुचरे = भृत्ये । मयि = विद्येश्वरे । तिष्ठति = वर्तमाने सति । असाध्यम् = दुःसाध्यम् तव कार्यम् किमस्ति न किमपीत्यर्थः । (३) अहम् = विद्येश्वरः । इन्द्रजालविद्यया । मालवेन्द्रं = मानसारं । मोहयन् = वशमानयन् । पौरजनसमक्षमेव—पौरजनानां = पुरवासिजनानाम् अक्ष्णः समम् = पुर एव । तत्तनयापरिणयम्— तस्य = मानसारस्य तनयायाः = सुतायाः परिणयः = विवाहः तम् । रचयित्वा = कारयित्वा । कन्यान्तःपुरप्रवेशम् = कन्यायाः अन्तःपुरम्, तत्र प्रवेशम् । कारयिष्यामि = संजनयिष्यामि । इति एष वृत्तान्तः = उदन्तः राजकन्यकायै = अवन्तिसुन्दर्यै । सखीमुखेन = सखी-

---

(१) इस क्रीडोद्यान में वसन्तमहोत्सव मनाने मालवेन्द्र की कन्या आई थी । अचानक उससे इस राजकुमार का दर्शन हो जाने से दोनों में अत्यन्त प्रेम उत्पन्न हो गया । किन्तु सर्वदा के लिए सुखसम्भोग प्राप्त कर सकें ऐसी कोई युक्ति नहीं लगती, इसीलिए इनकी ऐसी दशा हो रही है ।

(२) लज्जा से मनोहर राजकुमार का मुँह देखकर मंद मंद मुस्कुराते हुए विद्येश्वर ने कहा—'देव, मुझ सेवक के रहते आपका कौन सा ऐसा कार्य है जो असाध्य हो । (३) मैं इन्द्रजाल विद्या से मालवाधीश मानसार को मोहित कर पुरवासियों के समक्ष ही उसकी कन्या का विवाह (आपसे) रचवा कर कन्यान्तःपुर (रनिवास का वह भाग जिसमें कन्यायें रहती हैं) में प्रवेश करा दूँगा । किन्तु यह समाचार आप राजकन्या अवन्तिसुन्दरी से किसी

मुखेन पूर्वमेव कथयितव्यः' इति ।

(१) संतुष्टमना महीपतिरनिमित्तं मित्रं प्रकटीकृतकृत्रिमक्रियापाटवं विप्रलम्भकृत्रिमप्रेमसहजसौहार्दवेदिनं तं विद्येश्वरं सबहुमानं विससर्ज ।

(२) अथ राजवाहनो विद्येश्वरस्य क्रियापाटवेन फलितमिव मनोरथं मन्यमानः पुष्पोद्भवेन सह स्वमन्दिरमुपेत्य सादरं बालचन्द्रिकामुखेन निजवल्लभायै महीसुरक्रियमाणं संगमोपाय वेदयित्वा कौतुकाकृष्टहृदयः 'कथमिमां क्षपां क्षपयामि' इति चिन्तयन् अतिष्ठत् ।

(३) परेद्युः प्रभाते विद्येश्वरो रसभावरीतिगतिचतुरस्तादृशेन महता

द्वारा । पूर्वमेव । कथयितव्यः = सूचयितव्यः । इति ।

(१) सन्तुष्टमनाः = सन्तुष्टम् मनः यस्य सः । महीपतिः = राजवाहनः । अनिमित्तम् = अकारणम् मित्रम् = सुहृदम् । प्रकटीकृतकृत्रिमक्रियापाटवन्—प्रकटीकृतम् अप्रकटम् प्रकटं कृतम् इति प्रकटीकृतम् = प्रकाशीकृतम् कृत्रिमा चासौ क्रिया चेति तस्याम् इन्द्रजालविद्यायां पाटवम् = चातुर्य्यम् येन तम् । विप्रलम्भेति । विप्रलम्भः = प्रतारणा कृत्रिमम् = कपटपूर्णन् प्रेम सहजम् = स्वाभाविकम् सौहार्दम् = मित्रता च तानि वेत्तीति तम् ; तम् = विद्येश्वरम् । सबहुमानम् = सत्कारपूर्वकम् । विससर्ज = प्रस्थातुमनुज्ञातवान् ।

(२) अथ = अनन्तरम् । राजवाहनः । विद्येश्वरस्य = ऐन्द्रजालिकस्य । क्रियापाटवेन—क्रियायाः = कार्यस्य पाटवेन = कौशलेन मनोरथम् = अभिलाषम् । फलितम् = फलं संजातम् अस्मिन्, तम् सिद्धप्रायम् । इवेत्यर्थः । मन्यमानः = जानन् । पुष्पोद्भवेन । सह स्वमन्दिरम् = स्वभवनम् । उपेत्य = आगत्य । सादरम् यथा स्यात्तथा । बालचन्द्रिकामुखेन । निजवल्लभायै = स्वप्रियायै अवन्तिसुन्दर्यै । महीसुरक्रियमाणम्—महीसुरेण = ब्राह्मणेन क्रियमाणम् = विधीयमानम् अनुष्ठीयमानमित्यर्थः । संगमोपायम् = मिलनोद्योगम् । वेदयित्वा = ज्ञापयित्वा । कौतुकाकृष्टहृदयः—कौतुकेन आकृष्टम् हृदयं यस्य सः । कथम् इमां = प्रस्तुताम् । क्षपाम् = रात्रिम् । क्षपयामि = गमयामि यापयामीत्यर्थः इति चिन्तयन् = भावयन् । अतिष्ठत् ।

(३) परेद्युः = परस्मिन्दिने । प्रभाते = प्रातःकाले । रसभावरीतिगतिचतुरः—रसाः =

सखी के द्वारा पहले ही कहलवा दें' ।

(१) विद्येश्वर की बातों से राजकुमार प्रसन्न हो गया और अकारण मित्र बने इन्द्रजाल-विद्या में चातुर्य दिखाने वाले एवं प्रतारण, कृत्रिमप्रेम तथा स्वाभाविक स्नेह को जानने वाले उस विद्येश्वर को राजवाहन ने आदर के साथ विदा किया ।

(२) पश्चात् विद्येश्वर के कौशल से राजवाहन अपना मनोरथ पूर्ण हुआ समझ कर पुष्पोद्भव के साथ अपने निवास स्थान पर आ गया । बालचन्द्रिका के द्वारा ब्राह्मण की बतलाई मिलन की तरकीब अपनी प्रिया को कहला भेजी और स्वयं उत्कण्ठित हृदय से 'रात कैसे बिताऊँ' इस चिन्ता में पड़ गया ।

(३) दूसरे दिन प्रातःकाल ही रस, भाव और इन्द्रजाल क्रिया में चतुर वह विद्येश्वर

निजपरिजनेन सह राजभवनद्वारान्तिकमुपेत्य दौवारिकनिवेदितनिजवृत्तान्तः सहसोपगम्य सप्रणामम् 'ऐन्द्रजालिकः समागतः' इति द्वाःस्थैर्विज्ञापितेन तद्दर्शनकुतूहलाविष्टेन समुत्सुकावरोधसहितेन मालवेन्द्रेण समाहूयमानो विद्येश्वरः कक्षान्तरं प्रविश्य सविनयमाशिषं दत्त्वा, तदनुज्ञात, परिजनताड्यमानेषु वाद्येषु नदत्सु, गायकीषु मदकलकोकिलामञ्जुलध्वनिषु, समधिकरागरञ्जितसामाजिकमनोवृत्तिषु पिच्छिकाभ्रमणेषु सपरिवारं परिवृढं (त्वं)

शृंगारादयः भावाश्च = अभिप्रायादयः रीतिगतयश्च = इन्द्रजालक्रियाः तासु चतुरः = कुशलः। विद्येश्वरः = पूर्वोक्तः ऐन्द्रजालिकः। तादृशेन = स्वानुरूपेण, तत्तद्विद्यानिपुणेन वा। महता = दीर्घेण। निजपरिजनेन = स्ववर्गेण। सह। राजभवनद्वारान्तिकम्—राज्ञः भवनं राजभवनं तस्य द्वारं तदन्तिकं = समीपम्। उपेत्य = प्राप्य। दौवारिकनिवेदितनिजवृत्तान्तः—दौवारिकेण = प्रतीहारेण निवेदितः = प्रार्थितः कथितः इति यावत्। निजवृत्तान्तः = स्वोदन्तः स्वकीयः परिचय इत्यर्थः येन सः (विद्येश्वरः) सहसा = झटिति। उपगम्य = समीपं गत्वा। सप्रणामम्—प्रणामेन सहितम् यथा स्यात्तथा 'विज्ञापितेने' त्यस्य विशेषणम्। 'ऐन्द्रजालिकः = (इन्द्रजालेन दीव्यतीति ठक्) मायिकः। समागतः = प्राप्तः'। इति। द्वाःस्थैः द्वारपालैः। विज्ञापितेन = निवेदितेन। तद्दर्शनकुतूहलाविष्टेन–तस्य = मायिकस्य दर्शने यत् कुतूहलम् तेन आविष्टः = व्याप्तः तेन। समुत्सुकावरोधसहितेन—समुत्सुकः = दर्शनोत्कण्ठितः चासौ अवरोधः = अन्तःपुरिकावर्गः च इति तेन सहितेन। मालवेन्द्रेण = मानसारेण। समाहूयमानः = आकार्यमाणः। विद्येश्वरः = मायाकारः। कक्षान्तर प्रविश्य। सविनयं यथा स्यात्तथा। आशीर्वादम् दत्त्वा। तदनुज्ञातेन—तेन = राज्ञा मानसारेण अनुज्ञातः = आदिष्टः तेन। परिजनताड्यमानेषु—परिजनैः ताड्यन्ते इति ताड्यमानानि तेषु वाद्येषु = वीणादिषु। नदत्सु = ध्वनत्सु। मदकलकोकिलामञ्जुलध्वनिषु—मदकलानां मदमत्तानां कोकिलानामिव मञ्जुलः = मनोज्ञः ध्वनिः यासां तासु। गायकीषु = गानकर्त्र्यः स्त्रियः तासु। समधिकरागरञ्जितसामाजिकमनोवृत्तिषु—समधिकेन रागेण रञ्जिता = स्वाभिमुखं आकृष्टा सामाजिकानां = सभ्यानां मनोवृत्तिः = मानसिकव्यापारो येन तेषु। पिच्छिकाभ्रमणेषु—पिच्छिका = मयूर-

---

अपने कुशल साथियों के साथ राजद्वार के समीप आकर द्वारपाल द्वारा अपना सन्देश महाराज मानसार के पास पहुँचवाया। द्वारपाल ने मानसार के समीप जाकर प्रणाम-पूर्वक निवेदन किया कि द्वार पर एक जादूगर आया है। वह अपना कौशल (खेल) दिखाना चाहता है। इस प्रकार द्वारपाल के निवेदन से जादूगर के उस खेल को देखने की उत्सुकता से प्रेरित होकर महाराज और रानियों ने उसे बुलाया। विद्येश्वर ने दूसरे कमरे के भीतर प्रवेश कर बड़े विनीत-भाव से महाराज को आशीर्वाद दिया और महाराज ने खेल दिखाने की आज्ञा दी। पश्चात् उसके साथी सब अनेक प्रकार के बाजे बजाने लगे। मदमत्त कोकिलों की मनोहर ध्वनि जैसी ध्वनियों से गायिकाएं गाने लगीं। दर्शकों की दृष्टि (मनोवृत्ति) को अपनी ओर अत्यधिक अनुराग से आकृष्ट करने के लिए वह (विद्येश्वर) मोरपंखों के मोरछल को

भ्रामयन्मुकुलितनयनः क्षणमतिष्ठत् ।

(१) तदनु विषमं विषमुल्वणं वमन्तः फणालङ्करणा रत्नराजिनीराजितराजमन्दिराभोगा भोगिनो भयं जनयन्तो निश्चेरुः । गृध्राश्च बहवस्तुण्डैरहिपतीनादाय दिवि समचरन् ।

(२) ततोऽग्रजन्मा नरसिंहस्य हिरण्यकशिपोर्दैत्येश्वरस्य विदारणमभिनीय महाश्चर्यान्वितं राजानमभाषत—'राजन् अवसानसमये भवता शुभसूचक द्रष्टुमुचितम् । ततः कल्याणपरम्परावाप्तये भवदात्मजाकारायास्त-

---

पिच्छनिर्मितो मायिकसाधनविशेषः तस्य भ्रमणेषु = विघूर्णनेषु सपरिवारं = सपरिकरम् । परिवृढम् = राजानम् । (परिवृत्तम् इति पाठे = मण्डलाकारम्) भ्रामयन् = भ्रान्तं कुर्वन् घूर्णयन् वा । मायाकाराः मयूरपुच्छं भ्रामयित्वा सभ्यान् मोहयन्तीति प्रसिद्धम् । मुकुलितनयनः = मुद्रितनेत्रः । क्षणं = मुहूर्तम् । अतिष्ठत् ।

(१) तदनु = तत्पश्चात् । विषमं = भयङ्करम् उल्बणम् = तीव्रम् । विषम् । वमन्तः = उद्गिरन्तः । फणालङ्करणाः—फणाः = स्फटा अलंकरणं येषां ते । रत्नराजिनीराजितराजमन्दिराभोगाः—रत्नराजिभिः = रत्नश्रेणिभिः शिरस्थिताभिरिति शेषः नीराजितः = प्रकाशीकृतः राजमन्दिरस्य = राजभवनस्य आभोगः = सम्पूर्णप्रदेशः यैः ते । भोगिनः = सर्पाः । भयम् = साध्वसम् । जनयन्तः = प्रकटयन्तः । निश्चेरुः = निर्गत्य भ्रमन्ति स्म । बहवः गृध्राः = दाक्षाय्यनामानः पक्षिविशेषाः । तुण्डैः = मुखैः । अहिपतीन् = भयंकरान् सर्पान् । आदाय = गृहीत्वा । दिवि = आकाशे । समचरन् = अभ्रमन् ।

(२) ततः = तदनन्तरम् । अग्रजन्मा = ब्राह्मणः विधेश्वरस्य । नरसिंहस्य—नरश्चासौ सिंहः तस्य = विष्णोः हिरण्यकशिपोः = दैत्येश्वरस्य विदारणम् = नखैः छेदनम् (कृद्योगात् उभयत्र षष्ठी) । अभिनीय = प्रदर्श्य । महाश्चर्यान्वितम् = अत्याश्चर्येण युक्तम् यथा स्यात्तथा । राजानम् = मालवेन्द्रम् । अभाषत = उवाच । राजन् = देव, अवसानसमये = अन्ते । भवता = श्रीमता । शुभसूचकम् = मङ्गलजनकम् । द्रष्टुम् = अवलोकितुम् । उचितम् = योग्यम् । ततः = तस्मात् । कल्याणपरम्परावाप्तये—कल्याणानाम् परम्परा = राजिः तस्याः अवाप्तये =

घुमाने लगा और सपरिवार राजा मानसार को भ्रम में डालकर स्वयं क्षणभर के लिए आँखें बन्दकर बैठ गया ।

(१) इसके बाद फन फैलाये अनेक सर्प निकल पड़े । जो अपने मुख से भयंकर विष उगल रहे थे और अपने सिर के मणियों से राजमन्दिर के आँगन को प्रकाशित कर रहे थे, जिन्हें देखकर दर्शकगण भयभीत हो उठे । फिर उसने गीधों को उत्पन्न किया जो अपने मुखों से उन बड़े बड़े सर्पों को पकड़कर आकाश में उड़ चले ।

(२) तब उस ब्राह्मण ने भगवान् नृसिंह के द्वारा दैत्यराज हिरण्यकशिपु की छाती नखों से फाड़े जाने का अभिनय दिखाया और चकित (उस अद्‌भुत दृश्य को देखने से) राजा से बोला, राजन् ! खेल के अन्त में आप को चाहिए कि एक शुभसूचक दृश्य देखें । इसलिए कल्याणपरम्परा की प्राप्ति के लिए आपकी कन्या सदृश एक युवती का विवाह सभी

रुण्या निखिललक्षणोपेतस्य राजनन्दनस्य विवाहः कार्यः' इति ।

(१) तदवलोकनकुतूहलेन महीपालेनानुज्ञातः सः संकल्पितार्थसिद्धिसंभावनसम्फुल्लवदनः सकलमोहजनकमञ्जनं लोचनयोर्निक्षिप्य परितो व्यलोकयत् । सर्वेषु "तदैन्द्रजालिकमेव कर्म' इति साद्भुतं पश्यत्सु रागपल्लवितहृदयेन राजवाहनेन पूर्वसङ्केतसमागतामनेकभूषणभूषताङ्गीमवतिसुन्दरीं वैवाहिकमन्त्रतन्त्रनैपुण्येनाग्निं साक्षीकृत्य संयोजयामास ।

प्राप्तये । भवदात्मजाकारायाः--भवतः=श्रीमतः आत्मजा=कन्या तस्याः आकारः इव आकारः यस्याः, तस्याः । तरुण्याः=युवत्याः । निखिललक्षणोपेतस्य--निखिलैः=सम्पूर्णैः लक्षणैः=शुभलक्षणैः उपेतस्य=युक्तस्य । राजनन्दनस्य=राजपुत्रस्य । विवाहः=परिणयः । कार्यः=करणीयः । अस्माभिरिति शेषः ।

(१) तदवलोकनकुतूहलेन—तस्य अवलोकनम्=दर्शनम् तेन यत् कुतूहलम्=कौतुकम् यस्य तेन । महीपालेन=राज्ञा मानसारेण । अनुज्ञातः=आदिष्टः । संकल्पितार्थस्य=अभीप्सितार्थस्य सिद्धेः=फलोदयस्य सम्भावनेन सम्फुल्लम्=विकसितम् वदनम्=मुखं यस्य सः विद्येश्वरः । सकलमोहजनकम्–सकलानाम्=समस्तानाम् परिषदाम् प्रेक्षकाणामित्यर्थः मोहजनकम्=भ्रमोत्पादकम् । अञ्जनम्=कज्जलम् । लोचनयोः=नेत्रयोः । निक्षिप्य=संयोज्य । परितः=चतुर्दिक्षु । व्यलोकयत्=अपश्यत् । 'तदैन्द्रजालिकम्—तत्=कर्म ऐन्द्रजालिकम्=मायिकम् एव ।' इति सर्वेषु=द्रष्टृषु । साद्भुतम् अद्भुतेन=आश्चर्येण सहितम् यथा स्यात्तथा । पश्यत्सु=विलोकयत्सु । रागपल्लवितहृदयेन—रागेण=अनुरागेण पल्लवितम्=विकसितं हृदयं यस्य तेन । राजवाहनेन । पूर्वसङ्केतसमागताम्—पूर्वेण सङ्केतेन=सूचनानुसारेण समागताम्=उपस्थिताम् । अनेकभूषणभूषिताङ्गीम्--अनेकेन भूषणेन=आभूषणेन भूषितं=शोभितम् अङ्गं यस्याः सा तां । अवन्तिसुन्दरीं=मानसारनन्दिनीम् । वैवाहिकमन्त्रतन्त्रनैपुण्येन—विवाहे भवाः वैवाहिका ये मन्त्राः ते च तन्त्राणि=लोकचाराः च तेषु नैपुण्यं=कौशलं तेन । अग्निं साक्षीकृत्य=असाक्षिणं साक्षिणं कृत्वा इति, च्विः । संयोजयामास=सम्यक् प्रकारेण योजयामास ।

राजलक्षणों से युक्त एक राजकुमार से कराऊँगा ।

(१) राजा को उस खेल को देखने की प्रबल इच्छा हुई । उसने आज्ञा दी । राजाज्ञा पाकर विद्येश्वर का चेहरा अपना मनोरथ पूर्ण होने की सम्भावना से खिल उठा । उसने सबको मोहित करनेवाला एक अंजन निकाला और अपनी आँखों में लगाकर चारों ओर सबको देखने लगा । सबों ने यही समझा कि यह भी इन्द्रजाल का ही एक अंग है । इसलिए आश्चर्यित हो उस खेल को सब देखने लगे । विद्येश्वर ने विवाह सम्बन्धी मन्त्रों को कुशलता पूर्वक उच्चारण करके और अग्नि को साक्षी बना—पूर्वसूचनानुसार तैयार होकर अनेक वस्त्राभूषणों को पहनकर आई हुई उस अवन्तिसुन्दरी का विवाह प्रसन्नता से विकसित हृदय वाले राजवाहन के साथ करा दिया ।

(१) क्रियावसाने सति 'इन्द्रजालपुरुषाः, सर्वे गच्छन्तु भवन्तः' इति द्विजन्मनोच्चैरुच्यमाने सर्वे मायामानवा यथायथमन्तर्भावं गताः। राजवाहनोऽपि पूर्वकल्पितेन गूढोपायचातुर्येणेन्द्रजालिकपुरुषवत्कन्यान्तःपुरं विवेश। मालवेन्द्रोऽपि तदद्भुतं मन्यमानस्तस्मै वाडवाय प्रचुरतरं धनं दत्त्वा विद्येश्वरम् 'इदानीं साधय' इति विसृज्य स्वयमन्तर्मन्दिरं जगाम। (२) ततोऽवन्तिसुन्दरी प्रियसहचरीसमेता, वल्लभोपेता, सुन्दरं मन्दिरं ययौ।

(३) एवं दैवमानुषबलेन मनोरथसाफल्यमुपेतो राजवाहनः सरसमधुर-

---

(१) क्रियावसाने = क्रियाया अवसाने = समाप्ते। सति। इन्द्रजालपुरुषाः = हे मायापुरुषाः मायया निर्मितमनुष्याः इत्यर्थः। सम्बोधनपदमेतत्। सर्वे भवन्तः गच्छन्तु = स्वस्थानस्थाः भवन्तु। इति द्विजन्मना = मायिकेन। उच्चैः = तारस्वरेण। उच्यमाने = कथ्यमाने सति सर्वे = सकलाः मायामानवाः = मायया निर्मितमनुष्याः यथायथं = यथाक्रमम्। अन्तर्भावम् = तिरोभावम्। गताः = प्राप्ताः। राजवाहनः। अपि। पूर्वकल्पितेन = प्राङ्निश्चितेन। गूढोपायचातुर्येण = प्रच्छन्नसाधनकौशलेन। ऐन्द्रजालिकपुरुषवत् = मायिकमानववत्। कन्यान्तःपुरम्—कन्यायाः अन्तःपुरम् = अवरोधम्। विवेश = प्रविवेश। मालवेन्द्रोऽपि = मानसारोऽपि। तत् = मायिकप्रदर्शितं कार्यम्। अद्भुतम् = अत्याश्चर्यकरम्। मन्यमानः = जानन्। तस्मै = मायिकाय। वाडवाय = ब्राह्मणाय विद्येश्वराय। 'द्विजात्यग्रजन्मभूदेववाडवा' इत्यमरः प्रचुरतरम् = प्रभूतम्। धनम् = वित्तम्। दत्त्वा। विद्येश्वरम् = मायिकम्। इदानीम् = अधुना। साधय = गच्छ। इति विसृज्य = त्यक्त्वा। स्वयम् अन्तर्मन्दिरम् = भवनाभ्यन्तरम्। जगाम = अगमत्।

(२) ततः = तदनन्तरम्। अवन्तिसुन्दरी = मालवेन्द्रकन्या। प्रियसहचरीसमेता = प्रिया चासौ सहचरी = सखी चेति तया समेता = युक्ता। वल्लभोपेता = पतियुक्ता। सुन्दरम् = मनोहरं। मन्दिरं = अगारं ययौ = प्राप।

(३) एवम् = अनेकप्रकारेण दैवमानुषबलेन—दैवम् = भाग्यम् मानुषम् = ऐन्द्रजालिकम् तयोर्यद् बलम् तेन। मनोरथसाफल्यम् = सफलस्य भावः साफल्यम् मनोरथस्य = अभिलाषस्य साफल्यम् सफलाभिलाषमित्यर्थः। उपेतः = प्राप्तः। राजवाहनः सरसमधुर-

---

(१) कार्य समाप्त होने पर विद्येश्वर ने जोर से कहा—'सभी इन्द्रजाल पुरुष चले जाँय।' यह सुनकर सभी कल्पित पुरुष यथाक्रम अदृश्य हो गये। पूर्व निश्चयानुसार छिपने की कला में प्रवीण राजवाहन भी मायामानव की तरह कन्यान्तःपुर में चला गया। मालवेन्द्र मानसार ने भी उस ब्राह्मण की अद्भुत कला की प्रशंसा कर उसे प्रचुर धन देकर कहा—अभी अब आप जाँय। इस प्रकार विद्येश्वर को विदाकर स्वयं महल के भीतर चला गया। (२) अनन्तर अवन्तिसुन्दरी भी अपनी प्रियसखियों से युक्त पति को साथ लिये अपने सुन्दर भवन में आ पहुँची।

(३) इस प्रकार दैव और मनुष्य के बल से पूर्ण मनोरथ राजवाहन सरस और ललित

चेष्टाभिः शनैः शनैर्हरिणलोचनाया लज्जामपनयन् सुरतरागमुपनयन् (१) रहो विश्रम्भमुपजनयन् संलापे तदनुलापपीयूषपानलोलः चित्रचित्रं चित्तहारिणं चतुर्दशभुवनवृत्तान्तं श्रावयामास।

इति श्रीदण्डिनः कृतौ दशकुमारचरिते द्विजोपकृतिर्नाम द्वितीयोच्छ्वासः।

इति पूर्वपीठिकेयं समाप्ता।

चेष्टाभिः—सरसाः=रसेन सहिताः, ता मधुराश्च याश्चेष्टाः ताभिः। शनैः शनैः=मन्दमन्दम्। हरिणलोचनायाः=हरिणस्य लोचने इव लोचने=नयने यस्याः तस्याः अवन्तिसुन्दर्याः। लज्जाम्=त्रपाम्। अपनयन्=दूरीकुर्वन्। सुरतरागम्—सुरते=मैथुने रागम्=अनुरागम्। उपनयन्=प्रापयन् मैथुनानुरागं जनयन्नित्यर्थः। (१) रहः=एकान्ते। विश्रम्भम=विश्वासम्। उपजनयन्। संलापे=मिथः भाषणे परस्परालापे इत्यर्थः। तदनुलापपीयूषपानलोलः—तस्याः अनुलापे=मुहुर्भाषायां यत् पीयूषं=अमृतं तस्य पाने=कर्णेन्द्रियास्वादने लोलः=चञ्चलः राजवाहनः। चित्रचित्रम्=अत्याश्चर्यकरम्। चित्तहारिणम्=हृदयग्राहिणम् चतुर्दशभुवनवृत्तान्तम्—चतुर्दशानाम् भुवनानाम्=भूः भुवः स्वः तलातलादीनाम्। वृत्तान्तम्=वार्तां कथामित्यर्थः। श्रावयामास। अवन्तिसुन्दरीमिति शेषः। कथया तरुणीनां हृदयग्रहणं सुलभमिति ध्येयम्।

इति अकौरवास्तव्यकविमूर्धन्यवाणीशझाशर्मतनुजनुर्झोपाख्य-
श्रीविश्वनाथझाशर्मविरचितायां दशकुमारचरितव्या-
ख्यायामर्थप्रकाशिकायां पञ्चमोच्छ्वासः।

समाप्ता पूर्वपीठिका।

हाव-भावों से धीरे-धीरे उस मृगनयनी अवन्तिराजपुत्री की लज्जा दूर किया और सुरत में अनुराग बढ़ाते हुए (१) एकान्त में अपने प्रति विश्वास उत्पन्न कराया। परस्परालाप में उसकी वार्तारूप अमृतास्वादन में अपने को तल्लीन दिखाकर अत्याश्चर्यजनक और मनोहर चौदहों भुवनों का वृत्तान्त उसे सुनाया।

इस प्रकार श्री विश्वनाथझा द्वारा की गयी दशकुमारचरितपञ्चमोच्छ्वास की
अर्थप्रकाशिका हिन्दी टीका समाप्त हुई।
पूर्वपीठिका समाप्त।

१९६४ वर्षे दशकुमारचरितपूर्वपीठिकायां प्रश्नाः

१ अधस्तनः श्लोकः व्याख्येयः—

ब्रह्माण्डच्छत्रदण्डः शतधृतिभवनाम्भोरुहो नालदण्डः
क्षोणीनौकूपदण्डः क्षरदमरसरित्पट्टिकाकेतुदण्डः ।
ज्योतिश्चक्राक्षदण्डस्त्रिभुवनविजयस्तम्भदण्डोऽङ्घ्रिदण्डः
श्रेयस्त्रैविक्रमस्ते वितरतु विबुधद्वेषिणां कालदण्डः ॥

२ अधोलिखितेषु गद्यखण्डेषु प्रसङ्गनिर्देशपुरस्सरं किमपि भागद्वयमेव व्याख्यायताम्—

(क) ततः कदाचिन्नानाविधमहदायुधनैपुण्यरचितागण्यजन्यराजमौलिपालिनिहितशितसायको मगधनायको मालवेश्वरं प्रत्यग्रसङ्ग्रामघस्मरं समुत्कटमानसारं मानसारं प्रति सहेलं न्यक्कृतजलधिनिर्घोषाहङ्कारेण भेरीझङ्कारेण हठिकाकर्णनाक्रान्तभयचण्डिमानं दिग्दन्तिदन्तवलयं विघूर्णयन्निजभरनमन्मेदिनीभरेणायस्तभुजगराजमस्तकबलेन चतुरङ्गबलेन संयुतः सङ्ग्रामाभिलाषेण रोषेण महताविष्टो निर्ययौ ।

(ख) वञ्चयित्वा वयस्यगणं समागतो राजवाहनस्तदवलोकनकौतूहलेन भुवं गमिष्णुः कालिन्दीदत्तं क्षुत्पिपासादिक्लेशनाशनं मणिं साहाय्यकरणसंतुष्टान्मातङ्गाल्लब्ध्वा कंचनाध्वानमनुवर्तमानं तं विसृज्य बिलपथेन तेन निर्ययौ। तत्र च मित्रगणमनवलोक्य भुवं बभ्राम। भ्रमंश्च विशालोपशल्ये कमप्याक्रीडमासाद्य तत्र विशश्रमिषुरान्दोलिकारूढं रमणीसहितमाप्तजनपरिवृतमुद्याने समागतमेकं पुरुषमपश्यत् ।

(ग) 'ऐन्द्रजालिकः सामगतः' इति द्वाःस्थैर्विज्ञापितेन तद्दर्शनकुतूहलाविष्टेन समुत्सुकावरोधसहितेन मालवेन्द्रेण समाहूयमानो विद्येश्वरः कक्षान्तरं प्रविश्य सविनयमाशिषं दत्त्वा तदनुज्ञातः परिजनताड्यमानेषु वाद्येषु नदत्सु, गायकीषु मदकलकोकिलामञ्जुलध्वनिषु समधिकरागरञ्जितसामाजिकमनोवृत्तिषु पिञ्छिकाभ्रमणेषु सपरिवारं परिवृत्तं भ्रामयन्मुकुलितनयनः क्षणमतिष्ठत्। तदनु विषमं विषमुल्बणं वमन्तः फणालङ्करणा रत्नराजिनीराजितराजमन्दिराभोगा भोगिनो भयं जनयन्तो निश्चेरुः ।

३ रेखाङ्कितेषु त्रयाणां विग्रहवाक्यानि लेखनीयानि ।

४ दशकुमारचरितस्य प्रधानगुणरीतिरसनायकनायिकानां नामान्युल्लेख्यानि ।

५ कथाया आख्यायिकायाश्च भेदकं तत्त्वं विवेचनीयम् ।

१९६५ वर्षे दशकुमारचरितपूर्वपीठिकायां प्रश्नाः

१ अधस्तनः श्लोकः व्याख्येयः—

सुभग, कुसुमसुकुमारं जगदनवद्यं विलोक्य ते रूपम्।
मम मानसमभिलषति त्वं चित्तं कुरु तथा मृदुलम्॥

२ अधोलिखितेषु गद्यखण्डेषु प्रसङ्गनिर्देशपुरस्सरं किमपि भागद्वयमेव व्याख्यायताम्—

(क) जनपतिरेकस्मिन्पुण्यदिवसे तीर्थस्नानाय पक्वण-निकटमार्गेण गच्छन्नबलया कयाचिदुपलालितमनुपमशरीरं कुमारं कंचिदवलोक्य कुतूहलाऽऽकुलस्तामपृच्छत्—'भामिनि, रुचिरमूर्तिः सराजगुणसंपूर्तिरसावर्भको भवदन्वयसंभवो न भवति। कस्य नयनानन्दनः, निमित्तेन केन भवदधीनो जातः कथ्यतां याथातथ्येन त्वया' इति।

(ख) स वयस्यगणादपनीय रहसि पुनरेनमभाषत--राजन्, अतीते निशान्ते गौरीपतिः स्वप्नसंनिहितो निद्रामुद्रितलोचनं विबोध्य प्रसन्नवदनकान्तिः प्रश्रयावनतं मामवोचत्--मातङ्ग, दण्डकारण्यान्तरालगामिन्यास्तटिन्यास्तीरभूमौ सिद्धसाध्याराध्यमानस्य स्फटिकलिङ्गस्य पश्चादद्रिपतिकन्यापदपङ्क्तिचिह्नितस्याश्मनः सविधे विधेराननमिव किमपि बिलं विद्यते।

(ग) श्रुतरत्नावलोकनस्थानोऽहम्, 'इदं तदेव माणिक्यम्' इति निश्चित्य भूदेवदाननिमित्ताम् दुरवस्थामात्मनो जन्मनामधेये युष्मदन्वेषण-पर्यटन-प्रकारं चाभाष्य समयोचितैः संलापैर्मैत्रीमकार्षम्। ततोऽर्धरात्रे तेषां मम च शृङ्खलाबन्धनं निर्भिद्य तैरनुगम्यमानो निद्रितस्य द्वाःस्थगणस्याऽऽयुधजालमादाय पुररक्षान् पुरतोऽभिमुखागतानप्रतिहतपराक्रमलीलयाऽभिद्राव्य मानपालशिविरं प्राविशम्।

(घ) चकितबालकुरङ्गलोचना सापि कुसुमसायकसायकायमानेन कटाक्षवीक्षणेन मामसकृन्निरीक्ष्य मन्दमारुतान्दोलिता लतेवाकम्पत। मनसाभिमुखैः समाकुञ्चितै रागलज्जाऽन्तरालवर्तिभिः साङ्गवर्तिभिरीक्षणविशेषैर्निजमनोवृत्तिमकथयत्। चतुरगूढचेष्टाभिरस्या मनोऽनुरागं सम्यग्ज्ञात्वा सुखसंगमोपायमचिन्तयम्। अन्यदा बन्धुपालः शकुनैर्भवद्गतिं प्रेक्षिष्यमाणः शृण्वन्नतिष्ठत्।

—०—